AKTE B.

Die Handlung des vorliegenden Romans ist fiktiv. Die Figuren, mit Ausnahme der Personen der Zeitgeschichte, sind erfunden. Sofern die Personen der Zeitgeschichte in diesem Buch handeln oder denken wie Romanfiguren, ist auch das erfunden (siehe auch das Nachwort zu diesem Polit-Thriller).

MANFRED ERTEL

AKTE B.

WENN DIE MÖVEN TIEFER FLIEGEN

POLIT-THRILLER

ELLERT & RICHTER VERLAG

Das Illegale erledigen wir sofort,
das Verfassungswidrige dauert
etwas länger

Henry A. Kissinger

Am weitesten sieht, wer am höchsten fliegt

Die Möwe Jonathan

PROLOG

Ein Gefühl wie Fliegen. War es das?

Sie war auf dem Weg nach unten, keine Frage. Und zwar auf kürzestem Weg. Aber fliegen war irgendwie anders. So weit funktionierte ihr Kopf doch noch. Trotzdem gab es für sie kein Halten mehr. Was wohl ihre Tochter sagen würde? Jule. Die kleine Jule. Warum kam sie gerade jetzt auf die? Nach soundso vielen Jahren. In denen sie eigentlich Schluss gemacht hatte. Schluss mit der Vergangenheit. Schluss mit der Familie. Schluss mit Sentimentalitäten. Aus und vorbei. Sogar mit der eigenen Tochter. War es das schlechte Gewissen? Oder einfach nur Angst? Irgendetwas stimmte ganz und gar nicht. Sie flog nicht, sie fiel. Sie raste. Abwärts. Immer tiefer. Das konnte nicht gut gehen. War es das Ende? Dabei hatte sich doch alles so gut angelassen. Endlich war sie mal dran gewesen und auf der Gewinnerstraße. Nach all den Jahren, in denen sie eigentlich alles verloren hatte. Die große Liebe. Das Vertrauen. Die Tochter. Ihre Zukunft. Auf einmal war sie dann doch da. Die große Chance. Die Tür zum Glück stand offen. Weit offen. Sie brauchte nur durchzugehen. Es schien so einfach. Die Papiere, die sie so lange schon in den Händen und ihnen doch nie Beachtung geschenkt hatte, waren kein Zufall. Das hatte er genau so geplant. Für den Notfall. Er war doch nicht so schlecht, wie sie zwischendurch mal befürchtet hatte. Sogar ganz im Gegenteil. Liebe vergisst nicht. Er hatte sie geliebt. Das war spätestens jetzt klar. Sonst wären die Dokumente ja nicht in ihrem Besitz. Es sollte so kommen. Er hatte es gewollt. Sie sollte nur den Zeitpunkt bestimmen.

Dann war ihr dieser Stasi-Typ über den Weg gelaufen. Schon wieder. Wie ein Wiedergänger. Nach all der Zeit. Die Stasi war tot. Der nicht. Im Gegenteil. Es gibt keine Zufälle.

Das muss Schicksal gewesen sein. An die Dokumente hatten der und seine Kumpels sicher schon längst keine Gedanken mehr verschwendet. Nicht mal sie selbst hatte die ja noch auf der Rechnung. Aus den Augen aus dem Sinn. Alles längst Geschichte. Dann kam die Erinnerung. Und alles anders. Wie aus dem Nichts.

Was hatten die gezittert, als sie die Typen damit konfrontiert hatte. Ihn und seine Macker. Nach all den Jahren. Und ihnen ihre Forderungen auf den Tisch geknallt. Wie Pussies. Die hatten gebettelt, gedroht und am Ende doch geboten. Viel Geld. Sie brauchte nur noch zuzugreifen. Es schien so einfach. Das Treffen auf der belebten Brücke war ihre Idee gewesen. Aus einem Film geklaut. Was sollte dort schon passieren? Vor all den Menschen. Fußgängern, Autos, Touristen. Und die vielen Kameras. Zur Sicherheit. Sie war sich so sicher gewesen.

Trotzdem flog sie jetzt. Wie eine Möwe. Nur nicht im Gleitflug. Sie konnte nicht einmal sagen wieso. Sie waren zu mehreren gewesen. Sie hatte sich nichts dabei gedacht. Alles cool. Sie hatten sich um sie herum gruppiert. Alle? Irgendjemand hatte doch hinterm Brückenpfeiler gelauert. Und alles beobachtet. Sie war arglos gewesen. Sich safe gefühlt. Neben all den anderen Menschen. Es wirkte doch alles unverdächtig. Wie bei einem freudigen Wiedersehen. Und dann? Das Brückengeländer hinter ihr verschwand rasend schnell aus dem Blick. Die Typen auch.

Den Aufprall spürte sie kaum noch. Es riss ihr den Kopf nach hinten. Bloß kein Wasser schlucken, dachte sie noch kurz. Diese eklige Brühe. Sie hatte ihrer Tochter doch noch so viel zu sagen. Dann ging das Licht aus. Luftblasen stiegen an die Oberfläche.

Spaziergänger am Ufer zeigten aufgeschreckt mit den Fingern auf die Wasserringe, die immer größere Kreise zogen, bevor sie an die Böschung schwappten. Handys klickten, Videoaufzeichnungen zählten die Sekunden. Schon bald, und sie würde ein Star auf allen sozialen Kanälen sein. Aber nichts mehr davon merken. Zuckendes Blaulicht fiel auf den Strom. Der Dom warf wackelige Spiegelbilder und Schatten hinterher. Die leichte Dünung kräuselte sich unschuldig und deckte alles zu.

I

CHANTAL
Warnemünde, 18. September 1986

Rums! Mit lautem Krachen donnerte die „Hansekogge“ gegen den Anleger. Das Schiff schüttelte sich. Die Passagiere auf dem Vordeck kamen ins Schleudern. Er stand mittendrin. Der neben ihm knallte mit dem Kopf gegen ein Eisengestänge, dass es nur so schepperte. Einem Kollegen fiel polternd die Kamera aus der Hand, als der ins schlingern kam. Was war denn hier los? Die Sonne hatte sich hinter einer dichten Wolkendecke in Sicherheit gebracht. Möwen lachten hoch über ihnen und machten ihrem Namen alle Ehre.

Der Kahn taumelte. Sven Lundberg verlor etwas den Überblick. Wahllos griff er nach irgendeinem Halt. Hauptsache auf den Beinen bleiben. So ein Rums konnte doch einen Seemann nicht erschüttern. Schließlich kam er von der Waterkant. Elbe und Nordsee waren praktisch sein zweites Zuhause. Da kachelte es manchmal richtig. Ohne dass man gleich total ins Rudern kam.

Stechender Schmerz raste den linken Arm hoch und klopfte stürmisch an der Schulter an. Die hatte grad wuchtig Bekanntschaft mit der Reling gemacht. Aber Freunde wollten beide nicht werden. Tränen schossen ihm in die Augen. Für einen Moment verlor er die Beherrschung. Und danach jede Zurückhaltung. Die war hier ja eigentlich von Amts wegen verordnet. Und das aus gutem Grund. Im Arbeiter- und Bauernstaat tanzte man besser nicht aus der Reihe. Aber das war ihm jetzt so was von egal. „Ey Alter, was stimmt mit dir nicht?“, brüllte er hoch zum Kapitän auf der Brücke. „Willst du uns umbringen?“

Er checkte die Lage. Das konnte er gut. Das war sozusagen sein Beruf. Als Journalist war er ein echter Checker. Das Ufer und die Anlegestelle lagen zum Greifen nah. Ein kleiner Satz nur und er wäre drüben. Wellen klatschten auf den Steg. Die „Hansekogge" war offensichtlich schräg seitlich gegen den Fähranleger gekracht. Sie schaukelte heftig auf den Wellen. Und schrammte knirschend am Ponton entlang. Jeder legt anders an, dachte er. Aber wieso eigentlich? Eben hatte die Staatsbarkasse doch sanft gleitend auf den Kai zugehalten.

Sein Blick ging raus auf den Strom. Offenbar hatte sein Schiffsführer den Schwell eines Container-Frachters unterschätzt, der mit kräftiger Fahrt die Warnow hinunter zur Ostsee dampfte. Er konnte gerade noch den Heimathafen entziffern. La Valetta. War ja klar. Billigflagge. Keine Standards. Keine Regeln. Keine Zeit. Deshalb war der Dampfer viel zu schnell unterwegs. Eine gewaltige Bugwelle zerteilte die Warnow und lief weit ausladend dem Schiff hinterher. Die kleinen Boote, die am Ufer vertäut lagen, tanzten auf der hohen Dünung. Einige schlugen voll Wasser, weil die Tampen zu kurz gelegt waren. Anfängerfehler.

Das galt auch für den Kapitän der „Hansekogge". Er hatte offenbar den Schwell unterschätzt, der ihn und sein Schiff dann mit Schmackes gegen den Steg warf. „ Leichtmatrose", fluchte Lundberg leise. Niemand sonst sagte was. Alle hatten mit sich selbst genug zu tun. Er hielt sich sein schmerzendes Handgelenk mit der anderen Hand. Lundberg hatte instinktiv zugepackt, als er gegen die Reling geknallt war. Irgendwo nach Halt suchend. Der Schmerz kroch jaulend den Arm hoch und wieder runter. Da war was kaputt gegangen. Hundertpro. Immerhin nicht die rechte Hand, die er zum Schreiben brauchte. Sein Zynismus funktionierte schon wieder ganz gut.

Ein Kollege kroch über das Deck und suchte nach dem Objektivdeckel und nach Schäden am Fotoapparat. Zwei andere Typen aus der Delegation sammelten ihre Taschen und

Papiere zusammen. Die hatten sich über die Planken verteilt, Pfützen leckten gierig nach ihnen. Der Mitarbeiter der Staatskanzlei, der eigentlich für die Organisation zuständig war, hielt sich stöhnend den Kopf. Sein Chef, der MP, rieb sich das linke Knie, machte aber keinen Mucks. Nur keine Schwäche zeigen.

Zwei Matrosen mit Hammer und Zirkel auf dem Ärmel fanden das offenbar ziemlich komisch. Zumindest grinsten sie breit. „Sehr witzig, ihr Penner", zischte Lundberg in ihre Richtung. „Werdet ihr auf'm Panzerkreuzer geschult?" Die beiden grinsten breiter. „Nö, nur wenn es gegen Besser-Wessis geht", sagte der kleinere. „Scheiß Nazis", ergänzte sein Partner. Aus seinen Augen sprach Verachtung. Er wendete sich ab und zeigte den Mittelfinger. Keine Spur von Hilfe. Natürlich nicht. Niemals für den Klassenfeind. Was für ein System, dachte Lundberg.

Dabei war's doch ganz gut losgegangen. Deutsch-deutsche Annäherung, das soundsovielte Kapitel. Die Delegation aus Norddeutschland war in Ost-Berlin vom obersten Genossen höchst freundlich empfangen worden. Historisches Haus am Spree-Kanal, kaltes Buffet, Meißner Weine. Konnte man sogar trinken. Der Sozialismus ließ sich nicht lumpen. Solange die Arbeiter und Bauern draußen blieben jedenfalls. Und friedlich. Lundberg, der für ein großes Nachrichtenmagazin schrieb, durfte der offiziellen Begrüßung in der Bibliothek beiwohnen. Zusammen mit zwei Kollegen, der eine vom Rundfunk, der andere von der größten Regionalzeitung. Zumindest beim Protokoll hatte sich der Westen durchgesetzt.

„Schön, Sie wieder zu sehen", hatte der Staatsratsvorsitzende seinen Gast mit krächzender Stimme erfreut begrüßt, die Kader an seiner Seite strahlten vor Stolz. Das System präsentierte sich auf Augenhöhe. Endlich mal. „Das letzte Mal in Hannover bei der Messe habe ich noch in guter Erinnerung." Den Beratern Ost gefror ihr Grinsen im Gesicht, Hektik machte sich breit. „Entschuldigung, das war der Albrecht, Herr Staatsratsvorsitzender", raunte ihm einer eilig ins Ohr. Aber der Obergenosse hatte nur abgewinkt. „Dann war's eben Saarbrücken." Sein Berater beugte sich tiefer zu ihm und flüsterte: „Das war der Lafontaine."

Die Westler feixten. Die Presseleute ganz besonders. Das ging ja gut los. Die Story war praktisch schon nach dem ersten Abend im Kasten. Zügig wurde der öffentliche Teil des Protokolls beendet. Vor der Tür wurden die Journalisten dann zur Seite genommen. Und freundlich, aber bestimmt vergattert, von beiden Lagern, Ost und West. Die Begrüßung und das ganze Drumherum seien natürlich streng vertraulich. Unter Drei, so sagte man. Deshalb: „Kein Wort darüber." Alles im Sinne der gutnachbarschaftlichen Beziehungen. Die friedliche Koexistenz funktionierte. Lundberg hatte maulend den Notizblock weggesteckt.

Am späten Nachmittag war der Mini-Tross dann in drei Limousinen nach Rostock kutschiert worden. Volkspolizei hatte eigens die Autobahn geräumt. Als wenn das nötig gewesen wäre. Da war sowieso kaum jemand unterwegs. Die volkseigene Autoproduktion oder die Nachfrage oder beides – irgendwas stimmte jedenfalls nicht. Im Hafen am Fuße der ansehnlich restaurierten Altstadt waren sie dann an Bord der „Hansekogge" gegangen und dort vom Umweltminister begrüßt worden. Der war gut aufgelegt. So locker hatte Lundberg einen der Spitzengenossen noch nie erlebt. Der Minister hatte entspannt mit ihm geplaudert und sogar ein paar Zitate über die Umweltbelastung der „Warnow" und Möglichkeiten einer Ost-West-Zusammenarbeit für Lundbergs Reportage freigegeben. Sah so sozialistischer Frühling aus?

Daran verschwendete er jetzt keinen Gedanken mehr. Sein Handgelenk tat höllisch weh. Schlecht gelaunt trottete er hinter den anderen her. Er drückte und schüttelte seine Linke. Umhauen konnte er mit der niemanden mehr. Aber immerhin war wohl nichts gebrochen.

Am Strom in Warnemünde war so gut wie nichts los. Dabei war der Abend noch jung. Die dunkle Ufergasse mit den historischen Lokalen war praktisch menschenleer. Die Betonplatten glänzten von einem kurzen Schauer, der mit der Dämmerung über Warnemünde niedergegangen war. Der Guss hatte selbst die Möwen gezwungen, sich irgendwo unterzustellen. Nur wenige Besucher saßen in den einfachen, aber gemütlich aussehenden Kneipen und Fischgaststätten. „Hier werden Sie platziert", las er im vorbeigehen und musste grinsen. Die „Fischerkajüte", an der das Schild statt einer Speisekarte im Fenster hing, sah fast leer aus. Trotzdem waren zwei Männer an der Tür ausgebremst worden. Sie debattierten nun mit einer Servicekraft. Von wegen freie Bürger, freie Platzwahl. Da könnte ja jeder kommen.

„Wollen wir nicht noch was trinken?" Einer aus der Delegation hatte offensichtlich nicht genug. Lundberg konnte nicht genau ausmachen, von wem der Vorschlag kam. „Der Abend ist doch noch jung." War's der persönliche Referent? Der traute sich doch sonst nie was, dachte Lundberg. Schon gar nicht eine eigene Meinung. Er hielt sich lieber raus. Ihr Anführer aus der Staatskanzlei ließ sich nicht überrumpeln. „Erst mal ins Hotel." Der MP hastete wortlos vorneweg. Auch eine Antwort.

Hinter der nächsten Ecke war der Hotelklotz schon zu sehen, als auf einmal drei junge Leute auftauchten. Aus einer Seitengasse. Wie zufällig. Alle so mitte Zwanzig. Die Stimmung bei ihnen war offenbar prächtig. Ganz anders als bei den Westlern. Und besser aussehen taten sie auch. Ganz besonders die beiden jungen Frauen. Ungefragt schlossen sie sich der West-Truppe an. „Wo kommt ihr denn jetzt her", fragte eine der beiden Mädels. Lundberg scannte sie möglichst unbemerkt. Auch die Begleiterin. Heißer Schuss, dachte er: Große Augen, super Figur, alles am richtigen Fleck. Schade, dass er auf Dienstreise im Osten war. Da ließ man besser die Finger von unbekannten Schönen. Sonst machte man sich schnell Freunde bei der Abteilung „Horch und Guck". Sein Kollege aus Ost-Berlin hatte ihm das an Stelle einer Begrüßung gleich bei seinem ersten Besuch im anderen Teil Deutschlands unmissverständlich klar gemacht. „Denk' an die Stasi." Er antwortete besser nicht.

„Sach' doch ma'." In breitem Norddeutsch hakte die dunklere der beiden nach und strich sich die langen Haare aus dem hübschen Gesicht. Sommersprossen um die Nase, dunkle Augen, ein paar Schweißtropfen auf der Stirn. Sie schienen sich beeilt zu haben, zumindest atmeten alle ein bisschen schwer. Aber so genau ließ sich das in der Dunkelheit nicht ausmachen. Die dünnen Straßenfunzeln am Strom schmeichelten ihnen, obwohl die jungen Frauen das gar nicht nötig hatten. Und erst recht nicht die malerische Hafenkulisse.

„Und ihr so?" Lundberg reagierte einfach mit einer Gegenfrage.

„Grad' Feierabend", sagte der junge Mann an ihrer Seite. „Wir arbeiten während der Semesterferien in der Küche vom ‚Leuchtturm' dahinten." Etwas vage deutete seine Hand in die Richtung, aus der sie wohl gekommen sein mussten. „Wollen noch ein bisschen Spaß haben. Tanzen gehen."

An einem Donnerstag? Lundberg wunderte sich immer wieder aufs Neue über den realen Sozialismus. „Im Neptun, in der Disco." Der Begleiter der beiden Hübschen sabbelte wie aufgezogen. „Und ihr? Was läuft bei euch so? Ich bin übrigens Timo. Das sind Carina und Chantal." Mein Gott, dachte Lundberg, bitte nicht. Chantal, wie im schlechten Klischee. Er sagte lieber nichts.

„Und du?" Timo ließ nicht locker. Was wollte der von ihm? „Sven" brummelte er, „bin dienstlich hier".

Die jungen Leute grinsten breit. „Dienstlich? Zur Klärung eines Sachverhalts? Kommt uns irgendwie bekannt vor. Hat allerdings bei uns einen ganz speziellen Klang." Feixend sahen sie sich an. Warum grinsten die dann so? Lundberg sagte nichts. Endlich waren sie am Hotel. Der schmucklose Betonbau stand da wie einer der letzten Aufrechten des bröckelnden Systems. Er zerteilte die Nacht in zwei schwarze Teile. Sogar der Seewind machte einen großen Bogen um den Bettensilo und trieb sich lieber unten am Strand rum. Lundberg ließ seine Tasche vor den Empfangstresen plumpsen und schob seinen Pass rüber.

„Sie sind bei uns nicht gebucht", sagte eine Frau in dunkelblauem Kunststoff-Blazer mit antrainierter Höflichkeit.

„Wie, nicht gebucht?" Lundberg verstand nicht. Er sah mit seinen langen Haaren und dem legeren Jackett zur Jeans vielleicht nicht wie eine Respektsperson aus. Und wie ein Politokrat schon gar nicht. Aber das?

„Für Sie ist nichts reserviert."

„Aber ich bin Mitglied der offiziellen Delegation der BRD."

„Das mag sein. Aber ohne Zimmer. Sie stehen nicht auf der Liste. Und leider sind wir ausgebucht." Hörte er da einen leisen Triumph in der Stimme?

„Wie ausgebucht? Wir sind angemeldet. Als Gruppe!"

„Sie nicht!" Sie schrieb angestrengt etwas in eine Kladde.

„ Wollen Sie mich auf den Arm nehmen?" Lundberg wurde lauter. „Hier ist doch überhaupt nichts los. Außerdem ist die Saison vorbei, der FDGB hat seine Werktätigen längst wieder zurück an die Maschinen gerufen. Da muss es in so einem Riesenkasten doch wohl ein Zimmer geben."

Die Frau an der Rezeption versuchte Haltung zu bewahren. „Der Kasten..." Räuspern. Pause. „Dieser Kasten ist sehr beliebt bei den Bürgern unserer Republik. Nicht nur bei den Werktätigen im Freien Deutschen Gewerkschaftsbund." Die Betonung lag auf „frei", ganz ausdrücklich. „Ich weiß nicht, wie das bei Ihnen drüben ist. Aber bei uns muss man reservieren, auch in der Saison-Endzeit." Ihr Lächeln im Gesicht saß wie fest getackert.

Saison-Endzeit? Was sollte das denn? War das hier Vorsicht Kamera? Lundberg blickte sich diskret um. Niemand lachte. Die Staatskanzlei eilte zu Hilfe. „Der Kollege gehört zu uns", versicherte der Regierungsbeamte und beugte sich vertrauensvoll über den Tresen. „Zu unserer Delegation", fügte er sicherheitshalber hinzu und zeigte mit dem Finger auf seinen Chef. Das musste doch nun wirklich reichen. Der MP schaute genervt herüber. Timos junge Begleiterin, die von ihm als Chantal vorgestellt worden war, zupfte Lundberg am Ärmel. „Nimmst du mich gleich mit in die Disco", flüsterte sie, „wir kommen da nur in Begleitung rein."

Er schüttelte sie ab. „Ich habe grad echt ganz andere Probleme." Er hörte noch, wie die Genossin am Hotelempfang mit kühler Stimme nachsetzte: „Das mag ja alles sein. Aber ohne Reservierung geht bei uns nichts. Ich habe meine Anweisungen. Versuchen Sie es im Hotel Warnow in Rostock." Das Warnow dehnte sie auf der zweiten Silbe seltsam lang, als würde es mit „ou" geschrieben. Na klar, mit Anweisungen sind die hier groß, dachte Lundberg. Aber Rostock? Das waren doch bestimmt 20 Minuten mit der Taxe. Wenn's denn eine gab. Von öffentlichen Verkehrsmitteln mal ganz zu schweigen.

Er wurde sauer. „Was soll das ganze Theater? Habt ihr nicht genügend Überwachungskapazitäten oder was?", zischte er. Der Regierungsbeamte knallte ihm unter dem Tresen das Knie gegen den Schenkel, so dass die Rezeptionistin es nicht mitbekommen konnte. Er stöhnte. Sie verstand das gründlich miss. Ihr Blick wurde eisig. Gleich würden Gläser zerspringen. „Ist doch wahr." Lundberg verzog das Gesicht. Er schwieg lieber, gab aber nicht auf. So leicht war er nicht zu besiegen.

Die Hand schmerzte auf einmal doppelt so doll. Chantal zerrte immer noch an seinem Arm. Doch ihn interessierte nur die Frau, die trotz Kunststoff-Blazer immerhin 'ne gute Figur machte. Da musste doch was gehen. Einen hatte er noch. Er versuchte es mit Charme. Er lächelte und legte seinen Dackelblick auf. Das funktionierte normaler Weise ganz gut. „Ich gehöre zu den Guten." Er nickte in die Richtung seiner Kollegen und schmachtete sie an. „Seien Sie doch nicht so hart." Die Staatskanzlei zeigte zur Unterstützung noch einmal auf den MP. Jetzt aber.

Half nichts. Auf dem Weg nach draußen zur einzigen Taxe vor dem Hotel sah er aus den Augenwinkeln gerade noch, wie sich die Chantal beim MP unterhakte und mit ihm vertraulich plaudernd in Richtung Fahrstuhl verschwand. Der Wartburg vor dem Hoteleingang blubberte und röchelte im Leerlauf. „Bitte nicht auch das noch", murmelte er vor sich hin, als sich die Fahrstuhltür hinter dem MP schloss. „Das glaubt mir zu Hause keiner." Der Taxifahrer drehte sich um und schaute den Wessi irritiert an, bevor er losfuhr.

JULE
Hamburg, 14. August 2016

Endlich Ablenkung. Mal auf andere Gedanken kommen. Jule Hansen genießt die Stimmung auf der Tribüne. Und die Nachmittagssonne, die auf die Ränge scheint. Dicht gedrängt steht sie neben ihrer Freundin auf der Gegengerade ihres Hamburger Lieblingsklubs. Es ist wie immer. Es wird geschoben, geschunkelt und gesungen. Bier spritzt, der Geruch von Shit wabert durch die Luft. Aber das stört sie nicht. Und auch sonst niemanden. Alle haben sich hier lieb. Irgendwie.

Vom Spiel nimmt sie nur wenig wahr. Aber das ist inzwischen auch egal. Ihre Mannschaft liegt 0:2 hinten. Schon das Eröffnungsspiel war in die Hose gegangen. Ein guter Start in die Saison sieht anders aus. Der Stimmung im Stadion tut das keinen Abbruch. Die Fans singen und schreien. Konfetti fliegt. Jule ist in Gedanken ganz woanders.

Eleni stupst sie von der Seite an. „Hey Süße, Matchday", sagt sie und hebt den Bierbecher. Jule prostet zurück und lächelt etwas gequält. Das Spiel passt zu meiner Stimmung, denkt sie. Aber ich darf mich nicht so gehen lassen. Warum auch. Über zehn Jahre hatte sie ihre Mutter nicht mehr gesehen, vielleicht sogar noch mehr. Ab und an mal telefoniert, ja. Gefühlt alle zwei, drei Jahre vielleicht. Hallo, wie geht's, völlig unverbindlich. Zu Weihnachten oder so. Das war's dann auch schon. Anfangs tat es manchmal noch weh. Am Ende hatte es sie nicht mehr besonders berührt. Bis vor drei Tagen. Als die Nachricht kam. Ohne jede Vorwarnung. „Ihre Mutter ist tot", hatte ihr irgendwer am Telefon gesagt. Einfach so. Schlicht und herzlos. Was hätte er auch sonst sagen sollen. War es ein Polizeibeamter oder jemand anderes? Nicht einmal daran kann sie sich noch richtig erinnern. So überrascht war sie gewesen. Oder vielleicht sogar geschockt?

Mit allem hatte sie gerechnet. Nur damit nicht. Ihre Mutter war doch erst Anfang Fünfzig. Und stand mitten im Leben. Und zwar im wahrsten Sinne des Wortes. Daliah Dorn, geborene Krieger. Die Unverwüstliche, die sich lange hinter ihrem zweiten Vornamen Chantal versteckte. Weil ihr der erste peinlich war. Zu hebräisch, zu fremd. Später im Job wurde sie oft wegen ihrer fraulichen Figur anspielungsreich „Doppel D" gerufen. Zwei mal verheiratet, zwei mal geschieden, mehrfach liiert. Erfolglos und folgenlos. Studierte Maschinenbauingenieurin mit Auszeichnung aus Rostock, gestrandet im Westen, Job unbekannt, letzter Wohnsitz mal hier, mal da. Jule kannte die Fakten und wusste doch nichts von ihr. Als sie zuletzt von ihr hörte, ging es um Männer. Mal wieder. Das war immer so. Um sie, die Tochter, ging es nie.

Jule hatte kaum noch eine Erinnerung an den letzten Anruf ihrer Mutter. Wann war das bloß gewesen? „Wie geht's denn so?", hatte die Mutter gefragt, als wär' zwischen ihnen alles ganz normal. Und dann doch nur von sich erzählt. Und ihrem letzten Mann. Oder Lebensabschnittspartner. Irgendwo in NRW. Der sie sitzen gelassen hatte. Mal wieder. Natürlich nicht ohne sie vorher kräftig ausgenommen zu haben. So dass sie grad knapp bei Kasse war. Und Geld brauchte. Ganz dringend. Für irgendwas. Jule wollte das nicht hören. Sie hatte nach einem Vorwand gesucht und aufgelegt. Sie hielt das nicht aus. Sie wollte das nicht mehr.

Jetzt hatte man die Mutter im Wasser gefunden. Tot. Und wieder hatte Jule die Arschkarte. Musste damit fertig werden. „Musst du mit klarkommen, aber nicht jetzt", sagt Eleni und hebt den Bierbecher in ihre Richtung. Erreicht sie aber nicht. Wie der Fehlpass unten auf dem Rasen nicht beim eigenen Mann ankommt. Mit Kopfverletzungen und einem Bruch der rechten Schulter war die Mutter im Rhein irgendwo angetrieben. Angeblich durch einen Sprung von einer Brücke. 20 Meter freier Fall könnten auch im Wasser ganz schön hart sein, hieß es. Die Polizei ging von Selbstmord aus. Die doch nicht, hatte Jule sofort gedacht. Das war auch Elenis erste Reaktion. „Selbstmord ist viel schwerer, als man denkt, und springen ganz besonders", hatte ihre Freundin spontan gesagt. Aber Eleni hat leicht reden. Zweifel an Todesursachen gehörten bei aufstrebenden Karrierejuristinnen wie ihr schließlich zur Arbeitsplatzbeschreibung. Aber tot war tot.

Das Spiel reißt sie aus ihren Gedanken zurück in die Realität. Zumindest für den Moment. Wildfremde Menschen legen die Arme um die Schultern ihrer Nachbarn und fangen an zu singen. „You'll never walk alone." Kein gutes Zeichen. Das Spiel ist aus. Verloren. Dann wird besonders laut gesungen. Einträchtig. Voller Innbrunst. Als ließe sich die Niederlage doch noch irgendwie abwenden.

Passt zu ihrer Stimmung. Eleni nimmt sie in den Arm. Sie fühlt sich geborgen. Fast so wie sonst. Bis die Nachricht sie aus ihrem normalen Leben riss. Nicht einmal Fußball kann daran im Moment etwas ändern. Der hilft sonst immer. Mal so richtig die Emotionen ausleben. Schimpfen, schreien, Schieber rufen. Lange hatten sie beide in der Südkurve gestanden. Dort wo die Ultras den Ton angeben. Dann gefiel es ihnen dort nicht mehr. Der Hass auf Polizei und Staat ging ihnen zunehmend auf den Geist. Wenn die gewusst hätten, dass Eleni Staatsanwältin und Chefermittlerin ist. Sogar Oberstaatsanwältin, befördert nach ihrem großen Schlag ausgerechnet gegen die Fußball-Wettmafia. Dann hätten sie dort wohl keinen leichten Stand mehr gehabt. Dauerkarte hin oder her. Also waren sie lieber von allein gegangen. Auf die Gegengerade. Dort ging es ihnen besser. Bislang jedenfalls.

Eleni drückt sie fest. Das tut gut. Trost! Es schreit förmlich in Jule. Wer hätte gedacht, dass sie den wegen ihrer Mutter jemals brauchen würde. „Danke, tut gut", sagt sie zu ihrer Freundin. Eleni tut, als überhört sie das. „Komm, ein Weg-Bier noch", sagt sie. „Und heute Abend lassen wir es krachen."

Eleni hat frei. Das war die gute Nachricht, als sie am frühen Nachmittag losgezogen waren und in einer der kleinen Gassen von St. Pauli ihr erstes Bier tranken. Elenis Liebhaber war zu einem Seminar unterwegs und bleibt auch über Nacht weg. Die Sache ist noch frisch. Und fühlt sich für beide gut an. So gut, dass sie ihn fast schon vermisst. Aber ein paar Nächte ohne ihn, das würde sie schon aushalten, hatte Eleni gesagt. Eine Affäre täte ihr selbst auch mal wieder gut, denkt Jule. Aber richtig helfen würde die im Moment auch nicht.

Eleni Kamenis war als Hamburger Staatsanwältin Chefin einer Sonderkommission gewesen, Giannis Kostapoulos, Hamburger mit griechischen Wurzeln, einer der Kripo-Ermittler. So waren die beiden zusammengekommen, dienstlich. Und waren zusammengeblieben, privat. Er hatte viel zur Aufklärung des Netzwerks der illegalen Spielmacher beigetragen. Eleni überließ ihm gern die Lorbeeren bei öffentlichen Auftritten. Griechische Männer und deren Eitelkeit wissen das zu schätzen. Und sie hatte so mal wieder einen freien Abend. Und natürlich die Beförderung in der Tasche. Für die eigene Eitelkeit. Sie sehnte sich nach ihm, würde ihm das so aber niemals eingestehen. Damit der nicht auf falsche Gedanken kommt. War ja wohl klar.

Eleni drängelt sich durch eine Menschentraube, die eine Eckkneipe im Viertel belagert. Cornern ist an der Elbe extrem angesagt. Es ist wie immer nach einem Spiel. Scharen von Fans und Mitläufern sammeln sich vor irgendwelchen Kneipen im Viertel und versperren die Straßen. Die Luft vibriert. Etwas dumpfer als nach einem Sieg vielleicht. Wie neben einer Waschmaschine, die im Schongang rumpelt und rüttelt. Bierdunst vermischt sich mit Qualm. Was auch immer da geraucht wird.

Eleni kommt mit zwei Flaschen Bier zurück. Aus der Flasche schmeckt das noch immer am besten. Die Frauen stoßen an. Die Flaschen klacken trocken gegeneinander. „Willst du drüber reden", fragt Eleni. Als sie keine Antwort bekommt, setzt sie nach: „Was ist die offizielle Todesursache? Gibt es eine Obduktion?" Jule zuckt mit den Schultern. „Bei Selbstmord gibt es immer eine Obduktion", sagt Eleni. Es ist keine Frage, sondern eine Feststellung. Jule schaut die Freundin an. „Selbstmord? Das macht meine Mutter nicht. So was doch nicht." Es klingt fast ein bisschen trotzig. „Bei einem Unfall mit unklarem Hergang gibt es erst recht eine Obduktion." Eleni lässt nicht locker. „Soll ich mich mal schlau machen?" Jule nickt. Was soll sie sagen? Kann ja nicht schaden.

Ein Typ in Jeans baut sich vor ihnen auf. Totenkopf unter der speckigen Lederjacke. „Na Ladys, auch beim Spiel gewesen"? Der Pirat versucht cool zu wirken. „Was geht so ab bei euch Schönen?" Eleni muss lächeln. Jule nicht. „Mach dich vom Acker", raunzt sie. Die Lederjacke erschrickt. „Was stimmt denn mit dir nicht?" Beleidigt zieht er ab. „Man wird doch mal fragen dürfen", sagt er im Weggehen. Und nimmt ein neues Ziel ins Visier. „Hey Süße, doch so schlimm?" Eleni nimmt sie wieder in den Arm. „Komm wir gehen. Wir suchen uns ein ruhigeres Plätzchen."

Ein paar Tacos und Caipirinhas später sitzt Jule in ihrer Wohnung am Hafen und glotzt Löcher in die Luft. Unten macht sich die Stadt für die Nacht klar. In der Kneipe an der Ecke glühen ihre Nachbarn vor. Sie trippeln unruhig auf der Stelle. Das Adrenalin heizt an. Ein paar Kurze, die neuerdings Shots heißen, bringen sie auf Betriebstemperatur, bevor sie in die Klubs ausschwärmen. In den „Pudel" am Hafen oder in den viel zu lauten „Molli" am Nobistor. Daran erkennt man die Hamburger.

Die Pinneberger und Oldesloer hängen lieber an anonymen Kiosken ab. An die hundert gibt es davon wohl schon auf dem Kiez. Triste Buden, die Regale vollgefüllt mit Batterien von Billig-Alk jeder Kategorie. Hauptsache er knallt. Damit machen sie der Gastronomie das Leben schwer. Die Auswärtigen gehen nur noch zum Pissen in Klubs und Kneipen. Aber welcher Wirt will das schon? Wirte definieren Bedürfnisanstalt anders. Es herrscht Krieg zwischen Klubs und Kiosken.

Auf der Elbe tuckern die Barkassen und Partyschiffe vorbei. Dumpfe Bässe schwappen über den Strom bis in die ersten Häuserzeilen. Hinter Container-Kränen parkt rückwärts ein Kreuzfahrtriese ein. Sein lautes Horn hupt den Weg frei. Schlepper zerren an seinem Bug, damit er in der Spur bleibt. Sogar die Hunde der Punks neben der Kirche klemmen vor Schreck den Schwanz ein. Jule kann den Schiffsdiesel bei sich in der Wohnung manchmal fast auf der Zunge schmecken. Auf den Fenstern ihrer Dachschrägen lagert er sich als grauer Film ab.

Sie war mit Eleni noch in ihrer Lieblingskneipe gewesen. Nicht besonders gemütlich. Trotzdem gingen sie da gerne hin. Die Musik dröhnte laut. Das hatte den Vorteil, dass man keine großartigen Gespräche führen kann. Und muss. Man drängt sich an Stehtischen, trinkt Bier aus der Flasche oder Cocktails zu fairen Preisen. „Skinny Bitch“ zum Beispiel, ein neuer Kult-Drink, der nichts anderes als Wodkaschorle ist. Den sie aber gerne mag. Man lacht zusammen, guckt ob jemand guckt, und sinniert, ob die Nacht vielleicht eine Überraschung parat haben könnte.

Jule hatte genug von Überraschungen. Und Eleni war neuerdings streng zu sich selbst und verzichtete lieber. Sie untersagt sich aktuell jeden Flirt. Sie fühlt sich nicht frei dafür. Erstens ist sie frisch verliebt. Und zweitens durch ihren

Job gehemmt. Der klebt ihr wie ein Tattoo auf der Stirn. Staatsanwältin! Wer will schon auf St. Pauli eine Frau abschleppen und neben einer staatlichen Ermittlerin aufwachen. Das muss sein wie kalt duschen. Deshalb waren sie brav nach Hause gegangen. Früher als sonst üblich. Jede für sich. Und allein.

Jule schiebt die dunklen Gedanken beiseite. Sie sitzt vor zwei großen Umzugskisten und starrt auf die Aufkleber mit ihrer Adresse. Jule Hansen, Pinnasberg, Hamburg-St. Pauli, für die Postleitzahl hatte es nicht mehr gereicht. Die war nachträglich mit dickem Stift daneben gemalt worden. Die Handschrift sieht schön aus. Mit eleganten Schwüngen. Ihre Mutter? Eine Spedition hatte ihr die Kisten am Vorabend vor die Tür geknallt. Die Jungs keuchten ganz schön. Dritter Stock Altbau, kein Fahrstuhl. Kein Job mit Perspektive. Nicht einmal für Pumper. Die mit den dicken Bizeps. 1000 Volt, aber oben geht kein Licht an. „Die sind an dich adressiert." Fast beleidigt hatten die Jungs das gesagt, kehrtgemacht und waren wieder abgezogen. Ein Trinkgeld hatten sie in dieser Gegend wohl gar nicht erst auf der Rechnung. Sie hatte ihr Kleingeld wortlos wieder eingesteckt.

Die Kisten hat ihre Mutter persönlich aufgegeben. Zwei Tage vor ihrem Tod. So viel ist klar. Der Stempel lässt grüßen. War das Absicht? Oder von ihr vorsorglich so geplant? Was wollte sie ihr damit sagen? Jule hat keinen Schimmer. Sie muss die Kisten öffnen. Vielleicht findet sie dann die Antwort. Aber will sie die wirklich kennen? Nach all den Jahren? Zurück in die Zukunft? Wem soll das helfen? Ihrer Mutter schon mal gar nicht.

Morgen ist auch noch ein Tag. Jule haut sich erst mal auf die Couch und macht die Glotze an. Ein Krimi, passt doch. Wie im wahren Leben.

JULE
Hamburg, 15. August 2016

Wie lange hatte sie eigentlich schon vor den Kisten gesessen und auf den ungeordneten Wust von Papieren, Kladden und Fotos darin gestarrt? Jule hat jedes Zeitgefühl verloren. Sie hockt auf der Couch und stiert ins Leere. Ihr Blick wandert zu den Pappkartons, in die Luft, wieder zurück. Hin und her. Ratlos. Mutlos. So wie früher bei einer Lieferung von Ikea. Wenn sie die Bauanleitung nicht kapierte. Oder kurz vor Ende der Montage auf einmal die eine Schraube fehlte. Natürlich die wichtigste. Zehn Minuten ging das nun wohl schon. Oder länger? Eine halbe Stunde? Sie hatte schlecht geschlafen und unruhig geträumt. Von ihrer Mutter, die sie bei der Nachbarsfrau abgeben wollte. Jule war noch so klein. Im besten Kita-Alter. Aber die Mutter wollte weg, wer weiß wohin. Sie hörte Männerlachen. Das hatte sich in ihre Erinnerung eingebrannt.

Immer wollte ihre Mutter weg. Weg von ihr. Zu irgendwelchen Kerlen. Immer waren die wichtiger. Das verfolgte sie. Mutters Lachen. Ihr Stöhnen. Und das der geilen Säcke. Bis in ihre Träume. Sie wollte nicht bei der Nachbarin bleiben, riss sich von der Frau immer wieder los. Die hatte in ihrem Traum kein Gesicht. Sie kannte die nicht. Sie befreite sich von deren Hand und rannte ihrer Mutter hinterher. Die schubste sie immer wieder weg. Zu irgendwelchen Fremden. Aber sie ließ nicht locker. Und sich nicht abschütteln.

Auf einer hohen Brücke hatte sie ihre Mutter das letzte Mal eingeholt. Sie weinte. Sie schrie. Sie klammerte. Als die Mutter sie über das Geländer stieß, war Jule schweißnass aufgewacht. Sie erkannte ihr vertrautes Schlafzimmer. Das beruhigte sie etwas. Aber es dauerte. Sie ging in die Küche und trank Wasser direkt aus dem Hahn. In Hamburg ging das.

Die Qualität war astrein. Dann war sie wieder eingeschlafen. Diesmal traumlos.

Trotzdem fühlt sie sich jetzt wie gerädert. Die Augen sind dick geschwollen. Irgendwo hinten zwischen Haaransatz und oberstem Wirbel hämmert ein dumpfer Rhythmus, schwach aber monoton. Und mit Nachdruck. Wenn sie den Kopf dreht, geht das Hämmern steil nach vorn direkt hinter die Schläfen. Der letzte Drink war wohl schlecht, denkt sie. Aber das Grinsen über den gebrauchten Witz will ihre Mundwinkel nicht erreichen. Das Hämmern droht schmerzhafte Rache an.

Jule hatte sicherheitshalber im Büro angerufen und sich krank gemeldet. „Ich fühl' mich nicht." Das kann in Hamburg alles heißen. Und geht immer. Es kann Erkältung bedeuten, aber auch Liebeskummer oder einen Kater. Oder Schlimmeres. Egal. Passt schon. Wenn's nicht mehr ist als ein Tag jedenfalls. Nur doofe Sprüche der Kollegen muss man dann über sich ergehen lassen. Jokes auf anderer Leute Kosten und lockere Kommentare waren bei ihr im Büro der Gegenentwurf zum furztrockenen Gesetzbuch.

Diesmal war's die Telefonistin in der großen Anwaltskanzlei, in der sie arbeitete. Eine der ersten Adressen der Stadt mit Blick auf den Jungfernstieg und die Binnenalster. Und auf die Touristenhorden, die sich dort Tag für Tag über die Stufen ergießen. Warum müssen Touristen eigentlich immer und überall Tauben füttern, denkt sie. Okay, die Schwäne gehören zur Stadt. Sie sind beinahe schon ein Wahrzeichen. Aber diese fliegenden Ratten! Alles voller Taubenkacke. Dabei hat der neugemachte Anleger mit dem Prachtboulevard davor Millionen gekostet. Doch die Viecher sind kaum zu bändigen. Vorsicht bei Selfies!

„Schwanger?" hatte die Blonde vom Empfang am Telefon leicht anzüglich gefragt. Es sollte wohl neckisch klingen, war aber voll daneben. Dabei beschäftigte die Tussy die Frage eigentlich mehr als Jule. Nur hatte sich bislang offenbar kein Kerl auf so ein Abenteuer mit der einlassen wollen. Dass sie intelligent genug war, ein Telefon mit mehreren Anschlüssen zu bedienen, reichte offenbar als überzeugendes Argument für eine längere Beziehung nicht aus. „Kennst du den Vater?“ Sie versuchte es noch einmal. Schnallte es einfach nicht.

Dabei hatte die es gerade nötig bei ihrem Männerverschleiß. Jule ärgert sich noch immer. Dumm vögelt gut, denkt sie. Aber bevor sie etwas sagen konnte, war es auf der anderen Seite der Leitung still geworden. Bei der vorlauten Kollegin hatte es offenbar doch noch geklickert: „Ich mein’ ja nur. War ein Witz“, stammelte sie leise. Keine Antwort. Jules Schweigen brüllte durch die Leitung.

Jule will raus aus dem Tunnel der Erinnerungen. Ans Licht der Realität. Ein starker Espresso, doppelt und ohne Milch, bringt sie vielleicht etwas auf Betriebstemperatur. Hofft sie. Das Pochen wird langsam schwächer, lauert aber wie ein Raubtier zum Sprung bereit irgendwo ganz weit hinten. Ich muss mich der Situation stellen, denkt sie. Augen zu und durch, das wird nicht funktionieren. Und dann ist da ja auch noch Eleni. Auf die konnte sie sich immer verlassen. In jeder Beziehung. Sie öffnet die erste Kiste mit einer Schere und klappt die Deckel hoch.

Fotoalben, Tütchen mit Filmnegativen, Geburtstagskarten, alles bunt durcheinander. Auf den ersten Blick nichts Aufregendes. Sie blättert durch die Fotos. Eine Kindheit in Schwarzweiß. Jule als Baby, Jule in der Kita, die ganze Gruppe in einer Art Uniform wie bei den Pfadfindern mit altmodischem Halstuch. Damals in Rostock und an der Ostsee. Waren das schon die Jungen Pioniere? Jule beim Fasching. Als Prinzessin natürlich. Mit kleiner Pappkrone. Jule beim Ausflug im Tierpark. Jule auf der Eisbahn. Mal allein, mal mit Freundinnen, manchmal auch mit Jungs. Doch nie zusammen mit ihrer Mutter.

Auf einmal sieht die Bilderbuchwelt anders aus. Bunt. Jule bei der Einschulung, Jule auf Klassenfahrt. Warnemünde hat sich verändert. Die Häuser haben Farbe geleckt. Langsam kommt bei ihr die Erinnerung zurück. An die Grundschule und „Frau Altenburg" mit den grauen Haaren. Die sie immer nur „die Alte" nannten. Wegen ihres Alters oder vielleicht auch wegen ihrer altertümlichen Ansichten und Methoden? Niemand wusste das genau zu sagen. „Früher gab's das nicht" war deren Lieblingssatz, wenn ihr etwas so ganz und gar nicht in den Kram passte. Und das war oft. Dann hagelte es Strafarbeiten. Oder Nachsitzen. Oder beides. Eines Tages kam die Alte nicht mehr. Niemand erklärte das. Als hätte es sie nie gegeben.

Die Dichte der Bilddokumente nimmt schnell ab. Ein paar Schnappschüsse findet Jule noch weit unten in der Kiste zwischen losem Papier und Papieren. Die mussten aus der 7. oder 8. Klasse sein. Irgendein Ferienlager am Wasser. Vermutlich die Ostsee. Zwei Aufnahmen mit ihrem ersten Freund, auf denen sie die Hand in Richtung Fotograf reckt, abwehrend. War es da schon auseinander gegangen zwischen ihr und ihrer Mutter? War die Geste einfach nur Protest? Widerstand? Oder frisch ertappt? Peinliche erste Liebe? Noch ohne Zunge. Und vor allem ohne Zeugen. Jule versucht sich zu erinnern. Aber da ist nichts.

Sie war viel allein damals, ihren Vater hat sie nie kennengelernt. Irgendein Wessi, das hatte sie mal nebenbei aufgeschnappt, als sie noch nichts von Liebe verstand. „Vergiss ihn", hatten erst die Mutter und später das Jugendamt gesagt: „Den gibt es für dich nicht." Was immer das heißen sollte.

Biologisch war das jedenfalls nicht gemeint. Außerdem trug sie ja seinen Namen. Oder etwa nicht?

Die Mutter war viel unterwegs in diesen Tagen. Arbeiten, erst als Köchin in irgendeinem Restaurant, später in einer Fabrik, bis die nach der Vereinigung endgültig abgewickelt wurde. Was für ein Abstieg für eine akademische Ingenieurin in Maschinenbau und Schiffstechnik, wie es damals genau hieß. Wofür das alles?

Mit Maschinenbau war es in der DDR nie weit her gewesen. Und auf den Werften hinter dem Eisernen Vorhang spielte auch nicht gerade die Musik. Von Aufbau wurde viel gesungen. Vom Stapel lief deshalb noch lange nichts. Sie hatte deshalb früh einen anderen Weg gesucht. Von irgendwas musste sie ja leben. Die Uni hätte sie dafür nicht gebraucht. Ihre Geburt hatte die Mutter dann endgültig aus der Bahn geworfen. Die Akademikerlaufbahn war zur Sackgasse geworden.

Nach der Wende dann neue Freiheit. Alles sollte anders werden. Besser. Ihre Mutter war viel feiern, meistens in einem Tanzlokal, dass unscheinbar in einem der tristen Wohnblocks auf halber Strecke zwischen Rostock und Ostsee versteckt lag. Der Schuppen war bei den Menschen aus den Plattenbauten sehr beliebt. Nicht wegen der tollen Musik, der schicken Gäste oder der einzigartigen Atmosphäre. Es gab da sonst einfach nichts. Ihr Wohnblock lag zu weit weg von Rostocks Zentrum und nicht nah genug dran an Warnemünde, als das man abends noch mal eben dort hin gekonnt hätte. Um die Häuser ziehen war für die Lichtenhagener ein Fremdwort. Es sei denn, sie wollten ein paar Fidschis klatschen. Fremdenhass war keine Erfindung des Westens. Jule bekam das alles erst viel später mit, als sie längst nichts mehr mit ihrer Mutter zu tun hatte. Sie weiß nicht ob aus eigene Erinnerungen oder Erzählungen. Die Geschichten taten trotzdem weh.

Jule wühlt ein paar Bücher zur Seite, ihre ersten Schul- und Kinderbücher. Alle systemkonform. Heute sicher Raritäten auf dem Flohmarkt. Rares für Bares! Eingeklemmt zwischen Broschüren und alten Schulheften klemmt ein dünner beschrifteter Aktendeckel an der Pappwand, der wegen seines Stadtwappens irgendwie wichtig aussieht. Jule zögert. Sie legt die Mappe erst mal beiseite auf ihren Schreibtisch. Für neue schlechte Nachrichten ist es noch entschieden zu früh. Nach dem ersten Bier vielleicht. Sie greift stattdessen zu einem Bündel mit Briefen und Umschlägen, das mit Paketband zusammengebunden ist, und löst den Knoten. Irgendwelche Post von Mutters Verflossenen. Aber auch einige Briefe von ihr, in denen sie in ungelenken Buchstaben aus Ferienlagern berichtet. „Mir geht es gut. Das Wetter ist prima. Das Essen schmeckt." In dem Stil.

Als sie grad darüber nachdenkt, dass sie eigentlich genug für heute hat, fällt ihr Blick auf einen mit Schreibmaschine geschriebenen Bogen ohne Anrede. Die Qualität ist schlecht, das Papier vergilbt, der Text an manchen Stellen bereits verblichen, als wäre da mal was ausgelaufen. Die Ränder sind stellenweise leicht gefleddert, die untere Hälfte ist abgerissen. „Lass' die Finger davon", kann sie noch entziffern und: „... eine Nummer zu groß für dich". Sie stiert auf Schriftfragmente und greift nach einer Lupe. „....einflussreiche Freunde...." kann sie sich zusammenreimen, „....könnte gefährlich werden...". Und etwas weiter unten: „....sonst bereuen...". Wenige Zeilen sind das nur, darunter ein unleserlicher Krakel. Kein Gruß, kein Absender, kein Datum, nichts. Nur ein paar braune Fleckenränder. Als stammten die aus einem anderen Leben.

What the fuck! Was ist das denn? Sie kann sich keinen Reim darauf machen. War der Schrieb an ihre Mutter gerichtet? Und wenn ja, wie alt mochte der sein? War der wirklich so gemeint, wie man die Bruchstücke verstehen konnte? Wie eine Drohung in einem schlechten Krimi. Aber für wen sollte ihre Mutter eine Bedrohung gewesen sein? Außer für sich selbst. Sie hatte doch zuletzt kaum noch etwas auf die Kette bekommen. War nur noch unterwegs, feiern, trieb sich mit irgendwelchen Männern rum, nie was Festes. Jule weiß nicht mal, womit ihre Mutter zuletzt ihren Lebensunterhalt finanziert hat. Irgendwann muss sie nach Schwerin gegangen sein. Und von da nach Westdeutschland. Da war die Mauer längst Geschichte. Das war das letzte, was sie in Erfahrung bringen konnte. Eine Frau ohne Geschichte. Bis ihre Leiche aus dem Rhein gezogen wurde. Vielleicht sollte sie tatsächlich Eleni um Hilfe bitten, überlegt sie und schiebt die Kiste zur Seite. Das Telefon klingelt. Aber sie hat genug für heute. Ihr steht es bis sonstwo hin. Sogar tot ist ihre Mutter noch ein Problem.

Jule muss was essen, ihr Magen rebelliert. Schon wieder jemand, der sich ungebeten in ihr Leben einmischt. Sie würde am liebsten laut lachen, wenn sie nicht Tränen der Verzweiflung in den Augen hätte. Immer wieder fällt ihr Blick auf die Kartons. Vielleicht sollte sie laufen gehen, denkt sie, um den Kopf frei zu kriegen. Sie ruft Eleni an, aber die geht nicht ran. Sitzt wahrscheinlich in irgendeinem Prozess. Business as usual. Für einen Moment beneidet sie ihre Freundin. Alles bei der scheint so normal. Für den Moment jedenfalls. Warum nur macht ihr die Vergangenheit so zu schaffen? Eigentlich war sie damit doch schon lange durch. Hatte sie sich das nur vorgemacht? Oder waren es die Umstände?

Sie bindet ihre Laufschuhe zu und wirft sich den Kapuzenpullover über die Schultern. Laufen wird mir gut tun, hofft sie. Die Elbe runter, den Schiffen und den Möwen hinterher. Der Strom spült den ganzen Schiet ins Meer. Das könnte sie jetzt auch gut gebrauchen. Zwischen den Plastikpalmen vor der St.Pauli-Kirche holt sie eine kräftige Brise ein. Sie fröstelt. Macht immerhin den Kopf frei, denkt sie und erhöht das Tempo Richtung Fischauktionshalle, um endlich warm zu werden. Zwei Typen drehen den Kopf und schauen ihr hinterher. Ist ihr egal, ist auf St. Pauli fast ständig so. Kerle, die Frauen nachglotzen. Sie sieht deshalb auch nicht, dass die beiden schnell ein Auto besteigen und hinter ihr her langsam den Hang zum Hafenrand runterrollen.

DER MAJOR
Rostock, 21. November 1986

Das Loch im Maschendraht war gerade so groß, dass er ohne Verrenkungen hindurch schlüpfen konnte. Ob der Zaun schon altersschwach oder mutwillig zerschnitten worden war, ließ sich auf Anhieb nicht ausmachen. Dazu war es zu dunkel. Es konnte ihm auch egal sein. Er hatte einen Auftrag. Und nur um den ging es. Dabei war wichtig, dass es keine größeren Probleme gab. Das Loch war keines. Es ersparte ihm sogar Arbeit.

Sein Zeitfenster war klein. In 42 Minuten musste er mit der Wachpatrouille rechnen, wenn alles nach Plan lief. Aber davon musste er nach seinen Planungen nun mal ausgehen. Schließlich war der Major vom Fach. Der wusste, wovon er redete. Der hatte alles sorgsam ausgekundschaftet. Auf ihn konnte man sich verlassen. 42 Minuten. Bis dahin musste er wieder zurück sein. Ohne Wenn und Aber.

Er hatte Glück, das Wetter spielte mit. Es war einer dieser typischen Novembertage an der Küste. Feucht und schmuddelig, immer wieder von Nieselschauern unterbrochen. Den ganzen Tag über war es schon nicht richtig hell geworden. Die Temperatur lag knapp über dem Gefrierpunkt, der

Mond hatte Mühe, hinter der dichten Wolkendecke zumindest hin und wieder einen Blick riskieren zu können. Als hätte ihm jemand die Bettdecke über den Kopf gezogen. Am Horizont schimmerte ein schmaler rötlicher Lichterkranz im Dunst. Das musste Rostock sein. Aber er reichte nicht, das tiefe Schwarz der Nacht über der Stadt zumindest in milderes Grau zu tünchen. Auch die Sterne hatten es vorgezogen, sich zu verziehen. Die Milchstraße hatte geschlossen.

Er rieb sich Hände und Finger warm, bevor er den Draht ein bisschen mehr zur Seite bog. Auf Handschuhe hatte er lieber verzichtet, er wollte nicht irgendwo hängen bleiben und womöglich Spuren hinterlassen. Auch Fasern wussten manchmal viel zu erzählen. Der Major hatte ihm das ins Bewusstsein gehämmert. Das Schietwetter sorgte immerhin dafür, dass die Wachen sich nicht unnötig draußen die Füße vertraten.

Er ahnte den nächstgelegenen Posten mehr, als dass er ihn sehen konnte. Auf dem Hinweg hatte er ziemlich weit weg ganz schwach Zigaretten glimmen sehen. Wie klitzekleine Glühwürmchen. Die Soldaten saßen offenbar in sicherer Entfernung in ihrem Bulli und hatten die Seitentür aufgeschoben, damit der Qualm aus dem VW-Bus abziehen konnte. Er ermahnte sich, nicht länger unnützen Überlegungen nachzuhängen, die Uhr tickte und er hatte noch einiges vor sich.

Gebückt hastete er durch feuchtes Gras. Er konnte die Hand vor Augen kaum sehen und die Richtung zu den alten Baracken nur ahnen. Aber er hatte sich die Gegend bei Tageslicht gut eingeprägt und auf sein inneres Radar war Verlass. Nasses Gras klatschte ihm um die Beine, Wasser aus Pfützen spritzte bis zu den Knöcheln. Plötzlich trat er in ein Loch und verlor das Gleichgewicht. Und landete der Länge nach im Dreck. Sehen konnte er nichts, offenbar ein Kaninchenbau oder so. Sein Knöchel schrie vor Schmerz, als er wieder Boden unter dem Fuß hatte. Schuhe, Strümpfe und Hose waren klitschnass. „Scheiße", fluchte er. Der Knöchel jammerte, die Klamotten klebten am Körper, aber er musste weiter. Keine Zeit zu leiden. Er schimpfte vor sich hin und hinkte etwas langsamer und bedachter weiter. Das sollte ihm nicht noch mal passieren.

Als er eine breite Asphaltpiste überqueren wollte, näherten sich auf einmal zwei Scheinwerfer von der Seite. Er zuckte zusammen. Sie kamen schnell näher. Dieses Szenario stand in keinem Drehbuch. Oder hatte er zu viel Zeit verloren? Bullshit! Er ertappte sich dabei, dass er mit sich selbst sprach. Cool bleiben. Zur Sicherheit hielt er die Hand vor den Mund. Er drückte sich ins Gras und bedeckte sich das Gesicht, als der Jeep an ihm vorbeifuhr, ohne das Tempo zu drosseln. Stimmfetzen der Soldaten aus dem Wagen wehten dem Fahrzeug hinterher, dann war wieder alles wie vorher. Vor allem duster. Er folgte ein Stück lang der Asphaltpiste, die früher mal als Landebahn für die Volksarmee gedient hatte, und zählte die Schritte. 200 Meter. Dann hastete er auf der anderen Seite weiter ins Gelände. Nach wenigen Metern war er am Ziel.

Der Platz vor den Hallen war leer. Nur vor einem Steingebäude am äußeren Rand stand ein Auto mit laufendem Motor. Abgase qualmten aus dem Auspuff. Das war so nicht eingeplant. Störte aber auch nicht. Es waren bestimmt fast 400 Meter bis dahin. Weit genug weg. Das Haus musste die Verwaltung sein, in dem tagsüber der Lagerverwalter hockte und einige Mitarbeiter ihre Büros hatten. Matt schimmerte die Innenbeleuchtung zu ihm herüber als wollte auch sie nicht richtig auffallen. Nicht einmal in den Pfützen spiegelte sie sich.

Ein Blick durch sein Nachtsichtglas bestätigte ihm, dass es eine dieser Westlimousinen war, die vor dem Haus stand. Auf dem Kennzeichen konnte er nur zwei Buchstaben „KI“ erkennen. Danach folgten mehrere Ziffern. Ein Dienstwagen irgendwelcher Bonzen? Wie kamen die dahin? Im Fahrzeug wartete offenbar der Fahrer. Damit hatte er nicht rechnen können. Westbesuch um diese Zeit? Mitten in der Nacht. Das war nicht normal. Was hatten die denn zu verbergen?

Er kümmerte sich nicht lange um die überraschenden Gäste und lief um eine Halle herum. Das Auto verschwand aus seinem Blickfeld. Um den Fahrer musste er sich sicher keine Sorgen machen. Erst recht nicht bei diesem Wetter. Der würde sich schon nicht seine feinen Westschuhe versauen wollen.

Er entschied sich für eines der morschen Fenster an der Wetterseite der Baracke. Die waren längst in die Jahre gekommen, nicht nur wegen des feuchten Seewindes. Widerstand war zwecklos. Er hebelte den Rahmen etwas an, bis er mit einem langen Draht den Fensterhebel erreichen konnte, dann war er drin. Er traute sich, zur Orientierung kurz die Taschenlampe anzuknipsen. Die großen Holzkisten, die er suchte, waren im hinteren Teil der Halle zu ansehnlicher Höhe gestapelt, viele bis unter das Dach. „Danger“ stand in großen Lettern drauf. Fette schwarze Pfeile zeigten an, wo oben war. Dazu ein paar Worte in kyrillischer Schrift, die er nicht entziffern konnte. Und Zahlenkolonnen. Irgendwelche Typen-Nummern vermutlich.

Er nahm sich eine längliche Kiste weiter hinten auf einem kleineren Stapel vor, der nicht auf den ersten Blick zu sehen war, und hebelte den Deckel mit einer Eisenstange auf, die wie bestellt herumlag. „Jackpot“, murmelte er. Fast hätte er laut gelacht. Zwischen lauter Holzwolle lagen sorgfältig aufgeschichtet mehrere Lagen AK 47. Immer vier nebeneinander, nagelneu. Dem Stempel auf der Versandliste nach stammten die Maschinenpistolen aus den Beständen der Volksarmee oder sollten ihr zugestellt werden. „Karlshorst“ war auf einem Aufkleber noch deutlich zu lesen. Die untere Hälfte war abgerissen.

Ihre Auftraggeber hatten richtig gelegen. Das Waffenlager diene Exportgeschäften, und zwar nicht nur legalen, so hatte es ihr Gewährsmann dem Major vertraulich gesteckt. Nach Südafrika sollten die meisten der Schusswaffen gehen wie seinerzeit die U-Boot-Pläne. „Wir müssen uns nur bedienen“, hatte der Major gesagt. „Und uns nicht erwischen lassen.“ Warum der Major von einigen unter ihnen so genannt wurde, wusste er nicht. War ihm aber auch egal. So lange der Major wusste, was er tat.

Auf dem Schwarzmarkt würden die Waffen richtig Kohle bringen, hatte der gesagt. Wie das Zeugs dahin kam, war seine Sache, darum brauchten sie sich keinen Kopf machen. Offizielle Ermittlungen würde es jedenfalls nie geben. „Von den Waffen darf ja keine Sau wissen. Wir müssen nur zugreifen und uns vom Acker machen.“ Wenn alles gut ging, wollten sie ein zweites Mal kommen. Als wäre es ein Selbstbedienungsladen. Nur ein paar Mann mehr wollten sie dann sein. Und größere Beute machen. Er war sozusagen der Testlauf.

Er verstaute drei der Kalaschnikows in seinem Rucksack, das musste erst mal reichen. Dann wendete er sich einer anderen Kiste weiter hinten zu, die deutlich kleiner war. Sie enthielt Handfeuerwaffen, deren Typ er nicht auf Anhieb identifizieren konnte. Für ihn sahen die Dinger sowieso alle gleich aus. Er nahm mehrere heraus und packte sie ebenfalls in den Rucksack. Eine wanderte in die Innentasche seiner Jacke. Konnte man immer gebrauchen. Munition konnte er auf die schnelle nicht entdecken und Zeit zu suchen hatte er nicht mehr. Ein Blick auf die Uhr sagte ihm, dass er nur noch 14 Minuten hatte, er musste sich beeilen.

Er sprang aus dem Fenster und versuchte den Rahmen, so gut es ging, wieder in seine Haltung zu drücken. Er rannte los, der Wessi-Wagen war nicht mehr zu sehen. Die Uhr tickte, er versuchte das Tempo zu erhöhen. Das Wetter hatte sich gehalten, dunkel und nass glänzte die Nacht um ihn herum. Die Sicht war immer noch schlecht. Das machte einen zügigen Abgang nicht einfacher. Das galt aber auch für einen zufälligen Wachposten. Sein Kumpel wartete etwa 300 Meter hinter dem Zaun in einem kleinen Wäldchen, er musste nur das Loch wiederfinden. Das war das größte Problem. Er musste sich auf seinen Orientierungssinn und das Nachtsichtglas verlassen.

Der Maschendraht führte in die Richtung, in der er die Wachen im Bulli vermutete. Die Rostocker Lichterkette blinzelte wieder zur Linken, nur scheinbar etwas weiter weg. Trotzdem musste er richtig sein. Von den glimmenden Zigaretten war nichts zu sehen. Unschlüssig blieb er einen Moment stehen und horchte in die Dunkelheit. Nichts. Kein Laut. Nicht einmal sein eigener Atem. Nach seiner Uhr hatte er noch drei Minuten. Er musste weiter. Er war zwar noch auf fremdem Gelände, aber schon fast auf der sicheren Seite. Die Stille klang beinahe bedrohlich. Endlich entdeckte er das Loch im Zaun. Er hatte es fast mehr gefühlt als erkennen können. Geschafft, dachte er.

Als er nach dem Draht griff, flammten plötzlich zwei grelle Scheinwerfer auf. „Stehenbleiben, sonst schießen wir", forderte ihn eine blecherne Stimme auf. Wo hatten die denn so schnell Licht und Lautsprecher her, überlegte er noch und wollte mit einem großen Schritt durch den Zaun springen. Doch der pralle Rucksack wollte nicht. Er hing fest. Wie ein Fisch am Haken.

Die Waffentasche hatte sich im Draht verheddert. Sie hing noch auf der Seite des Militärlagers und er hing am Rucksack. Auch wenn er eigentlich schon drüben war. Hektisch versuchte er sich aus den Tragegurten zu befreien. Nur weg! Er zerrte und riss. Der Rucksack hielt. Gute Westware. Das Licht kam näher und die Stimmen auch. „Zum letzten Mal: Stehenbleiben! Sonst machen wir von der Waffe Gebrauch."

Es waren mehrere, so viel war ihm klar. Er konnte das am Getrampel und an den Geräuschen hören. Wieso hatte er nichts gemerkt? Und wie waren die auf ihn aufmerksam geworden? Stolperdrähte, überlegte er, als weitere Befehle durch die Nacht schepperten. Ob die an ihn gerichtet waren oder an seine Verfolger, darauf konnte er sich schon nicht mehr konzentrieren. Panisch versuchte er seine Zwangsjacke loszuwerden. Die Beute war ihm längst egal. Auch, was wohl der Major von ihm halten würde. Scheiß drauf. Er musste weg hier, nur weg. Irgendwie. Wenn er es zum Wäldchen schaffte, hatte er eine Chance.

Als er seinen zweiten Arm endlich frei hatte, mit einem Bein bereits hinter dem Zaun, hörte er einen Schuss. Dann noch einen. Dann eine ganze Salve. Waren das Warnschüsse? Er war sich nicht sicher. Ein Schritt noch, nur das zweite Bein musst noch durch. Glaubte er jedenfalls. Er wollte los. Aber es ging nicht. Seine Beine versagten ihren Dienst. Er sah den Wald. Das Ziel war nahe. Er konnte nicht mehr. Die Scheinwerfer gingen aus.

ELENI
Hamburg, 16. August 2016

Ihr Kollege war schon vor einigen Minuten gegangen. Zurück ins Gericht. Vielleicht war sie ihm zu einsilbig. In Hamburg nennt man das maulfaul, wenn man sich selbst genug ist. Und die Zähne nicht auseinander kriegt. Vielleicht wollte er aber auch nur Geschäftigkeit vortäuschen. Oder Wichtigkeit. Eleni ist das egal. Sie muss nachdenken. Nicht über ihn. Sondern über das Leben. Konkret: Über ausgelöschtes Leben. Der Tod von Jules Mutter und vor allem die mysteriösen Umstände ließen sie einfach nicht los. Immer wieder wandern ihre Gedanken zu dem Fall. War es überhaupt einer? Und wie konnte sie helfen?

Sie mag einfach nicht an Selbstmord glauben. Genauso wenig wie ihre Freundin. Es ist mehr so ein Gefühl. Nach all den Geschichten, die sie von ihr gehört hatte. Sie kann das selbst nicht genauer erklären. Alles sieht so dubios aus. Jedenfalls soweit man erkennen kann. Das konnte doch einfach nicht mit rechten Dingen zugegangen sein. Außerdem muss sie Jule helfen. Irgendwie. Wozu sind Freunde da.

„Was kann man nur machen?", hatte sie ihren Kollegen gefragt und auf einen hilfreichen Ratschlag gehofft. Sie hatte ihm die Umstände geschildert und ihn in ihre Zweifel eingeweiht. Eine zweite Meinung konnte nie schaden. Und er ist ein gewiefter Ermittler, auch wenn er nur wenig älter ist als sie. „Am besten die Finger davon lassen." Das war seine Antwort. Nach Mitgefühl oder gar Verständnis hörte sich das nun wirklich nicht an. Doch bevor sie ihrer Empörung Luft machen konnte, setzte er noch eins drauf: „Tote soll man ruhen lassen. Manchmal muss man das Schicksal einfach akzeptieren. Nicht immer sind die anderen Schuld." Dann war er aufgestanden und gegangen. „Ich muss dann mal."

Was stimmte denn mit dem nicht? Eleni war sprachlos. Merkte der denn gar nicht, wie sehr sie der Fall beschäftigte? Und aufwühlte? Und wie stark er sie brüskierte? Natürlich war sie als beste Freundin nicht unvoreingenommen. Wie konnte sie auch. Aber etwas Erfahrung hatte sie schließlich schon. Ihre Zweifel waren ja nicht aus der Luft gegriffen. Und hätte sie nicht vielleicht sogar etwas kollegiale, wenn schon nicht freundschaftliche Unterstützung verdient gehabt? Sie nahm das durchaus persönlich. Späte Rache? Sie hatte ihm verdattert hinterher geblickt und Mühe gehabt sich wieder zu konzentrieren.

Natürlich waren sie und der Kollege nicht so eng miteinander, wie ein unbefangener Beobachter vielleicht denken konnte. Im Gegenteil: Es hatte einige Zeit gedauert, bis sich ihr Verhältnis wieder einigermaßen normalisiert hatte. Erst war der Kollege aus der Wirtschaftskammer offensichtlich scharf auf sie gewesen. Aber mit seinem plumpen Anmachen bei ihr nicht gelandet. Sie fand ihn nett, ein guter Gesprächspartner. Beim Wein oder Bier. Mehr aber auch nicht. Dazu waren seine Annäherungsversuche viel zu schlicht.

Sie hatte ihm das schnell und deutlich zu verstehen gegeben. Freund ja, aber nur platonisch. So eine Abfuhr hat kein Mann richtig gern. Das war ihr klar. Aber darauf konnte sie keine Rücksicht nehmen. Dann war ihr auch noch die Leitung der wichtigen Soko übertragen worden. Ohne erkennbaren Grund. Wie er zumindest fand. Und trotzdem an ihm vorbei. Obwohl er doch der eindeutig Dienstältere und Erfahrenere war. Und was von Fußball verstand. Also ehrlich.

Ermittlungen wegen manipulierter Fußballspiele und Sportwetten. Von europäischer Dimension. Fußball! An eine Frau! Das hatte ihn tief getroffen. In seinem Ehrgeiz. Und in seiner Männlichkeit. Er wusste selbst nicht so genau, was ihn eigentlich am meisten gekränkt hatte. Auf jeden Fall war er für einige Zeit deutlich auf Distanz zu ihr gegangen. Bis auf ein paar spitze Bemerkungen über ihren Fußballsachverstand in der Kantine. Wenn genug Kollegen um sie beide herum standen. Männliche versteht sich. Und Lacher garantiert waren. Dann feuerte er aus der Deckung. Schüsse aus der zweiten Reihe würde der Fußballexperte das wohl nennen.

Eleni hatte die souverän abgewehrt. Oder besser: einfach nur ignoriert. Sie hatte keinen Nerv für solchen Kinderkram. Wenn sie jede angeblich verletzte männliche Eitelkeit ernst oder persönlich nehmen wollte, hätte sie viel zu tun. So war das nun mal selbst am Hort der Rechtsprechung. Frauen haben das Gesetz im Rücken. Aber Männer im Weg.

Irgendwann hatte er sich dann wieder eingekriegt. Zumindest im normalen kollegialen Umgang. Seitdem gingen sie mittags ab und an zum Lunch, ein- oder zweimal im Monat vielleicht. Wie gute Kollegen. Die miteinander auskommen müssen. Aber die alte Nähe wollte sich nicht wieder einstellen. Dabei schätzte sie seinen Rat. Sogar sehr. Aber dass sie sich ihm in einer persönlichen Notlage anvertrauen würde, darauf würde sie nicht mehr wetten. Nun erst recht nicht.

Eleni rührt in ihrem Latte Macchiato. Sie sitzt vor einem kleinen arabischen Restaurant schräg gegenüber der neobarocken Musikhalle. Die war mal der Mittelpunkt Hamburger Musikgeschichte. Ihre Eltern hatten von weinroten Samtsitzen Eric Burdon, den „Beach Boys" oder „Status Quo" gelauscht. Ihre Kinder, die sie hoffentlich mal haben würde, würden nicht mal mehr die Namen kennen. Und womöglich auch nicht mehr die Musikhalle. Kulturwandel nennt man das wohl, denkt Eleni, während sie planlos auf einem Block rumkritzelt.

Alle in Hamburg fiebern der Eröffnung des neuen Musiktempels in der Hafencity entgegen. Der Hype um den auf einen alten Kaispeicher aufgepropften Konzertsaal ist kaum noch auszuhalten. Dabei wird der Monsterbau zehnmal so teuer wie geplant. Über 800 Millionen Euro werden ausgegeben sein, wenn in ein paar Monaten die ersten Töne erklingen. Ein Leuchtturm für Hamburgs Kultur soll dann erstrahlen. Bislang leuchten nur die roten Zahlen.

Eleni ist keine Anhängerin des Prestigeobjekts. Wie viele Kitaplätze hätten damit finanziert werden können. Oder Studierende unterstützen. Wie viel hätte man in eine bessere soziale Infrastruktur stecken können oder in die Ausstattung der Gerichte. Sogar die Grünen hatten sich den Begehrlichkeiten der reichen Pfeffersäcke nicht entgegenstellen können. Oder wollen. Warum, das hatte sie nie verstanden. Sie deckt ihren Musikbedarf lieber in kleinen Klubs in ihrem Viertel, die nicht subventioniert werden müssen. Mit einem Bier in der Hand zwischen verschwitzten Körpern. Passt schon.

Sie schaut auf die Uhr und ermahnt sich, die letzten Minuten zu nutzen und nicht weiter abzuschweifen. Ewig kann sie hier nicht sitzen. Sie hatte sich zwar in der Geschäftsstelle abgemeldet. Aber alles hat seine Grenzen. Erst recht die Mittagspause. Sie macht eine Liste und schreibt zusammenhanglos Stichworte auf ihren Block: „DDR, Rostock, Stasi? Westpolitiker? Tote, Chantal, Köln." Was ihr so in den Sinn kommt. Darunter ein ganz großes Fragezeichen. Drumherum malt sie eine große Klammer, die auf einen Namen zeigt: Jule.

Lauter lose Fäden. Aber wo ist der Strang, an dem sie ziehen muss, um etwas Bewegung in den Fall zu bringen? Dass sie ihrer besten Freundin irgendwie helfen muss, ist für sie klar. Dafür würde sie weit gehen. Wie auch Jule es für sie tun würde. Einfach abhaken und ablegen, das Thema beerdigen, und zwar in jeder Beziehung, das würde sie nicht mitmachen. Und Jule nicht akzeptieren. Jetzt nicht mehr. Nachdem sie die Erinnerungen aus den Kisten rausgelassen hatte. Wie die Pandora aus der Büchse.

Eleni weiß, dass sie aufpassen muss und nicht zu weit gehen darf. Die Mauer zwischen Staatsanwältin und bester Freundin ist eigentlich so hoch wie zwischen den beiden deutschen Staaten damals. Trotzdem muss es einen Weg geben. Köln, denkt sie. Letzter Wohnort der Mutter und Todesort. Einen Anruf ist es wert. Wozu hat man echte Freunde. Und allemal besser als nichts tun. Ihre Gedanken schwirren. Sie notiert: Punkt eins Köln. Danach vielleicht die Stasi als Punkt zwei. Zwei Fragezeichen. Da gab's doch Zeitzeugen als Experten, ehemalige Bürgerrechtler, und Archive. Da muss doch was zu holen sein. Erst recht, wenn der Klassenfeind involviert war. Aber die Behörde ist ein Monster. So viele Akten, so wenig Personal. Und dazu die ganze Bürokratie. Wie lange würde das wohl dauern, bis sie die ersten Akten auf dem Tisch hätten? Womöglich müssten sie sogar extra nach Berlin.

Das Telefon klingelt. Ein Blick auf das Display bringt sie zurück in die Gegenwart. „Bin schon auf dem Weg", sagt sie ins Handy. Die Stimme aus dem Gerät hört sich sehr formell an. Vor allem ein bisschen zu laut. Ihr Leitender Ober. So nennt sie heimlich den vorgesetzten Oberstaatsanwalt. Sie versucht einen geschäftigen Ton anzunehmen. „Bin so gut wie da. Praktisch schon vor der Tür. Bis gleich."

CHANTAL
Warnemünde, 28. Januar 1987

Es klingelte an der Haustür, aber es kümmerte sie nicht. Chantal wollte nicht gestört werden. Sich lieber ihren Träumen hingeben. Den Erinnerungen an die Liebe. Sentimental und stürmisch. So wie vor ein paar Tagen. Bei den Gedanken daran wurde ihr warm. Nicht nur ums Herz. Endlich hatten sie mal ein langes Wochenende zusammen gehabt. Das erste seit vier Monaten. Der MP und sie. Zu zweit, nur für sich. Sonst war es immer nur eine verlängerte Nacht gewesen, vom frühen Abend bis nach dem Frühstück. Immer in Warnemünde. Im Neptun kannte man sie schon. Zumindest hatte sie den Eindruck. Er wurde dort immer mit offenen Armen empfangen. Wie ein Hausgast. Wessi hin oder her.

Die Nächte dort waren schön. Dagegen war nichts zu sagen. Er gab sich Mühe. Zum ersten Mal hatte Chantal die Erfahrung gemacht, dass Sex mehr sein konnte als nur Reinraus. Sie genoss ihr Zusammensein. Doch die Zeit war jedes Mal viel zu kurz. Eine Nacht war kein Wochenende. Und ein gemeinsames Wochenende war kein Beisammensein. Zumal er immer auch noch mindestens ein Meeting hatte, wenn sie sich sahen. Sie wusste nie, worum es dabei ging. Es interessierte sie eigentlich auch nicht richtig. Obwohl sie sich manchmal schon darüber wunderte. So gut waren die gut nachbarschaftlichen Beziehungen beider deutscher Staaten nun ja auch wieder nicht. Doch was wirklich zählte war, dass genug Zeit für sie beide blieb. Auch wenn genug nie genug war. So war das nun mal bei Affären.

Am letzten Wochenende hatten sie endlich mal mehr von sich. Zwei Nächte und fast drei Tage. Es fühlte sich fast schon an, als wären sie fest zusammen. Dabei hatte er zu Hause Frau und Kinder. Aber da lief nicht mehr viel. Immer wieder hatte er ihr das beteuert. Und sogar von Trennung gesprochen. Er brauchte nur noch etwas Zeit. Und sie glaubte ihm. Wollte das unbedingt glauben. Einem wie ihm. In seiner Position. So einer lügt doch nicht. Sie trafen sich in Jena im einzigen Inter-Hotel. Die meiste Zeit verbrachten sie auf dem Zimmer. Genauer: im Bett. Sie kicherte bei dem Gedanken daran wie ein frisch verliebter Teenager.

Ärgerlich waren nur wieder die dienstlichen Unterbrechungen gewesen. Termine! Immer wieder Termine. Auch bei diesem Trip. Zwei Mal musste er los, irgendwas an der Uni besprechen. Erst mit dem Rektor, danach mit irgendwelchen Forschern aus Fachgebieten, von denen sie noch nie gehört hatte. Obwohl sie studiert hatte. Den halben Nachmittag hatte das jeweils gedauert, ihren Tagesablauf und auch ihre Gefühlswelt zerrissen. Wie ein emotionaler Coitus Interruptus. Aber sie hatte es ohne Klagen akzeptiert. Fast jedenfalls. Mit demonstrativ traurigem Blick hatte sie ihn gehen lassen.

Im Anschuss an das erste Meeting waren sie abends immerhin gemeinsam Essen gegangen. Sie hatte ihn im Restaurant getroffen, wo er noch mit zwei Typen zusammen saß. Angeblich aus dem Ministerium für Außenhandel. Sie hatten Weingläser vor sich auf dem Tisch. Aber die Genossen hatten sich schnell verdrückt, noch bevor die ausgetrunken waren. „Job ist Job, auch am freien Wochenende." Mehr hatte er nicht zu deren Entschuldigung gesagt. Nur gelächelt. Danach gehörte der Abend allein ihnen. Und die Nacht. Mit allem was dazu gehörte. Es fühlte sich gut an. Das musste Liebe sein. Auch wenn sie keine wirkliche Vorstellung davon hatte, was für eine Perspektive das mit ihnen hatte.

Das Klingeln an der Haustür riss sie aus ihren Träumen. Es klang jetzt energischer. Der Ton schrillte lang und anklagend durch die Räume. Dabei war es noch früh am Vormittag. Sie schaute aus dem Fenster, konnte unten aber niemanden sehen. Der Störer musste schon vor der Wohnungstür stehen. „Moment", rief sie und zog schnell die Jogginghose über. Sie liebte es zu Hause nur in Slip und Shirt herumzulaufen. Aber so konnte sie unmöglich an die Tür gehen. Auch wenn sie den ungebetenen Störenfried gleich wieder wegschicken würde. Sie machte die Tür auf und blickte den Fremden im Hausflur fragend an. Braunes Kordsakko, die Haare streng gescheitelt, zeitlose billige Hornbrille, er sah aus, als könne er kein Wässerchen trüben. Sie wusste, dass das täuschte.

„Guten Morgen, Genossin, hätten Sie ein paar Minuten zur Klärung eines Sachverhalts?“ Wie eine Frage hörte sich das eigentlich nicht gerade an. Der Kerl hielt ihr einen grünlichen Plastikausweis mit Foto und vielen Stempeln vor das Gesicht. Ministerium für Staatssicherheit konnte sie oben entziffern und als Namen „Major Hilgers“. Unaufgefordert drängte er sich an ihr vorbei in den kleinen Flur ihrer hübschen Zwei-Raum-Wohnung.

Im Wohnzimmer kam er gleich zur Sache. Sie hatte ihm nichts angeboten. Nicht mal einen Sitzplatz. Warum auch. Gäste traten anders auf. „Sie haben Kontakt zu feindlichen Kräften unserer Republik. Man kann schon sagen mehr als nur Kontakt.“ Sie erschrak. Sie hatten ihre Beziehung nicht an die große Glocke gehängt, waren wenig zusammen aus gewesen und nie mit offiziellen Stellen in Kontakt gekommen. Sie hatten aber auch kein echtes Geheimnis aus ihrer Affäre gemacht. Waren sie zu naiv gewesen? Den Beamten des Ministeriums in Jena hatte er sie vage als gute Freundin vorgestellt. Mehr nicht.

Der Stasi-Offizier blätterte in einer Akte, als wollte er sich ein paar Details in Erinnerung rufen. „Warnemünde, noch mal Warnemünde. Hmm, immer wieder Warnemünde, Strandspaziergänge, lange Nächte, einmal Diskobesuch im Hotel. Und letztes Wochenende dann auf einmal Jena. Sie verbringen Ihre Nächte mit einem Klassenfeind. Aus dem nichtsozialistischen Ausland. Und es scheint Ihnen auch noch zu gefallen.“ Er blickte hoch und wartete auf eine Reaktion. Sie sagte lieber nichts.

Er las weiter. „Nicht schön, was sie manchmal so über unsere Republik sagen. Gar nicht schön. Hört sich nicht gerade loyal und solidarisch an. Sie fühlen sich unterdrückt, steht hier, unfrei. Sie wollen in den Westen. Am liebsten mit ihm. Interessant." Er machte eine Pause, damit sich die Wirkung seiner Zitate besser setzen konnte. „Und Ihre Freunde werden angeblich bespitzelt und unrechtmäßig verhaftet. Soso." Er schaute sie mit hochgezogenen Augenbrauen an. „Was haben Sie dazu zu sagen?"

Sie war erschrocken. Woher wussten die das alles? Stimmte es also, was Freunde ihr so oft erzählt hatten? Dass sie alle auf Schritt und Tritt überwacht wurden? Sie hatte das nie wahrhaben wollen. Zumal sie eigentlich nicht besonders politisch war. Ein, zwei Mal vielleicht war sie zu den Treffen der kirchlichen Friedensgruppen gegangen. Vielleicht auch häufiger. Warum auch nicht. Schwerter zu Pflugscharen. Wer konnte schon was dagegen haben. Waren sie nicht alle gegen Krieg? Sogar von Staatswegen? Und ja, sie würde gern verreisen, wohin sie wollte. Auch in den Westen. Darüber hatte sie oft gesprochen. Auch mit ihm.

„Damit das klar ist: Hier spitzelt niemand. Das behauptet allein die Propaganda im kapitalistischen Westen. Und das sind unsere Feinde. Wir schützen unser Land vor feindlichen und subversiven Kräften. Wir sind Schild und Schwert der Partei. Unserer Partei. Und damit unserer Republik und des Sozialismus. Oder sehen Sie das anders?" Sie schüttelte schwach den Kopf. Er blätterte weiter. „Soso, Sie haben das Privileg eines Studienplatzes an der Uni Ihrer Wahl in Rostock, sogar in Ihrem Wunschfach, auf Kosten unserer Arbeiter und Bauern. Sie haben auch eine Zwei-Raum-Wohnung für sich ganz allein. Das soll doch so bleiben?" Sie nickte. Was hatte das alles zu bedeuten? Angstschweiß rann ihr den Rücken runter.

„Dann beweisen Sie uns das. Sie haben jetzt die Gelegenheit dazu. Wir möchten, dass Sie uns hin und wieder von Ihren Treffen mit Ihrem Freund berichten. Was er so sagt und denkt, mit wem er sich außerhalb Ihrer Affäre trifft. Was er so plant. Über welche Geschäfte er verhandelt. Wir haben einiges vor mit Ihrem Bekannten. Dabei sollen Sie uns helfen."

„Und wenn nicht?" So langsam fand sie ihre Worte wieder. „Ich bin kein Spitzel." Trotzig brach es aus ihr heraus. Ihr Atem ging stoßweise.

„Das will ich jetzt mal nicht gehört haben." Er beugte sich über den Tisch und griff nach ihrer Hand. „Aber wir können auch anders. Es gibt eine lange Warteliste für Studienplätze wie Ihren und für Zwei-Raum-Wohnungen erst recht. Viele würden sich darüber freuen. Überlegen Sie sich das sehr gut." Er kramte einen mit Maschine geschriebenen Bogen mit zwei Durchschlägen aus der Aktentasche und schob alles über den Tisch. „Ihr Bekannter hat nichts zu befürchten. Anders als Sie. Nochmal: Wir haben viel mit ihm vor. Wir brauchen ihn. Und wir brauchen für unseren Kampf loyale Genossen."

Sie sagte nichts. In ihrem Kopf arbeitete es. Hatte sie eine Alternative? Sie musste auf Zeit spielen. Den Typen erst mal loswerden. Dann würde sie weitersehen. Irgendeine Lösung gab es immer.

Er riss sie aus ihren Überlegungen. „Seien Sie vernünftig. Unterschreiben Sie hier. Dann geht alles weiter seinen Gang. Ab und an berichten Sie mir, ganz persönlich. Nur wir zwei. Niemand sonst. Dann passiert Ihnen auch nichts. Denken Sie immer daran: Den Sozialismus in seinem Lauf hält niemand auf."

Sie zögerte kurz. Aber eigentlich hatte sie schon aufgegeben. Sie hatte keine Chance. Die musste sie nutzen. Erst mal musste sie ihn loswerden. Und zwar schnell. Dann würde man sehen. Sie griff zu dem Schreibstift, den er ihr hinhielt.

JULE
Hamburg, 16. August 2016

Hilft ja nichts. Probleme sind da, um sie zu lösen, ermahnt sie sich selbst. Es gibt kein Zurück mehr. Jule hatte sich kräftig durchpusten lassen, das Laufen hat ihr gut getan. Wie meistens. Eleni war nicht zu erreichen gewesen. Nun sitzt sie wieder vor einer der Kisten. Frisch geduscht, das Shirt klebt am feuchten Rücken, die Haare sind noch nass. Aber das kann warten. Sie hat die dünne Mappe auf den Knien. Ist unschlüssig, ob sie die erstmal beiseitelegen soll. Der Aktendeckel ist rot, aber schon ziemlich abgegriffen. Mit der Hand hat jemand „Privat“ draufgeschrieben, dahinter wurde irgendwann ergänzt „Akte B.“ Mit anderem Stift in anderer Farbe. Ob’s wohl ihre Mutter war?

An die sieben Kilometer war sie gelaufen, das ist für sie nicht die Welt. Gottseidank hatte sie keine Kollegen getroffen. Die hätten sich über ihre Art von Unwohlsein sicherlich gewundert. Ihr Tempo war so flott, als würde sie vor etwas wegrennen. Die wenigen Fußgänger waren vor Respekt aus dem Weg gegangen. Bis nach Teufelsbrück, dann mit der Elbfähre zurück. Sie hatte zwischen den Ausflüglern an Deck des kleinen Elbdampfers gestanden. Sich von einer kräftigen Brise durchlüften lassen. Und den Möwen bei ihrem Spiel zugeschaut. Wie die stolz und losgelöst hoch über den Köpfen schwebten. Aber wehe, wenn die tiefer fliegen, auf der Suche nach Beute, bereit zur Attacke. Wenn sie einen Brocken Brot ausgemacht haben oder einen Fisch im Wasser, dann gehen sie urplötzlich steil. Sturzflug. Und heben gleich wieder ab, in unerreichbare Höhen.

Stundenlang kann Jule dem Spiel zusehen. Der Klang des Hafens, die kreischenden Möwen, die Sinfonie aus jaulenden Sirenen der Containerbrücken und metallischem Klong, wenn die Stahlkisten aufeinander gesetzt werden, die Gischt auf der schmutzig braunen Elbe – das ist für sie Heimat und die Musik dazu. So fühlt sich Freiheit an. Und Sehnsucht. Die alles verdrängt. Auch Probleme. Normalerweise.

An den Landungsbrücken hatte sie ein Fischbrötchen gegessen und ein Bier getrunken, direkt aus der Knolle. Das kam gut. Der Kopf war frei. Zurück in ihrer Wohnung duschte sie kurz und fasste neuen Mut. So schlimm konnte es um ihre Geschichte doch nicht bestellt sein. Sie wollte sich ihr stellen, komme was da wolle. Bevor sie es sich wieder anders überlegen würde. In Slip und Achselshirt hockt sie auf dem Sofa.

In der dünnen Kladde stecken nur ein paar Bilder, mehr nicht. Sie wundert sich. Kopien von ziemlich alten Fotos. Und eine Art Röntgenaufnahme. Was ist daran so besonders? Die Bilder zeigen ihre Mutter mit einem fremden Mann. Sie sieht sehr viel jünger aus als er. Ende Zwanzig muss sie da wohl sein, schätzt Jule, vielleicht auch jünger. Was hat das zu bedeuten? Zwei Fotos waren am Meer aufgenommen. Offenbar am Ostseestrand. Jule stutzt und schaut genauer hin. Sie nimmt ihre Lupe zur Hand, die ihr mal ein Freund überlassen hatte, der Fotograf war. Am oberen Bildrand erkennt sie ein Hochhaus, das verdammte Ähnlichkeit mit dem Hotel in Warnemünde hat. So hat sie es jedenfalls von zwei Besuchen nach der Wende in Erinnerung. Wenn man den Strand entlang ging Richtung Warnow-Mündung stieß man vor dem Betonklotz auf einen flachen Plattenbau. War das früher nicht ein Schwimmbad gewesen, überlegte sie. Ob es das heute wohl noch gibt?

Ihre Mutter steht am Strand und sieht einem Mann tief in die Augen. Leicht gewelltes dunkles Haar, schlank, nicht sehr groß, bestimmt zehn Jahre älter als sie. Gut gekleidet, irgendwie westlich. Stattlich würde man so eine Erscheinung wohl früher genannt haben. Auch wenn er nicht besonders groß wirkte. Sein Blick sieht sehr vertraut aus. Auch die Art, wie er sie am Arm hält. Fast zärtlich. Jule kennt den Mann nicht, sie hat ihn nie an der Seite der Mutter gesehen. Die hatte auch nie von ihm gesprochen. Damals, als sie noch miteinander redeten. Zumindest kann sie sich an nichts erinnern. Und trotzdem regt sich tief in ihr irgendwas. Kam er ihr doch irgendwie bekannt vor? Aus Magazinen oder Jahreschroniken? Sie kriegt es nicht zu fassen. Auf der Rückseite steht „Für immer. 1987". Ein anderes Foto zeigt ein feudales Badehotel, allerdings ohne Meer. Dafür mit viel Jugendstil oder Barock, mit Putten und Statuen, alles Kitsch. Der gleiche Mann. Die beiden sitzen auf einer Bank in der Sonne. Und halten Händchen.

Wieder ein anderes ist offenbar in einem Hotelzimmer aufgenommen worden. Beide sitzen beim Frühstück. Er im T-Shirt, sie im Morgenmantel des Hotels. Der klafft im Schritt ein Stück auseinander. Nichts drunter. Richtig sexy. Im Hintergrund ist ein zerwühltes Bett zu sehen. Was sollte ihr das sagen? Das letzte Bild zeigt einen Friedhof. Unter einem riesigen Rhododendronbusch ist ein Grabstein zu sehen. Der Name ist unleserlich. Irgendwas mit „B..."? In den eingravierten Jahreszahlen wuchert schon Moos. Wohl lange nicht mehr sauber gemacht. Das Datum ist unleserlich. '88 vielleicht. Oder doch '68? Ein paar frische Blumen stehen in den Vasen, ein langer Schatten fällt auf das etwas ungepflegt wirkende Grab. Der Schatten einer Frau. Ihrer Mutter? Hatte die das Bild geschossen? Immer neue Fragezeichen. Jule kann sich keinen Reim drauf machen.

Als sie die Mappe leicht frustriert beiseite legen will, fällt ihr Blick auf das einzige Bild, das keine Kopie ist. Es ist eine Art Röntgenaufnahme, sehr grobkörnig. Sie sieht fast aus wie eine frühe Ultraschallaufnahme. Gab es so was damals schon? 13. Schwangerschaftswoche steht am Rand. Alles klar. Dazu ein Datum. Sehr undeutlich. 2. Februar 1987 soll das wohl heißen. Jule rechnet. Sollte sie das sein? Ihr Geburtstag ist der 13. August, Tag des Mauerbaus. Vom Zeitpunkt her würde das passen. Aber wieso schleppte ihre Mutter so lange eine alte Ultraschallaufnahme mit sich herum? Und warum war die so sorgfältig beiseite gelegt, zusammen mit wenigen anderen Fotos? Über ihren Vater hatte die Mutter nie geredet. „Den gibt's nicht." Wieder fällt ihr dieser Spruch ein, den sie immer zu hören bekam, wenn sie fragte. Aber das Fragen hatte Jule früh eingestellt. Und bald hatten sie überhaupt nicht mehr miteinander geredet. Jetzt war es zu spät. Würde sie jemals Antworten bekommen?

Sie muss unbedingt mit Eleni über die Fotos und die Aufnahme reden. Was die wohl dazu sagen wird. Ob die wohl helfen können? Einen neuen Ansatz liefern für Nachforschungen? Oder einfach Deckel drauf und aus die Maus?

Für einige Minuten sitzt Jule regungslos vor dem wuchtigen Umzugskarton. Die Mappe mit den Fotos hat sie wieder zugeklappt und neben sich aufs Sofa gelegt. Sie stiert vor sich hin, unfähig einen klaren Gedanken zu fassen. Sie will die Kiste beiseite schieben, als einer der Stapel durcheinander gerät. Die oberen Kladden und Hefter rutschen an die Seite und geben den Blick auf ein paar ältere Zeitungsseiten und Ausrisse frei.

„Mysteriöser Tod" kann Jule entziffern. Sie zerrt einen Schnipsel unter den anderen Unterlagen hervor. Mehr ausgerissen als ausgeschnitten. „War es Selbstmord?" steht über einem anderen Beitrag. Darunter ein etwas unscharfes und sehr grobkörniges, inzwischen leicht vergilbtes Bild. Von einem Mann, der offenbar irgendwo im Wasser liegt. Das Gesicht ist nicht mehr richtig zu erkennen. Kommt ihr aber trotzdem irgendwie bekannt vor.

Jule kommt ein schrecklicher Gedanke. Sie greift noch einmal zu den Aufnahmen im Aktendeckel und findet die Bestätigung. Die Zeitungsaufnahmen haben eine verdächtige Ähnlichkeit mit den Fotos und Kopien. Soweit man es bei der Qualität überhaupt noch sagen kann. Warum sonst sollte ihre Mutter das gesammelt und aufbewahrt haben? Sollte sie jetzt doch noch Antworten auf Fragen bekommen, die sie eigentlich gar nicht mehr stellt? Nicht auch das noch, denkt Jule. Zwei Tote in einer Woche sind einfach zu viel. Sie muss mit Eleni reden. Unbedingt.

DER MAJOR
Warnemünde, 12. Februar 1987

In der Kleingartenkolonie „Zum Roten Deich" steppte der Bär. Die Laubenpieper feierten irgendeinen runden Geburtstag. Welchen eigentlich, das wussten die meisten selbst nicht so genau. Offiziell war es ihr 35. Jahrestag. So war es an den Girlanden in großen Zahlen zu lesen. Aber in historischen Aufzeichnungen der Kolonie konnte man auch finden, dass schon in den dreißiger Jahren die ersten Privatgärtner hier hinterm Deich in kleinen Parzellen Blumen gepflanzt und Gemüse angebaut hatten. Alte Schwarzweiß-Fotos erzählten bunte Geschichten von Sommerfrische zwischen Beeten und Buchsbaum. Man konnte das schmale Wäldchen zwischen den Kleingärten und den Ostseedünen erkennen, das jungen Liebespaaren schon vor dem Krieg Platz für zärtliche Heimlichkeiten bot. Und für romantische Geschichten.

Aber Geschichten vor dem 7. Oktober 1949, als die provisorische Volkskammer zum ersten Mal zusammenkam und die Verfassung der DDR in Kraft setzte, waren noch lange nicht Geschichte. Nicht in diesem System. Also feierten die Schrebergärtner hochoffiziell den 35. Geburtstag ihrer Grünanlage. Der ersten, die nach der Staatsgründung von der neuen Führung im Bezirk genehmigt worden war. Grund genug, dass der Parteisekretär des Bezirks höchstpersönlich erschien, um ein paar warme Worte zum geistig-moralischen Aufbau der Volksgemeinschaft im Grünen zu sagen. Daran änderte auch nichts, dass die sinkenden Temperaturen des einbrechenden Februar-Abends die Finger langsam steif werden ließen. Die benachbarte LPG hatte zur Feier des Tages und zu Ehren des Sozialismus ein ansehnliches Spanferkel gestiftet. Die Schreber standen um den Spieß herum und wärmten sich die Hände über der Holzkohle. Rostocker Pils und Brandenburger „Goldbrand" wärmten von innen.

„Das Bier ist warm", schimpfte Benno, den sie alle nur Bello nannten. Wegen seiner Hunde, die er abgöttisch liebte. Er saß mit drei Kollegen im Windschatten eines Bretterverschlags kaum zweihundert Meter vom Gartenfest entfernt. Ihre Stimmung erreichte nicht annähernd den Pegel wie nebenan. Der Wind zog durch die offenen Fugen zwischen den Brettern, die mit etwas Stroh nur notdürftig abgedichtet waren. Im Dach klaffte das eine oder andere Loch, aus den Bretterwänden ragten rostige Nägel. Vorsicht war geboten.

Die Holzhütte gehörte zum Ruderclub von RSC Dynamo und war ein sicherer Treffpunkt, wenn man sich in Ruhe zurückziehen wollte. Seit Dynamo eine piekfeine Werkstatt unmittelbar hinter den Dünen hingestellt bekommen hatte, war der Verschlag praktisch ausgemustert. Jetzt lagerten hier unter einer Persenning nur noch ein paar Rollen ausgedienter Tampen, gebrochene Paddel und ein bisschen in die Jahre gekommener Klimbim für Wassersport, den in Wahrheit niemand mehr brauchte. Und zwei alte Kajaks mit Löchern, die irgendwer irgendwann mal Instand setzen wollte. Die dann aber total in Vergessenheit geraten waren. So war das eben manchmal mit der Planerfüllung in der sozialistischen Wirtschaft. Gut geplant war noch lange nicht erfolgreich erledigt.

Die vier hockten auf umgedrehten Kisten, stierten auf ein kleines Feuer, das sie zwischen sich mit alten Holzbrettern zum Lodern gebracht hatten. Immer wieder hielten sie die Hände über das Feuer. „Lieber warmes Bier und warme Hände als andersherum", sagte einer in die Stille. Danach war langes Schweigen.

„Was nun", fragte Bello endlich und stocherte mit einem dünnen Ast frustriert in der Glut. Funken stieben zu allen Seiten. „Wie konnte das nur passieren?" Niemand sagte was. „Und wo bleibt eigentlich Buttje?" Gemeint war der Jüngste in ihrer Truppe, grade mit der Schule fertig und immer bestrebt, es allen recht zu machen. Deshalb war er eigentlich immer pünktlich. Überpünktlich. Benno blickte in die Runde und sah nur hängende Schultern, die sich kurz hoben und senkten.

Hin und wieder trank jemand einen Schluck Bier aus seiner Flasche. Das „Rostocker" ließ sich gut trinken, selbst wenn es nicht mehr kalt war. Aber das war im Moment ziemlich egal. Sie hatten ganz andere Probleme.

„Der Plan war einwandfrei, wenn er es nicht verkackt hätte", sagte der, den sie nur „Major" nannten. Warum er so hieß, wusste wohl nur Bello, wenn überhaupt. Immerhin hatte er den Major in die Gruppe geholt. Die anderen hatten aus Respekt nie nachgefragt.

„Ach ja? Der Plan war gut? Und warum ist Pelle dann tot?" Der Rote, der nur wegen seiner Haarfarbe so genannt wurde, sprang erregt auf. Er war ein echter Brocken, sehr muskulös und gut 1,90 Meter groß. Wenn der sich vor jemandem aufbaute, sah er richtig angsteinflößend aus. „Mausetot!“ Er trat wütend mit dem Fuß gegen eine herumliegende Blechdose, die in hohem Bogen durch den Holzverschlag flog und scheppernd gegen die Wand krachte. „Guter Plan. Wenn's nicht so zum Heulen wäre, würde ich laut loslachen.“

„Ein Scheißplan war das“, sagte der vierte in der Runde.

„Ein echter Scheißplan“, sagte Bello.

„So war das nicht geplant“, sagte der Rothaarige.

„Wie konnte das nur passieren, was ist da schiefgelaufen“, sagte Bello.

„Jemand muss uns verpfiffen haben“, sagte der Rothaarige.

„Eine andere Erklärung gibt es nicht“, sagte der Vierte.

„Verdammt, was ist bloß los mit Buttje, so unzuverlässig ist er doch sonst nicht“, sagte der Rothaarige. Erregt stapfte er durch die Hütte.

Der Major schwieg. Für einen Moment waren nur Trinkgeräusche und das Klacken der Bierflaschen zu hören, wenn sie wieder auf den Zementboden gestellt wurden. Das Feuer knisterte. Jemand legte ein paar Scheite nach. Musikfetzen wehten von der Gartenkolonie über die Zäune herüber, der Wind hatte gedreht. Die Puhdys sangen einen ihrer Superhits. Einzelne Textzeilen wurden laut mitgesungen. „Wenn ein Mensch kurze Zeit lebt, sagt die Welt, dass er zu früh geht.“ Klang fast wie bestellt. Ihr Kumpel Pelle wäre gern alt geworden. „...Leben und Sterben und Streit...“. Wie gern hätte der davon noch was gehabt in seinem beschissenen Leben. Hätte, hätte, Fahrradkette.

„Das war kein Zufall“, sagte Bello.

„Sie haben Pelle erwartet“, sagte der Vierte. „Er hatte keine Chance.“

„Eine Falle“, sagte der Rothaarige. „Es muss einen Verräter geben.“ Der Rothaarige schlug vor Wut mit der flachen

Hand auf sein Knie. Alle sahen den Major an. „Spinnt ihr jetzt völlig?“ Es hatte einen Moment gedauert bis der Major kapierte, wohin sich der Wind drehte. Er gab sich einen Ruck. „Ich habe den Kontakt zu unseren Auftraggebern hergestellt. Ich habe das Zielobjekt ausgeguckt. Ich habe den Plan ausbaldowert. Ohne mich säßen wir heute gar nicht hier.“

„Eben“, sagte der Rothaarige.

Bello sah den Major mit zweifelndem Blick an und sagte nichts.

„Du warst der einzige, der über alles Bescheid wusste. Du kanntest jeden Schritt. Du hast uns in dieses dubiose Geschäft reingequatscht. Fünftausend sollte jeder von uns kriegen. Bezahlt hat bislang nur einer: Pelle. Mit seinem Leben.“ So viel an einem Stück redete der Rothaarige sonst selten. Er atmete stoßweise. Pelles Tod hatte ihm schwer zugesetzt.

„Ach ja?“, sagte der Major. „Aber ich sitze hier und suche mit euch nach Lösungen. Und nach der Kohle. Ich habe mich nicht aus dem Staub gemacht.“ Die Stille danach drückte die Gruppe fast zu Boden.

„Wir lassen etwas Gras über die Sache wachsen und versuchen es dann noch mal.“ Der Major versuchte das Gespräch wieder an sich zu reißen. Jetzt ging es darum Führungsstärke zu zeigen.

„Ohne mich“, sagte der Rothaarige, „ich möchte gern noch etwas länger leben.“ Bello schüttelte den Kopf. Man konnte es ebenfalls als entschiedenes „Nein“ auslegen. „Aber wir haben einen Deal.“ Der Major ließ nicht locker. „Und vergesst nicht: Wir haben bereits einen Vorschuss eingesackt. 25 Prozent für jeden. Wir haben eine Bringschuld. Unsere Auftraggeber lassen nicht mit sich spaßen.“ Der vierte Mann erwachte endgültig aus seiner Lethargie. „Die von der Stasi aber auch nicht. Wenn sie uns auf die Schliche kommen.

Bautzen ist mir keine 5.000 Mark wert. Da verzichte ich lieber auf die Kohle." Alle schauten ihn an. „Außerdem ist mir arschkalt."

„Red' keinen Quatsch, woher willst du wissen, dass dahinter das MfS gesteckt haben soll?" Der Major wurde langsam ungehalten und sauer. „Immer, wenn etwas schief läuft, soll unsere Staatssicherheit dafür verantwortlich sein."

„Unsere?" Der Rothaarige grinste schief. „Meine bestimmt nicht!" Er blickte den Major herausfordernd an.

„Buttje hat sie gesehen", beharrte der Vierte. „Aus dem Wäldchen, in dem er wartete, hat er im Scheinwerferlicht mitangesehen wie Pelle von Soldaten der Volksarmee erwartet und dann gestellt wurde. Hat er mir selbst erzählt. Dazwischen diese zivilen Typen in ihren saublöden Regenjacken und diesen Schiebermützen. So laufen nur Mielkes Schergen rum. Voll daneben. Da muss man nicht lange überlegen. Stasi-Schweine. Punkt." Der Major machte eine wegwerfende Handbewegung. „Noch einmal: Wir müssen liefern", sagte er. „Der Plan ist gut. Wir warten einfach, bis sich die Aufregung etwas gelegt hat."

„Noch einmal: Bei mir läuft gar nichts", sagte der Rothaarige, „solange wir nicht wissen, wer oder wo das Leck ist."
„Dann sollten wir uns an die Arbeit machen", sagte Bello. Und alle schauten ihn an, was er damit wohl meinte. „Was ist eigentlich mit der Protzkarre aus dem Westen, die kurz vor dem Zugriff das Gelände des Waffenlagers verlassen haben soll?"

In der Laubenkolonie nebenan gingen langsam die Lichter aus. Die Feierstimmung war schlafen gegangen. Die Puhdys hatten längst schon nach Hause gemacht. Die Kälte hatte gewonnen.

Warnemünder Strand, 10. März 1987

Der Menschenauflauf war viel zu groß. Schaulustige, es konnte gar nicht anders sein. Das sah er schon von weitem, als er aus dem Schutz des Wäldchens kam und auf die Dünen kletterte. Da stimmte was nicht.

Eine Gruppe von Spaziergängern hatte sich am Strand direkt an der Wasserkante um ein nasses Bündel geschart wie um einen angespülten Wal. Die Ostsee schwappte um das mit einer Plastikplane verpackte Paket. Nur diesem Umstand war es wohl zu verdanken, dass sich die Neugierigen nicht noch weiter vorgewagt hatten. Nasse Füße zu dieser Jahreszeit wollte denn wohl doch keiner riskieren.

Der Major überlegte, wie der Vorgang wohl trotz der vielen Gaffer unter Verschluss gehalten werden könnte. Falls es denn einer war. Aber von allein wickelt sich wohl niemand so ein. Obwohl in der Nähe kaum noch Häuser standen, mussten die Schaulustigen am Strand vor allem Leute aus der Gegend sein, die sich in der ersten Frühlingssonne noch ein bisschen Seeluft um die Nase wehen lassen wollten. Ein paar Kinder und Jugendliche waren darunter. Offenbar aber auch schon einige West-Touris. Darauf ließen zumindest die Autos schließen, die oben an der Straße parkten. Natürlich im Halteverbot. Als wenn das die Wessis interessiert hätte und man die wenigen hundert Meter vom Hotel nicht hätte zu Fuß laufen können.

Er schlenderte über den Strand und gesellte sich wie beiläufig zu den anderen. „Was'n los hier?", sagte er betont teilnahmslos. Eine überflüssige Frage, weshalb auch niemand reagierte. Aus der eingewickelten Kunstoffrolle schauten oben Haare heraus. Menschenhaare. Ein ganzer Haarschopf! Noch Fragen? An der einen Seite war die Plastikhülle eingerissen, man konnte deutlich einen nackten Ellenbogen erkennen. Und am anderen Ende des Pakets die groben Umrisse von kräftigen Stiefeln. Wer auch immer da so wasserfest verpackt worden war – so viel war klar: Der Typ war nicht mehr.

„Schon jemand die Volkspolizei alarmiert?" Seine Frage ging ungezielt in die Runde und verwehte hinter ihr in der Seebrise. Einige Köpfe nickten schließlich. Es lag eine seltsame Ruhe über dem tödlichen Treibgut. Aber er konnte nichts machen. Er durfte sich nicht zu erkennen geben. Auf den ersten Blick kam ihm zwar kein Gesicht der Umstehenden bekannt vor, aber das musste nichts heißen. Er war einfach einer, der zufällig vorbei gekommen war. So wie die anderen auch. Das musste reichen. Bloß nicht auffallen. Er zog die Folie unter dem Haarschopf leicht auseinander und zuckte zusammen. Die anderen wichen zurück.

Das Gesicht war ihm bekannt. Viel zu gut. Es war Buttje, der unter die Schwimmer gegangen war. Wenn auch wohl nicht ganz freiwillig. Fast einen Monat hatte er ihn schon nicht mehr getroffen. Da war er also geblieben. „Mist", murmelte er vor sich hin und merkte gar nicht, dass zwei Männer ihn verblüfft anstarrten. „Anfänger", knurrte er. Dann wurde ihm schlagartig bewusst, dass er seinen Ärger womöglich viel zu laut rausgelassen hatte. Und sich etliche Augen auf ihn richteten.

„Was meinst du damit", sagte sein Nebenmann, „kennst du den hier?" Er stieß mit dem Fuß leicht gegen die verpackte Leiche. Einige Zuschauer murrten unwillig über die Respektlosigkeit, sagten aber lieber nichts. Sie wollten den Wortwechsel und die Antwort nicht verpassen.

Der Major versuchte die Situation wieder in den Griff zu bekommen. „Nee, ist doch aber echt großer Mist. So ein junger Bursche. Und schon tot." Alle starrten ihn jetzt an. „Und wenn den jemand verschwinden lassen wollte, war das doch ganz offensichtlich sehr anfängerhaft. Sonst läge er jetzt ja wohl nicht hier." Er versuchte ein ebenso verzweifeltes wie trauriges Gesicht zu machen. Immerhin schienen sich die anderen damit zufrieden zu geben, zumindest für den Moment. Er dachte angestrengt nach. Er musste weg hier. Am besten bevor die Kollegen von der Volkspolizei eintrafen. Aber nur keine Hektik. Er durfte auch nicht weiter auffallen. Nach seinem Fehler eben. So etwas passierte ihm doch sonst nicht. Was war bloß los?

Buttjes Leiche hatte ihn erschüttert und ziemlich aus dem Takt gebracht. Das musste er sich eingestehen. Okay, er hatte dem Kommando, das in den eigenen Reihen „Putztruppe" genannt wurde, zwar den Auftrag gegeben, sich um den Jungen zu kümmern. Und aufzuräumen. Er hatte eine „endgültige Lösung" verlangt, was durchaus Spielräume zuließ. Dass die nur wenige Tage später als schlecht verpacktes Strandgut in der Nähe einer der im Sommer beliebtesten Badestellen angespült würde, hatte er damit aber ganz sicher nicht gemeint.

Buttje war ein Risiko gewesen nach dem missglückten Einbruch in das Waffenlager. Dabei war sein Plan perfekt gewesen. Es hatte auf dem Papier alles so einfach ausgesehen. Und war trotzdem voll in die Hose gegangen. Warum auch immer. Buttje hatte auf der anderen Seite des Zaunes auf Pelle gewartet und war Augenzeuge geworden. Ohne irgendwas tun zu können. Danach war ihm die Muffe eins zu tausend gegangen. Immer wieder hatte er beruhigend auf ihn eingeredet. Aber der war nicht drüber hinweg gekommen. Er wollte aussteigen. Und redete zu viel. Es wäre nur eine Frage der Zeit gewesen, bis er sich irgendwo verplappert hätte. Und seine Stasi-Kollegen auf ihn aufmerksam geworden wären. Das Risiko konnte er nicht eingehen. Es ging nicht anders. Es musste eine Entscheidung getroffen werden.

Und die anderen hatten ihm die überlassen. Dem Führungsoffizier. Wenn es um die Drecksarbeit ging, war er immer gerade gut genug.

Der Major war in Gedanken noch weit weg, als ihm von hinten auf die Schulter getippt wurde. „Genosse, Sie haben eine Aussage zu machen?", sagte einer der beiden Volkspolizisten, die sich unbemerkt genähert hatten. In einiger Entfernung sah er zwei grünweiße Ladas am Strand stehen. Von der anderen Seite arbeitete sich einer dieser hochbeinigen Mannschaftswagen durch den Sand. Die Bereitschaft rückte an, um den Fundort abzusperren und die Leiche zu sichern. Ein Teil der Schaulustigen hatte sich rechtzeitig aus dem Staub gemacht. Es waren nur noch wenige von den Gaffern am Fundort. Dem Kontakt mit der Staatsmacht waren sie lieber aus dem Weg gegangen. Nur er war so in seine Gedanken vertieft, dass er den Abgang verpasst hatte. Schon wieder ein Fehler.

„Ich? Wieso ich?" Der Major stotterte. Er war so überrumpelt, dass seine Überraschung sogar echt wirkte. „Ich kenn' den Typen doch gar nicht."

„Den Typen?" Überraschung verpufft. Der Mann in Grün schaute von seinem Notizbuch hoch und sah ihn an. „Woher wissen wir denn, dass es sich bei dem Opfer um einen Mann handelt." Da war sie wieder diese Überheblichkeit, die sogar ihm manchmal auf den Wecker ging. „Wir." Alle für einen. Für den Sozialismus. Und wehe wenn nicht. Der Uniformierte versuchte auf den Zehenspitzen zu wippen, was im losen Sand nicht ganz einfach war und leicht komisch aussah. „Was gibt's denn da zu grinsen, Genosse Bürger?" Er musste sich zusammenreißen, bevor der übereifrige Genosse alles kaputt machen würde. „Nichts, gar nichts", sagte der Major. Sein leiser Ton sollte etwas unterwürfig klingen. „Die Folie am Kopf des Toten wurde vorhin etwas beiseite geschoben und wir hatten den Eindruck, dass es sich um einen Jungen handeln müsste. Vielleicht ein junger Mann?"

Er musste weg hier. Das ganze Theater beenden. Der zweite Uniformierte hatte bislang noch kein einziges Wort gesagt. Ihn nur angeschaut. Er guckte zurück. Zwinkerte der etwa? Ganz leicht? Er überlegte fieberhaft. Musste er den kennen? Hatte der nicht eine gewisse Ähnlichkeit mit dem Abschnittsbevollmächtigten seines Wohnblocks? Er war sich nicht sicher, zumal er den Kontakt zur Volkspolizei in seinem Wohnquartier immer möglichst gemieden hatte.

„Ich bin erst später dazu gekommen", sagte der Major. „Da lag das Paket schon hier. Alle standen drum herum und glotzten. Jetzt sind sie abgehauen. Ich weiß nichts über den Hergang." Er schaute wieder den Wortführer an. „Brauchen Sie mich noch, Genosse? Ich müsste dann nämlich mal....". Er ließ den Satz in der Luft hängen, weil in diesem Moment eine jüngere Frau auf dem Deich stand und rüber schaute. Sie hatte verdammte Ähnlichkeit mit der Chantal, die eines seiner Zielobjekte war. Nicht auch das noch, dachte er. „Ich glaube, wir können ihn gehen lassen", sagte in diesem Moment der Abschnitts-oder-was-auch-immer-Bevollmächtigte. „Vielen Dank, Genosse, und erhol dich von dem Schreck. Und dem Anblick." Fast wie zufällig wanderte sein Blick dabei zum Deich. Hörte sich das doppeldeutig an? Egal. Nur weg. Der Major grüßte und ging durch die auflaufenden Wellen am Strand entlang in Richtung Hafenmole. Die nassen Füße waren jetzt auch egal. Nur nicht noch irgendein unverhofftes Zusammentreffen. Von Zufällen hatte er für heute wirklich genug.

An der Mole wendete er sich Richtung Altstadt und ging auf schnellstem Weg zur konspirativen Wohnung, von der er wusste, dass die zurzeit nicht genutzt wurde. Dort stellte er seine Schuhe auf die Heizung und legte die feuchten Socken daneben. Er schmiss sich in den Sessel und griff zum Telefon, legte aber sofort wieder auf. Hier konnte er nicht frei sprechen, das wusste er doch. In einer unbenutzten Wohnung. Was war eigentlich mit ihm los? Er musste zur Ruhe kommen, sich sammeln. Endlich wieder klare Gedanken fassen.

Zwei Stunden später saß er an einem sicheren Telefon bei seiner Schwester. Die war absolut linientreu. Eine verdiente Bestarbeiterin, vielfach für hervorragende Leistungen bei der sozialistischen Planerfüllung im Textilkombinat ausgezeichnet. Vor allem war sie nicht neugierig. Und sie wurde nicht überwacht oder abgehört. Dafür hatte er gesorgt.

Seine Schwester überließ ihm wortlos das Wohnzimmer. Sie kannte das schon, dass er manchmal geheimnisvolle Telefongespräche führen musste. Sie wollte gar nicht wissen, worum es dabei ging. Sicher wichtig, das musste reichen. Sie verdonnerte die beiden kleinen Söhne, unbedingt in ihrem Zimmer zu bleiben und den Onkel jetzt nicht zu stören, und verzog sich selber in die Küche. Es wurde langsam Zeit für das Abendbrot. Ein paar Stullen mussten geschmiert werden. Die Spreewaldgurken tropften schon ab.

Der Major verzichtete am Telefon auf lange Vorreden. Als sich jemand am anderen Ende meldete, legte er gleich los. „Was seid ihr für Amateure. Lösung habe ich gesagt, endgültige Lösung. Was habt ihr an ‚endgültig' nicht verstanden. Jetzt liegt er am Strand und das Ganze ist ein offizieller Vorgang." Die Überraschung auf der anderen Seite war groß. „Wie denn das?" sagte ein männliche Stimme. „Das kann doch nicht sein."

„Ach ja? Ist aber so", sagte der Major. „Sicher?" sagte sein Gesprächspartner. „Aber so was von", sagte der Major. „Jetzt wird daraus ein offizieller Vorgang werden."

„Spuren?" kam die Frage zurück.

„Woher soll ich das wissen?" Der Major wurde nun richtig sauer. „Das müsstet ihr doch sagen können." Er hoffte sehr, dass sich die Putztruppe zumindest dabei professionell verhalten hatte. Eine Untersuchung mit massenhaft Fragen war so ziemlich das letzte, was sie jetzt gebrauchen konnten. Das würde den ganzen Zeitplan durcheinander bringen. Und alles gefährden.

ELENI
Hamburg, 17. August 2016

„Mach' dich nicht verrückt, es gibt für alles eine Erklärung. Du wirst sehen." Eleni hat ihr Handy laut gestellt und lauscht den eigenen Worten hinterher. Sie findet selbst, dass die nicht besonders überzeugend klingen. Aber irgendwie muss sie ihre Freundin doch beruhigen. Wenn sie im Augenblick schon sonst nichts tun kann.

Jule hatte angerufen, nachdem sie stundenlang in den alten Fotos und Zeitungsausschnitten gewühlt hatte. Sie konnte sich zunächst nicht aufraffen, bis sie schließlich doch mit jemandem reden musste. „Ich geh' sonst kaputt." Es hörte sich an wie ein Hilfeschrei. Der Zeitpunkt war allerdings nicht gerade günstig. Eleni war zwischen zwei Verhandlungen kurz in ihr Büro gegangen, um sich auf den nächsten Prozess vorzubereiten. Ein paar Notizen durchgehen, etwas abschalten, zur Ruhe kommen. Das war der Plan. Sie wollte deshalb gar nicht ans Handy gehen, bis sie auf dem Display das Bild von Jule sah. Ein paar Minuten könnte sie sich nehmen, hatte sie gedacht, und das Gespräch angenommen. Jetzt grübelten sie schon seit fast zehn Minuten. Immerhin gemeinsam statt einsam.

Ihre Freundin klingt niedergeschlagen. Kein Wunder. Eleni hätte allerdings nicht gedacht, dass die das Ganze so mitnehmen würde. „Lass' das alles nicht so an dich rankommen", sagt Eleni. Besser gesagt als getan, denkt sie dabei. Aber das behält sie lieber für sich. „Das sagt sich so einfach", sagt Jule. „Zwei Kisten voller Fragen. Und keine einzige Antwort. Wie eine Wundertüte. Man öffnet eine und bekommt jedes Mal eine neue Überraschung. Nur freuen kann man sich darüber nie." Jule war selbst überrascht, wie nahe ihr das alles ging.

„Es wird sich finden", sagt Eleni. „Du musst dir einfach ein bisschen Zeit geben." Wieder so ein netter Versuch. Sie fragt sich, warum ihre Ratschläge alle so halbherzig klingen. „Wie denn?", fragt Jule. „Diese Fotos, der Ultraschall. Erst neues Leben, dann Friedhof und Tod. Die Kisten sprechen zu mir. Sie sollen mir was sagen. Und erklären nichts. Einfach nichts."

Für zwei drei Minuten schweigen sich die beiden Freundinnen an. Eleni spürt die Verzweiflung auf der anderen Seite und überlegt fieberhaft. „Wir müssen mehr über das Leben deiner Mutter wissen", sagt sie. „Was hat sie in all den Monaten und Jahren gemacht? Mit wem war sie zusammen? In einer Beziehung oder nur lose. Wer waren ihre Freunde? Hat sie sich jemandem anvertraut? Damals. Oder später?" Jule zuckt mit den Schultern. Als wenn Eleni das sehen könnte. „Mach' mal Pause. Es nützt nichts, den ganzen Tag vor den Kisten zu hocken und zu grübeln. Geh' ins Büro, du musst auf andere Gedanken kommen", sagt Eleni. Sie unterbricht kurz. „Moment mal."

Jule hört, wie Eleni ihr Handy beiseite legt und mit jemandem redet. Eine Männerstimme. Sie kann nicht verstehen, worum es geht. Nur die letzten Worte kriegt sie mit. „Geht los, ich komme gleich", sagt Eleni zu demjenigen. Sie ist ganz offenkundig nicht mehr allein in ihrem Büro. Bis eine Tür laut zuklappt. „Ich muss runter", sagt Eleni. „Die nächste Verhandlung ist aufgerufen. Versuche, dich ein bisschen abzulenken. Nimm dir eine Pause. Heute Abend oder morgen kannst du die Kisten dann noch mal auf den Kopf stellen. Irgendein Name oder Hinweis muss sich doch finden lassen. Vielleicht musst du nur die Sichtweise ein bisschen ändern. Ich kümmere mich um ihren Tod und die Umstände, dann sehen wir weiter. Ich muss jetzt! Nicht böse sein," Dann schaltet sie ihr Handy aus.

Jule lehnt sich zurück und schaut auf die Uhr. Für einen Wein ist es noch zu früh. Wie gut, eine Freundin wie Eleni an der Seite zu wissen. Für's Büro ist es allerdings schon zu spät. Außerdem hatte sie sich für den Nachmittag abgemeldet, angeblich um zu Hause ganz in Ruhe Akten für einen aktuellen Fall lesen zu können. Wenn sie jetzt doch auftaucht, wirft das nur Fragen auf. Fragen, auf die sie gar keine Lust hat. Sie schenkt sich ein Glas Rotwein ein.

ELENI
Hamburg, 18. August 2016

„Wie geht es meiner Lieblingskollegin?" Die freudige Stimme dröhnt so laut aus dem Handy, als käme sie direkt von nebenan. Eleni muss ihr Smartphone ein Stück vom Ohr weg halten. „Lange nichts gehört. Was verschafft mir die Ehre? Fußball oder Strafverfahren? Oder bin etwa ich es?" Eleni muss lachen. „Du hast dich kein bisschen verändert", sagt sie. „Immer noch das rheinische Großmaul." Sie mag Hanns-Helmuth Liefers, daran hatte sich nichts geändert. Während des Referendariats hatte er sie oft zum Lachen gebracht. Sie hatten sich an der Hamburger Uni gemeinsam aufs 2. Staatsexamen vorbereitet und lange hatte er geglaubt oder vielleicht auch gehofft, aus ihnen könnte ein Paar werden. Er sah gut aus mit seinen halblangen dunklen Haaren, war charmant, vorlaut und witzig. Sie waren sogar einmal zusammen im Bett gewesen. Aber mehr aus Versehen. Oder war es sogar Verzweiflung? Sie wusste es nicht mehr so genau. Nach einer wilden Feier waren sie jedenfalls buchstäblich abgestürzt. Und zusammen in der Koje gelandet. An den Sex hatte sie später kein Stück Erinnerung mehr. Ob's am Alkohol lag oder am Sex, darüber hatte sie tagelang nachgegrübelt. Aber kein Wort ihm gegenüber verloren. Was auf Gegenseitigkeit beruhte.

Auf jeden Fall hatte Eleni ihm danach schnell klar gemacht, dass sie ihn als guten Freund behalten wollte. Mehr aber auch nicht. Daran hatte auch die Bettgeschichte nichts geändert. Ein Ausrutscher. Kann im Suff mal passieren. Haken dran. Er hatte versucht daran was zu ändern. Aber keine Chance. Als guter Freund taugte er viel, als Lover war da zu wenig. Warum wusste Eleni selbst nicht so genau. Irgendwann war er dann zurückgegangen. In seine Heimatstadt. Nicht in erster Linie wegen ihr. Aber vielleicht auch? Seitdem sahen sie sich ein bis zwei Mal im Jahr, meist wenn ihre Klubs gegeneinander spielten. Der Freundschaft tat das keinen Abbruch.

Liefers kam aus Köln. Dass er dahin zurückkehren würde, hatte für ihn eigentlich nie in Frage gestanden. BAP lag ihm näher als Lindenberg, das schwitzte er aus jeder Pore. Und der FC aus Köln war Teil seiner DNA. Ihre Kiezkicker fand er sympathisch, aber der „Effzeh“, wie sie dort sagten, war ein Teil von ihm. Darauf zwei Kölsch. „Hanns, du halber Hahn, ich brauche deine Hilfe.“ Sie schmunzelt, weil sie weiß, dass er sich über die Formulierung ärgern würde. Kaum etwas nervt ihn mehr als Nicht-Kölner, die Kölsch für Bier und „halven Hahn“ für Geflügel vom Grill hielten. „War ein Scherz“, setzt sie vorsichtshalber nach. „Ich lache später“, knurrt es von der anderen Seite.

„Ich brauche deine Hilfe wirklich." Sie versucht sich auf den eigentlichen Grund ihres Anrufes zu konzentrieren, bevor die Stimmung ganz den Bach runter geht. Außerdem hat sie nicht endlos Zeit für ihn und seine Scherze. „Für einen Tipp zum nächsten Spieltag? Bei eurer Auswärtsbilanz?" Okay, die Revanche war ihm geglückt, sie muss lachen. „Nein, im Ernst. Ihr habt einen Todesfall im Rhein. Sturz von einer Kölner Brücke. Sieht nach Selbstmord aus. Oder soll vielleicht auch nur so aussehen. Kannst du dir die Ergebnisse der Obduktion mal genauer anschauen und dich dann bei mir melden?" Liefers schweigt. Er erinnert den Fall, die Boulevardblätter hatten groß darüber berichtet. Einen Sprung von der Rheinbrücke hatte es lange nicht mehr gegeben. Und ein Motiv war überhaupt nicht zu erkennen gewesen. Trotzdem ein Fall für die Akten. Die Tote war ein völlig unbeschriebenes Blatt. Jedenfalls nach allem, was die Reporter zutage fördern konnten. Viel war das nicht gewesen. Die Sensationsblätter hatten schnell das Interesse an dem Fall verloren. Und am Opfer. Zu alt, zu unbekannt, zu wenig Sex. So war das im Boulevardjournalismus. Als würde jemand einfach nur den Schalter umlegen. Wenn es keine schlüpfrigen Details mehr auszugraben gab, wurde lieber die nächste Sau durchs Dorf getrieben. Heute geschrieben, morgen vergessen.

„Ich erinnere mich. Dunkel jedenfalls", sagt er. „Was interessiert dich daran?" „Das willst du besser gar nicht wissen." Eleni ist etwas ratlos, wie ehrlich sie zu ihrem alten Kumpel sein soll. Amtshilfe kann sie nicht in Anspruch nehmen. Und bei einem Freundschaftsdienst bewegen sie sich auf ganz dünnem Eis. Beide. „Amtshilfe?" Liefers denkt laut. Fast übertrieben laut, als sollte jemand im Raum mithören. „Du hast sicher einen guten Grund und wirst mir den bei passender Gelegenheit auch nennen." Liefers klingt für sie jetzt besonders ernst. Ist er beleidigt? Oder hat er Angst vor Ohrenzeugen? Mutet sie ihm zu viel zu? Eleni überlegt fieberhaft, ob sie eine Andeutung machen sollte. Aber sie hat ja keine Ahnung, in welcher Situation sich ihr Freund gerade befindet. Ist er allein? Hört jemand mit? Und sei es auch nur zufällig. „Ja", sagt sie etwas einsilbig. Dann ergänzt sie sicherheitshalber: „Ich lass' es dich sofort wissen, wenn alles etwas konkreter ist."

Das Gespräch war jetzt völlig in formelle Bahnen abgeglitten. Eleni hat ein schlechtes Gewissen. Aber das lässt sich nicht mehr ändern, denkt sie. „Melde dich einfach, wenn du was hast." Mit einem knappen Gruß verabschiedet sie sich und drückt das Handy aus. Von der anderen Seite war nichts mehr gekommen. Hat sie ihm zu viel zugemutet? Sie würde ihm bei passender Gelegenheit alles erklären. Dann würde er verstehen. Verstehen müssen!

DER MP
Hamburg, 12. März 1987

Vom Gutshof vor den Toren Hamburgs konnte man bei gutem Wetter fast bis zur Elbe sehen. Man musste dazu nur das Türmchen an der östlichen Ecke besteigen, Sonne und klare Sicht mitbringen und ein kleines bisschen Phantasie. Dann konnte man das Flimmern am Horizont, das wie eine Glitzerhaut über Knicks und Wiesen zu liegen schien, mit einigem guten Willen als Flusslauf der Oberelbe identifizieren. Tatsächlich lag der Strom irgendwo weit dahinter im Dunst. Ob er sich tatsächlich noch mit bloßem Auge erkennen ließ, lag wohl ganz im Auge des Betrachters. Man musste einfach dran glauben. Die Besucher des barocken Landsitzes störte das wenig. Das Backstein-Ensemble war einer der wenigen historischen Plätze entlang der alten Salzstraße, der sich Ausflüglern als Ziel für einen interessanten Zwischenstopp verkaufen ließ. Dazu gehörten nun mal der Elbblick und der Glaube daran, da durfte man nicht kleinlich sein. Der MP verschwendete keinen Gedanken an solche Banalitäten als er vom Parkplatz über den Kiesweg zum Seiteneingang eilte. Auf der Terrasse drängten sich junge Leute zum Rauchen. Aber niemand nahm Notiz von dem eiligen Gast. Offenbar war ihr Seminar für eine kurze Pause unterbrochen worden und die meisten hatten sich nach draußen begeben. Luft schnappen nannten sie das. Was unter der nikotingeschwängerten Dunstwolke ein gewisser Anachronismus war.

Es war noch nicht lange her, dass der Gutshof mit Stallungen, Scheune und Reithalle offiziell unter Denkmalschutz gestellt worden war. Das Geld für die Renovierung kam vom Land. Der MP persönlich hatte sich dafür stark gemacht. So ließen sich ein paar lokale Parteifreunde beglücken, die mit der Investition in ihren Dörfern kräftig angaben. Vor allem aber konnte der MP damit einem Hamburger Kumpel einen großen Gefallen tun, der Schulungsräume zur Weiterbildung seiner Mitarbeiterinnen aus der Kosmetikbranche brauchte. Es war eine Win-Win-Situation, und zwar in jeder Beziehung. Als freundschaftliche Gegenleistung hatte sich der MP in dem Türmchen ein schickes Büro mit Schlafzimmer herrichten lassen. In das zog er sich gerne zurück, wenn der Druck im Büro zu groß war. Oder bei ihm persönlich. Oder wenn zu Hause ohnedies niemand so recht auf ihn wartete. Auf dem Landsitz war immer was los und Abwechslung wurde ihm dort meistens geboten. Und zwar in jeder Beziehung.

Heute war so ein Tag, der nach Ablenkung schrie. Die Umfragen waren noch mal zwei Prozent in den Keller gegangen und bis zur Wahl waren es nur noch wenige Wochen. Die Journalisten wurden immer dreister mit ihren Fragen und Berichten. Am Rande der Parlamentssitzung hatte so ein junger Typ doch glatt Auskunft darüber verlangt, ob seine Anwaltskanzlei, in der er formal immer noch Teilhaber war, eigentlich bei Rüstungsexporten nach Südafrika rechtliche Schützenhilfe gewähre. Schützenhilfe! Das war nicht ganz zufällig doppeldeutig formuliert, das war ja wohl klar. Waffen für Südafrika waren illegal. Und er musste während seiner Amtszeit die Tätigkeit als Rechtsanwalt ruhen lassen. Mit der Formulierung wollte ihn der Schreiberling provozieren. Das stand für ihn außer Frage.

Der MP hatte Mühe gehabt, eine gewisse Gelassenheit zur Schau zu tragen. Als wenn er die Frage gar nicht verstanden hätte. Aber in ihm hatte es gebrodelt. Zumal einige Unternehmen aus der Landeshauptstadt in der Kundenkartei am Kap aufgetaucht waren. Irgendein sogenannter investigativer Journalist wollte das ausgegraben und Beweise dafür haben. So etwas konnte er vor der Wahl ganz und gar nicht gebrauchen.

Als ihn dann auch noch seine Frau anrief, weil ihr Sohn in der Schule wieder mal ausgerastet war, hatte er genug. Er entschied spontan raus aufs Land zu fahren. Um auf andere Gedanken zu kommen. Das gelang ihm in diesen Tagen nirgendwo besser als dort im Herrenhaus. Zu Hause schützte er wichtige Termine vor, das musste reichen.

Im Turmzimmer feuerte er Schuhe und Mantel achtlos in eine Sofaecke. Über den Wiesen und den dahinter liegenden Fischteichen verlor das Licht an Kraft. Der Tag versank im grauen Dies des Feuchtbiotops. Er sah aus dem Fenster die Seminarteilnehmer frösteln und wieder zurück in ihren Tagungsraum drängen. Mit Genugtuung stellte er fest, dass wiedermal überdurchschnittlich viele sehr junge Frauen dabei waren. So lässt sich arbeiten, dachte er. Ein zufriedenes

Lächeln huschte über sein Gesicht. Er gratulierte sich insgeheim zu seiner Idee, das Anwesen mit dem herrschaftlichen Haupthaus zu retten. Und holte eine Flasche Ornellaia aus dem Weinregal.

Er schätzte diesen exklusiven Rotwein aus der Toskana, auch wenn der ihm eigentlich viel zu teuer war. Aber wozu hatte man Freunde. Sein Weinvorrat jedenfalls war immer gut gefüllt, darum brauchte er sich keinen Kopf machen. Er ließ den Wein eine Weile im Glas kreisen, bevor er den ersten Schluck nahm. Ein bisschen Luft brauchte der noch, aber fürs erste Glas war das schon sehr okay.

Was war das bloß mit dieser Frau in Warnemünde? Er saß im Sessel und blickte in Gedanken versunken hinaus in die heraufziehende Dämmerung. War es wirklich nur eine Affäre oder war es mehr? Er hatte oft Abenteuer auf seinen Reisen. Er ließ nichts anbrennen, ein schlechtes Gewissen kannte er nicht. Im Gegenteil: Er genoss das. Aber diesmal war alles irgendwie anders. Er mochte die junge Ostdeutsche. „Sie ist so anders", hatte er seinem Unternehmerkumpel neulich gesagt. „Sie wirkt irgendwie so authentisch und unverdorben." Sie hatten nach einem informellen Treffen von norddeutschen Spitzenpolitikern seiner Partei in Hamburg abends beim Italiener gesessen und er hatte sich ihm anvertraut. Friedrich Ballhorn hatte nur gelacht. „Unverdorben? Ausgerechnet in der DDR? Pass auf, wen du dir da ins Bett holst."

Ballhorn war dabei gewesen, als er sie am Rande seines Staatsbesuchs in Warnemünde das erste Mal getroffen hatte. Sie waren aus Ost-Berlin gekommen und er war gleich in der ersten Nacht mit ihr im Bett gelandet. Der Manager hatte aus seiner Skepsis nie ein Hehl gemacht. Er glaubte nicht an Zufälle im DDR-Sozialismus. Er fand das naiv. Aber er hatte alle Entscheidungen seines Kumpels aus der Politik loyal mitgetragen. Ob aus echter Freundschaft oder einer gewissen Berechnung heraus, darauf kannte nur er selbst die Antwort.

Das Telefon auf dem Schreibtisch im Turmzimmer klingelte. Das musste wichtig sein, denn nur eine Handvoll Leute überhaupt hatten diese Geheimnummer vom MP. Und noch weniger wussten, dass er auf dem Gut zu erreichen war. Er musste rangehen, da gab es keine Alternative.

„Ja?", mehr sagte er nicht.

Im Hörer rauschte und knackte es. „Keine Namen, keine Details", sagte eine Stimme zur Begrüßung. Er konnte sie nicht richtig zuordnen. Er hatte eine Idee, aber konnte das wirklich sein? „Und", sagte der MP. Er wollte den anderen kommen lassen um sicher zu sein. „Wir müssen reden. Dringend. Probleme!" Militärisch knapp. Eine leichte Dramatik in der Tonlage war nicht zu überhören. „Was heißt das? Dringend?" Noch einen Zusatztermin konnte er nun wirklich nicht gebrauchen. Und noch ein Problem schon gar nicht. „Was gibt's?" „Schwund", sagte die andere Seite, „mehr dazu nicht am Telefon."

An der Tür zu seinem Zimmer klopfte es. Noch bevor er etwas sagen konnte, öffnete Ballhorn von außen und schob eine junge Frau in den Raum. Sie sah aus, als sei sie kaum älter als Zwanzig. Groß, blond, schlank, alles saß an der richtigen Stelle. Nur ein bisschen schüchtern. „Sie wollte dich unbedingt kennenlernen." Ballhorn schubste sie energisch etwas weiter ins Zimmer und grinste seinen Freund dabei breit an. Er wartete auf eine Reaktion. Nicht auf irgendeine, das war seinem feisten Grinsen deutlich anzumerken. Er wollte gelobt werden.

„Nicht jetzt. Später vielleicht." Der MP hielt abwehrend eine Hand hoch und mit der anderen den Hörer zu, bis ihm einfiel, dass er dem Typen auf der anderen Seite etwas sagen musste. „Moment mal eben“, sagte er dann mit gedämpfter Stimme in den Hörer. Und lauter zu den beiden ungebetenen Gästen. „Ist grade ganz schlecht.“ Die junge Frau wurde rot vor Verlegenheit, Ballhorn verdrehte die Augen. Manchmal wurde er aus seinem Freund nicht klug. „Wichtiges Gespräch“, sagte der MP, „echt jetzt. Ich sag Bescheid.“ Dann bugsierte er die beiden zur Tür und sperrte hinter ihnen ab.

Er nahm das Telefon wieder ans Ohr. „Was jetzt?“, sagte er. „Schwund? Heißt was? Probleme kann ich in diesen Tagen so was von überhaupt nicht gebrauchen.“

„Nicht am Telefon!“ Die Stimme auf der anderen Seite wurde energischer. „Es ist wichtig. Sonst würde ich nicht anrufen. Übermorgen an der bekannten Stelle. Zur üblichen Zeit. Keine Diskussion.“ Das Klacken war bis zu den Elbwiesen zu hören. Er hatte aufgelegt.

Der MP griff zum Rotwein und stöhnte. Nicht auch das noch. Wie sollte er in seinem Kalender noch eine Tour nach Warnemünde oder Rostock unterbringen. Und dann am Sonntagabend. Er hatte doch schließlich auch noch ein paar Verpflichtungen gegenüber seiner Familie. Und sei es wegen der Kinder. Er schenkte nach. Gut, so konnte er vielleicht Chantal sehen, zwei, drei Stunden mussten eigentlich drin sein. Das war das Positive. Aber sein Büro würde ihm Theater machen, wenn sie in seinem Terminplan zwei Tage komplett leerräumen mussten und er keine kluge Begründung dafür geben konnte. Außerdem würde sein Erklärungsnotstand gegenüber Frau und Kindern immer größer. Er griff zum Telefon und rief über die vierstellige interne Nummer Ballhorn an. „Jetzt könnte ich eine Abwechslung gebrauchen. Und zwar dringend.“

ELENI
Hamburg, 19. August 2016

Eleni starrt auf die Blätter, die vor ihr auf dem Schreibtisch liegen und versucht sich auf die Obduktionsergebnisse zu konzentrieren. Es gelingt nur schwer. Sie bekommt das Gespräch nicht aus dem Kopf. Liefers hatte noch am gleichen Abend zurückgerufen. Diesmal offensichtlich aus seiner Wohnung. So gab es jedenfalls keine Mithörer. Sicher ist sicher. Gottseidank hatte sie gedacht, er ist zumindest nicht beleidigt. Er hatte über ihr Telefonat kein Wort mehr verloren. „Dein Gefühl hat nicht getrogen", sagte er zur Begrüßung. Diesmal ohne lange Vorreden. Sie wusste nicht, was er meinte und sagte lieber nichts. „Die Obduktion hat einige Merkwürdigkeiten ergeben. Die Tote hat blaue Flecke an beiden Oberarmen, einen heftigen Bluterguss im Bereich des oberen Rückens und einen am Nacken."

„Heißt was?"

„Sie könnte von jemandem kräftig festgehalten worden sein. Oder gewaltsam gepackt. Und einen heftigen Schlag von hinten erhalten haben."

„Und wann? Lässt sich was zum Zeitpunkt sagen?" „Ja und nein." Er blätterte. Es raschelte im Hörer. „Die Ödeme waren noch frisch, das ist die gute Nachricht. Wie frisch, das ist aber wohl nicht mehr eindeutig zu bestimmen. Passen mehr oder weniger zum geschätzten Todeszeitpunkt. DNA war nicht mehr feststellbar. Alles abgewaschen. So viel zur schlechten Nachricht."

Liefers machte eine Pause. Auch Eleni sagte für einen Moment nichts. Sie musste erst mal nachdenken. „Sonst noch was?"

„Das Beste kommt vielleicht jetzt." Ihr Freund hatte sich Zeit gelassen mit der Information. „Sie hatte weder Wasser in der Lunge noch konnten wir typische Lungenbläschen feststellen. Außerdem auch keinen Schaumpilz an Mund oder Nase oder in den inneren Atemwegen oder Reste davon. Ja, bevor du fragst, das heißt mit ziemlicher Sicherheit, dass sie im Fluss nicht mehr ums Überleben gekämpft hatte. Also auch nicht ertrunken ist."

„Na toll!" Etwas Originelleres fiel Eleni nicht ein. Sie war total perplex. Eigentlich wollte sie ihrer Freundin ja nur einen Gefallen tun. Um alle Eventualitäten auszuschließen. Sie hatte sich keine große Hoffnung auf irgendwelche Spuren und neue Erkenntnisse gemacht, wenn sie ehrlich zu sich selbst war. Und nun das. Ihr Freund und Kollege wartete auf eine Wirkung seiner Worte. Als die ausblieb, redete Liefers unbeeindruckt weiter. „Sie dürfte tot gewesen sein, als sie aufs Wasser klatschte." Er wiederholte sich. Wie zur eigenen Sicherheit. „Ob dir das was dabei helfen wird, wonach auch immer du suchst, wage ich zu bezweifeln. Denn damit ist eben noch nicht klar, ob sie schon tot von der Brücke stürzte oder sich beim Aufprall tödlich verletzte."

So etwas war Eleni bislang in ihrer Laufbahn noch nicht vorgekommen. Eine Spur mit vielen offenen Enden. „Lässt sich das noch präziser feststellen?", hatte sie ihn schließlich gefragt. „Dafür brauchst du gute Gründe." Liefers ließ seine Worte bewusst etwas nachwirken. Sie hörte das an seinem Ton. „Man kann irgend so einen molekularbiologischen Test machen, ich bin kein Chemiker oder Mediziner. Aber mit dem kann man wohl im Falle eines Ertrinkens sogenannte Kieselalgen nachweisen, was immer das ist. Hundertprozentige Sicherheit gibt dir das aber offenbar auch nicht. Es gibt auch noch ein, zwei andere Verfahren. Für alle brauchst du aber einen hinreichenden Tatverdacht, weil sie teuer und aufwendig sind. Und vor allem eine juristische Zuständigkeit. Und beides scheint mir bei dir bisher jedenfalls nicht auf der Hand zu liegen."

Er wartete wieder. Aber von ihr kam immer noch nichts. Keine Erklärung, keine Einlassung zur Sache. Einfach nichts. Sie bedankte sich und versprach sich zu melden. So bald wie möglich. Liefers sagte ihr noch zu, möglichst gleich am nächsten Tag Kopien zu mailen, damit sie sich selbst ein Bild machen konnte. „Mehr kann ich jetzt nicht tun", hatte er hinzugefügt. Und das hörte sich wieder leicht beleidigt an. Vorbei mit der rheinischen Fröhlichkeit. Danach war die Leitung tot gewesen. Wie die Wasserleiche.

Eleni schiebt die Erinnerungen beiseite und die ausgedruckten Seiten des Obduktionsberichtes hin und her. Liefers hatte Wort gehalten. Sie war kaum im Büro angekommen als der Mail-Alarm an ihrem Laptop quäkte und sie den Anhang ausdrucken konnte. Immer wieder liest sie einzelne Absätze, über feingewebliche und toxikologische Analysen, als könnte sie dem ganzen doch noch ein Geheimnis entlocken. Auch wenn sie nur die Hälfte kapiert. Irgendwas stimmte nicht. So ganz und gar nicht. Das sagt ihr der Verstand, auch wenn er in diesem Metier nur bedingt zurechnungsfähig war. Von ihrem Gefühl gar nicht zu reden. Bei Fußballwetten und Spielmanipulationen kennt sie sich aus, bei Steuer- und Investitionsbetrug oder Insolvenzverschleppung auch. Bei Medizin nicht. Und bei Wasserleichen schon mal gar nicht. Die fehlten bislang noch in ihrer Sammlung. Jetzt wäre es schön, Giannis an ihrer Seite zu haben. Nicht dass der ein Experte für Tod durch Ertrinken wäre. Glaubt sie zumindest. So lange kannten sie sich schließlich noch nicht. Aber es täte sicher gut, den Fall mal mit anderen Augen beleuchten und durchsprechen zu können. Frei von Konkurrenz und Eitelkeiten. Aber der lässt sich grad ganz woanders feiern.

Dass mit den Todesumständen von Jules Mutter etwas nicht in Ordnung war, sagt ihr der Instinkt. Er schreit es geradezu heraus. Auf den kann sie sich gewöhnlich sehr gut verlassen. Fast zu einhundert Prozent. Normalerweise. Und dieses Mal? Soll sie Jule anrufen? Und zusätzlich nervös machen? Soll sie die Erkenntnisse lieber für sich behalten? Und erstmal weiter bohren? Aber welche Möglichkeiten hat sie überhaupt? Bislang war alles ein Informationsaustausch unter Kollegen. Hart an der Grenze des Erlaubten. Wahrscheinlich schon jenseits, wenn sie ehrlich ist. Ihr alter Kumpel fühlt sich jetzt schon ausgenutzt. Soll sie ihn einweihen? Gibt es vielleicht doch einen offiziellen Weg und wenn ja, welchen? Oder zumindest einen offiziösen. Irgendwann muss sie ihn anrufen. Alles erklären.

Ihr Handy klingelt. Jules Foto erscheint auf dem Display. „Hej Süße", meldet sich Eleni. „ich denke grad an dich."

DER MP
Rostock, 14. März 1987

Die anderen waren schon beim Essen als der Gast von drüben endlich eintraf. Die dunkle Limousine mit den getönten Scheiben hielt direkt vor der unauffälligen Kneipe im Rostocker Hafen. Sie war ein Kompromiss zwischen Ballerbude und gutbürgerlichen Restaurant. „Zum Goldenen Anker" gehörte sicher nicht zu den ersten Adressen der Stadt, aber das war egal. Denn kulinarische Entdeckungsreisen gehörten sowieso nicht zu den Kernkompetenzen der sozialistischen Volksküche. Dabei war das Essen im Anker leidlich okay. Wenn man auf Hausmannskost stand. Vor allem aber hatte die Kneipe den untrüglichen Vorteil, dass sie nur wenige Häuser entfernt von der größten Reederei der Republik lag, die als Gastgeber auftrat. Und sich nur äußerst selten irgendwelche Parteikader in den mit muffigen Fischernetzen, Bojen, Rettungsringen und getrockneten Seesternen aufgepeppten Schuppen verirrten. Die Bonzen priesen ihren Sozialismus lieber in Hinterzimmern mit gediegenerem Ambiente. Unter Ausschluss der Öffentlichkeit.

Bevor die wenigen Leute auf der dunklen Straße entlang der feuchten Kaimauer erst richtig aufmerksam auf den Luxusschlitten Marke West werden konnten, war der Gast bereits ausgestiegen und hatte seinen Fahrer fortgeschickt. Ohne lange Fragen ging er durch den mäßig besetzten Gastraum vorbei am Stammtisch mit ein paar älteren Hafenarbeitern in Arbeitsklamotten zum Hinterzimmer. Alles wirkte so selbstverständlich, dass die wenigen Gäste ihn gar nicht richtig registrierten.

Die Männer im Klubraum „Otto Grotewohl" hatten große Biere vor sich stehen. Einer von ihnen aß ein dick belegtes Wurstbrot mit Gewürzgurken oben drauf. Sah wie Salami aus, war für ihn aber angesichts der Versorgungslage schwer vorstellbar. Die anderen löffelten ihre Soljanka. „Nehm ich auch", sagte der MP zur Servicekraft und deutete auf die Brotzeit. „Bier und Mettwurstbrot, das passt." Die Kellnerin rührte sich nicht vom Fleck. „Mettwurst?" Sie sah ihn an, als verstünde sie kein Deutsch. Er zeigte demonstrativ auf den Typen mit dem Brot. „Genau so ein Gedeck. Bier und Mettwurst, aber bitte groß. Beides. Was ist daran so schwer zu verstehen?" „Mettwurst ist Streichwurst. Sieht das wie Streichwurst aus?" Die anderen gluckten vor Vergnügen. Was war denn daran so komisch? Sie sah eigentlich ganz hübsch aus, fand der MP, schien nur etwas schwer von Kapee zu sein. Er zuckte resigniert mit den Schultern. „Meinetwegen." Er war so viel gewohnt in diesem System, was sollte er sich ausgerechnet jetzt groß aufregen. „Dann eben das da, bitte." Er zeigte erneut auf das Brett. „Oder meinetwegen auch Streichwurst. Hauptsache groß. Auch das Bier." Sie sagte nichts mehr und zog pikiert ab.

„Streichwurst?" Er sah die anderen verständlos an, die sich kräftig amüsierten. „Wieder was gelernt, Genosse", japste einer. „Wenn du Mettwurst willst, kannste auch Panzerfett bestellen, das versteht die Kleene sofort", meinte der mit dem Brot, „ Mettwurst ist bei uns nämlich Streichwurst. Ungarische Salami ist ausnahmsweise aus." Der Witz kam an, alle rangen nach Luft. Er setze sich und machte gute Miene zu dem Späßchen. Haben ja sonst nichts, dachte er bei sich, das versprach ja heiter zu werden. Er lächelte gewinnend in die Runde, als fände er den Spruch urkomisch. Nach Lachen war ihm dabei eigentlich gar nicht zumute. Auf dem Weg hatte er kurz am Ortsrand von Warnemünde Halt gemacht. Bello hatte ihn dort einbestellt. Er hatte ihn über den Leichenfund informiert ohne sich in Details zu verlieren. „Buttje war ein Problem geworden", hatte er nur zur Begründung gesagt. Das musste reichen. Der MP hatte sauer reagiert. „Probleme können wir ganz und gar nicht gebrauchen. Leichen aber erst recht nicht!" Wütend hatte er Buttje angeblafft. „Wir müssen unter dem Radar bleiben. Und zwar in jeder Beziehung. Sonst können wir alles vergessen. Wenn wir die Vopo an den Hacken haben, wird das Risiko zu groß." Er hatte ihn mit seiner Wut zurückgelassen. Sollten Bello und die anderen doch sehen, wie sie wieder Gras über die Sache wachsen lassen konnten. Sollte sich doch dieser Major kümmern.

Dass im „Anker" nun das nächste Problem auf ihn zukommen sollte, passte ihm partout nicht. Er versuchte seine schlechte Laune für sich zu behalten. Links von ihm saß der Chef der Reederei, der auch in der Partei eine wichtige Rolle spielte und viel Einfluss hatte. Rechts von ihm, der Witzbold mit dem Wurstbrot, war aus dem Ministerium für Außenhandel und ein hohes Tier im Bezirk. Irgendein Kristian, in dänischer Schreibweise. Mit großem K. Er wusste, dass der Typ als einflussreicher Vertrauter des KoKo-Chefs bei der Beschaffung von Devisen und Mann für besondere Aufgaben galt. Und das, obwohl er kein Genosse, sondern Mitglied einer Blockpartei war. Angeblich sogar seiner Bruderpartei. Den Typen gegenüber hatte er noch nie gesehen. Und der machte auch keinerlei Anstalten, sich vorzustellen. Er tippte auf Staatssicherheit. Musste einfach so sein. War das der ominöse Major? Er hatte viel von dem gehört, ihn aber noch nie zu Gesicht bekommen. Zwei Telefonate, das war's.

„Unsere Treffpunkte werden ja auch immer gemütlicher", sagte der MP anstelle einer Begrüßung und schaute sich um. „Interessante Mischung." Von der Decke baumelten zwei holzgeschnitzte Galionsfiguren, die offenbar vor etlichen Jahrzehnten mal an die Vordersteven irgendwelcher Segel-Galeonen genagelt worden waren. Eine Meerjungfrau mit blanken Brüsten und ein grinsender Matrosenjunge mit Mütze. Schön war was anderes. Zwischen den kitschigen Schnitzwerken hing ein großes Foto von Otto Grotewohl, daneben sein früher Weggefährte Wilhelm Pieck und zwischen den beiden Gründungsvätern der DDR prangte ein Lenin-Orden an der Wand. Vermutlich eine Kopie. Der MP deutete erst auf die Holzfiguren und dann auf die Fotos und grinste. Aber keiner lachte. Bis er endlich sein Wurstbrot vor sich hatte, verlor keiner der Anwesenden ein weiteres Wort. Alle schienen aufs heftigste mit ihrem Essen beschäftigt. Er griente in sich hinein und fühlte sich an eine alte Volksweisheit über Beamte erinnert. Oder war's längst ein Sprichwort? „Wer sich zuerst bewegt, verliert." Sagte also lieber nichts.

„Also gut", fing schließlich der Typ aus dem Ministerium an. „Das Treffen hier hat's nie gegeben, damit das klar ist. Die Genossen in der Hauptstadt verlangen strengstes Stillschweigen." Er blickte alle am Tisch nacheinander an. Keine Reaktion. Der MP aß ungerührt weiter, die anderen waren bereits fertig und warteten auf die Fortsetzung. „Wir erwarten im Überseehafen Rostock eine Schiffsladung mit Ausrüstungsgegenständen, offiziell für unsere bewaffneten Einheiten." Pause. Blick in die Runde. Schweigen. „Konkret Pistolen, Marke Walter und Glock, Panzerfäuste, Zielfernrohre, Schalldämpfer, Munition und eine Tranche des modernsten halbautomatischen Präzisionsgewehrs aus westdeutscher Produktion."

„Wie viele?". Der Vorstand der Reederei griff zu Papier und Stift und machte Anstalten, sich Notizen zu machen.

„Das interessiert hier nicht. Und keine Aufzeichnungen, bitte!" Ost-Berlin wollte sich nicht in die Karten gucken lassen, das war spätestens jetzt eindeutig. „Das Volumen liegt bei etlichen Millionen US-Dollar. Das muss reichen. Das Zeug muss eine Zeit lang hier zwischengelagert werden, bis der Großteil nach Südafrika weiter verschifft werden kann." Jetzt sprach er den Vertreter der Reederei direkt an. „Eine kleine Marge bleibt im Objekt am Stadtrand zur späteren Verwendung. Wann und wofür interessiert jetzt nicht. Unsere Provision liegt bei fast 1,5 Millionen Mark. West. Das allein zählt." Die beiden letzten Informationen waren wieder an alle gerichtet.

Der MP schob den Teller ein Stück von sich und lehnte sich zurück. Hatte der Berichterstatter wirklich „unsere Provision" gesagt? Wer war denn damit gemeint? Direkt die Regierung? Oder die Betreiber, die zumindest nach außen hin das Waffendepot am Stadtrand unterhielten? Von dem aber alle wussten, dass es mit an Sicherheit grenzender Wahrscheinlichkeit unter Stasi-Ägide stand? Man lernt nie aus, dachte er.

Der Funktionär von der Reederei war nicht zufrieden. Er wollte sich nicht so einfach abspeisen lassen. „Wo ist das

Problem? Wofür gibts die Provision. In dieser Höhe? Das ist doch nicht normal." Normal? Ost-Berlin und Kiel schauten sich an und verdrehten die Augen. Fast im Gleichtakt. Wie grenzüberschreitende Verständigung doch manchmal funktionieren konnte.

„Die Ladung kommt aus London, offiziell als Polizeiausrüstung deklariert. Was der Empfänger damit macht, ist natürlich nicht unsere Sache. Vor allem aber darf nicht bekannt werden, dass die Sachen zunächst in der DDR landen und ein Teil davon sogar für länger." Der Ministeriale dachte kurz nach und traf für sich offenbar eine Entscheidung. „Das muss reichen." Als der Reedereichef sich erneut zum Widerspruch räusperte, wurde er ausgebremst. „Entscheidung von Berlin. Die gilt für alle. Auch für dich, Genosse." Der Koko-Mann lehnte sich demonstrativ zurück. Die Diskussion war beendet. Alle schauten den Gast aus dem Westen an, als warteten sie auf seinen Einsatz. Aber der ließ sich noch nicht locken.

Mein Gott, warum tun die sich ausgerechnet jetzt so schwer, dachte der MP. Sonst ging in diesem Land doch auch immer alles, wenn es von oben gewollt war. Ohne lange Nachfragen. Aber dazu sagte er lieber nichts. Jetzt nur keine Fehler machen. Immerhin hatten sie endlich einen Weg gefunden, deutsche Waffen geräuschlos ans Kap zu bringen. Alle würden davon profitieren. Auch sein privater Kontostand. Selbst wenn der Umweg groß war. Und ungewöhnlich. Aber ungewöhnliche Maßnahmen erforderten ungewöhnliche Lösungen. Und nun tat sich ausgerechnet einer dieser Ost-Bürokraten damit schwer.

Es war ihm egal, ob die Waffen und Munition der beiden süddeutschen Waffenschmieden auf direktem Weg nach Großbritannien gegangen waren. Oder über einen Lizenznehmer zum Beispiel in Portugal. So wie fast alle deutschen

Waffenhändler die Auflagen oder Verbote umschifften. Ein gut vernetzter Waffenhändler aus Hamburg hatte den Weg ausbaldowert. Und würde dafür 600.000 Dollar Vermittlungsprovision einstreichen. Von der auch für ihn was abfallen würde. Natürlich nur im Erfolgsfall. An dem Umweg war nichts zu ändern. Da die Bonner Regierung die Ausfuhr von Kriegsgerät in Krisenregionen offiziell untersagte. Und nach Südafrika wegen des UNO-Boykotts gegen das Apartheid-Regime ganz besonders. Der Weg war das Ziel. Wichtig war, dass Waffen und Munition dort ankamen und die südafrikanische Regierung ihren „Letter of Intent" mit der Kieler Werft endlich mit Leben erfüllte. Die Schiffbauer brauchten dringend Geld und Aufträge, wenn nicht noch weitere Arbeitsplätze die Förde runter gehen sollten. U-Boote und Fregatten. Das konnten sie. Der MP musste grinsen und alle schauten ihn erstaunt an. Er durfte nicht länger schweigen. „Es darf keine internationalen Friktionen geben. Deshalb muss das alles lautlos vor sich gehen. Dann profitieren alle Seiten davon. Langfristig sogar mehr als es heute scheinen mag. Glauben Sie mir, auch wenn ich der Klassenfeind bin." Jetzt lachte er.

Der Typ, der sich nicht näher vorgestellt hatte, lachte übertrieben laut mit. Aber der Spaß schien seine Augen nicht zu erreichen. Sein Blick blieb kalt, eiskalt. Vorsicht, ermahnte sich der MP, den Typen muss man im Auge behalten. Immerhin schienen die anderen zufrieden. Es gab keine Fragen mehr. Der MP suchte nach dem Kellner und wollte zahlen. Aber Kristian vom Ministerium winkte ab. „Das geht auf uns. Sie haben ja sicher noch was vor. Wichtige Menschen soll man nicht warten lassen." Dabei zuckte sein rechtes Auge, als zwinkerte er ihm zu.

ELENI
Hamburg, 23. August 2016

Die letzten Tage hatte Eleni ihre Freundin und den ganzen Fall ganz weit weg geschoben. War es überhaupt ein Fall? Und wenn ja, für wen? Oder wollte sie ihrer besten Freundin einfach nur zur Seite stehen? Ihr ein bisschen Halt geben? In schwerer Zeit? Andererseits war das auch egal. Jule brauchte sie, das allein zählte. Aber jetzt wollte sie erstmal den Kopf frei haben. Jetzt ist sie dran. Jetzt braucht sie mal was. Das ist Giannis. Das hat absolute Priorität, zumindest für die nächsten Tage. Oder sollte sie besser sagen: Nächte? Sie kichert vor sich hin wie ein verliebter Teenager bei dem Gedanken daran.

Fast eine Woche war ihr Grieche unterwegs gewesen. Die Bezeichnung würde ihn ärgern, das weiß sie. Obwohl die doch liebevoll gemeint ist. Denn Giannis ist waschechter Hamburger. Auch wenn der Name nicht so klingt. Auf der Uhlenhorst geboren, in Barmbek zur Schule gegangen. Im Schanzenviertel ins wahre Leben gestolpert. Und trotzdem bei der Polizei gelandet, die dort im Linkenviertel nur Bullen heißen. Okay, Fan des falschen Hamburger Fußballklubs. Zumindest aus Elenis Sicht. Er hielt seit jeher mit den anderen in der Stadt, die mit der Raute auf der Brust. Muss man halt mögen. Aber daran ließ sich sicher noch arbeiten.

Dann war er aus idealistischen Gründen in die Heimat seiner griechischen Eltern gegangen, um dort nach der Finanzkrise den Reformprozess zu unterstützen. Und beim Aufbau einer neuen Polizei zu helfen. Die endlich frei von Korruption sein sollte. Der Organisierten Kriminalität war es zu verdanken, dass sie sich getroffen hatten. Eleni leitete von Hamburg aus Europols Jagd nach Wettpaten und Manipulationen im europäischen Fußball. Giannis wurde wegen seiner guten Griechenland-Kenntnisse ins Ermittlerteam berufen. Und war so auf Eleni gestoßen.

Jetzt war er als Experte zu Schulungen der Fußballverbände in Köln und Frankfurt unterwegs gewesen. Und danach zu einem Vortrag an einer Fußball-Akademie in Süddeutschland. Keine Woche war vergangen. Aber Eleni vermisste ihn. Das war das eigentlich Ungewöhnliche. Ein ganz neues Gefühl. Wo sie doch sonst niemanden so leicht an sich rankommen lässt. Sie liebt ihre Unabhängigkeit. Nur nicht zu früh binden. Auf keinen Fall auf den Erstbesten hereinfallen. Bei fast jeder Affäre hatte sie sich das gesagt und immer selbst ermahnt. Und sich meistens schleunigst wieder aus dem Staub gemacht. Dabei ratlose und verzweifelte Kerle zurückgelassen.

Jetzt ist auf einmal alles anders. Irgendwie zumindest. Tickt etwa ihre biologische Uhr? Oder zeigen sogar die drängenden Fragen ihrer griechischen Eltern Wirkung? Die waren zwar schon in den sechziger Jahren nach Deutschland gekommen und auch mental hier zu Hause. Aber den Traum einer griechischen Großfamilie mit vielen Enkeln hatten die nie aufgegeben. Wenn es sein musste eben an der Elbe.

„Na, hast du mich vermisst", fragt er und grient sie mit diesem unverschämten Grinsen an. Giannis hat ihr gegenüber im Büro Platz genommen und feixt. Ist das Selbstsicherheit oder angeboren? Sie behält den Gedanken lieber für sich. Laut sagt sie: „Angeber." So hatte sie ihn kennengelernt. Mit diesem dreisten Grinsen im Gesicht. Als er das erste Mal an ihre Bürotür klopfte. So hatte sie sich in ihn verliebt. Beinahe Hals über Kopf. Ausgerechnet sie. Die immer rational denkende, kühl abwägende Karrierejuristin. „Ist das Grinsen eigentlich Masche oder wie eine Art Tick angeboren?" Die Frage klingt aggressiver, als sie gemeint ist.

Aber irgendwie muss sie ihn doch von seinem hohen Ross stoßen. Er grinst. Bis er einfach aufsteht und um den Schreibtisch herumgeht. Er nimmt sie in die Arme und küsst sie. Lange. Direkt auf den Mund. „Pures Glück", sagt er und grinst. Sie versucht ihn wegzuschieben. „Wenn jemand hereinkommt", keucht sie. „Dann sieht er eine verliebte Oberstaatsanwältin." Wieder dieses Grinsen. Aber er gibt sie frei. Und sie setzen sich an den Besuchertisch, auf dem die Kaffeemaschine steht. Sie ist die letzte Erinnerung an die gemeinsamen Ermittlungen gegen die Wettmafia zusammen mit einem Kollegen vom Landeskriminalamt. Und sie hat darauf bestanden, dass die Maschine in ihren Besitz übergeht.

Giannis erzählt von den Vorträgen und dem Desinteresse der jungen Kicker. „Die haben nur Dollarzeichen in den Augen", sagt er. „Alles andere interessiert die null. Am liebsten hätten die diese dicken Kopfhörer gar nicht erst von den Ohren genommen."

Danach hört er Eleni zu. Der Tod von Jules Mutter berührt ihn. Er weiß um das besondere Verhältnis zwischen Eleni und Jule. Wie wichtig beiden das ist. Das war eine seiner ersten Lektionen. Und er hatte sich fest vorgenommen, niemals dazwischen zu kommen. Ihre Trauer ist auch seine.

Aber auch der Fall fasziniert ihn. Er fragt nach Details. Wie ein gut geschulter Polizist eben. „Das ganze stinkt doch", sagt er, als Eleni fertig ist. „Viel zu viele Zufälle." Er denkt laut nach. Wenn Jule in Hamburg Anzeige erstatten würde, könnten sie daraus eine Zuständigkeit ableiten? So ohne weiteres wohl nicht. Es brauchte dazu noch etwas mehr. „Und wenn Jule nun bedroht würde? Hier in Hamburg." Er grinst. „Oder sich zumindest bedroht fühlt. Rein subjektiv?" Er grinst noch breiter. Eleni verdreht die Augen. „Keine Tricks. Es muss doch noch einen anderen Weg geben."

Beim Italiener am Abend hat er eine Idee. Sie sitzen im Hafen auf einer Terrasse direkt auf dem Kai. Gegenüber liegt die Werft, auf der die großen Kreuzfahrtschiffe aufgehübscht werden. Jetzt liegt dort eine mit Planen abgedeckte Privatyacht. Aus Angst vor Anschlägen wird um die millionenschweren Luxuspötte russischer Oligarchen und arabischer Ölscheichs auf den Docks neuerdings ein ziemliches Gewese gemacht. Keine Fotos, keine Informationen! Als wenn es im Internet nicht genug davon über die Protz-Yachten gäbe.

Der Platz direkt am Wasser zählt für sie zu den schönsten Orten der Stadt. Sie kann da stundenlang den vorbeischippernden Fähren und Barkassen zusehen. Sie liebt das Tuten der Schiffe im Hafen. Kleine Frachtschiffe, sogenannte Feeder, Schuten, Barkassen, Hafenfähren. Sportboote, die wie Bienen zwischen Anlegern, Docks und Dalben umher summen. Sie mag den riesigen Containerschiffen zusehen, wenn die sich die Elbe hoch in den Hafen schieben. Manchmal dreht direkt vor den Fenstern des Restaurants einer dieser Kaventsmänner. An ihm dran hängen dann zwei oder drei Bugsierschlepper wie Schmeißfliegen. Sie helfen, ihn rückwärts an den Computerterminal im Hafenbecken gegenüber zu ziehen. Dabei kommt die Bugspitze den Gästen des Restaurants oft so nah, dass man glaubt sie anfassen zu können. Ein Wahnsinnsspektakel. Sogar für Hamburger. Touristen geben sich meist mit weniger zufrieden. Die rasten schon aus, wenn eine der kleinen Hafenfähren vorbeizieht. Alle fünfzehn Minuten laut Fahrplan. Aber woher soll ein Schwabe das wissen, der noch nie offenes Wasser gesehen hat.

Der Hafen, die Schiffe und das Meer. Lale Andersen kommt ihr jedesmal in den Kopf, wenn sie hier am Strom sitzt, obwohl die Sängerin aus den Fünfzigern eigentlich für all das steht, was junge taffe Frauen heutzutage überwunden zu haben glauben. Die verkörperte doch den Geist ihrer Eltern. Heim und Herd. Statt Sehnsucht nach Ferne. Aber das Lied trifft die Stimmung unten am Hafen und zielt direkt auf ihr Gemüt. Es lässt Eleni träumen. Es muss die unendliche Weite sein, von der die Elbe ein Teil ist. Immer in Bewegung, Strom auf und ab, dass man fast die Uhr danach stellen kann. Auf steter Suche nach neuen Ufern und neuen Zielen. Und sich dann immer wieder zurückzieht in heimische Fleete und Kanäle.

Über der Dünung die Möwen, die auf dem Hamburger Wind segeln wie auf unsichtbaren Schnüren gezogen. Lässig und gelassen. Kaum ein Flügelschlag. Und doch auf der Hut. Majestätisch. Tief unter ihnen die Segelyachten, die gegen die Strömung ankämpfen. Die Sportboote, die auf der kabbeligen Dünung tanzen und sich wie Ameisen um Hamburgs neuen Konzerttempel scharen. Der neue Leuchtturm der Stadt. Eigentlich ein unbezahlbarer Traum. So oft schon hatte sie das aufgeregt. Aber die Stadt war wie auf Dope, wenn es um das Ding ging.

Die Barkassenführer, die den Besuchern Döntjes und charmante Lügengeschichten auftischen, haben das neue Wahrzeichen längst in ihr Repertoire aufgenommen. Sie mögen den Kulturtempel ebenfalls. Aber die mögen ja auch den HSV. Und schwärmen von dem Dino, der längst nur noch ein ausgestorbenes Exemplar ist. Eleni hat das nie verstanden. Die Hafenschipper prahlen jedenfalls mit dem neuen Glitzerpalast, als hätten sie selbst Hand angelegt. Kosten hin oder her.

Die Angler am Hafenrand geben dazu die Kulisse. Stunde um Stunde stehen die dort ohne jemals etwas zu fangen. Aber sie scheren sich einen Möwenschiss darum. Diese Gesamtkomposition hätte sich kein Heimatdichter oder

Touristenführer besser ausdenken können. Mein Hamburg lieb' ich sehr, denkt sie. Ausgerechnet eine Liedzeile des verhassten Fußballvereins kommt ihr in den Sinn und macht sie sentimental. Aber warum sollen die nicht auch mal recht haben. Ausnahmsweise.

Eleni schaut zwei Möwen hinterher, die gerade noch auf der Brüstung der Terrasse saßen und sich jetzt wie in Zeitlupe in die Lüfte heben. Eine kackt aus sicherer Höhe haarscharf an Gästen am Nebentisch vorbei, als Giannis fragt: „Und, wie findest du das?" Sie zuckt zusammen. Was meint er? Die Möwe? Ihr wird klar, dass sie mit ihren Gedanken ganz weit weg war. Ist das ein gutes Zeichen, überlegt sie, dass sie sich in seiner Nähe so gehen lassen kann? Oder muss sie sich Sorgen machen? „Was denn nun? Hallo, jemand zu Hause?" Sie greift nach seiner Hand. „'schuldigung, ich war grad in Gedanken." Er lächelt. Diesmal nicht dieses ironische Grinsen. „Die Elbe rauf oder runter?" Er lacht noch immer. Er weiß, wie gern sie hier unten am Hafen sitzt, ihre Gefühle und Gedanken treiben lässt, so wie der Strom hin und her treibt. Er mag es sogar, dass sie sich so gehen lassen kann. Sie guckt ihn fragend an. „Die Stasi", sagt er. „Die könnte doch was wissen. Die Mutter von Jule kam schließlich von drüben, die Fotos mit dem Mann waren doch aus Rostock oder Warnemünde. Aus dem Land der tausend Augen und Ohren. Wenn die nichts wissen..." Er überlegt kurz. „Wenn der Typ wirklich aus dem Westen war, ist das den Spitzeln drüben mit Sicherheit nicht entgangen. So wie die drauf waren. Dann muss es Akten über ihn geben. Oder gegeben haben. Und über Jules Mutter auch. Wenn sie nicht nach der Wende noch schnell vernichtet wurden."

MP
Rostock, 14. März 1987 nachts

Er bemerkte den protzigen Westschlitten erst, als der direkt neben ihm das Tempo verlangsamte und nur noch Schritt fuhr. Das geheime Treffen aus dem „Anker" schwirrte ihm noch durch den Kopf und er war gedanklich ganz woanders. Es saßen zu viele Player mit am Tisch. Viel zu viele, fand er. Und welche Rolle spielte eigentlich die Stasi? Die hatte in dem Waffenlager das Sagen, auch wenn es von einer ihrer Tarnfirmen betrieben wurde. Warum saß die jetzt mit am Tisch und tat trotzdem, als ginge sie das alles nichts an. Es gab viel zu tun, dachte er.

Kristian Halborg hatte das Vertrauen seines KoKo-Chefs. Sie zogen gemeinsam die Strippen, sie schlossen Verträge. Jeder für sich. Er war es gewohnt, Gespräche allein zu führen. Nur mit der Gegenseite. Sogar Abschlüsse nahm er eigenhändig vor. Er war die Nummer zwei im Außenhandel. Er stellte sich nie hinten an oder in die Reihe. Schließlich gaben sie den Ton vor. Und er teilte nie interne Angelegenheiten mit anderen. Diesmal war alles anders.

Warum zum Beispiel musste die Reederei auf einmal mit am Tisch sitzen? Die war doch höchstens Dienstleister. Und dazu nun auch noch die Staatssicherheit. Die hatten immer eine eigene Agenda, dachte er. Trugen die diesmal auf beiden Schultern? Ob sein Chef davon wusste? Und wenn ja, was hielt er von der Sache? Er musste dringend mit ihm reden. Sie mussten sich abstimmen. Diesmal war wirklich alles anders. Vor allem das Risiko.

Halborg schreckte hoch, als das Seitenfenster des Fahrzeugs neben ihm runter ging. „Steig ein", sagte der MP, der auf der Rückbank saß und demonstrativ rüberrutschte. Wo kam der denn jetzt her, dachte der Mann von der KoKo. Der

Wessi hatte das Lokal doch schon vor einiger Zeit verlassen. Deutlich vor ihm. „Was soll das?", sagte er. Der hatte ihm schließlich gar nichts zu sagen.

„Wir müssen reden. Steig ein!"

Er blickte sich um und konnte niemanden entdecken, der sich für das dunkle West-Auto interessieren könnte. Die trüben Lichter des Hafens tauchten den feuchten Dunst in goldgelbes Schummerlicht. Er zwängte sich schnell durch die geöffnete Seitentür auf den Rücksitz. Wohl war ihm dabei nicht. „Was soll das werden?", sagte er. Seinem Ton war anzuhören, dass sich die Begeisterung echt in Grenzen hielt. Auch über den vertraulichen Ton. Wer hat hier eigentlich das Sagen, dachte er. Sagte aber lieber nichts. Der MP gab dem Fahrer ein Zeichen und die Limousine rollte langsam am alten Hafen entlang Richtung Osten. Er ließ sich Zeit, bis er das Wort ergriff. „Was ist da los bei euch?", fragte er. „Was sollte diese große Runde? Welches Spiel wird da grad gespielt? Was wissen die anderen?"

Der Koko-Mann sah aus dem Fenster. Er war überrascht von der Direktheit des Wessis und überlegte fieberhaft, wie weit er wohl gehen könnte. Oder müsste? Er zuckte mit den Schultern. „Keine Ahnung", sagte er, „ich bin selbst ganz platt." Und das entsprach durchaus der Wahrheit. „Die Initiative ging vom MfS aus. Keine Ahnung warum." Der MP überlegte. „Das ist nicht gut", sagte er dann. „Zu viele Spieler, und auch noch die falschen. Viel zu viele Mitwisser." Er machte eine Pause. „Gibt es Probleme?"

„Nicht das ich wüsste. Alles läuft wie geplant." Halborg dachte nach.

„Und der Tote am Strand? War schließlich nicht weit weg vom Lager. War der auch geplant?" Der KoKo-Mann wirkte überrascht, dass die Information schon bis über die Grenze gelangt war. Im Vertuschen waren sie doch sonst Meister.

„Nicht unser Problem. Sache des MfS", sagte er dann. Es schien ihm zwecklos den Fall einfach zu bestreiten.

Der MP war mit der Antwort nicht zufrieden. „Das Lager wird von einer Firma betrieben, die eigentlich zu eurem Imperium gehört. Nur deshalb kam es für uns als Zwischenlager infrage. Jetzt hat immer mehr die Stasi ihre Hand drauf. Ihr dürft euch die Verantwortung nicht aus der Hand nehmen lassen. Schon gar nicht von der Stasi. Die haben immer eine eigene Agenda. Das gefährdet alles." Er hatte recht. Halborg sagte aber lieber nichts. „Keiner weiß, was Mielke im Schilde führt." Der MP überlegte laut. Und blickte seinen Gast von der Seite an. „Oder? Hab ich was verpasst?" Keine Reaktion. Der andere stierte aus dem Fenster in die Dunkelheit und sagte kein Wort. Als konnte er nicht. Oder wollte er nicht.

Der MP setzte nach. „Unsere Geschäftsbeziehung ist wichtig", sagte er. „Für beide Seiten. Wir brauchen euch und das Depot zur Abwicklung unserer Lieferungen. Als Zwischenlager und als Ausfuhrhafen. Ihr braucht unsere Devisen. Und das nebenbei auch was für uns beide abfällt, geht niemanden was an. Niemanden!" Er betonte das Ausrufezeichen. Vom anderen kam immer noch nichts. „Was wir nicht brauchen können sind Probleme", sagte der MP. Dann lehnte er sich zurück.

Es dauerte einen Moment. Dann bequemte sich der KoKo-Mann endlich. „Es gibt keine Probleme. Wir haben alles im Griff."

„Ach ja?" Der MP lachte zynisch. „Tote sind bei Euch kein Problem? Und die Leiche am Strand?"

„Gleiche Baustelle", kam es von der anderen Seite. „Keine Ahnung warum, aber das MfS hatte offenbar ein Problem. Vielleicht wollte da jemand auf fremde Rechnung arbeiten. Wirklich keine Ahnung. Aber das Problem ist gelöst."

Der Fahrer wendete auf einer dunklen Brachfläche vor der Brücke über die Warnow und fuhr wieder zurück. „Seht zu, dass die Dokumente mit der Diplomaten-Post rausgehen und die nächste Fuhre nach Südafrika wie geplant auf den Weg gebracht wird. Lieber heute als morgen. Das ist eine Angelegenheit zwischen euch und uns. Niemand Drittes braucht Näheres zu wissen. Schon gar nicht Mielkes Leute. Sonst wird das Risiko zu groß." Der MP zögerte noch kurz. „Sonst steht das ganze Geschäft auf dem Spiel. Und zwar in jeder Beziehung. Du weißt, was das für dich persönlich bedeutet?" Und für mich, dachte er. Aber das behielt er diesmal lieber für sich.

Vor dem „Anker" stoppte die Limousine kurz. „Und bitte keine solche Treffen mehr. Wir bleiben in Kontakt! Und sonst niemand." Er öffnete die Tür und entließ den Ost-Beamten mit einer Handbewegung. Halborg schaute sich kurz um und stieg wortlos aus. Mit kurzem Handzeichen verzog er sich in die Dunkelheit der Hafenanlagen. Was hätte er auch sagen sollen? Tief in seinem Inneren wusste er, dass der Wessi recht hatte. Egal wie arrogant und anmaßend das rübergekommen war. Er musste sich wohl wirklich was einfallen lassen. Denn es stand viel auf dem Spiel. Auch für ihn.

ELENI
Hamburg, 26. August 2016

Eleni unterbricht die Arbeit zwischen zwei Fällen. Routine. In dicke Aktenordner verpackt. Steuerhinterziehung und Betrug in großem Stil. Jeden Tag aufs Neue. Profit um jeden Preis, ohne Rücksicht auf Verluste. Kapital verpflichtet? Schöne Theorie in den Uni-Vorlesungen. Wie anders und spannend waren da doch die Fußballwetten gewesen. Sie schiebt die Ermittlungsakten beiseite und macht das Diktiergerät aus, auf das sie grad die Begründung zu einer Anklage gesprochen hatte. Ihre Gedanken schweifen immer wieder ab. Zu ihrer Freundin und deren Mutter. Was war da bloß passiert?

Sie lehnt sich im Bürosessel zurück und stiert gedankenverloren aus dem Fenster. Was für eine Geschichte sollten die Umzugskisten der Mutter ihrer Tochter erzählen? Wo es zwischen den beiden Frauen doch so gut wie keine Verbindung mehr gegeben hatte. War es nur das schlechte Gewissen? Oder war es eine Botschaft, die sie bislang nur noch nicht erkannten. Standen sie einfach auf der Leitung? Wer sollte Licht in das Dunkel bringen? Eigentlich konnte nur Jule die Lampen anmachen. Die Frage war nur wie. Sie merkt wie ihre Gedanken das Weite suchen. Nur weg. Aber Abhauen ist auch keine Lösung. Ihr Blick fällt aus dem Fenster. Sie hält ihn nicht fest.

Wenn sie den Kopf etwas zur Seite neigt, kann sie hinter den Wallanlagen mit ihrer Blütenpracht die ehrwürdige Musikhalle sehen. Wann würde es die wohl nicht mehr geben? Immer wieder muss sie daran denken. So viele Erinnerungen verbindet sie mit der traditionsreichen Spielstätte. Wenn man den Zeitungen glauben durfte, war's bald aus mit der Tradition. Dann interessiert Hamburgs Konzertliebhaber nur noch der neue Musiktempel am Hafen. Die Abos für die ersten Spielzeiten dort sind längst vergriffen. Niemand schert sich darum, wie viel Kohle der Prestigebau kostet. Warum auch? Verschüttete Milch kriegt niemand mehr zurück in die Flasche. Alle wollen irgendwie dabei sein, wenn der Klotz am Hafen zum Wahrzeichen der Stadt wird. Dann werden die Immobiliengeier schnell über dem Traditionsbau bei den Gerichten kreisen und nach einer neuen Verwendung suchen. Im Zweifel wird's ein neues Hotel, denkt sie. So wie überall in der Stadt. Die Stadt braucht ja schließlich Geld. Jetzt mehr denn je. Kohle schlägt Tradition. Das ist nicht nur beim Fußball so.

Sie zwingt sich, ihre Gedanken wieder auf den Fall ihrer Freundin zu fokussieren. Sie googelt ein bisschen über die Nachrichtenlage, findet aber nichts Neues über den Kölner Brückensturz. Dann surft sie im Netz nach „Waffenhandel DDR". Sie weiß selbst nicht so genau warum. Aber irgendwie wird sie das Gefühl nicht los, dass dort die Wahrheit liegen muss. Zu viele Indizien weisen nach drüben. Und dann bleiben fast nur Waffengeschäfte. Nach allem was die Wendejahre so zutage gefördert hatten. Da könnte es natürlich noch offene Rechnungen geben, die nach Bezahlung schreien. Abrechnung wäre in diesem Fall wohl das bessere Wort. Dann macht auch der Vorfall in Köln auf einmal Sinn.

Sie liest über einen U-Boot-Deal und Waffentransporte, in denen Rostock eine Drehscheibe war. Mittendrin offenbar bekannte Politiker und Regierungsmitglieder aus dem Westen. Sogar Ministerpräsidenten. „Für Devisen machten die alles", murmelt sie halblaut vor sich hin und blickt erschrocken hoch, ob das jemand hören konnte. Sie ist allein und liest weiter. V-Leute des Verfassungsschutzes meldeten sich immer wieder öffentlich zu Wort und wussten noch Interessantes zur deutsch-deutschen Vergangenheit beizutragen. Leichen tief verbuddelt in alten Stasi-Kellern. Jetzt auf einmal. „Glasschüssel" hatte sich eine dieser Quellen genannt, was für ein absurder Deckname.

„Warum kommen die gerade jetzt aus den Löchern? Oder jetzt erst? 25 Jahre nach dem Zusammenbruch des Systems?" Eleni notiert die Fragen auf einem Blatt Papier. Und als nächstes: „Auf welcher Seite standen diese Informanten damals? Ost oder West? Opfer oder Täter?" Sie greift zum Haustelefon und ruft einen Kollegen für Wirtschaftsstrafsachen an. Sie schätzt Amadeus Prahl sehr. Er war nach der Wende nach Schwerin gegangen, um dort eine funktionierende Justiz aufbauen zu helfen. Freiwillig. Kein leichter Schritt. Gerade in den Anfangsjahren der Wiedervereinigung. Er kannte das Biotop im Osten.

Überall war er damals mit Ablehnung oder zumindest Skepsis empfangen worden. Der Mann aus dem Westen. An der Spitze einer Säuberungstruppe, die kräftig ausmisten sollte. Abwickeln nannten die Ostdeutschen das. Dass er keine große Begeisterung entfachen würde, war vorhersehbar. Dennoch hatte er sich nicht abschrecken lassen. Und hatte auch dem Druck der Besser-Wessis widerstanden, denen schon die bloße SED-Mitgliedschaft als Entlassungsgrund reichte. Prahl versuchte zu differenzieren und hatte sich damit nach und nach sogar ein bisschen Respekt in Schwerin erarbeitet.

Erst sehr viel später hatte Eleni von anderen Kollegen gehört, dass er wohl auch private Motive gehabt haben muss. Prahl war Anfang der Achtziger aus Bad Kleinen am Schweriner See nach Hamburg gekommen. Freigekauft, so lief das damals. Seine Ausreise hatte sich die DDR von der Bundesregierung teuer bezahlen lassen. In Devisen. Seine Familie musste drüben bleiben und hatte seinen Entschluss nie recht verstanden. Und schon gar nicht gut geheißen. Und sich von ihm losgesagt. Bis auf seinen jüngeren Bruder. Der hatte sich mit anderen Oppositionellen schon früh in der Friedens- und Umweltbewegung engagiert und sich auch durch mehrere Ordnungsstrafen nicht abschrecken lassen. Am Ende landete er wegen „feindlicher Tätigkeit gegen die DDR“ in Bautzen. Ein Spitzel in den eigenen Reihen hatte ihn und viele seiner Mitstreiter verraten. Eine Razzia der Stasi überraschte sie beim Drucken von Flugblättern. Sogar in westdeutschen Zeitungen war über den fragwürdigen

Prozess gegen ihn und die anderen Aktivisten berichtet worden. Der Mutter half das wenig. Sie wollte mit der Schande nicht leben. Beide Söhne weg, der eine drüben, der andere im Knast. Und die Stasi ständig an der Hacke. Zwei Jahre später beging sie Selbstmord.

Kollegen waren den Verdacht nie losgeworden, dass Prahls freiwillige Versetzung auch dazu dienen sollte, die Verantwortlichen von damals aufzuspüren und nachträglich zur Rechenschaft zu ziehen. Immerhin hatte er einige der besonders intriganten Stasi-Offiziere im besonderen Einsatz und auch Inoffizielle Mitarbeiter enttarnt. Die waren gerade dabei, sich mit einer neuen Legende im Westen gemütlich einzurichten. Trotzdem hatte er irgendwann genug von Schwerin.

Prahl nimmt nach dem ersten Klingeln ab, als hätte er auf den Anruf gewartet. „Wie komm' ich am schnellsten an Informationen über illegale deutsch-deutsche Waffengeschäfte ran, wenn die in der ehemaligen DDR abgewickelt wurden", fragt Eleni ohne lange Vorreden. „Und vor allem an mögliche Verstrickungen von Westdeutschen." Prahl scheint nicht im Mindesten verwundert. Er ist es gewohnt, dass Eleni ab und an Rat sucht. Und meist sehr direkt. Er gibt den gern. Wenn er kann. Er mag sie. „Über unsere Dienste, wenn überhaupt. Wenn du offiziell anfragst und die Anfrage Teil eines Ermittlungsverfahrens ist. Eventuell musst du aber auch übers Ministerium gehen."

Eleni überlegt, wie offen sie ihm gegenüber sein kann. „Und wenn es noch kein Ermittlungsverfahren gibt?" Prahl zögert, fragt aber nicht. „Beziehungen?" sagt er und lässt die Überlegung in der Luft hängen bis sie fällt und hart landet. „Wenn du Namen oder zumindest Decknamen hast von Personen oder Objekten, kann vielleicht die Stasi-Behörde helfen. Wenn es noch Unterlagen der KoKo gibt oder der Abteilung für Außenhandel könnten dich sonst vielleicht die Treuhand-Nachfolger weiterbringen. Erfordert aber viel Bürokratie. Vor allem haben die Genossen in den letzten Stunden ihrer Macht viel vernichtet. Trotzdem lohnt ein Versuch." Sie dankt und will auflegen, als sie merkt, dass er noch was sagen will. „Was?", fragt sie. „Sieh' zu, dass du es schnell offiziell machst und zumindest irgendwie ein Vorermittlungsverfahren auf die Bahn schieben kannst. Sonst handelst du dir schnell Probleme ein. Viel zu viele wollten längst schon einen Schlusstrich ziehen. Und ihre Ruhe haben. Endlich und endgültig."

Dann legt er grußlos auf.

LUNDBERG
Kiel, 13. April 1987

Bitte nicht, dachte Lundberg, als im Nebenzimmer das Telefon klingelte. Nicht heute. Nicht jetzt noch, so kurz vor Feierabend. Durch den Spalt der halb geöffneten Tür konnte er sehen, wie seine Sekretärin betont langsam zum Hörer Griff. Als könnte der Anrufer es sich vielleicht noch anders überlegen. Lundberg hing in seinem Schreibtischsessel, die Füße auf der Tischplatte. Die konnte das ab. Massivholz, Kiefer natur, knapp fünf Zentimeter dick. Sie ruhte auf zwei Böcken, wie man sie zum Tapezieren brauchte, und diente ihm als Arbeitsfläche. Was für ein Kampf war das gewesen. Als er die Leitung des kleinen Redaktionsbüros übernahm, standen ihm auch neue Möbel zu. Das war ja auch das mindeste, wenn es schon keine Gehaltserhöhung gab. Die Verwaltung seines Verlags hatte Regale und Möbel für ihn ausgesucht. Im Design-Studio direkt hinterm Rathaus auf dem Weg zur Alster. Exklusivste Straße der Stadt. Die niemand brauchte. Kirschbaum Natur. Abgrund hässlich. Und sündhaft teuer. Was jeden vernünftigen Menschen rot werden ließ. Vor Scham.

Sagen was ist. Das propagierte sein Blatt. Er nahm es beim Wort. Er wollte keinen protzigen Kirschbaum, er wollte lieber eine Kiefer-Naturholzplatte von Ikea. Groß und praktisch. Und ökologisch. Halb so teuer, aber offenbar nicht standesgemäß. Ein schwedisches SB-Möbelhaus sahen die Verlagsregeln jedenfalls nicht vor. Abgelehnt. Dabei wurde doch sonst an allen Ecken und Enden gespart. Zwei Bürohengste reisten eigens aus Hamburg an, um das Büro zu inspizieren. Als wenn das die Frage Kirsche oder Kiefer entscheiden konnte. Aber die mussten wohl auch mal an die Luft. Am Ende hatte sich Lundberg doch noch durchgesetzt. Aber es brauchte seine Zeit.

Er hörte wie seine Sekretärin mit jemandem verhandelte. Dann steckte sie den Kopf durch die Tür. „Der MP will Sie sehen. Heute Abend".

„Wie, heute Abend?" Lundberg verstand nicht. So etwas hatte es in den drei Jahren, in denen er die Außenstelle des Magazins führte, noch nie gegeben. „Heute ist Montag", sagte er zu seiner Sekretärin, als reichte das als Erklärung. Ein Blick auf die Uhr brachte ihn noch mehr in Rage. „Und fast Fünf." Das sagte doch alles. Die Sekretärin nahm die Hand von der Sprechmuschel und sprach leise in den Hörer. Lundberg konnte nichts verstehen. Dann legte sie den Hörer wieder zur Seite. „Heute Abend. Muss sein. Es ist wichtig. Nur Sie beide, vier Augen, Hintergrund."

Was war das denn? Lundberg nahm unwillkürlich die Füße vom Tisch. Haltung annehmen. Ablehnen konnte er das nicht. Ein Gespräch mit dem Regierungschef lehnt man nicht ab. Nicht einfach so. Nicht mal bei dem.

Aber so? Sven Lundberg blickte an sich runter. Weiße Turnschuhe, schwarze Jeans, schwarzes Hemd, schwarzes

Halstuch. Die schwarze Lederjacke hing über der Lehne. Wie einer vom Schwarzen Block. So konnte er unmöglich zu dem Treffen. Das bestätigte nur alle Vorurteile. Und davon gab's in der Staatskanzlei sowieso viel zu viele. Schließlich war das Land fest in CDU-Hand. Seit Jahrzehnten. Schwarz wie die Nacht. Manche aus der Union standen rechts von Dschingis Khan. Über den Spruch konnte er noch immer grinsen. Als er Ende der Siebziger das erste Mal an die Förde kam, damals noch für eine andere Redaktion, hatte ihn der amtierende Chef der Staatskanzlei einbestellt. „Aha, der Herr von den Jungsozialisten." Das war die Begrüßung. Kein „guten Tag" oder „Moin", kein „auf gute Zusammenarbeit", nicht einmal ein Handschlag. Dabei hatte Lundberg mit den Jusos so viel am Hut wie mit dem Gekicke der Braunweißen vom Millerntor. Aber Links waren damals alle, die nicht mit der Regierungspartei hielten. Und Linke waren in dem Land verdächtig. Das galt jetzt wieder. Umso mehr, da der MP um seine Macht kämpfte. Zurück in die Zukunft.

Lundberg war sauer und die Sekretärin kriegte das ab. „Hätten Sie das nicht abbiegen können", maulte er. „Ausgerechnet heute." Der Montag war einer der wenigen Tage, die Lundberg und seine Kollegen ungeniert verplanen konnten. Das neue Heft war frisch auf dem Markt, die Woche noch lang, der nächste Redaktionsschluss weit weg. Zeit für Privates. Für ein Bier mit Freunden zum Beispiel. Oder für die Kinder.

Damit war es nun also nichts. Zu Hause würde es wieder Ärger geben. Das war ihm sofort klar. Seine Frau wartete auf ihn. Am Hamburger Stadtrand. Reihenendhaus. Der Traum der Siebziger. Er war ihm auf den Leim gegangen. Damals, als seine Frau ihre Kinder, die sie noch nicht hatten, unbedingt im Grünen aufwachsen sehen wollte. Ein Albtraum.

Jetzt wohnten sie in naturbelassener Gegend. Aber so weit vom Schuss, dass man da nicht tot überm Zaun hängen wollte. Von urbanem Leben konnte keine Rede mehr sein. Aber ein eigenes Haus! Das musste ja unbedingt sein. ReihenENDhaus. Mit Betonung auf „END". Darauf legte sie Wert.

Er sollte die Kinder übernehmen wie immer montags. Am besten noch vor der Dämmerung. Damit sie sich verwirklichen konnte. Bei Yoga in der Frauengruppe. Oder Urschrei für den Frieden. Wer brauchte denn so was? Aber er verwirklichte sich ja im Job. Das bekam er jedenfalls immer wieder zu hören. Kein Wort von Reisestrapazen oder Leistungsdruck. Er hielt diese Diskussionen einfach nicht mehr aus. Aber er würde sie jetzt wieder ertragen müssen. Denn aus ihrem Tagesplan würde nun nichts werden. Was konnte er dafür? Trotzdem würde sie ihm deshalb in den Ohren liegen. Dabei brachte er doch schließlich das Geld nach Hause. Auch fürs Reihenendhaus. Aber das war natürlich kein Argument. Wenn es um Frauenrechte ging.

„Keine Chance". Seine Sekretärin lehnte im Türrahmen. „Es klang irgendwie bestimmt. Der will was. Aber was kann das sein?" Sie grübelte, offenbar ohne rechte Eingebung. Das Telefonat hatte ihr keinen Fingerzeig geliefert. Lundberg wusste, dass er sich auf sie verlassen konnte. Sie war loyal, lange dabei, kannte Land und Leute. Sie hatte ein gutes Gespür. Und sie kannte ihn. Hörte praktisch alles mit, was ihn so bewegte. Auch seine Ehekrise.

Er hatte früh geheiratet. Seine erste Liebe aus der Berufsschule. Zwei Kinder hatten sie inzwischen, aber sich selbst nicht mehr. Grüne Lunge hin oder her. Ob wegen der Kinder oder der frühen Heirat hatte er nie herausfinden können. Ihre Krise fand keine Worte. Nur Taten. Seine Frau ging mit einem anderen ins Bett. Das hatte ihn völlig aus der

Bahn geworfen. Warum sie den anderen geiler fand? Konnte der vielleicht Kunststücke? Er bekam darauf keine Antwort. Sprachlos hatte sich die Erotik aus dem Staub gemacht. Wie ein geprügelter Hund. Er musste den Grund dafür selber finden. Und eine neue Frau bald wohl auch.

Den Alltagsstreit am Telefon über alles und jedes konnte er seiner Sekretärin nicht ersparen. Selbst wenn er die Tür geschlossen hatte, war der oft bis ins Nebenzimmer zu hören. Meist überrumpelten ihn die Vorwürfe seiner Frau unvorbereitet und mit solcher Wucht, dass er nur noch reagieren, sich aber nicht mehr verhalten konnte. Viel zu laut. Seine persönliche Niederlage hatte deshalb Zeugen. Aber die Sekretärin hatte das nie ausgenutzt, kein böses Wort verloren. Keine spitze Bemerkung. Erst recht nicht gegenüber Dritten. Sie war der ruhende Pol im Büro. „Sie sollten da hingehen", sagte sie mit sanfter Stimme, „egal was zu Hause los ist. Job ist Job." Konnte sie nicht vielleicht mal mit seiner Frau sprechen?

Statt zum Kinderdienst fuhr er in die City und kaufte sich ein weißes Hemd, eine graue Baumwollhose und eine Krawatte. Das musste reichen. Die Turnschuhe musste der MP aushalten. Ein Jackett war verzichtbar, es sollte schließlich „zwanglos" sein. So war jedenfalls das Gespräch deklariert worden. Als wenn zwischen ihm und dem MP jemals irgendwas zwangslos gewesen wäre. Außer der Anrede. „EmmPeeh", in leicht gedehntem Singsang. Die meisten nannten ihn so. Allerdings nur wenn er nicht in der Nähe war. War auch besser so. Denn der Mann litt maßlos unter Geltungssucht und konnte mit mangelndem Respekt oder gar Kritik überhaupt nicht umgehen. Und Lundberg hatte ihn in Magazinbeiträgen oft kritisiert. Zum Beispiel als der MP den Pförtner am Regierungsgebäude angeschnauzt hatte. Weil der ihn nicht höfisch genug grüßte. Bis zum Personalrat war der Aktenvermerk gegangen und dann irgendwann in Auszügen im Magazin gelandet. Der MP hatte danach umso mehr getobt. Aber den Informanten trotz hektischer Mühen nie lokalisieren können. Lundberg musste grinsen, als er daran dachte.

Auf Gran Canaria hatte der MP vor dem Hotelkomplex eines guten Freundes einen Riesenfindling mit Inschrift und großem Prunk als Geschenk der Regierung enthüllen lassen. Ganz offiziell, extra für die örtlichen Medien. Nur war an dem Besuch und dem Festakt überhaupt nichts offiziell gewesen. Reiner Freundschaftsdienst! Ein Foto davon im Nachrichtenmagazin hatte zu Hause haufenweise parlamentarische Anfragen zur Folge. Der Informant? Berufsgeheimnis. Was auch sonst.

Brauchte er sich da also zu wundern, wenn er wie einige wenige andere Korrespondenten aus großen Redaktionen als erklärte Gegner der Regierung galten? Oder gar als Feinde. Und meistens so behandelt wurde. Schon allein deshalb musste ihn die Einladung skeptisch machen. Aber vielleicht war das ja auch der besondere Kick. Ein Angebot, dass er nicht ablehnen konnte. Nur was führte der MP im Schilde? Der hatte doch immer eine geheime Agenda. Seine ganz persönliche. An einen schlichten Meinungsaustausch mochte Lundberg jedenfalls nicht glauben. Die Zeit reichte gerade noch, sich im Büro umzuziehen und Zähne zu putzen. Dann musste er auch schon los.

Die Hausdame wurde vom MP persönlich in den Feierabend geschickt, nachdem er in der geräumigen Diele der Villa Platz genommen hatte. Das Backsteinhaus mit Blick auf die Förde war eine Art Residenz für den Regierungschef, wenn die Zeit zur Heimfahrt nicht reichte. Das war oft der Fall. Über die Gründe dafür wucherten Gerüchte. Von Frauenbesuchen war viel die Rede. Nur zu schreiben traute sich das niemand. Die Diele wurde auch für Empfänge von Staatsgästen genutzt. Jetzt saßen sie dort nur zu zweit. Lundberg in die tiefen Polster einer üppigen Couch gedrückt, der Gastgeber ihm gegenüber auf der Kante eines Polstermöbels. Wie auf dem Sprung.

Hinter ihm das Schlafzimmer mit Blick auf den stolzen Dreimaster „Gorch Fock". Als Lundberg rein kam, war sein Blick durch die halb geöffnete Tür direkt auf einen Slip und BH auf dem ungemachten Bett gefallen. Damenbesuch am Nachmittag? Bevor er weiter darüber nachdenken konnte, hatte sein Gastgeber schnell die Tür zugemacht. Jetzt schaute er sich weiter um. Zimmerflucht nannte man solch pompöse Großzügigkeit wohl, dachte er. Weil man am liebsten gleich wieder abhauen wollte? Schön wär's, keine Chance.

Vor ihm auf einem niedrigen Tisch standen Wasser und Wein neben Häppchen, die von der Hausdame liebevoll angerichtet waren. Der MP hatte die Hemdsärmel hochgekrempelt, die Krawatte beiseite gelegt. Und schenkte Wein ein. Lugana vom Gardasee. Leicht, trocken und vollmundig. Von Weißwein immerhin verstand der was.

Das konnte ja heiter werden, dachte Lundberg. So hemdsärmelig hatte er den Landeschef nicht einmal während dessen Zeit bei der Jungen Union erlebt. Das war inzwischen schon einige Jahre her. Er musste also was auf dem Herzen haben. Anders war die Charme-Offensive nicht zu erklären. Er wartet auf den Eröffnungszug.

LUNDBERG
Autobahn Kiel-Hamburg, 13. April 1987

Was für ein Abend. Am Ende war er geradezu geflohen. Lundberg hatte seine Katzen- und Tierhaarallergie vorgeschützt und sich förmlich aus dem Staub gemacht. Das mit der Allergie stimmte sogar, sein Abgang wirkte deshalb einigermaßen glaubwürdig. Seine Augen waren rot und tränten. Auch wenn es eigentlich noch auszuhalten war. Trotzdem musste er sie immer wieder zusammenkneifen, um nicht zu reiben. Das war sogar dem Gastgeber aufgefallen. Mehrfach hatte der sich sorgenvoll nach seinem Befinden erkundigt. Aber das kumpelhafte Getue ging ihm erst recht auf die Augen. Womöglich würde der ihm sogar noch das „Du" anbieten. Womit hatte ausgerechnet er das verdient? Es reichte. Er musste weg. Außerdem musste er noch zurück nach Hamburg. Draußen wickelten Nebelschwaden die Uferwege dichter und dichter in ihr undurchsichtiges Tuch. Er musste da raus, unbedingt. Der MP hatte sich nichts anmerken lassen und sich für das nette Gespräch bedankt. Und vorgeschlagen, das ganze doch demnächst mal fortzusetzen. Lundberg konnte nur mühsam Haltung bewahren. Er musste das nicht noch mal haben. Hatte aber zustimmend genickt. War schließlich gut erzogen.

Der Nebel hatte die Autobahn noch nicht richtig erreicht. Er hing wie ein Gespenst über der Böschung auf den Seitenstreifen und wartete auf den richtigen Moment zuzupacken. Er fuhr die Strecke inzwischen fast wie im Schlaf. Er hätte damit bei „Wetten, dass...?" auftreten können und wohl jeden Kilometerstein erkannt, so oft war er den Weg schon gefahren. Lundberg spulte die Stunden noch mal im Geiste zurück. Es war wenig los, nur vereinzelt waren so spät noch Autos unterwegs. In seinen Gedanken war er noch in der Villa an der Förde.

Das Gespräch hatte sich lange um Privates gedreht. Der MP erzählte von Problemen zu Hause, mit seiner Frau, die ihn immer weniger verstand und immer mehr ihre eigenen Wege ging. Dass seine Ehe ihren Namen nicht mehr verdiente. Und zwar in jeder Beziehung. Die Andeutung lag so obszön auf dem Tisch, dass er gar nicht anders konnte und verstehen musste. Der MP sprach auch von seinem Sohn, der als verhaltensauffällig galt und in die Sonderschule abgeschoben werden sollte. Er tat das mit überraschender Empathie. „Ich bewundere Sie", hatte er ohne jede Vorwarnung gesagt. Und sein Ton war auf einmal ganz weich. Lundberg war total erschrocken. „Mich? Wieso das denn?"

„Wie Sie das mit Ihrem Sohn alles hingekriegt haben. Erst die Adoption, dann die Behinderung, alle Achtung." Lundberg war konsterniert. Woher wusste der das? Nie hatte er mit einem Politiker darüber geredet, mit einem wie ihm schon gar nicht. Er versuchte das Private sorgfältig aus allem Beruflichen herauszuhalten. „Woher nehmen Sie die Kraft, auch noch einen Kindergarten für behinderte und nichtbehinderte Kids zu gründen und Integrationsklassen in der Schule? Ich wünschte, ich hätte auch das Zeug dazu." Lundberg ließ seinen Gastgeber reden und grübelte, wie er sich wohl am besten verhalten sollte. Er wollte mit ihm nicht privat werden. Das war ihm unheimlich. Was der alles über ihn wusste. Obwohl es ihn überhaupt nichts anging. Das war ihm alles viel zu nah. Viel zu persönlich.

Als der MP das Gespräch wieder zurück auf Eheprobleme gebracht hatte, wäre er am liebsten abgehauen. Zu Hause lief bei dem nichts mehr. Brüder im Geiste. Aber es war nicht der Sex, beteuerte der MP. Da habe er genügend Möglichkeiten, sogar drüben, wie er sagte. Und dabei anzüglich grinste. Lundberg war baff. Nicht nur über die überraschende Offenheit. Sprach der MP wirklich vom Osten? Von der anderen Seite der Grenze? Hatte der da wirklich was am Laufen? Er musste doch wissen, dass er sich damit erpressbar machte. Lundberg sagte nichts dazu. Er tat als interessiere ihn das nicht besonders.

Der MP träumte einen Moment vor sich hin. „Ich habe sogar die Wahl“, sagte er. Lundberg wollte das nicht hören. Er reagierte nicht.

Was sollte er auch zu all dem Kram sagen? Er hatte genug mit sich selbst zu tun. Aber das behielt er tunlichst für sich. Ihn interessierte nur, warum ihm der Regierungschef das alles anvertraute. Er gab sich damit doch praktisch in seine Hand. Oder wollte er ihn testen? Seine Verschwiegenheit? Oder ob er irgendwas Despektierliches über ihn wusste? Was würde da wohl noch alles kommen? Lundberg überlegte fieberhaft, wie er ihre Unterhaltung in eine andere Richtung lenken konnte.

Der MP nahm ihm das Problem ab. „Politik ist nicht alles“, begann er plötzlich. Der Themenwechsel kam ebenso überraschend wie die intimen Geständnisse zuvor. Aber für Lundberg war das jetzt sicheres Geläuf. „Die Wahlen vielleicht noch durchstehen und dann Schluss mit der Politik machen. Raus mit Applaus, das wäre es.“ Der MP seufzte leicht und schaute nachdenklich in sein Weinglas. Was war das denn nun wieder? Hatte er vielleicht doch was mit den Ohren? „Das sagt sich so einfach “, antwortete Lundberg vorsichtig. „Ein Vollblutpolitiker wie Sie schmeißt doch nicht einfach so hin. Nur weil die Umfragen grad nicht stimmen. Noch dazu im besten Alter.“ Komm Alter, lass’ mal hören, dachte er dabei, bin gespannt.

„Wenn nicht jetzt, wann dann?“ Der MP schaute ihn mit offenen Augen an. „Jetzt kann ich noch die Seite wechseln. In ein paar Jahren bin ich dafür zu alt. Was meinen Sie?“

„Die Seite wechseln? Was heißt denn das? Nach Bonn gehen, in die Regierung oder in den Bundestag? Oder einfach nur in Ihre Anwaltskanzlei zurück? Als einer unter vielen? Das macht Sie doch nicht glücklich. Nicht Sie." Lundberg hatte endgültig festen Boden unter den Füßen. Für einen kurzen Moment hatte er Sorge, vielleicht zu weit gegangen zu sein. Aber ein bisschen Provokation konnte nicht schaden. Außerdem hatte er nun doch den Eindruck, dass sein Gegenüber inzwischen mächtig am Rad drehte. Der Wein war fast alle. Und er hatte als Autofahrer nur an seinem Glas genippt. Der MP nicht. Vielleicht konnte er ihn noch ein bisschen mehr provozieren. „Irgendeine Option müssten Sie dann schon haben. Oder gibt es einen Plan B?"

War das eigentlich alles vertraulich, überlegte er währenddessen bei sich oder war davon etwas journalistisch verwendbar? Von Hintergrundgespräch war höchstens am Telefon mit seiner Sekretärin die Rede gewesen. Nicht mit ihm. Das konnte ja noch spannend werden.

„Möglichkeiten gibt es", hörte er seinen Gastgeber sagen. Er sprach jetzt leiser, fast wie zu sich selbst. „Unsere kleine Industrie produziert internationale Spitzentechnologien, die Schiffswerft zum Beispiel hat weltweiten Ruf. Auch unsere Maschinenbauer. Als Regierungschef ist man für die sowieso ein Art Handelsreisender. Geschäfte-Anbahner. Warum dann nicht ganz? Noch dazu deutlich besser bezahlt."

Die Seite wechseln? Meinte der das wirklich ernst? Lundberg hatte aufgehört zu essen. Das klang alles viel zu abenteuerlich. Die Unternehmen, die der MP offenbar im Auge hatte, waren doch Waffenschmieden. Ihre Produkte hatten sagenhaften Ruf, sofern man das von Schießgeräten und Waffensystemen sagen konnte. Qualität? Ja klar, aber die war tödlich. Die Zahl der Skandale um illegale Waffengeschäfte oder der Schmuggel von Lizenzen und ihre Folgen waren groß. Immer wieder hatten die Indizien bis in die politischen Führungsetagen geführt. Die Weitergabe von Blaupausen für den U-Boot-Bau nach Südafrika hatte sich sogar zu einem fulminanten Skandal entwickelt, der bis in die Bundesregierung reichte. Auch er hatte darüber geschrieben. Und ausgerechnet da wollte der MP seine Zukunft sehen? Lundberg mochte das nicht glauben. So abgebrüht konnte nicht einmal der sein. „Waffenhandel kann doch keine Alternative sein, nur weil man weniger Stress haben will", sagte er. Warum nur hörte sich das etwas lahm an?

„Alles ist relativ", kam es von der anderen Seite. „Wenn wir es nicht machen, machen es die anderen." Der MP sprach immer noch fast wie zu sich selbst. War das echt oder alles nur Masche? „Außerdem braucht man nur noch zuzugreifen. Die Kontakte sind ja schon da und Geldzuwendungen für die Vermittlung solcher Geschäfte sind legal. Von Politik habe ich viel zu oft echt genug." Pause. „Aber lassen Sie uns von was anderem reden. Wie geht es Ihrem Magazin. Ich höre die Auflage bröckelt?"

Lundberg hatte die letzte Ausfahrt vor sich und wäre fast vorbeigebrettert. So sehr war er abgelenkt. Der Abend hing ihm nach. Wie ernst war das alles zu nehmen? Okay, die Wahlen in sechs Monaten waren kein Selbstgänger. Im Gegenteil. Das Risiko einer Niederlage gegen den Schönling von der Konkurrenz war groß. Danach wäre selbst ein Hoffnungsträger wie der MP schnell endgültig weg vom Fenster. Machtpolitik kannte keine Gnade. Schon gar nicht bei den Rechten. Und das soziale Netzwerk konnte sich schnell als brüchig erweisen. Zu viele politische Freunde würden aus Enttäuschung oder kühlem Kalkül fixer die Seiten wechseln, als man gucken konnte, egal ob zu Rot oder Gelb.

Andererseits war der Kerl doch viel zu verliebt in die Macht. Sie gab seiner Eitelkeit Futter, aus ihr nährten sich

Arroganz und Rücksichtslosigkeit. Von Moral gar nicht zu reden. Das was er Rückgrat nannte, war höchstens ein brüchiges Korsett. Ohne Macht wäre er ein kleiner Jurist, mehr nicht. Und Schmiergelder, legal oder nicht, standen für so einen wie ihn sicherlich nicht auf Platz eins der anvisierten Karriereplanung. Mochten sie auch noch so hoch sein. Seine Währung war Macht. Einfluss. Geltung.

Lundberg erreichte die Kehre vor seinem Reihenhäuschen. Na klar, kein Parkplatz, wie immer zu so später Stunde. Er hoffte nur, dass keine Knöllchenschreiber mehr unterwegs waren und sich die Stadt die Überstundenzahlungen lieber schenkte. „Das würde mir jetzt grade noch fehlen", grummelte er.

LIEFERS
Köln, 1. September 2016

Vor dem unscheinbaren Mietshaus im Belgischen Viertel drängeln sich zwei Dutzend Menschen, als gäbe es etwas umsonst. Dabei geht es nur um die beste Sicht. Smartphones werden hoch über die Köpfe gereckt und Videos gemacht, obwohl die Motive nicht besonders aufregend sind. Männer und Frauen wie aus einem anderen Universum rennen rein und raus. Sie schleppen in weißen Schutzanzügen, die bis über den Kopf gehen, Kisten und Körbe voller Utensilien aus dem Haus in bereitstehende Vans. Ein Mann in schickem Anzug, offenbar der Chef der Veranstaltung, steht unbeeindruckt von den Augenzeugen in der Sonne neben dem Hauseingang und daddelt nervös auf seinem Handy rum. Polizeibeamte in Unform drängen die Neugierigen einige Meter zurück und spannen rotweiße Absperrbänder. „Keinen Schritt weiter", sagt einer, „und weg mit den Handys. Hier gibt es nichts zu sehen. Und zu filmen schon gar nicht."

Ein Blick auf YouTube hätte ihn schnell vom Gegenteil überzeugt. Aber das wollte er lieber gar nicht wissen.

Liefers beendet ein Telefongespräch und stopft sein Handy in die Anzugtasche. Der Staatsanwalt ist unsicher, ob seine Entscheidung richtig war. Immerhin konnte sich das Opfer nicht mehr beschweren. Und wild gewordene Angehörige würden ihm wohl auch kaum auf den Pelz rücken. Er hatte keine ausmachen können. Dafür ist seine alte Hamburger Freundin mit ihm zufrieden. Das ist doch schon mal was.

Sie hatten lange telefoniert und gemeinsam versucht, die Indizien des Obduktionsberichtes einzuordnen. Okay, Eleni war sicherlich befangen, ihre Schlussfolgerungen waren ohne Frage alles andere als objektiv. Trotzdem hörten sich viele ihrer Rückschlüsse logisch an. Viel zu viele. Sie war eben eine kluge Ermittlerin. Andererseits? Am Ende hatte er sich überzeugen lassen. Oder einfach nur gefügt. Weil er sie mochte? Mehr als er sich eingestand? Auf jeden Fall hatte er eine Hausdurchsuchung angeordnet. Das Ergebnis schien einigermaßen ernüchternd. „So gut wie nichts Privates", ruft ihm einer der Beamten im Vorbeilaufen zu. „Sieht schlecht aus."

Liefers steht etwas auf der Leitung, so überrascht ist er. „Wie meinst du das?"

„Ganz einfach: Nichts zu holen. Kein PC, keine privaten Akten, keine Aufzeichnungen. Einfach nichts." Liefers versteht noch immer nicht oder will nicht verstehen.

„Überhaupt kein PC oder Laptop? So was gibt's doch heutzutage gar nicht mehr. Sind wir zu spät gekommen? War jemand schon vor uns da?"

Sein Mitarbeiter bleibt stehen und wischt sich den Schweiß von der Stirn. „Mensch Chef. Nee, es sieht eher so aus, als wenn sie selbst vorher klar Schiff gemacht und alles

Wichtige beiseite gebracht hat. Wozu und mit welchem Hintergedanken auch immer."

„Gar nichts? Kein W-LAN-Router oder Tablet, irgendwelche Notizen? Handy?" Liefers kann es einfach nicht fassen. So clean konnte doch kein Privathaushalt sein. Nicht heutzutage. Und nicht einmal, wenn man dem Leben Good bye sagen will. „Doch. Router gibt's. Sogar eingeschaltet. Aber null Endgerät. Keine Spur. Entweder sie hat es vorher sorgfältig entsorgt oder es wurde tatsächlich von irgendwem entsorgt. Nur Spuren gibt es dafür keine. Zumindest bis jetzt."

Liefers zieht sich in einen Hauseingang zurück. Er muss nachdenken. Das geht am besten beim Dampfen. Er zieht eine dieser neumodischen E-Zigaretten aus der Tasche und schaltet sie ein. Es gibt sie noch nicht lange, sie sind aber schon schwer im Kommen. Und er gehörte sicher zu den ersten Kunden. Weniger gesundheitsgefährdend sollen die angeblich sein. Wer's glaubt wird selig. Das wusste er selbst. Aber die Hoffnung stirbt zuletzt. Und die Akzeptanz bei Nichtrauchern ist deutlich größer. Keine dummen Sprüche mehr. Keine qequälten Gesichter oder dieses nervige Frischluft-Wedeln mit der Hand. Immerhin etwas. Er pafft vor sich hin und greift erneut zum Handy.

„Totaler Schuss in den Ofen", sagt er, als Eleni sich am anderen Ende meldet. „Sieht zumindest so aus. Nichts Privates. Keine Hinweise. Kein Laptop. Kaum zu glauben, aber iss'so." Er nimmt vorsichtig einen Zug und hofft, dass Eleni nichts merkt. „ Als wenn sie vorher sorgfältig reinen Tisch gemacht hätte. Wer rechnet denn mit sowas. Schöner Scheiß."

Vor dem Hauseingang sammeln sich ein paar junge Männer, fast noch Teenager. Ihr Migrationshintergrund ist ihnen auf die Stirn geschrieben. „Ey, Digger, was geht ab hier?", fragt einer, der sich offenbar für den Wortführer hält. Die Jungs in Hosen, die so tief sitzen, als wären sie vor der

Erfindung des Gürtels erfunden, tänzeln auf der Stelle. Ihre Arme schlackern um den Körper, die Finger sind zu komischen Zeichen gespreizt. Aus zwei Kopfhörern dröhnen Hiphop-Beats bis aufs Pflaster. Liefers wedelt mit einer Hand, um sie zu verscheuchen. Als das nicht hilft, hält er kurz seinen Dienstausweis hoch. Die Jungs feixen. „ACAB", rufen zwei aus der hinteren Reihe. In sicherer Deckung. Sechs gegen eins, das macht stark. Der Spruch gilt als Beleidigung und ist strafbar. Aber sie fühlen sich sicher und zeigen keine Angst. Machen auf ganz dicke Hose. All Cops are Bastards? Liefers verdreht die Augen.

„Haut ab, das da ist eine Nummer zu groß für euch." In sein Smartphone sagt er zu Eleni: „Moment noch." Die Teenager federn in den Knien, als wär' der Asphalt ihre Bühne. Und kommen dichter. „Bullen mögen wir hier nicht", sagt der Wortführer. Seine Hände sind lässig in den Taschen seiner Jogginghose vergraben. „Buhlen raus ey, Buhlen raus", echoen einige. Einer ruft hinter dem breiten Rücken seines Kumpels: „Isch mach disch platt sonst ey." Migrationshintergrund, war ja klar, denkt Liefers genervt. „Verpisst euch, sonst mach ich euch Beine", sagt er und schiebt beiläufig seine Jacke etwas zurück, so dass der Blick auf sein Pistolenhalfter frei wird. „Scheiße, der Wichser hat 'ne Knarre." Die Clique zeigt Wirkung und haut ab. Man muss erkennen, wenn Rückzug die beste Verteidigung ist. Ihre Schmährufe werden hinter der Ecke leiser. Liefers nimmt das Gespräch wieder auf. „Alles klar. Bin wieder dran."

„Gar nichts? Ganz sicher?" sagt Eleni. Sie ist enttäuscht, das hört man ihr deutlich an. „Wir gehen natürlich noch mal alles in Ruhe durch. Sieht aber schlecht aus." Liefers inhaliert tief. „Rauchst du?" Der Vorwurf trifft ihn durch die Funkverbindung wie ein Fausthieb. Wirkungstreffer. Kurze Pause auf seiner Seite der Verbindung. „Nee, ich dampfe."

Eleni lacht. „Verstehe. Weil's gesünder ist." Sie lacht noch mal, bevor sie sich wieder auf die Sache konzentriert. „Und nun?"

„Abwarten. Der Chef wird Erklärungen verlangen. Ich hoffe, ihn werden die Indizien aus der Obduktion ebenso nachdenklich stimmen." Liefers schaut aufs Display, ob Eleni noch dran ist. Denn sie sagt nichts. „Was ist?" Er wird unruhig. „Ich muss weitermachen."

Eleni ist wieder da. „Wir haben vielleicht nur noch eine letzte Chance." Es klingt, als überlege sie laut. „Jule hat zwei Kisten von ihrer Mutter per Spedition ins Haus bekommen. Völlig überraschend. Aber bislang nichts wirklich Überraschendes. Vielleicht lohnt ein zweiter Blick. Mit anderen Augen. Mit meinen. Wenn ich dabei bin. Unter neuen Vorzeichen. Irgendwas muss doch zu finden sein. Die hat sich bei alledem doch was gedacht."

„Mensch, darauf hättest du auch früher kommen können." Liefers ist wütend. Sein Ärger ist nicht zu überhören. Vielleicht ist es auch nur die Enttäuschung. „Das hätte doch längst passiert sein müssen. Das weiß doch jeder Profi. Wie arbeitet ihr eigentlich da oben?" Seine Laune verabschiedet sich endgültig und wandert die Seitenstraße runter zur Luxemburger, von wo der ganz normale Verkehrswahnsinn rüber dröhnt. „Ich denk', ihr habt an alles gedacht. Man!" Er stampft so wütend mit dem Fuß auf, dass einer der Beamten überrascht stehen bleibt und ihn fragend anschaut. „Was is'? Steh' nicht rum, sieh' zu, dass du vorankommst. Können hier ja nicht ewig bleiben." Der Uniformierte verzieht beleidigt das Gesicht. Liefers stapft zu seinem Auto, verfolgt von einem guten Dutzend Handykameras.

CHANTAL
Warnemünde, 1. Mai 1987

Die letzten Schwaden Morgennebel wehten von der Ostsee rüber und ließen sie frösteln. Es war früh, die Sonne war noch nicht aufgestanden. Die Salzkruste auf Autos und Fensterbänken lag wie Schorf auf einer frischen Wunde. Die Feuchtigkeit kroch ihr den Nacken runter bis unter die Bluse. Gänsehaut wanderte durch die Ärmelausschnitte am Busen vorbei und machte es sich zwischen den Brüsten bequem. Ihr war entschieden zu kühl. Vielleicht lag es auch daran, dass sie nicht richtig ausgeschlafen und noch dazu etwas aufgeregt war. Ihr Zug sollte praktisch schon vor dem Aufstehen abfahren und sie war vorsichtshalber sehr zeitig losmarschiert. Fast eine halbe Stunde musste sie deshalb auf dem zugigen Bahnsteig rumhängen.

Der Bahnhof lag zwischen Altem Strom und Warnow auf einer schmalen Landzunge und war dem Wetter voll ausgeliefert. Das rostige Dach auf dünnen Eisenträgern bot keinerlei Windschutz. Weiter hinten sah sie die Fähre nach Dänemark liegen, vor der grad wie in Zeitlupe der Interzonenzug im Schritttempo hin und her rangierte. So schwer konnte das doch eigentlich nicht sein, die paar Wagen an Bord zu bugsieren. Hatten die doch eigentlich Übung drin. Sollte man wenigstens meinen. Der „D 320 Neptun“ aus Berlin war schließlich fast täglich auf dem Weg nach Norden. Wie oft hatte sie dem voller Sehnsucht hinterher geschaut. Interzonenzug nannte er sich. Aber für DDR-Bürger verboten. Was für ein Hohn, dachte sie.

Als ihr Schnellzug endlich bereitgestellt wurde, schreckte sie aus ihren Gedanken auf. Die quietschenden Bremsen der in die Jahre gekommenen Waggons holten sie zurück in die Wirklichkeit. Immerhin war die Strecke in die

Hauptstadt und weiter bis nach Dresden vor einigen Jahren elektrifiziert worden, so dass der vertraute Gestank und das Gedröhn der alten sowjetischen Dieselloks sie nicht in ihrer Ruhe stören würden. Und schneller ging es dank der neuen Technik endlich auch. Der Zug setzte sich fast pünktlich Richtung Rostock in Bewegung. Ihre Nervosität ließ etwas nach. Alles wird gut, dachte sie. Sie wollte einfach an das System glauben. Dass die ihren Job machten. Einmal im Leben. Denn der Fahrplan existierte für die Reichsbahn oft nur auf dem Papier. Immer wieder gab es gewichtige Klassengründe, noch auf jemanden zu warten. Oder Spannungsverluste in den Oberleitungen sorgten für nicht eingeplante Verspätungen. So etwas konnte sie diesmal ganz und gar nicht gebrauchen. Am Ostbahnhof in Berlin musste sie unbedingt ihren Anschlusszug kriegen. Fürs Umsteigen blieben ihr gerade mal 22 Minuten. Wenn alles gut ging.

Sie hoffte inständig, dass der Sozialismus zumindest dieses eine Mal funktionierte. Sie wollte ihn auf keinen Fall warten lassen. Ihr MP hatte sich alles so schön ausgedacht. „Drei Tage nur für uns, Liebste", hatte er gesagt, als er sie beim letzten Treffen mit der Idee überraschte. Viele Gedanken wirbelten durch ihren Kopf. War sie echt verliebt? Konnte sie ihm glauben? Oder war alles nur ein Traum? Fragen hatte sie viele. Antworten kaum. Vielleicht würde sich ja dieses Mal alles ändern. Zum Guten. Hoffen durfte sie schließlich.

Sie hatte das Abteil für sich. Die Massen, die am Vormittag zu den traditionellen Mai-Demonstrationen anzutreten hatten, waren offenbar noch nicht aus ihren Betten gekrochen. Auferstanden aus Ruinen und ein Grund zum Feiern? Lieber erst mal ausschlafen! Zumindest bis zum Hauptbahnhof in Rostock konnte sie jedenfalls ungestört ihren Überlegungen nachhängen. Sie musste eine Entscheidung treffen. Nicht nur beziehungstechnisch.

Seit das Innenministerium etliche Jahre zuvor den pass- und visafreien Reiseverkehr zwischen den sozialistischen Bruderstaaten beschlossen hatte, hörte man eigentlich wenig von Problemen beim Grenzübergang in die Tschechoslowakei. Die gesicherten Außengrenzen waren einfach an den Rand des Warschauer Paktes verlegt worden, die Grenzkontrollen zwischen den Bruderländern nur noch Routine. Pass raus und durch. Was sollte also passieren? Sie könnte ungestört bis kurz hinter die Grenze fahren und dann am ersten Halt einen Bus nehmen. Das wäre die bequemste Lösung. Anderseits brauchten die Grenzabschnittsposten nur irgendeinen Vorwand und sie saß womöglich doch fest. Die Grenzer waren wegen ihrer Willkür und Übellaunigkeit berüchtigt. Sollte sie das riskieren? Oder lieber doch vorher aussteigen und zu Fuß rüber? Das dauerte, war aber in jedem Fall sicherer.

Sie wachte auf, als der Zug kurz vor'm Ostbahnhof war. Die letzten Berliner Mietblocks, an denen sie vorbeifuhr, dösten in der Feiertagsruhe, die Straßen schienen wie ausgestorben. Nicht mal die gewohnten Schlangen vor der Kaufhalle waren zu sehen. Nur mehr rote Fahnen als sonst. Spruchbänder störten die triste Einöde. Ein Blick auf die Uhr sagte ihr, dass sie voll in der Zeit war. Sie nahm die Tasche und ging ohne große Eile zu den Fernbahngleisen. Ihr Zug stand dort schon bereit. „Pannonia Express" las sie auf Schildern, die an den Waggons hingen. Warum der Schnellzug wohl nach einer fast 2000 Jahre alten Provinz des römischen Reiches benannt war, überlegte sie. Teile von Ungarn und Jugoslawien waren wohl damals von den Römern besetzt und wurden bis heute „Pannonia" genannt. Und der Zug sollte über Prag und Bratislava praktisch bis in die Nähe zur ungarischen Grenze fahren. Reichte die Fahrtrichtung als guter Grund für den Namen? Vielleicht hatte sich aber auch nur ein Technokrat in den Schubladen des realen Sozialismus vergriffen und war bei irgendwelchen historischen Imperatoren gelandet. Egal. Sie konnte einsteigen und den zweiten Abschnitt ihres Abenteuers starten. „Ich muss mich entscheiden“, mahnte sie sich halblaut. Ein junger Mann, der ihr gegenüber Platz genommen hatte und zunächst jeden Blickkontakt vermied, schaute sie überrascht an. Direkt in die Augen. Sie fühlte sich ertappt. Wurde sie rot? Schnell sah sie aus dem Fenster.

Draußen flogen graue Häuser vorbei. Mausgrau, asphaltgrau, schmutziggrau. Zwischendurch immer wieder rote Fahnen und Transparente mit Parolen. „Unser Arbeitsplatz – Kampfplatz für den Frieden!“. Gelb auf rot. Was für eine Anmaßung. Was ist nur aus uns geworden, dachte sie. Die Farbe reichte nur noch für die Partei und die FDJ. Und sonst? Trist und grau. Sogar der Fortschritt. Der sogenannte. Und sie mitten drin. Wie lange noch? Hatte das alles eine Perspektive? Sie und er? Der einflussreiche Promi aus dem Westen und die graue Maus von drüben. Würde das die Staatsgewalt überhaupt zulassen?

Zwei Mal waren die schließlich schon bei ihr gewesen. Zur Klärung eines Sachverhalts, wie die es nannten. Zwei übel gelaunte Typen in schlecht sitzenden Anzügen waren es beim zweiten Besuch. Kleinkariert und bieder, die zum Lachen offenbar in den Keller gingen. Sie schüttelte sich. Wie im schlechten Film. Einer der beiden, offenbar der Anführer, hatte sie, die „Genossin Bürgerin“, süffisant daran erinnert, dass sich gute Sozialisten bereithalten müssten. Für den Tag an dem sie gebraucht würden. Im Kampf um die Sicherung und Erhaltung der sozialistischen Errungenschaften. Dafür hatte er diesmal aber offenbar Verstärkung gebraucht,

Fast nebenbei hatte der andere sie auf einmal gefragt, wie ihr denn das Studium gefiele. Er war nachgekommen, weil er erst noch den Wagen ordnungsgemäß parken musste. Ordnung musste sein, Dann hatte er lange kein Wort gesagt, sich aber ständig Notizen gemacht. „Sie wissen schon, wie begehrt das Studienfach Maschinenbau immer noch ist und dass jeder Studienplatz eine Auszeichnung durch unsere Republik und seine Bürger ist." Das kannte sie doch schon alles. War seine Drohung diesmal noch unmissverständlicher? Dann hatte er irgendwas von Aufbau des Sozialismus gefaselt. „Sie sind unsere neue Elite." Als ob der Aufbau jemals funktioniert hätte. Dann wollte er auch noch wissen, ob sie für länger zu verreisen gedenke. Völlig arglos. Scheinbar zumindest. Wusste der was? Am liebsten hätte sie gesagt: „Wohin denn wohl." Diesem verlogenen System einmal die Stirn geboten. Sie hatte es dann doch lieber gelassen und sich beherrscht. Nur energisch ihren Kopf geschüttelt. Bloß nichts riskieren. Ob die noch mal kommen würden? Was wohl der Preis sein würde, den sie zu zahlen hätte, wenn die erneut kämen. Sie hatte keine Ahnung. Und niemanden, den sie fragen konnte. Aber das war ihr auch egal. Ich lebe jetzt, dachte sie. Und sie liebte ihn. Sekt oder Selter. Das alleine zählte.

Als sie sich fast vier Stunden später der Grenze näherte, war sie mit sich zufrieden. Sie hatte den Zug knapp 30 Minuten hinter Karl-Marx-Stadt verlassen. Das Kaff hieß irgendwas mit „Bad". Lag aber noch trister und grauer in die Ödnis der Sächsischen Schweiz eingebettet als viele andere Dörfer entlang der Bahnstrecke zuvor. Sicher war sicher, hatte sie am Ende gedacht, und war vor der Grenze ausgestiegen. Ein klappriger Lada, der als Privattaxi unterwegs war, hatte sie aus dem Ort herausgebracht. Ob legal oder nicht, daran verschwendete sie keinen Gedanken. Sollte der sich doch ruhig ein paar Ost-Mark dazu verdienen.

Der Fahrer setzte sie auf einem schmalen Weg ab, der mit

Betonplatten gepflastert war. Die mussten wohl noch aus dem Krieg sein und wurden offenbar selten benutzt. Ein Schild stellte sich ihr in den Weg. „Halt! Staatsgrenze! Passieren verboten!“ Sie ignorierte es einfach. Nicht einmal ein Schlagbaum versperrte den Übergang. Kein Mensch weit und breit. Im ersten Dorf hinter der Grenze ließ sie sich zur nächsten Bushaltestelle im Nachbarort mitnehmen. Niemand stellte Fragen. Als wäre sie gar nicht da.

Das war jetzt anders. Vor dem Grandhotel verschlug es ihr die Sprache. Sie hatte viel von den Thermalbädern in Karlsbad gehört und auch von den Kurhotels. Aber so etwas hatte sie noch nie gesehen. Die Sonne stand tief hinter dem riesigen Prachtbau mit Simsen und Stuck. Wie ein Schloss! Fast wie im Märchen. Das war ihr erster Gedanke. Sie kontrollierte noch einmal die Adresse, die er ihr gegeben hatte. Passte! Der Putz war etwas in die Jahre gekommen, ein neuer Anstrich hätte dem Palast gut getan, aber das störte sie kaum. Beethoven, Bach und Goethe hätten dort schon logiert, las sie auf einer Messingtafel, die mal wieder geputzt werden konnte. Und da sollte ein Zimmer für sie reserviert sein?

Sie setzte sich auf eine Bank gegenüber und versuchte sich etwas zu sammeln. Sie schaute auf ihre Notizen. Name und Adresse stimmten immer noch. Das musste es sein. Kein Zweifel. Sie griff sich in die Haare und ordnete sie etwas, dann nahm sie ihre Tasche und überquerte die Straße. Ein Portier in Uniform hielt ihr die Tür auf. Unter schweren Kronleuchtern entdeckte sie die Rezeption.

CHANTAL
Karlsbad, 2. Mai 1987

Sie wusste selbst nicht, warum sie sich dazu hatte hinreißen lassen. Chantal war einfach einem inneren Impuls gefolgt, als der MP am Nachmittag plötzlich weg musste. Warum und wohin? Dazu wollte er partout nichts sagen. „Geschäfte", meinte er. Und anstatt die näher zu erklären oder auch nur eine konkretere Andeutung zu machen, nahm er sie in den Arm und drückte sie fest. „Zum Abendessen bin ich zurück. Danach machen wir es uns schön. Lass' es dir solange gut gehen." Schön? Es klang beinahe etwas doppeldeutig, so wie er das formulierte. Vor allem das mit dem Abendessen und dem „danach". Er hatte es nicht beim Namen genannt, aber so eindeutig zweideutig in den Raum gestellt, dass sie nicht all zu viel Phantasie brauchte um zu ahnen, was er damit wohl gemeint haben könnte. Schon gar nicht nach der letzten Nacht.

Der MP war später eingetroffen als erwartet. Nur mit einem kleinen Koffer in der Hand. Sein Fahrer hatte ihn irgendwo an einem Grenzübergang einfach abgesetzt. Chantal fand das merkwürdig für jemanden, der sonst so sorgsam darauf bedacht war, keine Nachfragen zu provozieren. Nicht einmal bei seinen engsten Vertrauten. „Ohne Gepäck?", hatte sie erstaunt gefragt. Er hatte nur gelacht. „Wozu brauche ich Gepäck? Ich hab' doch dich." Es klang vielleicht etwas anzüglich. Aber sie mochte das. „Dich, ein schönes Zimmer und ein Bett. Für unser Wochenende reicht's. Mehr brauch' ich nicht, um glücklich zu sein." Wenn das nicht zweideutig war. Andererseits: Warum hatten sie sich heimlich verabredet? In einem fremden Hotel. An einem anonymen Ort. Im gemeinsamen Doppelzimmer. Nur um zu reden? Sie musste lächeln. Er nahm sie in den Arm und sie vergaß sofort alle

Fragen. Wie klein er doch war, fiel ihr auf einmal auf. Nicht größer als sie. Praktisch auf Augenhöhe. Wenn man ihn auf Fotos auf einer Bühne oder im Fernsehen sah, fiel das gar nicht so auf.

Sie hatten im Restaurant gegessen und die tschechische Küche probiert. Alles passte. Etwas derbe vielleicht die Klöße in schwerer brauner Soße. Aber wahrscheinlich hätte ihr unter diesen Umständen alles geschmeckt. Kellner in dunklen Anzügen umschwirrten ihren Tisch. Er genoss die Aufmerksamkeit des Personals, dass ihn immer mit „Herr Präsident" ansprach. Wussten die was, was sie nicht wusste? Egal, sie genoss seine Nähe und die allgemeine Aufmerksamkeit. Sie ließ ihn machen und die Show lustvoll über sich ergehen. Sie hatte ein einfaches schwarzes Kleid angezogen, das für ihre Verhältnisse chic war. Vor allem war es ihr einziges, um ehrlich zu sein. Ein etwas gewagtes Dekolleté gab dem schlichten Schnitt immerhin einen besonderen Pfiff. Sie merkte das an den Blicken der jungen Kellner. Und erst recht an seinen. Scheinbar gefiel ihm, was er zu sehen bekam, wenn er ihr nicht gerade in die Augen schaute. Seine waren jedenfalls viel unterwegs.

Sie hatten sich Zeit gelassen und einen Rotwein getrunken, den er mit großen Gesten ausgesucht und probiert hatte. Bei ihr war nur hängen geblieben, dass der gute Tropfen aus Ungarn kam, irgendwo aus dem Westen in der Region Sopron, und dass er sündhaft teuer sein musste. Aber darum brauchte sie sich keine Sorgen zu machen. Er hatte das gleich zwei Mal betont. Eigentlich zwei Mal zu viel. Aber geschenkt. Essen und Wein waren gut. Zumindest so weit sie das beurteilen konnte.

In Rostock besuchten sie und ihre Freunde nur selten Restaurants. Ihr Geld als Studentin reichte hinten und vorne nicht, daran änderte auch der Nebenjob im „Leuchtturm" nur wenig. Nicht dass sie große Ansprüche hätte. Aber mal 'ne Bockwurst zum Bier oder einen gebratenen Hering, das hätte sie sich ganz gerne mal gegönnt. Als sie es das letzte Mal versucht hatte, waren alle Plätze reserviert. Das war ihr zwar komisch vorgekommen, denn die „Alt-Berliner Stube" unten am Fluss war so gut wie leer gewesen. Aber das Hotelpersonal hatte ihr und ihrem Begleiter unmissverständlich klar gemacht, dass alle Tische vorbestellt waren. Und als sie grade wütend protestieren wollte, hatte ihr Kommilitone sie wortlos mitgezogen. Der Abend endete mit einem Bier aus der Flasche vor dem Strand-Kiosk und war auch sonst eine Pleite. Der Typ dachte die ganze Zeit nur an das eine und grapschte ständig an ihr rum. Nur reden wollte er nicht. Sie war nicht prüde. Aber das war ihr dermaßen auf den Wecker gegangen, dass sie ihn irgendwann kalt duschen geschickt hatte. Sex wurde eindeutig überbewertet.

Mit ihrem MP war das anders. Er behandelte sie zuvorkommend. Er unterhielt sich viel mit ihr und ließ keinen Standesdünkel erkennen. Zumindest wenn es nicht grad um seine Geschäfte ging. Das Vorspiel ließ keine Wünsche offen. Auch das verbale nicht. Auf allzu große Erfahrungen konnte sie aber auch nicht zurückgreifen. Aber er gab sich redlich Mühe, damit sie nicht zu kurz kam. Die Nacht nach dem Essen und das Frühstück im Bett waren wunderbar. Er liebte sie von oben bis unten. Und das war durchaus wörtlich zu verstehen. Es musste einfach wahre Liebe sein, anders waren sein Bemühen gar nicht zu erklären. Woher dennoch plötzlich dieser Hauch von Misstrauen bei ihr kam, war ihr selbst ein Rätsel. Vielleicht weil er auf einmal so einsilbig wurde?

„Welche Geschäftsleute triffst du denn ausgerechnet in Karlsbad", hatte sie gefragt. Er versuchte mit plumpem Charme auszuweichen. „Schöne Frauen müssen nicht alles wissen." Er gab sich Mühe das Thema wegzulächeln. Und sie war sauer geworden. Schließlich waren sie nicht mehr in den sechziger Jahren, als Frauen nur für Küche und Bett gut waren. „Verkauf mich nicht für blöd. Du bist doch eigentlich privat hier. Ohne Protokoll und das ganze Brimborium. Und hast trotzdem Termine?" So einfach wollte sie ihn nicht davon kommen lassen. Langsam reagierte er genervt. „Die fragst zu viel. Manchmal ist es besser, man weiß nicht alles."

Was sollte das denn nun wieder? Jetzt war ihre Neugier erst recht angestachelt. Oder war es sogar schieres Misstrauen? „Du hast doch nicht mal deinen Dienstwagen dabei. Wo willst du denn so hin?" Sie wollte sich nicht einfach wie eine dumme Göre abspeisen lassen. Zum ersten Mal, seit sie ihn kannte, wurde er etwas laut. „Ich kann dir nicht alles sagen und du musst auch nicht alles wissen. Geht das nicht in deinen Kopf?" Er entschuldigte sich sofort. „Es tut mir leid, ich meinte das nicht so. Aber es gibt Dinge, die gehen dich nichts an. Und das dürfen sie auch nicht. Streng vertraulich. Das hat mir dir und mir nichts zu tun. Ich habe eben noch ein Leben neben dir. Manche Geschäfte sind hochbrisant. Und geheim. Das muss reichen. Und ist für dich auch sicherer so." Die Erklärung war länger ausgefallen als erwartet. Er verschwand im Ankleidezimmer. Ein Hotelpage hatte noch rechtzeitig für seinen Termin einen Kleidersack gebracht und dort deponiert. So hatte sie ihn noch nie erlebt.

Als er dann wortlos ihre Unterkunft verließ, war sie ihm hinterher gegangen. Einfach so. Ohne festen Plan. Aber mit klarem Ziel. Sie wollte wissen, was läuft. Und woran sie war. Sie riskierte schließlich auch eine Menge. Und wollte wenigstens wissen wofür. Sie hatte Glück, denn er ging zu Fuß in Richtung Kurpark. Auch das fand sie merkwürdig. Kein Dienstwagen, kein Taxi? Auf dem Weg zu einem Geschäftstermin? Sie ließ einen größeren Abstand zwischen sich, bevor sie ihm folgte. Er ging durch den Kurpark an der Kunstgalerie vorbei, ohne einen Blick auf das langgestreckte schlossähnliche Gebäude zu werfen. Er ging nicht besonders schnell, aber auch nicht so ziellos schlendernd wie andere Kurgäste. Zügig nannte man das wohl. Sie hatte kein Problem ihm zu folgen. Die Luft war mild. Es waren einige Leute unterwegs, so dass sie nicht auffiel. Auf der anderen Seite des Flusses sah sie den gewaltigen Bau des historischen Kaiserbads mit seiner märchenhaften Fassade aus Renaissance und Jugendstil. Oder war es doch Barock? So gut kannte sie sich in den Baustilen nicht aus. Sie würde das noch mal nachlesen müssen, wenn sie zurück war. Als er an den Steinsäulen des Schiller-Denkmals vorbeiging, schaute er auf seine Armbanduhr und beschleunigte seinen Schritt etwas. Offenbar war der Weg länger als gedacht. Sie hatte keinen Schimmer, was das Ziel sein könnte.

Eine Ahnung bekam sie erst, als er auf die Brücke über den Fluss zusteuerte und das Parkhotel in Sicht kam. Noch so ein Protzbau. Wie hatten die bloß alle den Krieg überlebt? Tatsächlich ging er ohne langes Zögern rein, ein livrierter Portier hielt ihm die Tür auf. Sie verlangsamte ihren Schritt und überlegte, ob sie nicht besser umdrehen sollte. Aber nun war sie schon so weit gegangen. Und schließlich suchte sie Antworten. Sie blickte an sich runter. Die Hose war okay, was sollte also sein. Sie betrat das Hotel. Vor ihr wurde die Tür aufgerissen und eine Livree auf zwei Beinen murmelte „gnädige Frau" hinter ihr her.

Sie sah ihn sofort. Er saß in der Lobby-Bar an der Wand unter einem großen Spiegel an einem Tisch mit vier anderen Männern. Alle in Anzug und mit Krawatte, er war dafür vergleichsweise salopp gekleidet. Drei der Typen hatte sie noch nie gesehen, einer war ein Schwarzer und modisch top gekleidet, ein anderer sah aus wie ein Araber. Er hatte zwar keins dieser typischen Nachthemden an, in denen Scheichs für sie immer rumliefen. Aber Augen, Bart und Haare waren dunkel, seine Gesichtsfarbe stark gebräunt und ein Palästinensertuch lag neben ihm, als wenn er es beiseite gelegt hatte. Der dritte sah aus wie einer von ihnen, direkt aus Ost-Berlin. Wenn man nach dem Sitz des Anzugs aus Kunstfaser ging jedenfalls. Und der Farbe. Irgend so ein Kackbraun. Schon wieder, dazu ein billiges Brillengestellt. Mein Gott, was soll daran denn seriöser Geschäftsmann sein? Dachte sie.

Der vierte Mann war von einer Säule leicht verdeckt. Sie konnte ihn erst richtig sehen, als er sich nach vorn beugte. Mit seinem Quadratschädel und dem akkuraten Scheitel war er ständig in der „Aktuellen Kamera" zu sehen, eine Art Stammgast. Der Staatssekretär. Der Mann, der die Millionen besorgte. Er war die Hoffnung der Partei-Elite. Er war der Devisenbeschaffer, er sollte den Wohlstand ins Land holen. Mit welchen Mitteln auch immer. Touristen, Rohstoffe, Waffen. Hauptsache harte Valuta.

Der Quadratschädel deutete auf ein paar Papiere auf dem Tisch, von denen einige wie Prospekte oder Kataloge aussahen, sie konnte das nicht genau erkennen. Waren da Fotos mit Panzern zu sehen? Sie kniff die Augen zusammen, war sich aber nicht sicher. Er sprach auf ihren MP ein, der direkt neben ihm saß. Aber was hatte der mit dem Devisenjongleur zu tun? So hatten sie und ihre Freunde den Unsympathen in ihrem Kreis getauft. Und wer waren die Fremden? Was hatte das alles zu bedeuten?

Als der Ober sie nach ihren Wünschen fragte, erhob sie sich hastig vom Tisch, an den sie sich gesetzt hatte. Sie hatte genug gesehen und wollte um keinen Preis auffallen. Zumal sie keinen Pfennig Geld dabei hatte. Auf dem Weg zurück arbeitete es in ihr.

OBJEKT FÖRDE
Rostock, 5. Mai 1987

BV Rostock
Abteilung VIII

Treffbericht
Treff: mit „IM Salzwasser"
Am: 4. Mai 1987
In: Konspirative Wohnung (KW) „Seehafen"
Durchgeführt von: Major Baer

Verlauf des Treffs:

IM „Salzwasser" kam pünktlich zum verabredeten Gespräch. Er hat eindringlich um den Treff gebeten, weil er wichtige Mitteilungen zu einem Vorkommnis um das „Objekt K" zu machen habe. IM „Salzwasser" wirkte etwas unruhig und aufgeregt. Er beteuerte aber, es ginge ihm gut. Die Arbeit in der HO-Speisegaststätte in Rostock am Hafen gefalle ihm gut. Er sei sehr zufrieden und stolz darauf, seinen persönlichen Beitrag zum sozialistischen Kampf und Weltfrieden leisten zu können.

Nach einigen allgemeinen Floskeln kam er zum Punkt. Er habe die Unterhaltung von vier Gästen in der Speisewirtschaft zum Teil mithören können. Einer der Gäste sei „Objekt Förde" gewesen, er sei mit zwanzigminütiger Verspätung zu der Runde gestoßen und von einem Auto mit Westkennzeichen abgesetzt worden.

Im anschließenden Gespräch sei es um eine Lieferung von Waffen über den Seehafen gegangen, die in das „Objekt K" verbracht werden sollen. Ein Großteil der Waffen soll offenbar später heimlich nach Südafrika verschifft werden. Getarnt in zwei großen Tankwaggons, die offiziell Schweröl gebunkert haben. Ein kleiner Teil der Waffen solle im Objekt zwecks anderweitiger Verwendung zu einem späteren Zeitpunkt verbleiben. Genaueres habe er nicht ermitteln können.

IM „Salzwasser" war sich nicht sicher, hatte aber den Eindruck, dass die Zielpersonen den Handel ohne offizielle Kenntnis des zuständigen Ministeriums planen. IM „Salzwasser" konnte das Gespräch nicht vollständig mithören. Um nicht aufzufallen, musste sich der Genosse immer wieder vom Tisch entfernen und konnte sich erst unter Vorgabe triftiger Gründe wieder nähern: Geschirr abräumen, neues Wasser bringen oder Bier. Bei der Schilderung verlor IM etwas den Faden. Er war sich allerdings sicher, dass die Zielpersonen ihr Gespräch jedes Mal kurz unterbrachen, wenn er sich zu lange am Tisch zu schaffen machte.

Sein Bericht ließ viele Fragen offen. IM ist sicher, folgenden Sachverhalt eindeutig verstanden zu haben: „Wir müssen die Papiere für die zwei Waggons so spät vorlegen, dass der offizielle Zweck der Lieferung aus Zeitgründen von der Hauptstadt aus nicht zurück verfolgt werden kann. Für die Genehmigung zur Abfertigung ist dann allein der Genosse vor Ort von der KoKo zuständig. Der ist eingeweiht und wird entsprechend entlohnt." So soll es fast wörtlich von einem der vier gesagt worden sein, der offenbar Wortführer war.

Über den genauen Zeitpunkt der Verladung konnte IM „Salzwasser" keine Angaben machen. Er hatte allerdings den Eindruck, dass die Lieferung unmittelbar bevorsteht. Über die Gründe zum Verbleib des Teils im „Objekt K" konnte er ebenfalls keine Angaben machen. Er sei sich aber sicher, dass mindestens einmal kurz auch der Todesfall im „Objekt K" vor einigen Monaten Thema der Runde war. Es sei ihm aufgefallen, dass, als er sich dem Tisch näherte, das Gespräch schlagartig beendet wurde.

Die Zielpersonen waren ihm persönlich eher unbekannt. In einer will er vielleicht den Genossen Betriebsleiter der Seereederei und Bezirkssekretär wiedererkannt haben, ist sich aber nicht hundertprozentig sicher. Die anderen will er noch nie gesehen haben, weder in der Speisewirtschaft noch sonst in Rostock. Zwei der anderen drei Männer sollen zwischen 30 und 40 Jahren alt gewesen sein. Eine der Zielpersonen ist wie beschrieben mit dem Auto aus der BRD angereist. Das Kennzeichen muss noch ermittelt werden.

Einschätzung des Treffs:
IM „Salzwasser" wirkte eifrig bemüht und glaubwürdig. Das konspirative Treffen ging von ihm aus. Er ist bis an die Grenzen seiner Möglichkeiten gegangen, um mehr in Erfahrung zu bringen. Die Informationen mussten naturgemäß unvollständig bleiben, wenn er seine verdeckte Identität nicht preisgeben wollte. Er ist ein überzeugter Genosse und steht hinter unserer Sache.

Auftrag:
Ich habe IM „Salzwasser" aufgefordert, sich unauffällig weiter umzuhören, ob einer der Gäste vielleicht schon mal in der HO-Gaststätte verkehrt hat. Auch soll er die Augen offen halten, ob er sie sonst irgendwo zu Gesicht bekommt. Die Personenfeststellung hat oberste Priorität.
IM „Salzwasser" soll darüber hinaus versuchen festzustellen, ob jemand nähere Kenntnis von der Identität des Klassenfeindes aus der BRD oder Informationen über seine Anreise mit dem PKW hat. Oberste Vorsicht sei dabei geboten.

Feststellung durch Grenzorgane:
Wer ist an dem Tag mit dem Ziel Rostock eingereist und wo.

Prüfung der Gästelisten in den Inter-Hotels Rostock und Warnemünde durch unsere Meldeorgane. Abgleich mit möglichen Erkenntnissen anderer Hauptabteilungen.

Handlungsanweisung:
Verdeckte Observationskräfte sollten am „Objekt K“ aktiviert werden um herauszufinden, wann die Lieferungen in Rostock Seehafen verschifft werden sollen und was die Zweckbestimmung der Restlieferung ist. Und ob sie ein Risiko für die Arbeit der Genossen in der Hauptstadt darstellt.

Nächster Treff:
In drei Tagen, dieselbe KW.

Finanzen:
Ich habe IM „Salzwasser“ für die Übermittlung und als zusätzlichen Ansporn 200,- Mark ausgezahlt.

Gez. Major Baer.
Gedächtnisprotokoll vom Bandgerät.
Für die Richtigkeit der Abschrift: Hauptmann Berendt
5. Mai 1987“

ELENI
Hamburg, 3. September 2016

Eleni liest laut vor. Sie betont dabei Satz für Satz. Besonders lang ist der Text nicht. Aber sie will ihn nicht nur verstehen. Sie will ihn durchdringen, Wort für Wort. Und sie will damit zu Jule durchdringen. Die sitzt wie geistesabwesend auf dem Sofa. Sie hat die Knie an den Oberkörper gezogen und die Arme um die Beine geschlungen. Alles an ihrer Sitzhaltung signalisiert: „Mir reicht's. Ich kann nicht mehr. Ich will nicht mehr." Für jetzt oder für immer? Eleni hat keinen Schimmer. Aber es gibt kein Zurück mehr.

Die Obduktion war eindeutig. Die Indizien werfen Fragen auf. Und die Vergangenheit ihrer Mutter auch. Viel zu viele offene Fragen. „Wir müssen der Sache auf den Grund gehen", sagt Eleni, „sonst findest du nie Frieden." Jule sagt nichts. Deshalb liest Eleni vor. Langsam und mit sorgfältiger Betonung. Um nichts zu überlesen und mit jedem Wort zu ihrer Freundin durchzudringen.

Vor ihr liegt ein amtliches Dokument des MfS.

„28.01.1987
Verpflichtung

Ich verpflichte mich mit den Organen des Ministeriums für Staatssicherheit auf inoffizieller Basis zusammenzuarbeiten. Ich bin bereit über alle mir bekannt werdenden Handlungen des Zielobjektes „Förde" und Hinweise, die den Verdacht einer feindlichen Handlung der Zielperson zulassen oder die Sicherheit unseres Staates und seines sozialistischen Gemeinwesens beeinträchtigen können, zu berichten. Ich wurde belehrt, dass ich über die Zusammenarbeit und alle mir damit im Zusammenhang zur Kenntnis gelangenden Fragen und Informationen zu keiner dritten Person sprechen darf. Der Vorgang unterliegt strengster Geheimhaltung.

Zur Gewährleistung der Vertraulichkeit und der Sicherheit meiner konspirativen Identität im Rahmen des Vorgangs „Ostsee" wähle ich einen Decknamen mit dem ich in Zukunft zu Treffs eingeladen/aufgesucht und alle Berichte unterzeichnen werde.
Gez.: Chantal"

Eleni lehnt sich zurück, als sie zu Ende gelesen hat. Ihre Stimme war unmerklich immer leiser geworden. Als sollte ihre Freundin das bittere Ende doch lieber nicht mitbekommen. Draußen sind die Lichter angegangen. Aus den normalen Geräuschen des Straßenverkehrs ist längst ein nervöses Summen geworden. Der Kiez hat alle Aggregate auf Betriebstemperatur geschaltet, das Partywochenende nimmt Anlauf. Noch ist das Brummen der Klubgänger und Junggesellenabschiede nicht auf Normalbetrieb, die Geräusche und Stimmen tanzen, mal laut und mal leise. Aber von all dem kriegen beide nichts mit. Sie sind im Tunnel. Jule kämpft, um da raus zu kommen. Sie sitzt aufrecht in den Kissen des Sofas und schlägt die Hände vors Gesicht. „Ich fass' es nicht. Das auch noch. Je tiefer man gräbt, desto tiefer wird der Sumpf. Wo soll das bloß enden?"

Sie greift nach dem Papier auf Elenis Schoß und liest es noch einmal durch. Wort für Wort. Nur für sich. Als müsste sie sich ein persönliches Bild vom Inhalt machen. Ihn irgendwie aufsaugen. Inhalieren. Zeile für Zeile. Jule fühlt es wie in einem schlechten Traum. Sie möchte dringend daraus aufwachen. Geweckt werden. „Das ist doch wie ein billiges Drama", stöhnt sie, „sag', dass dies alles nicht wahr ist." Hilfesuchend blickt sie Eleni an, die ihre Hand nimmt. Zu mehr ist die auch grad nicht in der Lage. Jule greift zu ihrem Weinglas, setzt es aber gleich wieder ab. Der Wein will ihr nicht mehr schmecken. Sie hat auch ohne ihn einen schweren Kopf.

Die Freundinnen hatten sich am Abend zusammengesetzt, um die Papiere und Unterlagen aus den Pappkisten noch einmal gemeinsam in Ruhe und bis ins letzte Detail durchzugehen. Vieles konnten sie einfach beiseite legen. Es war für ihre Ermittlungen uninteressant oder nebensächlich. Einige Fotos hatten sie sich genauer angeschaut. Auf mehreren war ein Mann mittleren Alters zu sehen, den Eleni auf dem dritten Bild wieder zu erkennen glaubte. Aufgrund von vielen Zeitungsaufnahmen. Aber sie behielt das lieber erst mal für sich. Sie wollte ihre Freundin nicht noch weiter verunsichern.

Die Kopie der Verpflichtungserklärung hatten sie fein zusammengefaltet und mit Tesa abgeklebt auf der Rückseite eines DIN-A-5-großen Bilderrahmens entdeckt, in dem ein Schwarzweiß-Foto von Jules Einschulung steckte. Dahinter klemmte außerdem ein handschriftlicher Vermerk ohne Anrede und Briefkopf. „Vergiss nie, wozu du dich verpflichtet hast. Freiwillig! im Dienste der guten Sache. Wir können auch anders!!" Zwei Ausrufungszeichen. Das las sich nicht wie zufällig hingeschrieben. Das war eine Warnung! Unverkennbar. Darunter ein unleserlicher Krakel, der wohl eine Unterschrift sein sollte. Sie hatten einen Fall, so viel war spätestens jetzt wohl klar. Nur was für einen, dafür fehlt es beiden an Phantasie. Noch jedenfalls. Elenie schüttelt den Kopf. Auf den Schrieb kann sie sich keine Erklärung machen. „Chantal", wer zum Teufel war das? Ein Deckname, okay. Aber ohne jeden realen Bezug? Und warum in aller Welt bewahrte Jules Mutter den Schrieb auf? Wie kam sie an den? Und für wen? War das alles ein Zufall oder sollte ihre Tochter den finden? Wenn ja, was sollte sie damit anfangen?

„Sagt dir das irgendwas?", fragt sie Jule. „Chantal?" Die dreht zwar den Kopf in ihre Richtung, schaut aber durch sie hindurch. Irgendwas in ihrem Hinterkopf arbeitete. Als kämpfe da irgendeine Erinnerung. Die es nicht schafft durchzudringen. Wie ein Schatten im Neben. „Ich bin mir nicht sicher", sagt sie und zögert lange.

„Vielleicht!"

ELENI
Hamburg, 7. September 2016

Auf der anderen Seite ist die Sicht ganz anders. Eleni wundert sich jedes Mal wieder, wie anders. Sie sitzt auf der Elbinsel auf einer Mauer neben dem Eingang zum Alten Elbtunnel. Da wo die Autos noch immer in großen Fahrstuhlkörben aus Holz auf 24 Meter unter die Norderelbe abgesenkt werden, um nach gut und gern 426 Metern Länge auf der anderen Seite im Rücken der Landungsbrücken wieder aufzutauchen. Sie mag diesen Platz ganz besonders. Hamburg ist so anders, wenn man von hier auf die Stadt blickt. Vor sich der schmuddelige Strom, graubraunblau. Wie der lebende Beweis aller Ökosünden aus hunderten Jahren. Bei dem Gedanken daran korrigiert sie sich schnell, typisch Staatsanwältin. Denn von einem lebenden Beweis kann nun wirklich keine Rede mehr sein. Leben tut in der Elbe schon lange nichts mehr. Oder nur noch wenig. Die letzten Elbfischer haben längst die Netze in ihren Schuppen verstaut und spinnen nur noch Seemannsgarn.

Der über hundert Jahre alte Tunnel ist eine technische Meisterleistung und ein Kunstwerk. Man kann mit dem Auto durchfahren, mit dem Fahrrad oder einfach nur zu Fuß die Elbe unterqueren. So wie Eleni das gern macht. Oder Tausende Besucher es jedes Wochenende tun und dabei versuchen, die Kacheln der beiden Röhren zu zählen. So sagt es jedenfalls die Legende für Touristen. Zur Belohnung dann dieser Blick von der anderen Seite. Ein Bier in der Hand und eine Bratwurst dazu, es gibt für Eleni nichts Schöneres. Neben sich die große Werft mit dem Kreuzfahrtterminal im Hintergrund, vor sich der breite Fluss, der wie ein Schal der Stadt zu Füßen liegt. Begrenzt von Grüngürteln im Westen und modernistischen Bausünden aus Glas und Stahl gegenüber.

Die Schiffe auf der Elbe sind fast zum Anfassen nah, Musikfetzen wehen von den Hafenrundfahrten der Barkassen herüber. Richtung Nordsee läuft die Elbe aus dem Bild wie Milch aus einer umgekippten Flasche, schräg gegenüber küsst die Abendsonne in den Spiegelfenstern der fast fertigen Elbphilharmonie den Fluss. Die letzten Baukräne umrahmen das Bild wie Traumfänger. Und über allem segeln Möwen in die Unendlichkeit.

Die Stadt scheint wie aus Himmel und Wasser, Schiffen und Möwen gemacht. Eleni kann sich kaum sattsehen an dem Spektakel. Sie unterscheidet zwischen zwei Arten von Möwen. Die einen schweben stolz und erhaben über ihren Köpfen, weit oben, über all den profanen Dingen des Lebens. Sie sind frei, ungezügelt, entscheiden allein über ihre Kreise oder ob sie einem Dampfer raus auf hohe See folgen. Ohne Schranken oder Auflagen. Das muss Freiheit sein. In einem neuen Leben wäre sie gern ein Teil davon.

Aber wehe, wenn die Möwen tiefer fliegen. Auf der Suche nach Beute sind, sich im Überlebenskampf behaupten oder verteidigen müssen. Dann sind sie unberechenbar und angriffslustig. Abteilung Attacke. Eleni wünschte, sie könnte das von sich behaupten. Aber sie und Jule treten auf der Stelle. Echte Attacke sieht anders aus. Sie dagegen sitzt ideenlos am Elbufer rum. Und träumt den Möwen hinterher.

„Meine Schöne", sagt Giannis, der leise von hinten an sie herangetreten ist und die Arme um sie schlingt. „Wie lange sitzt du schon hier?" Er weiß, wie sehr sie diesen Ort liebt, vor allem wenn sie Probleme wälzt. Und ihren Gedanken Auslauf geben will. Deshalb haben sie sich hier verabredet. Er ist ein bisschen spät dran. Und hat ein schlechtes Gewissen. Statt zu Fuß oder mit dem Rad durch den Elbtunnel zu kommen, hat er lieber das Auto genommen und den kürzesten Weg über die Freihafen-Elbbrücke gewählt. In einer Baustelle der wachsenden HafenCity war er im Stau hängen geblieben. War ja klar. Mitten in der Rushhour. Aber ein Grieche geht nicht gern zu Fuß. Das haben die in ihrer DNA. Das ist vererbt. Auch wenn er in Hamburg geboren war.

„Wie läuft's?", fragt er und küsst sie in den Nacken. Eleni legt den Kopf zurück und schmiegt sich an ihn.

„Achtzig", sagt sie verträumt. Mehr nicht.

„Wie, achtzig?". Er ahnt, dass der Abend schwierig werden könnte. Nichts von der Leichtigkeit, die er sich erhofft hatte. Und die ihre noch frische Beziehung so liebenswert macht. „Du sprichst in Rätseln." Sie sagt nichts. Giannis lässt ihr Zeit und hält sie fest wie ein kleines Kind. Dann versucht er es noch einmal. „Raten nach Zahlen?"

Sie dreht den Kopf und schaut ihm in die Augen. „Achtzig Kacheln mit Tiermotiven pro Röhre, so ungefähr jedenfalls." Er sagt nichts. Guckt nur ratlos. „Diese graugrünen Reliefs mit Hummern, Wollkrabben, Kabeljau und Stör. An den Kachelwänden. Ungefähr alle sieben bis acht Meter eine. Wunderschön! Sag bloß, die kennst du nicht. Die normalen Kacheln kann niemand zählen, es müssen Hunderttausende sein. Ich glaub' nicht an die Geschichten über Leute, die zum Kacheln zählen in den Elbtunnel gehen. Alles dumm Tüch."

Giannis sagt lieber nichts. Er muss nicht alles verstehen. Behält seine Verwunderung für sich. Besser is'. Er weiß, wie sentimental seine sonst so rational denkende Juristin manchmal privat sein kann. Aber so viel hat er inzwischen gelernt. Man lässt sie dann lieber. Er greift zu der Knolle mit Bier, die neben ihr steht, und nimmt einen großen Schluck. „Nee, nä?", platzt es aus ihm heraus, „warmes Bier, wie lange steht das denn schon hier?" Immerhin lacht Eleni jetzt und kehrt aus ihrer Welt zurück in den Hamburger Alltag. Sie springt von der Mauer und geht wortlos rüber zu der Bude auf der anderen Seite des Eingangs. Holt zwei neue Flaschen, gut gekühlt. „Prost", sagt sie.

„Ich bin im Dienst", sagt Giannis.

„Ich auch", sagt sie. Beide lachen und trinken. Fühlt sich gut an.

„Ich komm' aus dem Staunen nicht heraus." Eleni fängt an zu erzählen. „In einer der Umzugskisten haben wir gut versteckt doch noch was entdeckt. Eine Verpflichtungserklärung und eine Ermittlungsakte. Vermutlich eine Kopie, die sich ein Anwalt zur Akteneinsicht gezogen hat. Aktenzeichen der Hamburger Staatsanwaltschaft, Ende der achtziger Jahre." Giannis wartet. Da kommt noch was, das ist ihm klar. Er nimmt noch einen Schluck. „Subventionsbetrug. Und Verdacht auf Waffenhandel." Sie schüttelt leicht den Kopf, als könnte sie es selbst nicht fassen. „Als hätte ich's geahnt." Mehr kommt nicht. Als müsste er nun alles wissen.

„Und?" Langsam wird er ungeduldig. Musste er ihr denn alles aus der Nase ziehen? Das brauchte doch gar nichts bedeuten. Außerdem war das fast 30 Jahre her. „Na und, was hat das mit deiner Freundin zu tun. Und dir?"

„Keinen Schimmer. Merkwürdig ist nur, je mehr wir graben desto mysteriöser werden die Hintergründe." Eleni erzählt vom Verkauf eines Kreuzfahrtschiffs, das deutsche Fernsehzuschauer als Traumschiff liebten. Und vom Neubau eines identischen Dampfers. „Die Kieler verkauften das nach Südafrika, kurz danach ging es zurück nach Deutschland und wieder kurz danach kaufte es die DDR. Ost-Berlin schickte damit verdiente Arbeiter auf Seeurlaub."

Giannis sucht nach der Verbindung zum Waffenhandel und kann keinen entdecken. „Was hat das mit Waffen zu tun?"

„Nichts, zumindest nicht direkt. Aber die Preise änderten sich mehrfach. Für den Kauf, den Rückkauf und dann den

Weiterverkauf in die DDR. Das ganze scheint ein Tarngeschäft gewesen zu sein, in dessen Windschatten der illegale Handel mit U-Boot-Blaupausen und Knowhow an Südafrika abgewickelt wurde. Der Deal beschäftigte sogar den Bundestag." Eleni spricht fast mehr zu sich selbst, als rekapituliere sie den Fall. „Okay, wenn ich das richtig verstehe sind Kiel, Johannesburg und Ost-Berlin involviert, was auch immer damals geschah. Aber wieso ermittelte die Hamburger Staatsanwaltschaft?" „Gar nicht so doof für einen Hamburger Bullen." Eleni muss lachen, endlich kann sie ihm mal einen zurückgeben. Bevor Giannis kontern kann, küsst sie ihn und fährt fort. „Für den Rückkauf und die Weitergabe in die DDR wurde eine Hamburger Reederei eingeschaltet, die eigens eine Tochterfirma gründete. Offenbar nur für dieses eine Geschäft. Was noch zu prüfen wäre. Und hohe zweistellige Millionenbeträge Provision sind irgendwo unterwegs auf der Strecke geblieben. Auch in privaten Taschen. Als Schmiergeld. Vielleicht hat hier alles angefangen."

Er versteht. Das stinkt gewaltig. Und zwar nach geheimen Deals. Bei denen Hamburg womöglich mit im Boot war. „Aber das Ding ist doch längst verjährt. Oder habe ich etwas nicht geblickt?" Giannis macht ein paar Schritte hin und her und grübelt vor sich hin. „Andererseits hast du doch jetzt, wonach du die ganze Zeit suchst. Eine Zuständigkeit. Zumindest einen Hauch davon. Nu komms' du."

„Stimmt." Eleni springt von der Mauer und schnappt sich die leeren Flaschen. Elbblick und Seemannsstimmung haben ihre Wirkung getan. Sie hat einen Beschluss gefasst. Zumindest die alten Akten aus dem Archiv der Staatsanwaltschaft würde sie sich mal kommen lassen. Da konnte niemand was gegen haben. Dann würde man ja sehen.

Aber erstmal waren sie dran. Sie. Und Giannis. Am liebsten in dieser Reihenfolge. Sie will gehen.

DER MP
Kiel, 8. Mai 1987

Die Fabrik hatte sich malerisch am Strand der Außenförde breit gemacht. Über die Jahre waren immer wieder neue Montagehallen oder Bürogebäude dazu gekommen. Die Mitarbeiter konnten den Leuchtturm weit draußen im offenen Ostsee-Fahrwasser genauso gut sehen wie die Frachtschiffe, die vor der Schleuse auf die Einfahrt in den Kanal warteten. Jedes Hotel wäre wegen der tollen Lage vor Neid erblasst. Tatsächlich hatten die Inhaber zwei Mal in der traditionsreichen Firmengeschichte überlegt, die attraktive Immobilie abzustoßen und sich mit dem Erlös einfach zur Ruhe zu setzen. Am Ende hatten sie sich doch für die Tradition entschieden. Aber nicht nur. Denn die versprach fast nebenbei auch reichlich Profit. Mehr noch als ein Verkauf. Schließlich war ihr Gewerbe eines mit dauerhafter Konjunktur.

Als 1937 die jüdischen Eigner über Nacht spurlos verschwanden, hatten deren Nachfolger nicht nur den Namen geändert, sondern alsbald auch die Produktpalette. Aus der „Rosenholz Anlagen-Bau" wurde eine moderne Waffenschmiede, die Hitlers Wehrmacht mit schweren Sturmgeschützen und Schusswaffen belieferte und auch Panzerteile baute. Das Kriegsende überstand die Fabrik überraschend gut, obwohl die Alliierten als Reparation so ziemlich alles demontiert hatten, was noch halbwegs intakt war. Es dauerte jedenfalls nicht lange, bis die neugegründete Kieler Manufaktur für Sicherheitstechnik (KMfS) unter alter Führung wieder eine Spitzenposition eingenommen hatte. Auf dem Markt, auf dem sie sich traditionell auskannte: für Pistolen, Karabiner, Präzisions- und Maschinengewehre und Schützenpanzer.

Ungebetener Besuch war deshalb nicht außergewöhnlich. Doch diesmal waren es keine Kriegsgegner, die an den Toren rüttelten oder sich medienwirksam an die Gitter der Hochsicherheitszäune ketteten. Ein Dutzend Mannschaftswagen der Polizei hatte sich auf dem Werksgelände strategisch verteilt. Dazu zwei schwarze Vans und ein Bus der Zollfahndung. Polizisten in schusssicheren Westen hielten die Ausgänge besetzt. SEK-Elitekämpfer sicherten die Fahnder auf dem Weg zur Werksleitung.

„Für wen ist die Show? So ein Aufwand, nur für die Medien?“ Der Firmenchef versuchte es zum Empfang der Staatsmacht auf die joviale Art. „Seit wann steht die Zollfahndung auf großes Kino?“ Er zeigte auf Fotografen und Kameraleute hinter dem Zaun. Dazu hatte er sein professionellstes Lächeln ins Gesicht getackert. Der Einsatzleiter ließ sich gar nicht erst auf Plänkeleien ein. „Wir haben einen Durchsuchungsbeschluss für alle Büros, Produktionsplätze und Lager sowie alles was dazu gehört.“ „Weil?“ Der Firmenchef griff zum Handy um seinen Anwalt zu alarmieren.

„Verdacht wegen Verstoßes gegen das Kriegswaffenkontrollgesetz in mehreren Fällen. Waffenlieferungen von Schusswaffen und schwerem Gerät in Krisengebiete. Reicht das?“ Zollfahnder Bernhard Ullmen ließ seine Leute ausschwärmen, sie verteilten sich auf die verschiedenen Räume und Arbeitsplätze.

„Machen Sie sich nicht lächerlich. Wir gehören zu den Weltmarktführern. Seit Jahren. Nicht nur wegen unserer Qualität. Auch wegen unserer Seriosität. Der Ministerpräsident hält große Stücke auf uns. Gerade erst hat er sich wieder persönlich ein Bild von unserer Produktionskraft gemacht.“ Der Firmenboss änderte seinen Ton. „Wir rüsten Polizeien überall auf der Welt aus. Das Verbrechen bekämpft sich nun mal nicht nur mit Gummiknüppeln. Nicht einmal die Briten glauben noch daran.“

„Ach ja? Und warum tauchen die gepanzerten Wagen dann auf einmal in der Türkei und im Irak im Kampf gegen Kurdenmilizen und die eigene Bevölkerung auf? Und die Maschinengewehre im Bürgerkrieg im Jemen oder sonstwo? Machen Sie sich nicht lächerlich. Dual use, schon mal gehört? Ist das Ihr Geschäftsprinzip?" Ullmen wurde von einem Kollegen mit einem Räuspern unterbrochen. Er war etwas zu weit gegangen, das war ihm klar. Er hatte die Aktion zu leiten und sich nicht auf juristische oder gar politische Diskussionen einzulassen. Aber manchmal ging ihm diese Verlogenheit einfach auf den Sack. Als Polizeiausrüstung ging der Kram in die Welt. Gegen die Opposition oder im Bürgerkrieg wurde er eingesetzt.

Immerhin zeigte seine Schimpfkanonade Wirkung. Der Firmenvorstand wirkte erkennbar getroffen. Und verärgert. „Nichts, aber auch rein gar nichts hat sich in den letzten Jahren an unserer Geschäftspraxis verändert. Für all unsere Geschäfte hatten wir grünes Licht. Sie ahnen nicht mal wie grün."

„Das wird sich zeigen. Zum Beispiel, ob das auch für die Deals ihrer Tochterfirmen aus Österreich und Liechtenstein gilt, die über die DDR abgewickelt wurden." Der Vorstand taumelte. Ullmen setzte nach. Er hatte einen weiteren Fahnder herangewinkt. Der blätterte nun in einem Wust von kopierten Lieferscheinen. „Austrian Security Manufacturing. ASM. Hundertprozentige Tochter mit Sitzen in Graz und Vaduz. Lieferte an die British SM. Zweimal dürfen Sie raten, welchem Kieler Unternehmen mit Seeblick große Teile davon gehören. Die Order geht dann über Rostock nach Kapstadt. Noch Fragen?"

Sie standen immer noch im Büro des Geschäftsführers. Der Firmenjurist war herbei geeilt, um seinen Chef zu bremsen. „Alles im grünen Bereich. Für uns war die Endbestimmung immer London. Dafür hatten wir eine ordungsgemäße Exportgenehmigung. Was dort damit gemacht wurde, entzieht sich unserem Einfluss. Und unserer Kenntnis sowieso." Er schaute die Fahnder an, als erwarte er eine Reaktion. „Und ganz nebenbei: Wir hatten einflussreiche Befürworter an unserer Seite. Und haben sie noch. Alles durch Regierungsentscheidungen gedeckt. Das ist Ihnen hoffentlich klar? Sie werden ihr unsensibles Vorgehen noch bereuen." Das war wohl als sachliche Feststellung gedacht. Und als Einschüchterung. Der drohende Unterton war nicht zu überhören.

Ullmen grinste süffisant. „Weil die Schwester und der Schwager des Wirtschaftsministers Ihre Geschäftsführer in Graz sind? Und ein Cousin des Ministerpräsidenten in London die Operationen leitet? Mir schlottern echt die Knie." Ullmen schaute zu seinen Leuten. „Einpacken." Er zeigte auf den Laptop und das private Notizbuch auf dem Schreibtisch des Firmenchefs und beendete das Gespräch grußlos. „Ich ertrag's nicht, diese Chuzpe", hörte man ihn sagen, als er zu den Fahrstühlen ging.

Am einem Fenster zum Strand blieb er kurz stehen und schaute über das Wasser auf die andere Seite der Förde. Schräg rechts war die große Werft zu sehen. Wo U-Boote und Fregatten gebaut wurden, deren Baupläne auf wundersame Weise in die Hände von Regimes geraten waren, die diese Unterlagen auf keinen Fall haben durften. Aber das Geschäft mit Waffen kannte offenbar keine moralischen Grenzen. Warum sonst wären die politisch oberkorrekten Schweden auf diesem Markt so erfolgreich. Gesetze und Vorschriften wurden überall nach Herzenslust gebrochen. Es war wie im Hamsterrad. Und Kiel machte keine Ausnahme. Er war gespannt, was die beschlagnahmten Unterlagen wohl hergeben würden. Ullmen fuhr runter zu seinen Kollegen, die fast fertig waren und die Kisten in ihren Bussen verstauten.

Lundberg vom Nachrichtenmagazin stand derweil am Firmentor neben einem Kamerateam der regionalen Sendeanstalt und machte Fotos. Er wusste, dass die Zollfahndung ihn und seine Kollegen dafür hassen würde. Die Aktion war streng geheim deklariert gewesen und der Termin sehr kurzfristig anberaumt worden. Und sie würden wieder in der Redaktion vorstellig werden, um den Informanten zu enttarnen. Aber so war nun mal sein Geschäft. Um im Film zu bleiben, musste man schon ziemlich gut vernetzt sein. Und der Informant konnte auf seine Verschwiegenheit vertrauen.

Lundberg war mit sich zufrieden. Das Thema war nicht neu. Immer wieder gab es brisante Details zu deutschen Waffen, die in Krisengebieten auftauchten, wo sie eigentlich nie hätten sein dürfen. Immer wieder führte die Spur zurück in den deutschen Norden. Und immer wieder waren es richtige Aufreger. Die Geschichte über die Durchsuchung passte gut in den Wahlkampf. Und munitionierte die Opposition. Der MP würde ihn dafür hassen. Immerhin entging er so wohl einer erneuten Einladung zum Vier-Augen-Gespräch. Das war kein Verlust. Seine Redaktion würde mit seiner Arbeit zufrieden sein. Er war es in jedem Fall.

LUNDBERG
Lübeck, 3. Juni 1987

Kurz vor dem Krankenhaus fuhr Lundberg rechts ran und überlegte noch mal, was das ganze eigentlich bringen sollte. Der Anruf hatte ihn spät am vergangenen Nachmittag erreicht. Ein Pressesprecher der Staatskanzlei war dran gewesen, von dem er noch nie gehört hatte. Irgend so ein Stellvertreter, von denen es im Apparat viel zu viele gab. Der Rechnungshof hatte jedes Jahr wieder seine helle Freude am Organigramm der Regierungszentrale. Es wimmelte dort nur so von Kofferträgern und Lautsprechern auf Staatskosten. Immer neue kamen hinzu. Hauptsache politisch treu und ergeben. Als Steuerzahler konnte einem nur schlecht werden.

Ob er den MP besuchen wolle, hatte ihn ausgerechnet so ein Heinzwichtig gefragt. Direkt am Krankenbett. Gleich am nächsten Morgen. Lundberg war völlig verdattert gewesen. Wie kam er denn zu dieser zweifelhaften Ehre? „Wie komm' ich denn zu dieser Ehre?", stammelte er in den Hörer. Mit allem hätte er gerechnet, nur nicht damit. Waren sie neuerdings beste Freunde? Oder enge Buddys? Und nur er wusste noch nichts davon? „Der MP würde gern das persönliche Gespräch fortsetzen", lautete die Antwort. Die allerdings warf neue Fragen auf.

Wieso wusste ein kleiner Beamter von ihrem Treffen? Unter vier Augen. Und warum sollte es ausgerechnet jetzt eine Neuauflage geben? Nach all dem, was der MP im Moment durchmachte? Er hatte doch gerade mit Müh' und Not einen Flugzeugabsturz überlebt. Die Piloten und ein Begleiter tot, nur er war wie durch ein Wunder aus den Trümmern geborgen worden. Lundberg schüttelte es bei dem bloßen Gedanken daran. Welch' eine Tragik. Welch' ein Schicksal. Und auch Glück. So dicht beieinander. Was für eine Story für die Medien. Natürlich hatte er zugesagt und war ziemlich früh losgefahren, um zum verabredeten Termin im Krankenhaus zu sein. Schließlich war er Profi.

Die ganze Fahrt über hatte Lundberg die Gedanken an den Besuch verdrängt und sich mit Musik und Nachrichten abgelenkt. Jetzt waren sie wieder zurück. Die Kirchtürme waren schon zu sehen, als alles wieder da war. Die Zweifel und Überlegungen, die Fragen nach dem tieferen Grund für das Treffen. Der MP hatte Glück gehabt, unfassbares Glück. Wie ein zweites Leben, das ihm geschenkt worden war. Da denkt man doch nicht an PR. Oder hatte er sein Glück als Wink des Schicksals verstanden? Andererseits hatte er bei ihrem Männer-Gespräch lange über seinen Ausstieg aus der Politik philosophiert. Über den Druck, den er kaum noch auszuhalten wüsste. Die erdrückende Verantwortung. Und das fehlende Privatleben zum Abschalten. Wenn er das alles nur halbwegs ernst gemeint hatte, wäre doch jetzt der Zeitpunkt gekommen. Egal ob Unglück oder Anschlag. Die Blätter waren voll von Spekulationen. Das war doch ein Zeichen. Auf einmal wuchs bei Lundberg die Spannung auf die Begegnung und er gab Gas. Das rote Blitzlicht bemerkte er vor lauter Eifer überhaupt nicht.

Im Krankenhaus passte ihn Benni Schlichting auf dem Flur ab und zog ihn in ein leeres Besucherzimmer. Sie kannten sich gut und mochten sich sogar ein bisschen. Gerade so viel wie erlaubt war. Denn politisch spielten sie auf unterschiedlichen Seiten. Schlichting war enger Vertrauter des MP. Er ging für ihn durchs Feuer. Im wahrsten Sinne des Wortes. Lundberg und er nahmen es sportlich. „Ich hab' grad mächtigen Ärger", begann der Referent. „Die Partei macht mir die Hölle heiß, warum ausgerechnet ein linker Journalist als erstes ans Krankenbett darf. Ich werde mit Vorwürfen bombardiert. Da muss jetzt für uns aber was bei rumkommen. So kurz vor der Wahl."

„Häh?". Hatte er was mit den Ohren? Lundberg glaubte nicht richtig gehört zu haben. „Da muss jetzt aber was bei rumkommen?" Er wiederholte den Satz zur Sicherheit noch mal und es sprach schiere Fassungslosigkeit aus dem Klang seiner Worte. Er zögerte nur kurz und machte auf dem Absatz kehrt. Nur weg. Gleich wieder gehen, bevor es richtig peinlich wird. „So läuft das nicht. Ich lasse mich nicht kaufen. Auch nicht durch exklusive Nachrichten." Er kotzte ihm seine Wut vor die Füße. Was für eine Ratte, dachte er. War ja klar, dass an der Sache irgendwas tricky sein musste. So wie der immer spielte. Aber dazu schwieg er lieber.

Schlichtings Aktion passte genau ins Bild, das Lundberg vom Sprecher des MP's hatte. Früher war der Referent mal Handballspieler gewesen. Bei einem wichtigen Spiel hatte er wenige Sekunden vor Schluss den Siegtreffer des Gegners verhindert, indem er den Ball bei einem Tempogegenstoß abfing. Zu dem Zeitpunkt stand er allerdings gar nicht mehr auf dem Feld, sondern saß draußen auf der Bank. Er war einfach auf die Platte gelaufen, um den gegnerischen Angriff zu unterbinden. Böses Foul. Es gab kaum ein schlimmeres. Aber er hatte ein Tor des Gegners verhindert. Und damit dessen Sieg. Die rote Karte war ihm egal. Was zählte, war allein der Erfolg seines Teams. Erfolg um jeden Preis. Daran fühlte sich Lundberg jetzt erinnert. „So läuft das bei mir nicht!" Er war noch mal kurz stehen geblieben, nahm aber gleich wieder Tempo auf. Bloß weg.

„So war das doch nicht gemeint." Schlichting holte ihn kurz vorm Ausgang ein und hielt ihn an der Schulter fest. „Ich wollte doch nur unterstreichen, dass wir auch ein Risiko gehen. Is' doch klar, dass es allein Ihre Sache ist zu entscheiden, was Sie aus dem Besuch machen. Selbst wenn der exklusiv ist." Er konnte es nicht lassen und betonte das überdeutlich. Ex-Klu-Siv! Er ließ das Wort förmlich im Flur stehen, das musste reichen! Dann wäre das ja geklärt, dachte Lundberg. Natürlich überwog bei ihm die Neugier. Jetzt, wo er schon mal da war. Er wäre ja auch ein schlechter Journalist, wenn's anders wäre. Und seine Redaktion saß ihm im Nacken. Er ging ins Krankenzimmer und setzte sich auf einen Stuhl neben dem Bett. Der Patient lag unter dicken Decken, eine Hand an einem Haltegriff, der von einem Gestänge über seinem Kopf herabhing. „Schön Sie zu sehen", stammelte der MP mit gepresster Stimme. Pflaster, Binden und Bandagen kleisterten ihn zu. Nur Mund und Augen waren frei. Auf dem Nachttisch lagen Spritzen und Tabletten. Über einen Schlauch suchte eine Infusion ihren Weg in seine Blutbahn.

Lundberg hielt sich nicht lange mit Vorreden auf. „Schön *Sie* zu sehen, vor allem lebend, auch wenn man eigentlich nix von Ihnen sieht", sagte er. Die Mumie im Bett vor ihm regte sich nicht. „Erinnern Sie sich noch an das Lebensmotto meiner Frau, über das wir neulich sprachen? Es gibt keine Zufälle! Und nun?"

„Wie und nun?" Der MP richtete sich mühsam etwas auf, sein Referent stopfte ein dickes Kissen in seinen Rücken, es galt schließlich Haltung zu zeigen. „Wenn Sie ernsthaft daran dachten aufzuhören, war das doch ein Zeichen. Jetzt oder nie. Es gibt keine Zufälle. Genießen Sie das Leben, das Ihnen grad neu geschenkt wurde." Lundberg war von sich selbst überrascht. So pathetisch war er normalerweise nie. Aber wer überlebt schon einen Flugzeugabsturz. Und diese kleinen Privatmaschinen hatten nun wirklich keine große Knautschzone. Außerdem war die Ursache noch völlig unklar. Was, wenn das ganze ein Anschlag war? Es gab viele gute Gründe, die Signale zu hören und einen Schlussstrich zu ziehen. Davon war Lundberg überzeugt.

Der Patient wurde laut. „Sind Sie verrückt? Wovon reden Sie. Ich habe eine Aufgabe. Und trage Verantwortung." Er sackte kurz zurück ins Kissen. Reden strengte ihn offenbar an. „Das Land braucht mich. So leicht kriegt man einen wie mich nicht klein. Sonst läge ich schließlich nicht hier. Drei Tage, dann bin ich wieder ganz der Alte." Glaubte er eigentlich selbst daran? So wie er da als Häufchen Elend in den Kissen ruhte.

Lundberg versuchte es noch einmal und wollte an den Abend in der Regierungsvilla erinnern. „Sie selbst haben doch über den Druck gesprochen, der Ihnen zu viel wird. Die Erwartungen von allen Seiten. Von der Partei, den Wählern, der Wirtschaft und nicht zuletzt der Familie. Sie haben doch laut die Frage gestellt, ob sich das alles lohnt. Jetzt haben Sie die Antwort." Der MP bekam vor Wut einen knallroten Kopf. So weit man es unter all den Verbänden ausmachen konnte. „Spinnen Sie? Ich habe noch so viel vor. Das Land braucht mich. Jetzt muss ich die Wahl gewinnen, dann sehen wir weiter. Sie werden sehen. Die Götter sind mit mir." Dabei fuchtelte er mit einer Hand in der Luft herum, die andere brauchte er zum festhalten, damit er nicht aus dem Bett kippte. „Ihr werdet mich noch alle kennenlernen. So leicht bin ich nicht kleinzukriegen. Ich kann kämpfen. Und habe den lieben Gott an meiner Seite. Wie man sieht."

„Und Ihre Familie?" Lundberg suchte nach Worten. Sollte das alles nur Show gewesen sein, was er ihm an dem Abend vor gar nicht allzu langer Zeit persönlich angeblich anvertraut hatte? „Das ist allein meine Sache. Das geht niemanden was an." Aus den Augen des Patienten sprach kalte Wut. Mein Gott, dachte Lundberg, was haben sie dem denn gegeben? Wie konnte man so knapp dem Tod von der Schippe springen und kein Fünkchen Demut zeigen? Nicht einmal vor dem lieben Gott. Fehlte nur noch das Bild von der „Vorsehung". Warum kam ihm ausgerechnet jetzt dieses furchtbarste Stück deutscher Geschichte in den Sinn? Er schob den unstatthaften Gedanken gleich wieder in die Schublade mit der Aufschrift „Tabu".

Eine Story war das jedenfalls nicht, zumindest nicht für ein politisches Magazin. Höchstens eine Krankengeschichte. Er musste darüber mit der Redaktion sprechen. Er brauchte ein Telefon. Und zwar schnell.

DER MP
Warnemünde, 15. August 1987

Der MP wirkte gehetzt, als er das Hotelfoyer betrat. Er war immer noch nicht richtig gut zu Fuß. Der Absturz zeigte Nachwirkungen, wen wunderte das. Aber für echte Reha war keine Zeit. Gehen strengte ihn an. Er brauchte einen kräftigen Spazierstock als Stütze. Sicher ist sicher. Immerhin war das gut für Bilder in den Medien. Weil es Mitleid und Mitgefühl auslöste. Sein Leben war beschwerlich. Er war ganz und gar nicht fit, die Kräfte fehlten. Sein Fahrer trug ihm den kleinen Koffer hinterher. Der MP trommelte ungeduldig auf den Empfangstresen, bis sich jemand um ihn kümmerte.

Warten war nie seine Sache gewesen. Jemand in seiner Position konnte erwarten, dass man sich kümmerte. In seiner aktuellen Verfassung erst recht. Eine blonde Frau in schlecht sitzender, blauer Hoteluniform, die Haare streng nach hinten gebunden, wendete sich ihm schließlich zu. Ein Signal des Erkennens huschte über ihr Gesicht. Sie sah ihn erfreut an aber zugleich auch leicht verunsichert. „Schön Sie wieder bei uns begrüßen zu können, Herr Doktor“, sagte sie betont höflich. „Aber es ist für heute nichts reserviert.“

Er stützte sich mit dem Unterarm auf den Tresen, um einen sichereren Stand zu haben, während er sein verletztes Bein entlastete. Insgeheim hoffte er, dass würde vielleicht auch ein bisschen cooler und lässiger aussehen. Mit der Physio ging es nach seinem Absturz viel langsamer voran als erhofft. Inzwischen schmerzten Hüfte und Rücken fast mehr als das Bein, weil er sich beim Gehen und Stehen diese Schmerz-Vermeidungshaltung angewöhnt hatte. Die Ärzte warnten ihn jedes Mal davor. Aber er hatte keine Zeit. Er musste wieder auf die Beine kommen. Immer voran. Irgendwie. Notfalls eben so. Er hatte schließlich noch viel vor. Und der Wahltermin rückte näher und näher.

Der MP versuchte geduldig zu bleiben. „Ich musste sehr spontan anreisen und bleibe nur für zwei Nächte. Sie finden sicher was Passendes." Er wendete sich an seinen Fahrer und wollte mit ihm etwas besprechen, doch er wurde gleich unterbrochen. „Ohne Reservierung ist schlecht", stammelte die junge Frau hinter dem Tresen. Sie warf unglückliche Blicke in Richtung eines Kollegen, der abwartend am anderen Ende stand und sie genauestens beobachtete. „Ich muss sehen, ob wir eine Möglichkeit haben", sagte sie. Der heimliche Beobachter griff zum Telefon und sprach leise in den Hörer. „Ich bin sicher, dass sich etwas finden wird. Absolut sicher." Die Stimme des MP wurde schneidend. Er wirkte nicht so, als hätte ihn ihre Auskunft sonderlich beeindruckt. Allenfalls zunehmend verärgert. Die Hotelfrau entschuldigte sich für einen Moment und verschwand hinter einem Vorhang. Der Kollege folgte ihr. Der MP nahm seinem Fahrer den Koffer ab. „Sie können fahren, ich brauche Sie nicht mehr."

„Soll ich nicht besser in Rostock warten, Sie haben doch noch gar kein Zimmer. Außerdem, wie wollen Sie denn wieder zurückkommen?" Der Chauffeur war verdattert. Er kannte diese Marotten bereits. Ein paar Mal schon hatte er seinen Chef nach Warnemünde und manchmal auch woanders hin kutschiert und war ohne ihn wieder heim. Wie der dann nach Hause gekommen war, blieb sein Geheimnis. Aber das war alles noch vor seinem Absturz gewesen. Damals war der MP noch gut zu Fuß und in prima Verfassung. Ein gutes Gefühl hatte er trotzdem nie dabei gehabt. Sie waren schließlich nicht irgendwo in heimischen Gefilden, wo man sich mal eben die Fahrdienste eines guten Kumpels oder Parteifreundes sichern konnte. Sie waren in der DDR.

Da konnte man sich nicht einfach ein Taxi rufen und zurück in den Westen fahren.

Dieses Mal war das eine besonders ungewöhnliche Spritztour. Sein Chef hatte ganz kurzfristig alle Terminplanungen umgeworfen und damit im Büro einige Panik ausgelöst. Zu viele lange geplante Verabredungen und Veranstaltungen standen auf dem Zettel. Die konnte man eigentlich nicht mal eben so über den Haufen werfen. Schon gar nicht so dicht vor der Wahl. Aber er hatte sich nicht beirren lassen. Und nun wollte er auch noch alleine sein. In seinem Zustand. Sein Fahrer schüttelte den Kopf. „Das lassen Sie mal meine Sache sein. Ich brauche Sie nicht mehr." Der MP wurde energisch. Sein Ton war hart, das Signal unüberhörbar: Widerspruch zwecklos. Trotzdem ließ der Fahrer noch nicht locker. Sie waren ein altes und eingespieltes Team. Er konnte sich das leisten. „Was soll ich im Büro sagen? Ihr Kalender ist doch randvoll." Es klang ein bisschen wie: „Das können Sie doch nicht machen." Aber es nützte nichts. Der MP blieb hart. „Ich bin zweieinhalb Tage nicht zu erreichen. Verschieben. Absagen. Umlegen. Egal!" Seine Handbewegung signalisierte überdeutlich, dass er die Entscheidung nicht weiter diskutieren wollte und er das Gespräch für beendet hielt. „Wie Sie meinen, Chef", sagte der Fahrer, setzte die Mütze auf und trottete Richtung Drehtür.

Als die Frau von der Rezeption in den Empfang zurück kam, konnte sie hören, wie der Dienstwagen draußen angelassen wurde und mit quietschenden Reifen demonstrativ vom Hof jagte. Auch sie schaute irritiert. „Wir haben ein schönes Zwei-Raum-Appartement aus unserem Sonderkontingent für Sie freimachen können." Sie lächelte erleichtert. Er nahm seinen Koffer und humpelte ohne Dank zum Fahrstuhl. Eine Anmeldung ausfüllen und seinen Pass hinterlassen musste er schon lange nicht mehr. Warum nicht gleich so, dachte er. Sagte aber nichts. Er benötigte noch etwas Ruhe, bevor sie kommen würde. Aber er freute sich darauf.

Als es knapp 40 Minuten später an der Tür klopfte, hatte er geduscht und ein paar Minuten auf der Couch entspannt. Besser als nichts. Er fühlte sich wieder fit und hinkte zur Tür. Chantal trat ein, alle Schmerzen und Pein der letzten Wochen waren wie weggeblasen. Sie setzten sich aufs Sofa, und er schenkte zwei Gläser ein ohne lange zu fragen. Er hatte beim Zimmerservice Schampus geordert, der im Eiskühler bereit stand. Sie schauten sich lange an ohne ein Wort, obwohl es so viel zu sagen gab. „Alkohol? In meinem Zustand?" Sie lächelte verlegen und nippte nur. Dann küsste sie ihn.

„Alles ist schwierig", sagte er, bevor sie lange Fragen stellen konnte. Was er meinte war: die politische Lage. Die Umfragen waren schlecht für ihn, seine Popularität war im Sinken. Sturzflug. Seine politische Zukunft stand auf dem Spiel. Aber wie sollte er ihr das alles erklären. Von diesem Leben war sie viel zu weit weg. Sie kam aus dem Osten. Sie würde das nicht verstehen. „Meine Zeit ist knapp, wir haben zwei Tage. Mehr ist leider nicht drin. Aber mach' dir keine Sorgen, wir kriegen das hin."

Es war erst gut eine Woche her, dass ein befreundeter Rechtsanwalt ihm den Brief von Chantal überbracht hatte. Der Jurist war geschäftlich in Warnemünde gewesen, um den Kooperationsvertrag eines Reiseveranstalters aus dem Westen mit einer ostdeutschen Seetouristik-Agentur rechtlich zu begleiten. Bei der Gelegenheit hatte er das Schreiben in Empfang genommen und rausgeschmuggelt. So wie er es schon häufiger gemacht hatte. Das Botensystem war inzwischen gut eingespielt.

Der Brief war kurz und eindringlich gewesen. Sie sei schwanger. Im dritten Monat, vielleicht auch ein, zwei Wochen mehr. Noch sei kaum etwas zu sehen. Ihre Worte lasen sich verzweifelt. Sie wusste nicht, wie es mit ihr weitergehen sollte. Aber eine Abtreibung stand für sie offenbar nicht zur Debatte. Es hätte zu viele Fragen von Amts wegen zur Folge gehabt. Nach dem Kindsvater zum Beispiel. Und ihren Lebensverhältnissen. So hatte der MP es verstanden. Andererseits wusste sie auch nicht, was das für ihre Zukunft bedeutete.

Er hatte lange gegrübelt, was sie ihm zwischen den Zeilen eigentlich sagen wollte? Komm zu mir? Verlasse deine Frau? Vielleicht hätte er das sogar ganz gerne getan. Dran gedacht hatte er seit ihrem Schreiben schon. Und die Möglichkeit ernsthaft erwogen. Aber jetzt? Wo alles auf ihn blickte? Wo es um alles ging? Um die Wahl. Das Land. Die Partei. Und ihn. Es war einfach der falsche Zeitpunkt. Er hatte Scheiße gebaut. Im Wahlkampf falsch gespielt, um seinen Kontrahenten aus dem Weg zu räumen. Nun drohte sein Kartenhaus einzustürzen. Er brauchte Zeit. Um einen klaren Kopf zu kriegen. Und zu retten was zu retten war.

Aber er wollte sich auch nicht drücken. Er wollte zu seiner Verantwortung stehen. Das hatte sich der MP fest vorgenommen. Wer wusste schon, wozu das gut sein konnte. Das Leben kannte keine Zufälle. Das jedenfalls redete er sich ein, nachdem er das Lebensmotto mal irgendwann von einem Journalisten geklaut hatte. „Wir kriegen das hin", sagte er, „ich stehe zu meiner Verantwortung. Mach dir keine Sorgen." Sie sah ihn an. Ihre Augen sendeten Verzweiflung. „Wie denn? Wie willst du *das* denn hinkriegen?" Sie betonte das Wörtchen besonders. „Wie soll *das* gehen? Du drüben. Ich hier?" Chantal war alles andere als beruhigt. Es war schön, sich ein bisschen an ihm festhalten zu können. Aber sie wusste auch, dass er spätestens in zwei Tagen für sie wieder unerreichbar sein würde.

Er strich ihr durchs Haar. „Wir brauchen erst mal Zeit. Und du darfst dich nicht zu sehr aufregen." Er wusste selbst, wie banal das klang. Placebo mit Worten. Aber was sollte er sonst sagen. Irgendwie glaubte er sogar ein bisschen daran. Er nahm einen mittelgroßen braunen Briefumschlag vom Nachttisch, der ziemlich dick war und wie Packpapier aussah. „Hier". Er gab ihr das Kuvert. „Das ist deine Lebensversicherung. Da ist ein Schlüssel drin für ein Bankfach in der Schweiz und ein paar Informationen. Für den Notfall. Dazu etwas Kleingeld."

Sie verstand nur Bahnhof. „Frag jetzt nicht. Bitte. Vertrau' mir einfach." Er drückte sie an sich. „In dem Safe sind Dokumente, die dir helfen können, wenn du sie richtig nutzt. Und du findest Geld. Das werdet ihr dann dringend brauchen." Sie registrierte sehr wohl, dass er im Plural sprach. Nur was er ihr sagen wollte, das hing wie eine Schönwetterwolke im Zimmer. Er legte ihr sanft den Finger auf den Mund. Nicht jetzt. Er zog sie zu sich auf die Couch. First comes first, dachte sie noch. Und ließ sich gehen.

JULE
Hamburg, 14. September 2016

Jule dehnt sich nicht so ausgiebig, wie es eigentlich professionell wäre. Um die Muskeln richtig warm zu machen und auf das, was kommt, vorzubereiten. Ein paar kurze Beugen und Streckübungen, das muss reichen. Sie will joggen gehen. Ein Stück mit Eleni zusammen laufen. Eine spontane Idee. Keine langen Vorbereitungen. Einfach los. Den Kopf frei pusten lassen, überlegen wie es weitergehen kann. Auf andere Gedanken kommen. Am besten alles zusammen. Ihre Mutter und der einflussreiche Politiker aus dem Westen. Konnte das wirklich sein? Einige Indizien deuten darauf hin. Aber direkt unter den Augen der Stasi? Wie konnte das gehen? Sie muss einfach mal an was anderes denken.

Sie schnürt ihre Laufschuhe fest und macht sich auf den Weg zum Hafenrand. Jule biegt in die Gasse hinter den Häusern der Hafenstraße ein, die lange vor ihrer Zeit bundesweit Schlagzeilen machten. Ein Dutzend verfallene und heruntergekommene Altbauten der städtischen Wohnungsbaugesellschaft waren Anfang der Achtziger von jungen Leuten besetzt und zum bundesweiten Politikum gemacht worden. Einige wohnungsuchende Studenten und Linksautonome, die sich gegen Häuserabriss und Wohnungsspekulation wehrten, hatten sich dort häuslich eingerichtet und widersetzten sich jeder Räumung. Immer wieder kam es zu Straßenkämpfen mit der Polizei. Steine flogen. Barrikaden brannten. Die Zeitungen waren voll von den Schlachten, bis die Häuser Jahre später endgültig an eine alternative Genossenschaft der Besetzer verkauft worden waren. Noch immer sind sie beliebter Anlaufpunkt für neugierige Touristen. Auch wenn lediglich die Hausfassaden und die alten Geschichten farbig sind.

Die Bewohner der bunten und mit politischen Parolen verzierten Häuser nennen sich zwar immer noch links und alternativ, sind aber längst in die Jahre gekommen. In die bürgerlichen. Alternativ ist eigentlich nur noch die Abneigung gegenüber der Polizei. Und die Duldung eines florierenden Drogenhandels an einer berüchtigten Hafentreppe. Weil die Dealer auch Touristen und Nachbarn belästigen, meidet Jule die Straße in der Regel und läuft lieber unten am Wasser entlang. Aber sie will Eleni vor der Kirche des Viertels treffen und nimmt deshalb den direkten Weg.

Sie trabt in langsamem Tempo den schmalen Bürgersteig an einem Zaun entlang und versucht an nichts zu denken. Hinter einem Lastwagen, der notdürftig zu einer Art Wohnwagen mit Schlafplätzen umgebaut ist, tauchen drei Männer auf und versperren ihr den Weg. Sie versucht über die Fahrbahn auszuweichen, doch Pritschenwagen, alte Busse und heruntergekommene Wohnmobile stehen so dicht, dass kein Durchkommen ist. Die Kerle sehen nicht aus, als wenn sie nur mal Feuer für 'n Kippe haben wollten. Sie tragen alle dunkle Kapuzenjacken, schwarze Jeans und Rollis, deren Kragen bis übers Kinn hochgezogen sind. Alle Klamotten die gleiche Marke. Wie Drillinge. Ein schlechter Scherz. Wenn die Lage nicht so zwielichtig wäre, vielleicht sogar zum Schmunzeln. Jule dreht sich um. Niemand da, den sie zu Hilfe rufen könnte.

„Was soll das werden?" Sie ergreift die Initiative. Nur cool bleiben jetzt. Keine Angst zeigen. So hatte sie es gelernt. Das A und O in jedem Selbstverteidigungskurs für Frauen. Immer agieren, nicht abwarten. Sie trippelt auf der Stelle, um warm zu bleiben. Alle Muskeln stehen auf Start. „Du redest zu viel", sagt der größte der drei, offenbar ihr Anführer. Er steht in der Mitte. „Vor allem schnüffelst du zu viel. Du! Und deine Freundin!"

„Und ihr raucht das falsche Zeug", sagt Jule. Auf Zeit spielen. Vielleicht kommen dann Leute vorbei. Auf dem Weg zum Hafen oder zu den Schulen. Da ist nachmittags sonst immer was los. Sie versucht ihre Verzweiflung im Griff zu halten. Nichts anmerken lassen, mahnt sie sich insgeheim. „Verpisst euch, Ihr Wichser, lasst mich jetzt durch."

„Ganz schön große Klappe", sagt der Wortführer. „Du verstehst offenbar nicht. Finger weg. Lass die alten Sachen ruhen. Sag das auch deiner Freundin. Dann könnt Ihr euch eine Menge Ärger ersparen. Denk an deine Mutter."

„Was für Sachen?", sagt Jule. Das kann doch nicht sein, denkt sie. Sollte der Fall, dem ihre Mutter zum Opfer gefallen ist, tatsächlich so groß sein? „Woher wisst ihr von meiner Mutter?"

„Willst du nicht kapieren?" Bislang war der Ton ernst, aber ruhig. Jetzt wird der Sprecher echt sauer. „Niemand will euch wehtun. Außer es muss. Also haltet die Füße still! Und euch aus der Sache raus. Sonst ist es bald Finito mit dem Laufspaß an der Elbe."

Weit hinten beim Park am Ende der Straße kann Jule ihre Freundin erkennen. Eleni schaut in ihre Richtung. Aber ob sie die Situation schnallt, ist nicht ganz klar. Das ist meine Chance, denkt Jule und versucht mit einem überraschenden Antritt am Zaun entlang durchzubrechen. Der Linke von ihren Angreifern wirkte während des ganzen Palavers zaudernd. Er hielt sich etwas zurück, stand irgendwie leicht verträumt seitlich hinter seinem Vormann und öffnete so scheinbar ein Schlupfloch. Der Anführer reagiert schnell. Offenbar war er gut trainiert, Kick-Boxer oder irgend so ein Scheiß, denkt Jule noch, bevor sie der Länge nach auf die Betonplatten knallt. Er hatte ihr ein Bein gestellt oder sie mit einem gezielten Tritt von den Füßen geholt. Im Ergebnis war das egal. Sie liegt auf dem Pflaster, Schulter und Hüfte tun weh. Das linke Schienbein schmerzt.

„Merk dir das, als Warnung", sagt der Typ. Er blickt sich um und wird unruhig. Ein paar schwarze Dealer schauen auf einmal von der Hafentreppe rüber, auf der anderen Seite setzt sich Eleni in Bewegung. Sie hat Sportsachen an und ein gutes Tempo drauf. „Ey!", brüllt sie von weitem. „Was soll das??" Dabei hat sie ihr Handy am Ohr und spricht mit jemandem. Das können nur die Bullen sein.

Den Kapuzenmännern wird es jetzt erkennbar ungemütlich. „Weg hier", sagt der Anführer. Sie stürmen zur Hafentreppe und rempeln dabei einen Dealer um. Die Polizeisirenen sind schon zu hören, aber leider oben im Viertel und nicht unten an der Hafenkante, wo sich die Kerle aus dem Staub machen. Einen kurzen Moment später sind die Uniformierten da. Aber zu spät. Immerhin ist der Spuk vorbei. Die Dealer sind weg, zwei Typen von der Hafenstraße, die aus dem gegenüber liegenden Haus gekommen sind, um die Beamten zu beschimpfen, wollen nichts gesehen haben. Rein gar nichts. War ja klar. Wer zum verhassten System gehört, das entscheiden diese Typen selbst.

Eleni fragt die Hausbewohner nach ihren Telefonnummern und Namen, um sich noch mal melden zu können. Ganz privat. Bekommt aber nur ein höhnisches Grinsen zur Antwort. „Help yourself" ruft einer der beiden, als er schon wieder die Türklinke in der Hand hat. Na, prima, denkt Eleni, so viel zum Frauenbild unserer Linksalternativen.

LUNDBERG
Kiel, 19. August 1987

Lundberg lehnte sich zufrieden zurück und zog das letzte Blatt aus der Schreibmaschine. Der Text war fertig und ziemlich gelungen. Fand er jedenfalls. Auch wenn weniger Enthüllungen drin enthalten waren als erhofft. Dass seine Recherchen in Südafrika nur wenig brisante Neuigkeiten zutage gefördert hatten, war ihm nur kurz auf die Laune geschlagen. Shit happens, bei investigativen Recherchen stimmte das mehr als sonst im Journalismus. Fast zwei Jahre lang war er nun schon dem illegalen U-Boot-Geschäft mit dem Apartheid-Regime auf der Spur, vor einigen Wochen auch vor Ort in Johannesburg, Durban und Kapstadt. So richtig weitergekommen war er aber nicht. Viel Aufwand für nichts. Oder besser: Fast nichts. Aber so war das nun mal in seinem Gewerbe.

Nach ersten Enthüllungen durch Journalisten hatte ein Untersuchungsausschuss im Bundestag immer neue Ungereimtheiten aufgedeckt. Endlich funktionierte die parlamentarische Kontrolle mal, zumindest ein bisschen. Die dubiosen Machenschaften lagen zu großen Teilen auf dem Tisch. Unter anderem der Vertrag, den die Kieler U-Boot-Bauer und ein Ingenieursbüro bereits vor einigen Jahren mit der Regierung von Südafrika geschlossen hatten. Lizenzen und Fertigungsunterlagen sowie technische Hilfen zum U-Boot-Bau waren über Schleichwege ans Kap gegangen. Die ganze Abwicklung war mit einem Code getarnt. Sogar einen ihrer besten Konstrukteure hatten die Schiffbauer entsendet.

Das Vertragsvolumen erreichte fast 500 Millionen Mark, mehr als nur Peanuts für die notorisch klamme Waffenschmiede. Alles was Rang und Namen unter deutschen Waffenbauern und Zulieferern hatte, war außerdem irgendwie mit im Boot. Dabei war der Deal nicht legal und nicht genehmigt. Denn die Welt hatte sich verändert und gerade vor Waffenlieferungen wurde genauer hingeguckt. Das schränkte den Markt für den Export von Kriegsschiffen und Schießgerät in Krisengebiete ein. Auch nach Südafrika. Die Regierung am Kap stand wegen ihrer Rassenpolitik unter politischer Quarantäne und wurde von der internationalen Staatengemeinschaft boykottiert. Jedenfalls offiziell. Inoffiziell hatte die Bundesregierung für den heiklen Deal ganz offenbar grünes Licht gegeben und auch die Landesregierung hatte alle Augen zugedrückt. Und mehr als nur bewusst weggesehen. Das legten jedenfalls Dokumente und Aktennotizen des Aufsichtsrates der Werft nahe.

Damit das Geschäft geheim blieb, hatten sich alle Beteiligten ganz besondere Mühe gegeben, Vertragspartner und Geschäftsziel zu verschleiern. Ganz nach dem Motto: Tarnen, tricksen, täuschen. Sogar Codenamen wurden verwendet. „Lakoon“ verkaufte an „Karate“. Was für Witzbolde. Journalistenkollegen hatten das herausgefunden. Auch Lundberg hatte seinen Teil dazu beigetragen. Und fühlte sich an einen Agententhriller erinnert. Er wusste gar nicht, ob er sich mehr über das dürftige Drehbuch, die Einfalt der Vertragspartner oder die politische Hinterhältigkeit aufregen sollte.

Lundberg nahm letzte Korrekturen an seinem Text vor, als das Telefon klingelte. „Ist die Story rund?“ erkundigte sich Böllinghaus kurz angebunden. Er nahm sich nicht einmal die Zeit für ein „Hallo“, geschweige denn ein „Wie geht’s?“. Soziale Kompetenz war nie sein Hauptfach gewesen. „Zehn Blatt, passt“, antwortete Lundberg. Im Layout waren zwei Seiten für die Geschichte eingeplant, das war eine angemessen prominente Aufmachung. Sein Ressortleiter war einer von den Skrupellosen. Drei Zeitungsschnipsel und ein Telefonat reichten ihm für einen Aufmacher. Man musste sich nur etwas einfallen lassen und ein paar Girlanden drum herum schmücken. Fand er jedenfalls. „Hast du Kapstadt ordentlich breitgewalzt? Damit liegen wir weit vorn.“ Ein kleiner Triumph war aus der Stimme von Böllinghaus herauszuhören, obwohl der keinerlei Aktien an der Geschichte hatte. Typisch, dachte Lundberg, jetzt heißt es auf einmal „wir“.

„Gut dass Sie mich noch mal daran erinnert haben.“ Lundbergs Spott war unüberhörbar. Er weigerte sich ihn zu duzen. Böllinghaus ging nicht darauf ein.

Natürlich hatte er daran gedacht. Schließlich war es seine Geschichte, und er war Profi. Zwar hatte er in Südafrika nicht allzu viel Neues herausfinden können. Überall hatten sich die Türen geschlossen. Die schwarze Gewerkschaft des ANC hatte ihn nach Kräften unterstützt. Sogar auf das Gelände der Werft in Durban waren sie gekommen. Aber eindeutige Beweise waren nicht zu finden gewesen. Ein paar neue Indizien ja, aber von U-Booten nach Kieler Plänen keine Spur. Alles was mit Waffenproduktionen in Zusammenhang gebracht werden konnte, war sorgsam abgeschirmt. Zwei- und dreimal gesichert. Er hatte zwar die Aussagen von einigen schwarzen Werftarbeitern, aber das allein reichte nicht als harter Beweis.

Immerhin war es ihm gelungen, den Vermittler des Deals aufzutun. Karl-Albrecht Kohl war vor über zehn Jahren von Hamburg nach Kapstadt übergesiedelt und hatte mehrere dubiose Geschäfte für das Regime eingefädelt. Waffenlieferungen über Israel, Tauchboote und Kriegsschiffe über Indien, schwere Waffen von sonstwo. Sein Lohn waren siebenstellige Vermittlungsgebühren. Kohls Frau hatte sich über den Besuch aus Hamburg besonders gefreut. Für ein paar Geschichten aus ihrer gemeinsamen Heimatstadt hatte sie Lundberg Herz und Haus geöffnet. Und ihr Mann am Ende sogar seinen ansehnlichen Weinkeller. Nach der zweiten Flasche erzählte er dann sogar ein bisschen. Für das U-Boot-Geschäft hatte er knapp 2,5 Millionen kassiert, daraus machte er kein Hehl. „Alles legal", hatte er gesagt, „Sie nennen das Schmiergeld, ich Vermittlungsgebühr." Die Hälfte war für ihn. Für wen der Rest gedacht war, hatten Lundberg und andere Rechercheure noch nicht herausfinden können. Und Albrecht äußerte sich dazu nicht. „Fragen Sie die Politik", sagte er nur. Alles sprach dafür, dass größere Summen auch an der Förde versickert waren. Als illegales Schmiergeld in diesem Fall. Nur wer und wie viel, das war weiter unklar.

„Wir wissen immer noch nicht, wer welchen Reibach gemacht und welche Rolle konkret der MP oder einzelne Minister gespielt haben", sagte Lundberg ins Telefon. „Da müssen wir vorsichtig und vage bleiben."

„Jazz' das ruhig ein bisschen hoch", forderte Böllinghaus. „Die Indizien sind doch erdrückend. Tote können nicht mehr dementieren, sollen die anderen doch klagen. Dann tut sich endlich mal was. Wir können es ja als Verdacht deklarieren. Den Widerspruch der Beteiligten schreiben wir gleich mit rein. Dann sind wir auf der sicheren Seite."

„Ich habe kein gutes Gefühl und rate zur Zurückhaltung." Lundberg wollte sich nicht in unhaltbare Verdächtigungen treiben lassen. Das war das größte Risiko für investigative Reporter. Sich zu schnell zu voreiligen Schlussfolgerungen verleiten zu lassen. Nur der skandalträchtigen Überschrift wegen.

Vermittler Kohl hatte die Annahme von Schmiergeldern unverblümt eingestanden, weil die in seiner neuen Heimat nicht illegal waren. Wer noch davon profitierte, dazu hatte er sich jedoch nicht den Hauch eines Hinweises entlocken lassen. Auch wenn Lundberg dank Kohls Frau eine überraschende Nähe aufgebaut hatte. Ihre gemeinsame Herkunft verband. „Suchen Sie die Lösung bei den Regierungen in Bonn und Kiel", zu mehr hatte sich Kohl trotz des Vertrauensvorschusses und des schweren südafrikanischen Rotweins aus dem eigenen Keller nicht hinreißen lassen. Das konnte man so verstehen, wie Böllinghaus es gern verstehen wollte. Oder auch nicht. Ein sauberer Beleg oder eine echte Quelle war Kohl aber nicht. Wenn sie ihre journalistische Glaubwürdigkeit nicht aufs Spiel setzen wollten, mussten sie das akzeptieren. Auch wenn's schwer fiel.

„Wir müssen den Ball flach halten", riet Lundberg. „Immerhin haben wir ja für die nächste Ausgabe noch die Sache mit dem Traumschiff. In dem Dreiecksgeschäft mit Südafrika und Ost-Berlin haben wir die Kieler dann richtig am Haken. Da kriegen wir sie."

LUNDBERG
Gran Canaria, 8. Oktober 1987

Lundberg hatte keine Augen für die beeindruckende Natur um ihn herum. Seine Füße umspülte eine glitzernde Gischt, die sich aus der sanften Atlantik-Dünung auf den schwarzen Sand schleppte. Eine Handvoll ansehnlicher Villen thronte über dem Meer auf feucht glänzenden dunklen Klippen. Im Hintergrund, bestimmt etliche Kilometer entfernt, reckte sich eine graue Berglandschaft aus dem vor Hitze flimmernden Dunst der kanarischen Sonne in den Himmel. Für den schwitzenden Reporter hatte das lediglich was von billiger Filmkulisse. Ein strahlend blaues Meer vor schwarzem Strand unter schwülen Smogschwaden – so was musste man sich erst mal ausdenken. Er hatte dafür keine Zeit. Er war übermüdet, unausgeschlafen und gestresst. Und er hatte ein klares Ziel.

Die Steinstufen zum Haus ganz außen auf der Klippe waren von einer schweren Gittertür mit gedrechselten Eisenstäben versperrt. Sie war mit zwei Schlössern gesichert. Und sah aus, als wäre sie schon eine ganze Zeitlang nicht mehr bewegt worden. Er rüttelte vergeblich am Tor, nichts bewegte sich. Lundberg konnte seine Enttäuschung nicht zurückhalten und stöhnte laut. So schnell wollte er allerdings nicht aufgeben.

Auf der Messingtafel neben dem Tor stand nur „Bautec“ unter einem Klingelknopf, Darüber war ein kunstvoll verschnörkeltes Zeichen zu sehen, aber seine Fantasie reichte nicht, um das zu entschlüsseln. Die Glocke im Haus konnte man bis zum Strand hören. Das war aber auch schon alles. Niemand reagierte. Auch nicht der junge Mann in knielangen Badeshorts und Hawaii-Hemd, der wie zufällig ein paar Häuser weiter stand. Der einzige Fußgänger weit und breit. Als der Reporter sich wieder auf den Rückweg machte, kümmerte sich der Bilderbuch-Tourist etwas zu angestrengt um den Namen an der Klingel des Anwesens vor dem er rumlungerte, obwohl die Besitzer auf der Terrasse am Pool saßen.

Das Haus, das der Reporter im Visier hatte, gehörte einem engen Freund des MP. Er kam aus der Hamburger Baubranche und hatte sich besonders erfolgreich am massenweisen Bau von Sozialwohnungen vergriffen. Seine beste Zeit hatte er im Fahrwasser des sozialdemokratischen Investitionsrauschs, als zuhauf Satelliten am Rand von Großstädten entstanden, in die es heute keinen Mensch mehr hin zog, sondern höchstens hin verschlug. Mümmelmannsberg und Osterholz-Tenever waren überall.

Seinen Profit verplemperte der Baulöwe mit gutem Wein und schönen Frauen auf den Kanaren. Und oft mit seinem Kumpel aus der Politik. Was Wein und Frauen anging, waren beide wie Zwillinge. Die Mitarbeiter des Fünf-Sterne-Hotels, das zu dem Urlaubskomplex gehörte, wussten ein Lied davon zu singen. Wie oft hatten sie den Kerlen junge Mädchen zuführen müssen. Die kaum volljährigen Dinger hatten vor allem eines zu sein: zu allem bereit.

Lundberg kannte diese Geschichten aus erster Hand. Mit Belegen. Direkt vom Hotelpersonal. Hatte aber für das Magazin bislang davon noch keinen Gebrauch gemacht. Das Privatleben war für ihn als Journalist tabu, solange kein strafbarer Tatbestand vorlag. Das war deshalb auch jetzt nicht sein Thema. Es ging um mehr. Er wusste nicht warum, aber er war überzeugt, den MP auf der Insel zu treffen. Bauchgefühl vielleicht. Oder Reporterinstinkt. Und so ganz unlogisch war das auch nicht. So oft schon hatte der MP dort seine Auszeiten genommen.

Gründe dafür gab es genug. Daheim in Norddeutschland war das politische Klima rau und die Luft dünn geworden.

Die Opposition schäumte, die Medien überschlugen sich, die eigene Partei war von ihm abgerückt. Zu sehr hatte er sich mit zweifelhaften Tricks und Machenschaften im Wahlkampf in die Ecke manövriert. Die Wähler hatten es ihm mit dramatischem Stimmverlusten heimgezahlt. Schlimmer noch als befürchtet. Und kaum einer seiner politischen Freunde wollte mit ihm zusammen untergehen. Wo also sollte er hin, wenn er etwas Abstand suchte? Um sich danach zu erklären. Sich und seine Machenschaften. Und womöglich doch nochmal wieder Durchzustarten oder einen Einstieg in den Ausstieg zu finden. Die Insel war dazu ideal. Lundberg hatte deshalb nicht lange gezögert und sich auf den Weg gemacht. Auch seine neue und noch frische Liebe hatte ihn davon nicht abhalten können. Da sie auch Journalistin war, konnte sie ihn gut verstehen.

Lundberg hatte es sich grad in der Hotelbar bequem gemacht, als plötzlich tatsächlich der MP auftauchte. Und mit suchendem Blick in der Lobby stand. Er hatte seine Idee eigentlich schon beerdigt und der Redaktion bereits abgesagt. „Netter Versuch", hatte er am Telefon kleinlaut eingeräumt, als er Böllinghaus an der Strippe hatte. Seine Enttäuschung saß so tief, dass er nicht einmal mehr die Kraft für eine flotte Ironie aufbrachte. Sein Ressortchef war überraschend milde gestimmt. „Bleib noch zwei oder drei Tage. Wer weiß, was passiert. Versuch macht klug", sagte der beruhigend.

Warum hatte der so gute Laune? Lundberg verstand nicht so recht. „Und kümmer' dich ein bisschen um das Milieu. Wer besorgt die Frauen, kann man mit denen reden? Mit wem hängt er ab? Alles über sein Doppelleben," setzte Böllinghaus nach. Daher wehte also der Wind. Hatte man als Politiker erstmal Mist gebaut, war plötzlich alles ein Thema. Und auch das privateste Private nicht mehr tabu. Lundberg hatte nur kurz gezögert, ob er widersprechen sollte. Und eine Grundsatzdebatte vom Zaun brechen. Über journalistische Standards. Berufsethos und so. Dann hatte er sich für die Sonne entschieden, gegen die Moral. Und seine Zimmerbuchung um vier Nächte verlängert. Wenn schon, denn schon. Für lange Debatten hatte ihm einfach die Kraft gefehlt.

Er wollte sich grad aus seinem Sessel hochrappeln und mit seinem Campari-Soda zur Begrüßung zum MP rüber gehen, als der zielstrebig an der Rezeption vorbei auf eine Sitzgruppe in der äußersten Ecke zusteuerte. Nichts anderes schien ihn zu interessieren. Tunnelblick. Sein Rollkoffer, den er rücksichtslos hinter sich her zerrte, knallte gegen Stuhl- und Tischbeine. Eine hübsche Kellnerin guckte böse, traute sich aber nicht zu intervenieren. In der Ecke saßen zwei Typen wie im falschen Film. Nummer eins mit einem Kassengestell als Brille, billiger Krawatte, billigem Sportsakko. Alles an dem älteren von beiden sah irgendwie billig aus. Sein Bauch hing mächtig über dem Gürtel und die Jacke klaffte über der Wampe. Wenn er zu seinem Bier griff, musste man Angst um die Knöpfe seines prall sitzenden Hemdes haben. Der andere war um die Fünfzig und nur unwesentlich jünger. So wie es aussah zumindest. Zum sandfarbenen Anzug mit gepolsterten Schultern, der irgendwann mal als sommerlich und modern gegolten haben musste, trug er Sportschuhe mit dicker Kreppsohle. Auf seinem Schlips erkannte Lundberg einen springenden Delphin. Wo um alles in der Welt hatte der sich bloß an dem vergriffen? Der MP in seinen vom Flug zerknitterten Klamotten und mit verschwitzten Haaren sah neben den beiden wie ein Edelmann aus.

Lundberg wechselte den Sessel und machte es sich hinter einem mächtigen Pfeiler in Hörweite bequem. Er sah von hier zwar nicht besonders viel. Praktisch nichts. Außer er beugte sich weit vor. Aber er konnte auch nicht gesehen werden. Hören konnte er dafür umso besser. Und verstehen. „Sie setzen alles aufs Spiel, das macht uns Sorge," sagte einer der beiden Wartenden statt einer Begrüßung. „Sie verlieren die Kontrolle. Das muss sich ändern. Und zwar schnellstens. Sonst garantieren wir für nichts."

Wer führte das Wort? Lundberg versuchte vorsichtig um die Säule zu spähen und einen Blick zu erhaschen. Er konnte nur das billige Sportsakko sehen, das zurückgelehnt im Sessel hing. Also musste der Delphin das Reden übernommen haben.

„Was euch Sorgen macht, interessiert mich einen Scheiß!" Der MP verzichtete auf alle Formen. So drastisch hatte Lundberg ihn noch nie erlebt. „Die Kacke ist voll am Dampfen. Alle jagen sie mich. Und ihr kommt mir mit euren Problemen." Niemand konnte sagen, dass er um den Brei herumreden würde. Ein klatschendes Geräusch schien zu bedeuten, dass er seine Umhängetasche auf den Tisch knallte. Papier raschelte. „Noch sitzt ihr hoch und trocken. So lange euch eure Genossen in Ost-Berlin nicht fallen lassen. Das kann sich aber schnell ändern. Wenn diese Unterlagen an die Öffentlichkeit kommen. Kollaboration mit dem Klassenfeind muss in die Zeit passen. Und die Zeiten sind schlecht." Ein Stapel Papier wurde unüberhörbar auf den Tisch gepfeffert.

Jetzt wünschte sich Lundberg doch etwas mehr sehen zu können. Immerhin hatte er seinen Block in der Jackentasche dabei und einen Stift, so dass er sich Notizen machen konnte. Es dauerte einen Moment, als ob jemand einen Blick in die Papiere warf. Er konnte das nur ahnen.

„Was wollen Sie?" Das Sportsakko übernahm offenbar die Führung. Er versuchte die Form zu wahren. Sein Ton blieb formell und höflich. Lundberg konnte den Dicken nicht mehr sehen. Der Typ war nach vorn auf die Sesselkante gerutscht. „Einen Pass und meinen Anteil. Und das ganze bitte pronto!" Der MP hatte also einen Plan, das war klar. „Die letzte Ladung aus dem Lager muss nur noch verschifft und von den Südafrikanern bezahlt werden. Der Frachter hat bereits Kurs auf Rostock, um das Zeug an Bord zu nehmen. Ich will meine Provision. Schon jetzt. Und Papiere auch für meine Begleiterin und ihr Kind. Hier sind die Fotos. Zwei Tage." Wie ein Vorschlag hörte sich das nicht an.

„Wie soll das gehen, so schnell?" sagte der Dicke.

„Euer Problem. Ich muss weg. Und zwar schnell!"

„Wo soll die Übergabe sein?" Spielte der Dicke auf Zeit? Oder war er tatsächlich kooperativ? Lundberg war sich nicht sicher. Er hätte ihm zu gern ins Gesicht gesehen. Der MP ließ keine Zweifel aufkommen. „Madrid oder Zürich. Das entscheidet sich morgen. Vermutlich die Schweiz. Ich melde mich. Auf dem üblichen Weg."

Das Gespräch endete ohne jede Höflichkeitsformel. Lundberg ging hinter einer Zeitung in Deckung, als der MP durch die Lobby zum Ausgang stürmte. Sein Trolley schlug den Takt dazu. Er bog in Richtung Strandvilla ab. Also doch, dachte der Reporter, er hatte es gewusst.

„Wir haben ein Problem," hörte er den Dicken hinter der Säule. Der schnaufte vor Ärger oder Erregung. „Was machen wir?" „Das Problem lösen", sagte der Delphin, „und zwar endgültig. Ein für allemal. Buch' zwei Flüge nach Schönefeld und dann tschüßi."

Auf der anderen Seite erhoben sich unauffällig zwei Typen in Jogginghosen und Sweatshirt. Einer von ihnen hatte eine verdammte Ähnlichkeit mit dem Kerl in Bermudas vor den Ferienhäusern. Sie gingen so betont lässig zur Drehtür der Lobby, dass sie fast schon auffallen mussten. Aber Lundberg war zu sehr mit anderen Dingen beschäftigt.

LUNDBERG
Hamburg, 11. Oktober 1987

Es gab Spaghetti-Eis zum krönenden Abschluss des Tages. Lundberg hatte den Sonntagnachmittag mit seinen beiden Söhnen beim Zirkus Maldini verbracht. Jedes zweite Wochenende waren die Jungs bei ihm. Und Zirkusbesuche waren für alle drei das Größte. Sie kannten so ziemlich alle Manegen. Dieser kleine Familienbetrieb hatte seine Zelte unmittelbar an der Hamburger Landesgrenze aufgeschlagen. Als Mitmach-Zirkus für die Kleinen hatte er einen besonderen Ruf. Lundberg hatte diesmal seinen Teil dazu beigetragen, gänzlich unfreiwillig. Als der Zirkusdirektor für eine Nummer einen Freiwilligen suchte, hatte einer von Lundbergs Söhnen unbemerkt auf ihn gezeigt. Und unter dem Jubel der anwesenden Kinder hatte ein grellgeschminkter Clown ihn in die Manege gezerrt.

Lundberg mochte solche Zufälle überhaupt nicht. Normalerweise mied er deswegen die ersten Reihen und auch Gangplätze oder er duckte sich weg, um bei der Suche nach Dummen nicht unversehens auf der Bühne zu landen. Das überließ er gerne Pinneberger Landvolk, das sich in Hamburger Shows gerne mal nach vorn drängte. Diesmal hatte es ihn allerdings kalt erwischt. Aber es war auszuhalten. Der Clown machte ein paar Zaubertricks mit ihm, bei denen er ziemlich alt aussah. Aber die Kinder hatten ihren Spaß. Und seine Jungs waren stolz wie Oskar. Bevor sie in seiner neu bezogenen Single-Wohnung ankamen, hatte es dann noch Eis bei „Pinocchio" gegeben. Sein liebster Eisladen lag glücklicherweise nur zwei Häuser von seinem Wohnblock entfernt, in dem er seit dem Auszug aus dem Reihenhaus untergekommen war.

Das war als Höhepunkt eines Kinderwochenendes gedacht, für das ihn seine frisch getrennte Ehefrau sicherlich wieder mit Neid und Missgunst verfolgen würde. Seit er ausgezogen war, stand nicht nur ihre Affäre mit einem angehenden jungen Arzt zwischen ihnen. Auch die Gestaltung der Wochenenden mit seinen Kindern kam bei ihr nicht gut an. Immer wieder machte sie ihm Vorhaltungen, weil er sich angeblich als „Super-Papa“ und „Gute-Laune-Vater“ inszenieren würde. Nur weil er am Wochenende mit den Jungs gern irgendwas unternahm. Tierpark, Zirkus, Bootfahren, Fußball, Pizza und Nudeln essen, Hauptsache Spaß.

„Du hast es ja“, meckerte sie jedes Mal. Als wenn er sich die Wochenenden als alleinerziehender Vater ausgesucht hätte. Dass er für ihren gemeinsamen Unterhalt sorgte, während sie in esoterischen Kursen und Studien den Weg zu sich selbst suchte, sich aber in fremde Betten verirrte, davon war komischerweise nie die Rede. Er ließ sich jedenfalls nicht beirren. Den Kindern gefiel es und ihm auch. Zur Diskussion von Beziehungsproblemen war's definitiv zu spät. Dazu wäre Zeit und Raum gewesen, bevor sie unbedingt in anderen Betten landen musste. Was hatte der andere bloß, was er nicht hatte. Er hatte keine Ahnung. Vielleicht konnte der ja Kunststücke.

An der Haustür zu seinem Mietblock aus Rotklinker stutzte Lundberg kurz. Die Kellertür stand offen. Die Treppe nach unten gähnte ihm wie ein schwarzer Schlund entgegen. Draußen war die Abenddämmerung bereits angebrochen, lange dunkle Schatten fielen bis in den Hauseingang. Als die Treppenhausbeleuchtung nicht ansprang, schaltete sein Kopf auf Alarm. Oder war's der Bauch? Lundberg war nicht ängstlich. Eigentlich. Aber seit dem Anruf eines seiner wichtigsten Informanten hatte sich das etwas geändert. Der Mann saß weit oben in der Hierarchie des Militärischen Abschirmdienstes. Das war eigentlich der unbedeutendste der drei deutschen Geheimdienste. Für ihn spielte er aber eine besondere Rolle. Seit die Landesregierung tief verstrickt in die U-Boot-Affäre war und in Zusammenhang mit weiteren dubiosen Waffendeals gebracht wurde, waren die Informationen des MAD von hohem Wert für ihn. Das galt umso mehr, seit er schmutzige Tricks des Regierungschefs im Wahlkampf enthüllt und auf die Titelseite seines Magazins gebracht hatte.

Auf dem Höhepunkt der Affäre rief ihn der Schlapphut an und hatte einen guten Rat parat. Eigentlich waren es sogar zwei Tipps. „Wählen Sie Ihre Worte gut, wenn Sie in Schleswig-Holstein telefonieren oder lassen Sie es besser ganz." Das war Nummer eins. Die Warnung kam für Lundberg völlig unvorbereitet. Er kannte solche Empfehlungen nur aus schlechten Krimis. In denen immer noch der Eindruck erweckt wurde, Abhörmanöver könnten in der Leitung durch Knacken oder verdächtige Geräusche identifiziert werden. „Ach kommen Sie", hatte er geantwortet, „wir sind doch nicht beim Film."

„Ihre Sache." Der MAD-Mann gab sich keine sonderliche Mühe ihn zu überzeugen. „Ich kann Ihnen nur raten, in den Rückspiegel zu schauen, wenn Sie mit dem Auto unterwegs sind. Passen Sie auf, wer hinter Ihnen fährt." Nummer zwei. Damit war das Gespräch zu Ende. Und keiner hatte gelacht.

Eigentlich war der Abwehrmann immer ein seriöser Informant gewesen und die Chemie zwischen ihnen stimmte auch. Sie mochten sich und manche ihrer moralischen Werte schienen auch deckungsgleich zu sein. Nur so funktionierte eine vertrauensvolle Zusammenarbeit mit geheimen Informanten. Und an den Hinweisen des MAD-Mannes war immer etwas dran gewesen. So wie damals, als er auf einen ranghohen NATO-General und seine Alkohol-Eskapaden im Dienst aufmerksam gemacht worden war.

Diesmal hatte Lundberg allerdings dazu geneigt, die Ratschäge als überzogen abzutun. Komisch war für Lundberg allerdings, dass er seit dem Gespräch keinen telefonischen Kontakt mehr zu dem Mann herstellen konnte. In dessen Büro hieß es auf einmal, er sei im Ausland. Privat lief nur der Anrufbeantworter. Und als er einmal nachts mit dem Auto zurück von Bremen nach Norden war, ertappte er sich dabei, wie er immer wieder in den Rückspiegel schaute. Weil er trotz 170 Sachen einen roten Golf hinter sich nicht abschütteln konnte, war er sogar auf eine Raststätte abgebogen. Der Golf bretterte vorbei. Und er musste feststellen, dass sich sein Puls nur langsam wieder beruhigte.

Nun stand Lundberg vor dem schwarzen Kellerloch und versuchte ruhig zu atmen. Er hatte den größeren seiner Jungs auf den Schultern sitzen und nahm den Kleinen auf den Arm. Dann schloss er betont lässig die Haustür auf und stürmte mit beiden die Treppe hoch bis in den zweiten Stock. Als er in der Wohnung war, tat er so, als wäre das ganze nur ein Spiel gewesen. Normalerweise mochten seine Jungs solchen Quatsch. Jetzt guckten sie ihn nur verständnislos an. So verrückt hatten sie ihren Vater lange nicht mehr erlebt.

Der Anrufbeantworter blinkte hektisch. 13 Anrufe. An einem normalen Sonntag. Was stimmte denn hier nicht? Er schickte die Kids ins Bad, sich bettfertig zu machen, und hockte sich mit einem Block vor die Maschine. Sieben Anrufe kamen aus der Redaktion. „Bitte rufen Sie so schnell wie möglich zurück“, lautete die erste Nachricht noch freundlich. Doch der Ton änderte sich rasant. „Wo zum Teufel stecken Sie, wenn man Sie mal braucht?“ Das war die letzte Botschaft. Und das war total ungewöhnlich. Denn am Wochenende gehörte der Reporter der Familie. Über die Schreiberlinge des Wochenmagazins hieß es, sie hätten die schönsten Gärten Hamburgs. Weil sie am Wochenende ja immer frei hätten. Warum also ließen die ihn nicht in Ruhe? Als hätte er in den letzten Wochen nicht genug Wirbel und Stress auszuhalten gehabt.

Zweimal hatte ein guter Freund und Kollege versucht ihn zu erreichen. „Sven, melde dich. Dringend. Der Böllinghaus springt schon im Dreieck. Der MP ist tot." Lundberg verstand nur Bahnhof. Sollte das ein schlechter Scherz sein? Er hatte ihn doch grade erst noch quicklebendig auf den Kanaren erlebt. Kämpferisch wie immer. Andererseits: Was wollte sein Ressortleiter am Wochenende von ihm. Dafür musste es schon einen verdammt guten Grund geben. Die nächste Nachricht kam von einer Freundin, die auch Journalistin war. Sie hatte nur einen Satz hinterlassen: „Mach' den Fernseher an." Als er nach seiner Fernbedienung suchte, klingelte das Telefon schon wieder. Der Kumpel aus der Redaktion war dran. „Hast du noch nichts gehört?" Er kam ohne Begrüßung gleich zur Sache. „Wie denn, ich war mit meinen Jungs im Zirkus. Es ist Wochenende, wenn ich mal kurz erinnern darf. Was geht hier eigentlich ab?" Lundberg wurde langsam sauer. Seinem Kumpel war das egal, er reagierte überhaupt nicht darauf. „Dein MP ist tot. Liegt in irgendeinem Hotelzimmer. Sieht nach Selbstmord aus. Oder soll zumindest so aussehen. Keiner weiß was. Aber die Sache stinkt. Du musst sofort ins Büro kommen. Ich bin so gut wie unterwegs."

An der Tür klingelte es. Eine Freundin stand da mit einer Flasche Wein in der Hand. Sie wohnte ein paar Häuser weiter und mochte ihn, das war ihm in den letzten Wochen klar geworden. Erschreckend klar. Denn sie sah gut aus und er fand sie nett. Aber wollte er mit ihr wirklich etwas anfangen? „Jetzt nicht, Karolina." Er wimmelte sie an der Haustür ab. „Bin im Totalstress." Keine Nettigkeiten, kein Wort zu viel. Sie zog sichtlich beleidigt ab. Er telefonierte stattdessen nach einer anderen Frau. Seiner Mutter. „Ich brauche einen Babysitter. Jetzt. Gleich. Setz' dich in eine Taxe, ich zahle." Danach versuchte er etwas Ordnung in seine Gedanken zu bringen. Wohin führte diese Spur?

ELENI
Hamburg, 16. September 2016

„Was wollen Sie?" Seine Stimme aus dem Lautsprecher klingt barsch und abweisend. Hatte sie eine freundlichere Einladung erwartet? Eleni überlegt. Aber warum hätte das der Fall sein sollen? Sie ist für ihn eine Fremde. Kommt ungebeten. Womöglich gar ungelegen. Also gute Miene machen, keine Wirkung zeigen. Stattdessen nett sein und charmant. Das kann sie. Wenn sie will. Sie stellt sich brav vor. „Ich bin Oberstaatsanwältin in Hamburg und würde gern mit Ihnen über einen alten Fall reden." Sie spricht ins Nichts. Versucht dabei freundlich zu klingen. Keine Ahnung, ob die Guckanlage ihren Dienst tut. Bis ihr der Summer an der Haustür die Antwort gibt.

Als sie schwer atmend die Wohnungstür unterm Dach erreicht hat, ist ihre Stimmung im Keller. Bei Sven Lundberg scheint es nicht viel besser. „Was treibt Sie zu mir?" Die Frage klingt mürrisch. Wohlwollend betrachtet. Er lässt sie im Treppenhaus stehen und wartet. Jetzt nur keinen Fehler machen. Er mustert sie interessiert. Immerhin. Sein Gesichtsausdruck signalisiert Anerkennung. Das muss reichen. Sie sagt nichts. Sie kann sich sehen lassen. Das weiß sie. Die Figur ist okay, alles sitzt da, wo es sitzen muss. Enge Klamotten stehen ihr bestens. Und ihr langes schwarzes Haar umrahmt ein hübsches Gesicht. Das kommt ihr bei Ermittlungsgesprächen oft zugute. Auch bei Lundberg zeigt das Wirkung. Er bittet sie herein. Läuft!

Sie schaut ihn an. Bei genauerem Hinsehen wirkt er eigentlich gar nicht mehr so grimmig. Für Mitte Sechzig sieht er noch ganz passabel aus, eher zehn Jahre jünger. Da ging noch was. Die Haare etwas länger bis in den Nacken, vielleicht ein paar Kilo zu viel auf den Rippen. Aber das sei dem Alter und seinem Lebensabschnitt geschuldet, denkt sie. Die Personalauskünfte, die sie vorher eingeholt hatte, sagten, dass er seit kurzem in Rente war und jetzt Bücher schreibt. Dankend nimmt sie den angebotenen Platz an einem großen Tisch an. Aus dem Fenster kann sie über die Dächer St. Paulis sehen und in die andere Richtung zu den Container-Terminals im Hafen. Sie ist begeistert. „Wir sind Nachbarn, ich wohn' auch im Viertel", sagt sie. „Aber mit diesem tollen Blick liegen Sie klar vorn." Lundberg folgt kurz ihrem Blick nach draußen. „Das soll hier doch kein Nachbarschaftstreffen werden", sagt er. Die Distanz nimmt wieder zu. „Also was wollen Sie?" Direkt auf den Punkt. Sie überlegt, wie sie am besten anfangen soll. Taktisch oder mit offenem Visier. „Sie kommen wohl immer gleich zum Punkt", sagt sie. „Nicht lang schnacken?"

„Nein, ich kann auch taktisch und strategisch vorgehen, wenn es nötig ist. Oder besser war. Als investigativer Reporter zum Beispiel. Um Türen zu öffnen. Bin ich aber nicht mehr. Deswegen mag ich auch das Rumeiern nicht. Also, was gibt's? Sie wollen doch nicht über die Aussicht mit mir philosophieren."

Klare Ansage, denkt Eleni. Punkt für ihn. Sie versucht den richtigen Ton zu finden. Nicht allzu vertraut, aber auch nicht zu unpersönlich. Irgendwo dazwischen. „Ich bin in einer alten Ermittlungsakte der Hamburger Staatsanwaltschaft auf Sie gestoßen." Er zieht die Augenbrauen zusammen, sein Blick verdüstert sich. „Um genauer zu sein, auf Ihren Namen", fügt Eleni schnell hinzu. Keine Reaktion.

„Durch Ihre Geschichten." Bloß keine Missverständnisse. Es tut sich was. Sein Gesicht nimmt Farbe an. Eleni registriert das zufrieden. Lundberg sitzt wie auf dem Sprung. Er lauert. Wie in alten Reportertagen. Glaubt jedenfalls Eleni. „Ach ja?", sagt er schließlich, „und?" Noch bleibt er in Deckung.

Eine harte Nuss. Eleni überlegt, ob sie ihn nicht doch einfach in Ruhe lassen und irgendwann wiederkommen sollte. Aber nun ist sie schon mal da. Und er ist womöglich der einzige oder einer der wenigen, die wirklich helfen können. Helfen zu verstehen zumindest. „Mich interessieren Ihre Reportagen über den Verkauf der ‚Luxor' und illegale Waffengeschäfte mit Hilfe der DDR. Sie waren damals mit Ihren Enthüllungsgeschichten ja ganz weit vorn." Er nickt.

Es dauert einen Moment, es sieht aus, als überlegt er ganz kurz. „Immerhin haben Sie Ihre Hausaufgaben gemacht." Er hat eine Entscheidung getroffen, steht auf und geht zu einem Schrank, in dem er offensichtlich Akten und Unterlagen verwahrt. Riesige Papierberge kann sie sehen, manche in Pappdeckeln, andere als lose Blattsammlung. Daneben sorgfältig aufgereiht ein paar angejahrte Leitzordner sowie ein Meter schwarze Notizkladden von der Art, wie sie angeblich Hemingway benutzt haben soll. Er legt ein paar Mappen und Hefte auf den Tisch. „Was wollen Sie wissen. Und was wissen Sie?" Der Stimmungsumschwung kommt für sie ziemlich abrupt. Was is' denn nu' passiert? Immerhin mal was Konstruktives aus seinem Mund. Das ist die Hauptsache. Eleni atmet durch und überlegt, wo sie beginnen soll. „Nur, dass die DDR das ehemalige deutsche Traumschiff von Südafrika kaufen wollte, der Preis mit fast 200 Millionen aber viel zu hoch war. Ost-Berlin am Ende trotzdem sein Schiff bekam. Mit Hilfe einer Hamburger Reederei als Zwischenhändler. Etwa so? Was genau lief da eigentlich ab?"

Lundberg denkt einen Moment nach und greift dann gezielt nach einer Akte, als hätte er die erst gestern in der Hand gehabt. Er kramt ein paar Papiere raus und breitet sie auf dem Tisch aus. „Man will ja nichts Falsches sagen nach all der Zeit", sagt er. Als müsste er sich für die Erinnerungsstütze entschuldigen. „Irgendwann Ende 1984 oder Anfang 1985 bekam Ost-Berlins berüchtigte Abteilung Kommerzielle Koordination, genannt KoKo, den Auftrag, Ersatz für ihren alten Feriendampfer zu besorgen, damit ihre Helden der Arbeit zur Belohnung weiter über die Weltmeere schippern konnten. Unter Aufsicht versteht sich, aber besser als nichts. Raus aus dem Käfig. Ungewöhnlich schnell war man sich mit Südafrika über den Kauf des in Kiel gebauten Kahns einig. Nur der Preis stimmte nicht." Eleni schreibt eifrig mit. So weit war der Deal bekannt, jetzt begann es interessant zu werden. „Wie kam es zum Verdacht eines deutsch-deutschen Gegengeschäfts und illegalen Waffenhandels?"

„Gute Frage. Die stellten sich hinterher viele, auch im Bundestag. An die 200 Millionen wollten die Genossen von drüben jedenfalls nicht zahlen. Plötzlich und völlig unerwartet bestellte dann Südafrika bei der Werft ein neues Traumschiff für satte 220 Millionen." Lundberg macht eine Pause und blättert in seinen Papieren. Eleni nutzt die Unterbrechung für eine Zwischenfrage. „Hört sich doch nach einem guten Geschäft an. Die Werften waren damals insgesamt in extremer Schieflage. Da kam sicher jeder Auftrag gelegen."

Lundberg hatte offenbar gefunden, wonach er suchte. „Stimmt, nur dass die Werft in einem internen Aktenvermerk ganz offen zugab, für den Auftrag 20 Millionen so genannte Subventionen gezahlt zu haben, das war einigermaßen ungewöhnlich." Als Beleg hält er demonstrativ einen Bogen Papier hoch, auf dem der Briefkopf der Schiffbauer zu sehen ist. „Wir reden immerhin von dem Apartheid-System, dass damals von den Vereinten Nationen mit einem Waffenembargo belegt war. Und trotzdem zahlte man Subventionen? Parallel sank der Preis für die DDR und den alten Kahn auf gut 150 Millionen. Ein bemerkenswerter Zufall."

„Belege?" Eleni schreibt eifrig mit. Vieles macht für sie auf einmal Sinn. Lundberg nickt. „Ein Schreiben an den zuständigen Mann im SED-Zentralkomitee. In dem prahlt der Unterhändler mit dem neuen Preis und der Zusatzinformation, dass er den Endpreis wie durch ein Wunder sogar noch weiter senken könnte. Auf letztlich nur noch 145 Millionen." Eleni schaut verwundert auf, mit fragendem Blick. Und Lundberg ergänzt: „Angeblich durch sogenannte spezielle Finanztransaktionen."

„Was kann man sich darunter vorstellen?"

„Noch ne gute Frage. Für die ich keine klare Antwort habe. Fakt ist, dass Südafrika am Ende für den Neubau Marke West rund 220 Millionen gezahlt haben soll. Und es für den Verbleib von rund 40 bis 50 Millionen Mark, vielleicht auch mehr, keine Erklärung gab. Während Ost-Berlin seinen Dampfer zum Sommer-Schlussverkaufstarif bekam. Und Fakt ist auch, dass parallel große Teile des illegalen U-Boot-Deals ans Kap mit Hilfe der DDR abgewickelt wurden. Ein Schelm, wer Böses dabei denkt?"

Er blickt Eleni an und wartet auf eine Reaktion. Die Staatsanwältin überlegt. „Verstehe. Die Hamburger Tochter-Reederei wird eigens für den Deal ausgelagert. Sie fungiert als Drehscheibe und alle kriegen das, was sie wollen: die DDR ihr Kreuzfahrtschiff zu einem vertretbaren Preis, die Südafrikaner ihr U-Boot-Knowhow auf geheimen ostdeutschen Wegen und die Kieler neue Kohle durch einen neuen Auftrag, um den Betrieb am Laufen zu halten."

Lundberg unterbricht. „Für einen Dampfer, den offenbar niemand brauchte. Denn kurz nach dem Stapellauf verkauften ihn die Südafrikaner für'n Appel und 'n Ei gleich weiter nach Moskau. Und ganz nebenbei nicht zu vergessen fließen alle möglichen Schmiergelder für die jeweiligen Vermittler." Eleni übernimmt wieder. „Nicht doof das Ganze. Nur leider ziemlich illegal." Sie unterbricht ihren Gedankenlauf und überlegt weiter. „Aber so lange die Bundesregierung alle Augen zudrückt, bleibt der Justiz nur ein Ermittlungsverfahren wegen Subventionsbetrugs gegen die Reederei, richtig? Das ist heftig." Sie schaut von ihren letzten Notizen auf. „Ist das Ergebnis des Verfahrens bekannt?"

Er zuckt mit den Schultern und hebt bedauernd die Hände. „Mir jedenfalls nicht. Das Bußgeldverfahren wurde irgendwann eingestellt. Fragen Sie nicht mit welcher Begründung. Der Untersuchungsausschuss ist ausgegangen wie immer: Die Regierungsmehrheit fand alles in Ordnung. Die Opposition natürlich nicht, meines Erachtens zu Recht. Zu offenkundig waren die Verstöße gegen internationales und nationales Recht durch illegalen Waffenhandel. Irgendwann ging das öffentliche Interesse daran verloren. Auch bei mir. Aber klar ist, das Ganze stank gewaltig. Da liegen noch viele Leichen im Keller." Nicht nur da, denkt Eleni. Sie klappt ihren Block zusammen und steckt den Stift weckt. So langsam zeichnet sich ein Bild. Nur die Rollenverteilung ist unklar. „Wer waren die Schurken, wie war die Aufgabenverteilung?"

„Es sind Schmiergelder in Millionenhöhe geflossen. Die Kieler Regierung war involviert, zumindest einzelne Personen, da bin ich mir sicher. Es gab viele Indizien, aber keine endgültigen Beweise. Es dürfte auch einiges in private Taschen geflossen sein, das steht nicht nur für mich fest." Lundberg klappt seine Mappe zu. „Dann wurde die DDR abgewickelt, wichtige Akten verschwanden spurlos, beteiligte Personen schieden aus ihren Ämtern oder sogar aus dem Leben. Das war's dann. Und jetzt tauchen auf einmal Sie auf." Er blickt sie fragend an, sein Blick verlangt Erklärungen, die sie ihm nicht geben kann oder will. Noch nicht.

„Wenn dahinter eine Story steckt, ist es meine", sagt er, „Zug um Zug. Sonst können Sie meine Hilfe vergessen."

„Sie müssen sich gedulden", sagt Eleni, „wenn ich wirklich etwas weiß, sind Sie der erste, der es erfährt." Er nickt. Vertrauen gegen Vertrauen. Sie hat es geschafft.

Sie rafft ihre Unterlagen zusammen und packt ihre Tasche. Dann bedankt sie sich und verlässt die Wohnung. Wenn sie geglaubt hatte, sie würde nach dem Gespräch klarer sehen, dann hatte sie sich getäuscht. Sie hatte viel erfahren, aber das Bild ist und bleibt unscharf. Warum sollte es auch einfach sein?

CHANTAL
Warnemünde, 19. Oktober 1987

Chantal hatte nun schon über zwei Monate nichts mehr von ihm gehört. Das war eigentlich nicht normal. Denn ihre Liebe hatte in der Vergangenheit noch immer einen Weg gefunden. Und wenn es nur für eine Nacht war. Sie hatte zwar nie richtig verstanden, wie er das möglich machen konnte. Bei seinem Job. Der langen Anreise. Und natürlich der Grenze. Das Bollwerk. Gegen alles und jedes. Auch ihre Liebe. Sie hatte es stets als Zeichen seiner Sehnsucht und vielleicht auch Liebe gedeutet, dass er es immer wieder schaffte. Denn so lange es keinen offenen Reiseverkehr zwischen West und Ost gab, waren private Besuche in Warnemünde nicht ohne Risiko. Schon gar nicht in seiner Position. Das machte ihn erpressbar. Hüben wie drüben. Sie wusste das. Trotzdem hatte er sie immer aufs Neue kontaktet. Auf ganz verschlungenen Wegen. Und jetzt? Nichts. Einfach nichts. Dabei war es für sie grad wichtiger denn je.

„Was soll ich nur machen", fragte Chantal ihre Freundin. Sie saßen vor der Kurhalle am Warnemünder Strand. Die Luft war noch mild und die herbstlichen Sonnenstrahlen sorgten für eine wohlige Wärme. Alles erinnerte ein bisschen an Indian Summer, wären da nicht die typisch ostdeutschen Bilder gewesen. Links von ihnen qualmte der Imbisswagen mit Grilletten und es roch nach Ketwurst, dahinter kokelten an zwei Ständen Broiler und Krusta. Wie aus dem Lexikon: Ostdeutsch für Anfänger.

Ein paar Tauben kämpften um die wenigen Brotreste, die der Seewind hin und her wehte. Die Möwen waren sich offenbar zu schade dafür. Sie hatten im Tiefflug die Lage sondiert und sich dann auf der Kante einer kleinen überdachten Bühne niedergelassen. Sie warteten. Hin und wieder hob eine ab und drehte eine Runde über ihren Köpfen, wie eine Patrouille auf Erkundung. Der Geruch von billigem Fett und Holzkohle schlug die frische Meeresluft in den Wind. Appetitlich roch anders. Wundern konnte sich Chantal über die geschmacklichen Verirrungen vor ihren Augen schon lange nicht mehr. Nach ihrer Rückkehr aus Karlsbad war ihr der ganze Irrsinn richtig hoch gekommen. Wie aus Hot Dogs Ketwurst werden konnte, aus Grillhähnchen Broiler oder aus Pizza Krusta, das würde wohl für immer das Geheimnis ihrer Oberen bleiben. Aber inzwischen waren Karlsbad und das feudale Hotel für sie weit weg. Sie hatte ganz andere Probleme.

Sie war inzwischen im fünften Monat, sogar leicht drüber. Karlsbad ließ grüßen. Es war auch nicht mehr zu verbergen. Immer häufiger musste sie neugierige Fragen nach dem Vater abwehren. Ihr Alltag war beschwerlicher geworden. Ihr war oft übel. Manchmal musste sie kotzen. Und zum Anbeißen sah sie auch nicht mehr gerade aus. Aber die Frage nach Sex stellte sich aktuell sowieso nicht. Chantal hatte Angst vor dem, was auf sie zukam. „Weiß er davon?", fragte ihre Freundin und nahm sie behutsam in den Arm. Sie nickte. „Ich habe ihm einen Brief zukommen lassen. Und dann ist er fast sofort nach Warnemünde gekommen."

„Und du bist dir sicher, dass er der Vater ist? Und es auch sein will?" Chantal blickte ihre Freundin überrascht an. „Wie meinst du das?"

„Nur so." Paula zuckte mit den Schultern. „Man kennt doch die Männer. Erst wollen sie alles. Und dann? Wissen sie auf einmal von nichts. Du hast jetzt schon länger nichts von ihm gehört. Wer weiß, ob er sich nicht längst mit einer anderen amüsiert. So sind sie schließlich, die Kerle." Chantal stutzte kurz. Und schaute erschrocken. Ihre Freundin hörte sich plötzlich leicht verbittert an. Oder hörte sie schon Gespenster? „Ich mein' ja nur." Paula hatte ihre Leichtigkeit wiedergefunden. „Ich will dich nicht irritieren. Aber als Frau muss man mit allem rechnen. Erst recht, wenn man sich in einen Wessi verguckt hat. So ganz ohne ist das schließlich bei uns nicht." Sie schaute nachdenklich zum Strand, wo einige Surfer anfingen, ihre altmodischen Bretter klar zu machen.

Chantal schob ihre aufkeimende Skepsis schnell zur Seite. Sie hatte schließlich ganz andere Sorgen. „Er will mich nicht hängen lassen und ich glaube ihm." Sie erzählte von ihrem Treffen in Warnemünde, dass sie ihn zu nichts gedrängt und ihm auch keine Vorwürfe gemacht habe. Es sollte sachlich klingen, aber ihre Verzweiflung war doch ziemlich deutlich herauszuhören. Vielleicht hätte sie doch über eine Abtreibung nachdenken sollen? Aber die kam für sie eigentlich nie in Betracht. Mutter zu sein allerdings auch nicht.

„Und, was hat er gesagt? Wie stellt er sich das vor?“ Paula versuchte ihre Stimme zugleich mitfühlend und neutral klingen zu lassen, wirkte aber irgendwie verspannt. Was ist mit ihr los, dachte Chantal. So ist sie doch sonst nicht. Sie ließ sich Zeit mit einer Antwort. Und ihre Freundin ließ ihr die Zeit. „Er hat mir ein braunes Kuvert in die Hand gedrückt. So'n größeren Umschlag, du weißt schon.“ Paula wusste nicht. Sagte aber nichts.

Paula war die einzige, die von ihrer Liaison mit dem West-Promi wusste. Chantal vertraute ihrer besten Freundin, so wie die ihr in der Vergangenheit manches Geheimnis offenbart hatte. Zum Beispiel über ihre sehr konkreten Überlegungen für einen Fluchtversuch. Am Ende hatte Paula den auf Eis gelegt, weil ihr der Plan eines Freundes zu riskant war. Der wollte mit dem Schlauchboot über die Ostsee abhauen. Bei Nacht und Nebel. Mit dem Gummiboot aufs offene Meer? So verzweifelt war sie dann doch noch nicht. Jetzt suchten sie nach einem seetüchtigeren Kahn. Aber das durften die Spitzel des Staates natürlich nicht mitkriegen. Und sie konnten auch nicht viele Freunde einweihen. Viel zu viele hatten sich der Stasi verpflichtet. Aus Überzeugung oder auf massiven Druck. Im Ergebnis kam das auf dasselbe heraus.

Paula riss Chantal aus ihren Gedanken raus. „Ja und? Was war drin?“ Ihr Interesse wirkte etwas übertrieben. Chantal registrierte das, wischte die aufkeimende Verwunderung aber beiseite. „Ein Brief. Handgeschrieben. Und ein Schlüssel. Für ein Schließfach bei einer Bank in Genf.“ Er habe sich eindeutig zu seiner Vaterschaft bekannt und wollte sie nicht im Stich lassen. Alles würde gut werden, habe er ihr schriftlich versprochen. Der Brief sollte sie immer daran erinnern, der Schlüssel war für ein Schließfach. Für den Notfall. Das habe er ihr gesagt. Dort seien Geld für sie und das Kind hinterlegt. „Eine stattliche Summe." Was immer das heißen sollte. Und Dokumente, die ihr helfen würden. Im Notfall. „Was soll das bloß bedeuten?" Chantals Frage zum Schluss ihrer Geschichte wirkte mehr an sie selbst gerichtet. „Was für einen Notfall meinte er um alles in der Welt? Und wie soll ich überhaupt nach Genf kommen können. Was soll ich damit anfangen?" Paulas Stirn war in Falten gelegt.

Es war das erste Mal, dass Chantal jemandem davon erzählte. Er hatte ihr das strengstens untersagt. Niemand dürfe davon wissen. Aber was zählte das jetzt noch. Die Umstände waren andere. Im wahrsten Sinne des Wortes. Und sie hatte Angst. Angst, dass ihm etwas zugestoßen sein könnte. Sie war verzweifelt. Sie suchte Zuspruch. Tränen rollten ihr über die Wangen. Paula drückte sie fester.

„Sonst nichts?", hakte ihre Freundin nach. „Danach gab es keine Nachricht mehr? Von irgendeinem Boten." Es klang mehr neugierig als mitfühlend. Chantal schüttelte nur den Kopf. „Du musst ruhig bleiben. Abwarten. Wird schon werden. Wirst sehen." Paula horchte ihren eigenen Worten nach, ob die wohl überzeugend klangen. Sie war sich selbst nicht sicher. „Du kannst mir alles sagen", schob sie hinterher. Besonders empathisch hörte sich das aber auch nicht an.

Beide steckten in ihren Grübeleien fest, leere Blicke wanderten hinaus auf See. Kurze kleine Wellen schwappten ruhig an den Strand. Der ablandige Wind war dabei einzuschlafen. Die Surfer hatten eingepackt. Nur leicht kräuselten sich ein paar Schaumkronen auf der sanften Dünung. Das Meer lag vor ihnen wie gemalt. Nur wenige Stunden mit dem Boot, es musste nicht einmal ein besonders schnelles sein. Und sie hätten ihr Ziel erreicht. Beide. Eine Zukunft in Freiheit. Und Liebe. Wie viele Menschen in diesem Moment wohl die gleiche Sehnsucht hätten? In Boltenhagen. Oder auf dem Darß. Und stattdessen am Strand hockten. Statt Seewind den Rauch verkohlter Grilletten in der Nase.

Chantal grübelte sich zurück in die Gegenwart. Schon früh nach ihren ersten Treffen hatte sie von ihm mal eine Telefonnummer in Kiel bekommen. Lange hatte sie nicht mehr daran gedacht. Für den Notfall, so hatte er damals schon gesagt. Als wäre telefonieren für sie das Normalste auf der Welt. Jetzt fiel es ihr wieder ein. Schon wieder dieser ominöse „Notfall". Sie hatte sich damals keinen Reim darauf machen können. Das war jetzt nicht anders. War das jetzt einer? Oder war sie einfach nur zu ungeduldig? Drei Monate waren in den schwierigen Ost-West-Beziehungen keine lange Zeit.

„Soll ich ihn anrufen", fragte sie Paula. Ihre Zweifel waren allzu deutlich aus der Frage herauszuhören. „Auf keinen Fall!" Die Stimme der Freundin klang geradezu erschrocken. „Dann kannst du auch gleich zur Stasi gehen und alles beichten. Die hören doch alles mit. Du musst Geduld haben." Chantal hatte eh kein Telefon auf ihrem Zimmer und den Anschluss ihrer Vermieterin würde sie niemals benutzen. Die brauchte schließlich nicht alles zu wissen. Aber vielleicht gab es ja jemanden, dem sie vertrauen konnte? Vielleicht der Pastor? So schnell wollte sie nicht aufgeben und ihre Idee fallen lassen. Paula riss sie aus ihren Überlegungen.

„Du gefährdest dich und alle anderen. Die kontrollieren alles. Du darfst nichts riskieren, schon wegen der Kleinen." Paula legte die Hand auf ihren Arm. Sie schwiegen und schauten auf dem Strand ein paar Jugendlichen zu, die einem Ball nachjagten.

Um ihr spezielles Verhältnis im Verborgenen halten und trotzdem ihre Liebe leben zu können, hatten Chantal und ihr MP ein Botensystem ausgetüftelt. Eigentlich war es seine Idee gewesen. Westliche Geschäftsleute wie der Rechtsanwalt kamen ab und an zum Essen im „Leuchtturm“ vorbei, wo sie kellnerte, und steckten ihr einen Zettel mit einer Botschaft zu. Sie hoffte inständig, dass dies keinem der Spitzel aufgefallen war. Auf den Zetteln waren meist nur Datum, Zeit und Ort vermerkt. Meistens das Hotel. Wer die Boten waren, wollte sie lieber gar nicht wissen. Hauptsache ihr System funktionierte. Trotzdem waren ihr die Wartezeiten oft zu lang. Ob's an ihm lag oder der Reisetätigkeit seiner Gewährsleute, konnte sie nicht einschätzen. Es fiel ihr jedenfalls schwer, damit klar zu kommen. Viel schlimmer aber war, dass ihr System nur einseitig funktionierte. Er meldete sich. Oder eben nicht. So wie jetzt. Das machte sie ganz wuschig.

Eine seiner letzten Botschaften hatte sie immer bei sich. Der Zettel steckte sorgfältig zusammengefaltet in ihrer Geldbörse. Das tschechoslowakische Hotel stand drauf mit der Zimmernummer ihrer Reservierung. Das war nun schon fünf Monate her, da war ihre Welt noch in Ordnung. „Vielleicht hat er ganz andere Probleme“, sagte Paula auf einmal. Es klang ein bisschen, als überlegte sie laut. Aber es hörte sich auch an, als wüsste sie irgendwas, dass sie sich nicht recht zu sagen traute. „Wie meinst du das, weißt du was?“ Chantal war irritiert, aber auch elektrisiert. „Dann sag' es, du darfst mir nichts verschweigen.“

„Ich weiß nicht.“ Paula zögerte. Sie fühlte sich jetzt ganz und gar nicht wohl. Das merkte man ihr an, dazu musste man nicht einmal ein großer Menschenkenner sein. „Im Schwarzen Kanal wurde in den letzten Tagen immer wieder über einen bekannten BRD-Politiker berichtet. Über seine korrupte Machtgier, dekadente westliche Machenschaften und so. Du weißt schon. Skandal und Affäre, immer wieder fielen die Worte. Den Namen habe ich nicht mitbekommen. Aber die Bilder von einer Pressekonferenz mit ganz vielen Mikrofonen sind mir in Erinnerung. Muss ein ganz großes Ding drüben sein. Hast du denn gar nichts davon gehört?" Das Eingeständnis, dass sie die eigentlich verhasste Propaganda-Sendung geschaut hatte, schien ihr sichtlich unangenehm. Aber jetzt war es heraus. Und Paula wirkte erkennbar erleichtert.

Chantal schüttelte den Kopf. Sie schaute die Hetztiraden von „Sudel-Ede" Schnitzler schon lange nicht mehr und hatte keine Ahnung, was sie mit der Information anfangen sollte. Es wurde bei ihnen so viel Dreck über BRD-Promis ausgeschüttet. Warum sollten die Meldungen ausgerechnet jetzt stimmen? Und wer weiß schon, wer wirklich gemeint war. Warum sollte es ausgerechnet um ihn gehen? Vielleicht sollten sie statt nach einem Telefon lieber nach einem Fernseher mit West-Kanälen Ausschau halten. Dann ließe sich das ganze vielleicht klären. „Kennst du jemanden, der West-Fernsehen reinkriegt?", fragte Chantal ihre Freundin. „In einer ihrer Nachrichtensendungen wird man doch schnell feststellen können, um wen es geht und um was." Sie war wie aufgekratzt und wirkte richtiggehend erlöst. Endlich konnte sie was tun. Sich ablenken. Das tat gut.

Paula überlegte nicht lange. Sie hatte offenbar schon vorher eine Entscheidung getroffen. „Lass uns heute Abend um sieben vor dem Steintor in Rostock treffen. Wir gehen dann zu meinem Bruder, der kann Westsender empfangen. Dann sehen wir weiter. Aber zu niemandem ein Wort." Als wäre das noch nötig zwischen ihnen. Chantal umarmte sie heftig, als wären damit all ihre Probleme gelöst. „Freu' dich nicht zu früh. Vielleicht wünschst du dir hinterher, du hättest nie West-Fernsehen geschaut." Paula versuchte den Enthusiasmus ihrer Freundin zu dämpfen. Die schaute erschrocken.

Wusste ihre Freundin doch etwas? Mehr als sie zuzugeben bereit war? Für einen Moment machte sich große Unsicherheit bei Chantal breit. Worauf ließ sie sich da ein? Egal, sie musste etwas tun. Sie brauchte Klarheit. So oder so.

„Mehr weiß ich nicht", sagte Paula als würde sie die Unsicherheit ihrer Freundin spüren und auch ein leichtes Misstrauen ahnen. „Ehrlich. Aber Sicherheiten können manchmal wehtun. Ich möchte nur, dass du nicht ganz und gar unvorbereitet vor die Glotze trittst." Chantal nickte. Ihre Freundin drückte sie ganz fest. „Und noch etwas: kein Wort zu niemandem. Das muss ich meinem Bruder versprechen."

DAS BABY
Warnemünde, 7. Juli 1988 Warnemünde

Die Kleine lag auf einer Wolldecke im Wohnzimmer und gluckste vor Glück. Sie patschte mit ihren kleinen Händchen ziellos durch die Luft und schaukelte dabei hin und her. Es würde nicht mehr lange dauern und sie würde sich drehen können, dachte Chantal. Wie schnell doch die ersten Monate mit der Lütten vergangen waren. Sie hockte neben ihr auf dem Boden und wusste nicht, ob sie glücklich über ihren kleinen Schatz sein sollte. Oder doch ein wenig traurig, dass sie beide so alleine waren. Wie gern hätte sie ihm seinen Nachwuchs vorgeführt. Wie sehr hätte sie ihrer Tochter einen Vater gegönnt. Und sei es auch nur an einigen Wochenenden im Jahr.

Wie unglücklich muss er zuletzt gewesen sein, dass ihm selbst die Aussicht auf die noch ungeborene Tochter nicht mehr den nötigen Lebensmut verleihen konnte. Oder auch nur wie festgefahren in seiner Situation und in seinen Geschäften. Umgeben von zwielichtigen und skrupellosen Geschäftspartnern. Denen jede Menschlichkeit abging. Oder war er sogar deren Opfer? Bis dass der Tod sie schied? Der Tag würde kommen, da würde sie es denen zurückzahlen. Da war sich Chantal sicher. Auch wenn sie noch keine Ahnung hatte, wie das gehen sollte. Aber die würden sich noch wundern.

Kräftiges Klingeln riss sie aus ihren Träumen in den Alltag zurück. Sie erwartete niemanden. Wer sollte sich schon für sie interessieren. Ohne den MP und die Hoffnung auf ihn war ihr Leben einsam geworden. Männer interessierten sich nicht für alleinerziehende Mütter, zumindest nicht, wenn die Kinder noch in die Windeln machten und die volle Aufmerksamkeit der Mütter brauchten. Außerdem hielt sich die Erotik stillender Mütter arg in Grenzen. Diese Erfahrung hatte sie sehr nachdrücklich machen müssen. Männer spielten in ihrem Leben derzeit keine Rolle.

Vor der Tür stand der Stasi-Major. Der hatte ihr gerade noch gefehlt. „Was wollen Sie denn noch? Es gibt nichts mehr zu berichten", sagte sie und wollte die Tür gleich wieder schließen. Doch Hilgers stellte den Fuß dazwischen. „Das sehen wir ganz anders. Wir haben immer noch viele Fragen. Und wir wollen endlich Antworten. Darf ich reinkommen?" Er wartete die Antwort nicht ab und betrat den Flur. Immer noch dieses unverschämte Selbstbewusstsein. Das System taumelte bereits, der Kommunismus hing längst nur noch am Tropf von Gorbatschow. Er hatte die Macht in Moskau übernommen, frühere Regimekritiker wie Sacharow begnadigt und sich von den Verbrechen Stalins distanziert. Alles war ins Rutschen geraten. Vor allem in den sozialistischen Bruderländern. Nur in der DDR machten die letzten Getreuen längst überkommener Ideen in der Stasi weiter, als wäre nichts geschehen. Und noch hatten sie die Macht dazu.

Hilgers hängte seine Jacke an die Garderobe, als wäre er hier zu Hause. Sie hatte ihn nicht dazu aufgefordert. Er tat, als merke er das nicht und beugte sich zu der Kleinen auf dem Fußboden. „Na, du Süße. Ganz der Papa!“ Sie fing an zu weinen. Er wendete sich der Mutter zu. „Wir müssen die letzten Wochen vor seinem Tod noch mal durchgehen. Mit wem hatte er Kontakt? Wen hat er in der DDR getroffen? Und warum. Gibt es irgendwelche Unterlagen von ihm? Hat er was hinterlassen? Über seine Geschäfte. Wir müssen alles wissen.“ Sie schüttelte den Kopf. „Was soll das jetzt noch? Er ist doch über ein halbes Jahr tot.“ Tränen stiegen ihr in die Augen. Sie kämpfte dagegen an. Nicht schon wieder! Keine Schwäche zeigen, ermahnte sie sich. „Da ist nichts“, sagte sie, „bitte gehen Sie.“

„Keine Papiere? Dokumente? Private Aufzeichnungen?“ Hilgers lächelte sie vertrauenserweckend an. „Komisch nur, dass wir da ganz andere Informationen haben, Genossin.“ Er betonte die persönliche Anrede ganz besonders. „Uns entgeht nichts, das müsstest du doch wissen.“ Aber echte Vertrautheit wollte nicht aufkommen. Chantal hatte keine Ahnung, worauf er anspielte. Sie war nicht bereit, sich einschüchtern zu lassen. Jetzt nicht mehr. Sie verschränkte die Arme vor der Brust. Demonstrativ. Das Signal war unmissverständlich, aber der Stasi-Mann zeigte keine Reaktion. „Ich weiß nichts. Ich kann nichts erzählen. Und will das auch nicht mehr. Das macht ihn nicht wieder lebendig.“ Sie machte eine Pause und wischte sich ein paar Tränen aus den Augenwinkeln, die nun doch ihren Weg gefunden hatten. War es Wut oder Angst? Sie hätte es selbst nicht zu sagen gewusst. „Ich will mit Ihnen und Ihren Leuten nichts mehr zu tun haben. Nie mehr!“ Wie oft schon hatte sie ihre Schwäche von damals bereut. Sie suchte nach einem Papiertaschentuch. „Lassen Sie mich endlich in Ruhe und hauen Sie ab. Sonst hole ich die Polizei.“

Hilgers lachte höhnisch. „Du weißt wohl nicht, mit wem du es zu tun hast, Genossin. Wir sind die Polizei. Wir sind alles in unserer Republik. Das wird auch so bleiben. Wir erwarten Kooperation. Und wir brauchen seine Unterlagen. Sonst….“ Er ließ seine Drohung in der nach Babypulver und Babycreme riechenden Luft hängen. Und wirken. Jetzt war Schluss mit lustig. Er zeigte sein wahres Gesicht. Die Fratze des Systems. Er bückte sich zu der Kleinen und nahm sie auf den Arm, die sofort losheulte. „So ein süßer Fratz. Wäre doch wirklich schade, wenn der wegen Staatsverleumdung seine Mutter verlieren würde……“

Chantal erschrak. Sie riss ihm ihre Tochter aus dem Arm, schaukelte sie etwas zu wild hin und her. „Was soll das?“, schrie sie ihn an. „Was bilden Sie sich ein.“ Die Kleine hörte vor Schreck auf zu Weinen. Er lächelte mit unbewegtem Gesicht. „Unsere Republik erwartet, dass alle Genossinnen und Genossen ihre Kinder zu Erbauern des Sozialismus erziehen. Alle.“ Er betonte das besonders. „So verlangt es das Gesetz. Wenn wir dessen nicht sicher sein können, muss die Jugendhilfe einschreiten. Und die Kleine kommt in ein Heim. Und das wollen wir doch nicht, oder?“ Sie schaute ihn sprachlos an. Verstand die Welt nicht mehr. Hörte das denn niemals auf. Hatte der denn überhaupt keine menschlichen Gefühle? „Ich habe nichts gemacht“, keuchte sie. Ihr wurde schwindelig.

„Ach ja?“ Sein Ton war jetzt eiskalt. „Du hattest eine Liebesbeziehung zu einem Bürger eines feindlichen Systems. Noch dazu zu einem seiner maßgeblichen Vertreter. Das klingt nach Landesverrat. Loyale Genossen tun das nicht. Viel schlimmer. Du hast sogar ein Kind von ihm. Das zeigt eine negative Einstellung zu unserem sozialistischen Kollektiv. Und was ist aus dem Umschlag geworden, den er dir für schlechte Tage hinterlassen hat, Genossin?“ Chantal erschrak. Woher wusste er davon, schoss es ihr durch den Kopf. Sie war knallrot im Gesicht. Ob vor Schrecken und Verlegenheit oder vor Wut, das hätte sie wohl selbst nicht so genau beantworten können. Sie presste die Lippen zusammen, nicht bereit, sich durch seinen Druck aus der Reserve locken zu lassen. Es musste endlich Schluss sein.

„Wenn du dich weiter weigerst und durch schlechtes Vorbild die gesellschaftliche Entwicklung deines Kindes behinderst, ist das ein Fall für die Jugendhilfe, die sich dann kümmern muss. Und zwar ohne Wenn und Aber. Es liegt allein in deiner Hand." Der Stasi-Major blickte sich um. „Denn jemand anderes kann das ja nicht. Du lebst doch allein. Oder täusche ich mich?" Er ging zur Tür des Kinderzimmers, als suche er nach einem Vater für das Kind. Hilgers zögerte kurz, als ob er noch etwas hinzufügen wollte, unterließ das aber und ging zur Haustür. „Ich komme wieder. Morgen. Gleiche Zeit. Und diesmal nicht allein. Vorsichtshalber. Also überlege dir genau, was du uns dann zu sagen hast. Oder besser: zu zeigen. Für die Konsequenzen trägst du sonst allein die Verantwortung. Und du allein musst die deiner Tochter irgendwann erklären. Wenn du dazu überhaupt noch die Gelegenheit hast."

CHANTAL
Warnemünde, 28. Juli 1988

Die Kleine schrie sofort, als sie auf den Arm genommen wurde. Mit ihren kleinen Ärmchen versuchte sie nach der Mutter zu grapschen. Aber die Koordination funktionierte noch nicht. Sie ruderte wild und ungezielt mit den Armen durch die Luft. Sie wollte nicht auf dem Arm dieser fremden Frau sein. Das war eindeutig. Nicht jetzt, wo sie gerade gefüttert wurde. Und auch sonst nicht. Ihr ganzer kleiner Körper sträubte sich dagegen. Aber sie konnte sich auch nicht dagegen wehren.

Chantal schrie ebenfalls. „Geben Sie mein Kind her." Sie wollte der Fremden ihre Tochter aus dem Arm reißen. Sie wie eine Raubtiermutter verteidigen. Sie machte einen Schritt nach vorn, aber ihre Hände griffen ins Leere. Der männliche Begleiter hatte sich blitzschnell zwischen sie geschoben und hielt sie auf Distanz. „Mach es uns doch nicht noch schwerer, Genossin", sagte er und versuchte seinen Worten einen versöhnlichen Ton zu geben, „das macht es für alle Beteiligten doch nur noch schlimmer. Vor allem für die Lütte."

Für einen Augenblick sah es so aus, als wollte er vermitteln. Er hielt sie zwar fest, versuchte aber zugleich einen Blickkontakt zu seiner Chefin herzustellen. Lass mich mal, sollte das wohl heißen. Oder so ähnlich. Mit der linken Hand signalisierte er gleichzeitig in deren Richtung so etwas wie „nun mal sachte", aber nur kurz. Dann musste er schon wieder mit beiden Händen zupacken, um Chantal im Griff zu behalten und abzuwehren. Für den Bruchteil einer Sekunde registrierte Chantal diesen Anflug von Empathie. Zumindest im Ton. Wieso duzten die sie auf einmal, ausgerechnet jetzt, schoss es ihr durch den Kopf. Immer war der Staat zu ihr auf Distanz geblieben, erst recht seine Vertreter. Jetzt sollte auf einmal alles anders sein? Jetzt, wo sie sich zum ersten Mal in offener Konfrontation gegenüber standen? Das konnte einfach nicht mit rechten Dingen zugehen.

Nie hatte sie öffentlich aufbegehrt. Und trotzdem waren die jetzt da. Von amtswegen. Sie signalisierten diese unechte Sorge, die aus jeder Pore schrie: falsch!! Denn die wollten nur eins: sie zerstören. Sie wusste nicht warum, aber irgendwie war sie auf die Liste „Feinde des Systems" geraten. Die war lang. Das wusste sie. Aber warum sie? Sollte das alles wirklich nur wegen ihrer großen, aber verbotenen Liebe sein? Chantal schrie „Hilfe!“. Ihr Schrei schoss durch die geöffnete Wohnungstür ins Treppenhaus und hüpfte die Treppen rauf und runter, bis er irgendwo an die Wand klatschte. Niemand wollte ihn reinlassen. An einigen Türen wurde schnell der Schlüssel im Schloss umgedreht. Niemand zu Hause. Sicher ist sicher. Sie war allein mit ihren Feinden. Ganz allein.

Der Auftritt der ungebetenen Besucher hatte Chantal total überrumpelt. Dass sie so schnell kommen, ohne jede Vorankündigung und ohne jedes Federlesen zu Werke gehen würden, damit hatte sie nicht in ihren schlimmsten Albträumen gerechnet. Im Gegenteil: Nachdem der Stasi-Major am nächsten Tag wieder bei ihr war, hatte sie sogar Hoffnung geschöpft, dass doch noch alles gut werden würde. Sie hatte von Karlsbad erzählt und von Jena, nichts Konkretes, nur allgemein. Aber sie hatte ihm etwas von dem gegeben, was sie wollten. Und geglaubt, dass der Albtraum damit ein Ende hätte. Denn Hilgers war danach gegangen. Wortlos. Wenn auch nicht gerade sehr freundlich. Das war jetzt fast drei Wochen her. Drei Wochen voller Zuversicht.

Als es klingelte, war sie gerade dabei, der Kleinen etwas pürierten Brei in den Mund zu löffeln. Ein Mix aus Kartoffeln und Karotten, dazu etwas Spinat. Zusammen sah es aus wie schon mal verdaut. Der Kinderstuhl stand im Zentrum eines kleinen Schlachtfelds. Überall war grünoranges Schrotfeuer niedergegangen und hatte die ausgelegten Schutztücher perforiert. Aber da mussten sie durch. Beide. Es war an der Zeit, die Kleine abzustillen, damit sie selbst wieder etwas unabhängiger wurde. Ein eigenes Leben hatte. Schließlich musste sie ihr Studium zu Ende bringen und nebenbei noch ein bisschen Geld beschaffen. Für eine junge Mutter eine sportliche Herausforderung.

Das Klingeln hatte sich freundlich angehört, kurz und höflich. Jemand zu Hause? Nicht fordernd oder drängend. Für einen Moment hatte sie überlegt, sich beim Füttern nicht stören zu lassen. Aber nach dem zweiten Klingeln war sie dann doch neugierig gewesen und an die Tür gegangen. Als sie öffnete und die beiden im Treppenhaus stehen sah, schoss ihr sofort die Angst in die Glieder. Sie stellten sich als Mitglieder des Jugendhilfeausschusses des Bezirks Rostock-Stadt vor und fragten gar nicht lange, ob sie reimkommen dürften. Sie drängten einfach an Chantal vorbei, den Kinderstuhl im Visier.

Die Frau entsprang in jeder Beziehung dem Klischee des Apparatschiks. Der enge dunkelblaue Rock bedeckte züchtig die Knie, die Füße steckten in festen Straßenschuhen mit klobigem Absatz. Etwas höher als bei normalen Straßenschuhen. Ihre Bluse hatte sie bis zum Hals zugeknöpft, darüber trug sie eine Kette mit blauen Glasperlen. Das Haar war zu einem altertümlichen Dutt hochgesteckt, über der Schulter hing eine schwarze Handtasche aus Kunstleder. Der Mann an ihrer Seite hatte erkennbar nicht viel zu melden. Er stand immer einen halben Schritt hinter ihr. Seine modernen sportlichen Treter korrespondierten in seltsamem Widerspruch zum abgewetzten mausgrauen Anzug, der schon entschieden bessere Tage gesehen hatte. Die Hose war zu kurz, die Knie ausgebeult und die Ellbogen waren dünn gescheuert. Lederflicken hielten dagegen. Zum hellgelben Hemd trug er eine Krawatte mit seltsamen Mustern, die ein bekiffter Jogi entworfen haben musste.

Die Frau hatte offenbar das Kommando in dem Sturmtrupp. Sie marschierte vorweg und verzog keine Miene, als sie sich vorstellte. Sie machte nicht einmal den Versuch, um Sympathie zu werben. Augenscheinlich wusste sie um den schlechten Ruf der Jugendhilfe. Die staatlichen Tugendwächter, die dem Gesundheitsministerium von Margot Honecker unterstanden, waren gefürchtet. Die Frau des Staatsratsvorsitzenden war eine Hundertfünfzigprozentige und hielt ihre Truppe an der ganz kurzen Leine. Sie kannte keine Gnade gegenüber Abweichlern.

Was Abweichler waren, die nicht dem sozialistischen Ideal entsprachen, das entschied im Zweifel die Jugendhilfe oder deren Chefin ganz alleine. Beide machten dabei auch vor intakten Familien nicht Halt. Immer wieder hatte Chantal davon gehört, dass unbequemen Eltern oder solchen, deren Flucht gescheitert war, die Kinder weggenommen worden waren. Zur Zwangsadoption. Sie hatte das nie recht glauben wollen. Aber immer neue Geschichten dieser Art machten die Runde. Viele in ihrem Freundeskreis kannten jemanden, denen genau dies Schicksal widerfahren war. „Jugend-Hilfe", schon der Name war der schiere Anachronismus. Hier half sich nur einer. Das System sich selbst.

Chantal wollte im ersten Reflex die Tür zuschlagen. Aber der Typ im Hausflur hatte mit einem Ausfallschritt sicherheitshalber den Fuß dazwischen gestellt. Daraus sprach Erfahrung. Der Dutt mit Handtasche ging voran. Alles sah nach großer Routine aus. Die machten das sicher nicht zum ersten Mal. Auch in dieser Besetzung. Bei den Nachbarn gegenüber erlosch das kleine Licht im Türspion. Die trauten sich nicht mehr, das Schauspiel heimlich weiter zu verfolgen. Bei Auseinandersetzungen mit der Staatsmacht wollte niemand gerne Zeuge werden. Warum auch. Widerstand in diesem System war eh zwecklos.

Die Jugendhelferin kramte einen Schrieb aus ihrer blauen Kostümjacke, an deren Revers deutlich sichtbar das Parteiabzeichen prangte. Zwei Hände fassten fest ineinander. Otto Grotewohl, der 1946 die Idee hatte, dieses Symbol für Freundschaft und Gleichheit zum Markenzeichen der vereinigten SPD und KPD in der Sowjetischen Besatzungszone zu machen, würde sich im Grabe umdrehen, wenn er wüsste, wofür die Pranken heute missbraucht wurden. Chantal schüttelte sich. Nur kurz kam die Frau vom Amt ins Stocken. Die Kleine bekam vor lauter Gebrüll einen roten Kopf und kaum noch Luft. Und kotzte ihr grünlichen Schleim auf die Schulter. Nur knapp neben das Parteiabzeichen. Grün auf blau, das machte der roten Fahne nur wenig Ehre.

Unbeirrt hielt sie Chantal den Wisch vor die Nase und fing an, ihren vorgefertigten Text runter zu spulen: „Der Jugendhilfeausschuss des Bezirks hat einstimmig festgestellt, dass die Bürgerin gemäß Paragraph 51 des Familienbuchs der Deutschen Demokratischen Republik eine schwere schuldhafte Verletzung ihrer elterlichen Pflichten anzulasten ist." Kurze Pause. Bedeutungsschwer lastete das Gesagte auf der Situation. Und drückte Chantal schier zu Boden. Aus ihrer Tonlage war keinerlei Regung zu entnehmen. Sie leierte ihren Text in einem monotonen Singsang ab. Wie in Trance. Keine Emotion, keine Empathie. Job ist Job. Sie habe sich „asozialem Verhalten in Tateinheit mit der Vereitelung von Erziehungsmaßnahmen" schuldig gemacht. Ungeschönt und ohne jede Rücksichtnahme spuckte sie Chantal die Anklage vor die Füße.

Chantal glotzte sie mit großen Augen an. Verstand nicht. Wollte das alles auch nicht verstehen. Sie befand sich wie in einem Taumel. Wortfetzen rasten an ihr vorbei und zerplatzten an der Wand. „Elternversagen" registrierte sie irgendwie, „Zweifel an der Einstellung zum Lernen und zur Arbeit" hingen wie schwere Gewitterwolken über ihr. Dann kam bei ihr nichts mehr an. Sie sackte in sich zusammen.

Als der Anzugträger ihr auf die Beine helfen wollte, kam plötzlich neues Leben in sie. „Schweine", schrie sie und wollte mit den Fäusten auf die Frau von der Jugendhilfe los. Der Typ hielt sie von hinten umklammert. Sie schrie und kreischte, trat wild um sich, spuckte und tobte. „Ich lass mir mein Kind nicht wegnehmen", kreischte sie. „Schon gar nicht von euch. Wenn hier jemand asozial ist dann ihr." Als sie sich etwas beruhigte, bugsierte er sie zur Couch und legte sie dort ab. „Beruhige dich Genossin", sagte er. „Du hast alles selbst in der Hand. Wer uns hilft, dem helfen wir."

Die Frau von der Fürsorge hatte das Zwischenspiel mit ungerührter Miene verfolgt. Sie hielt die Kleine fest auf dem Arm, die nur noch trocken vor sich hin wimmerte. Die Tochter schien von dem Tobsuchtsanfall der Mutter so erschrocken, dass sie aufgehört hatte zu weinen. Vielleicht waren ihr auch die Tränen ausgegangen. Die Vertreterin des Systems reichte Chantal den Schrieb und kam unbeeindruckt zum Schluss. „Das Kreisgericht Rostock hat den Beschluss bestätigt. Sie sind laut Paragraph 42 zur Einhaltung der Regeln des sozialistischen Zusammenlebens verpflichtet. Und zur Erziehung ihres Kindes zum sozialistischen Patriotismus und Internationalismus. Wir haben beides sorgfältig überprüft. Wir haben massive Zweifel, dass Sie in der Lage sind diesen Anforderungen gerecht zu werden." Sie packte den Schrieb auf den Tisch und machte Anstalten, sich auf den Rückzug zu machen. „Mein Kind, ich will mein Kind!" Chantal wimmerte nur noch und reckte die Arme. „Das könnt ihr doch nicht machen."

Die Frau vom Staat kümmerte das nicht. An der Wohnungstür blieb sie kurz stehen und drehte sich noch einmal um. „Sag Mama auf Wiedersehen", sagte sie zu der Kleinen. Es klang nicht fürsorglich, sondern wie ein Befehl. Die fing wieder an zu weinen.

„Wo bringt ihr sie hin?" Chantal raffte ihre letzte Kraft zusammen und schleuderte ihnen ihre Verzweiflung vor die

Füße. „Wir werden für eine Erziehung garantieren, die das Kind in seinen sozialistischen Lebens- und Erziehungsverhältnissen verwurzelt aufwachsen lässt." Zum ersten Mal übernahm der Anzug amtlich das Wort. „Die Kleine wird erst mal in ein Heim gebracht und dann sehen wir weiter. Sie braucht jetzt vor allem stabile Sicherheit." Dann klappte die Tür hinter ihnen zu.

Chantal starrte auf das amtliche Schreiben. Tränen verschleierten ihr den Blick. Den Text konnte sie vor lauter Schlieren kaum lesen. Alles schwamm. Fett Gedrucktes konnte sie so grade entziffern: Dass sie beim Kreisgericht Widerspruch einlegen und beim Jugendhilfeausschuss eine Genehmigung zum Besuch ihrer Tochter beantragen konnte, zum Beispiel. Wo auch immer. Über die Genehmigung entschieden dann andere, falls sie sich zwischenzeitlich bewährt habe. Was das auch immer heißen sollte.

Sie fiel laut weinend zurück in die Kissen des Sofas und war nicht mehr fähig, einen klaren Gedanken zu fassen. Sie war leer. Alle Kraft war aus ihr gewichen. Sie war allein. Hatte alles verloren. Wer sollte ihr helfen? Gegen diesen übermächtigen Gegner. Sie keuchte und bekam kaum noch Luft. Sie griff sich an den Hals. Dann verlor sie das Bewusstsein.

CHANTAL
Rostock, 12. Dezember 1989

Sie stand in einem Pulk von Menschen, die langsam die Geduld verloren. Es wurde geschoben, gedrückt, gedrängelt. Ganz vorn in der ersten Reihe rüttelten sie an einem zweimannshohen Gitter, das offensichtlich ein Eingangstor war. Andere riefen „Wir wollen rein" oder „Aufmachen, aufmachen!". Es waren vor allem jüngere Menschen, so alt wie sie, die spontan zusammengekommen waren. Die Nachricht hatte sich per Flüsterpropaganda rumgesprochen. Sprecher der Bürgerrechtsbewegung sollten von der Werksleitung empfangen werden und Auskünfte erhalten. Über das ominöse Objekt. Das alle irgendwie kannten. Und doch nichts von ihm wussten. Endlich, nach all den Jahren.

Das verhasste System war vor einigen Wochen kollabiert. Das Großreinemachen hatte begonnen. Chantal wollte dabei sein, wenn dafür gesorgt wurde, dass auch dieses Kapitel zu Ende gehen würde. Deshalb hatte sie sich auf den Weg gemacht. Erst mit dem Fahrrad, das letzte Stück zu Fuß. Zum Werksgelände vor den Toren Rostocks, am äußersten Rande eines kleinen Dorfes mitten im Nirgendwo. Zwei oder drei Häuser konnte man mit Mühe erkennen, sonst war da nichts als Wiesen, Knicks und Wald. Keinen Menschen würde es da normalerweise freiwillig hinziehen, höchstens hin verschlagen. Wahrscheinlich war der Standort gerade deshalb so gut gewählt. Für einen volkseigenen Betrieb, von dem das Volk nichts wissen sollte.

Trotz aller Geheimniskrämerei war immer viel geredet worden, als die beiden riesigen Werkshallen mitten in der Pampa aus dem Boden gestampft worden waren. Zu groß waren die Gebäude, zu viel Stacheldraht auf den Zäunen. Zu viel Sicherheitstechnik gab es und zu viel Wachpersonal, als dass es sich um eine normale und unverdächtige Fabrik handeln konnte. Als dann noch der eingleisige Schienenstrang zum Seehafen elektrifiziert wurde, wollten die Gerüchte gar nicht mehr enden.

Landwirtschaftliches Gerät sollte die Import- und Exportgesellschaft hinter dem Stacheldraht in die Welt verschiffen. Angeblich. So hieß es jedenfalls, wenn Nachfragen zu bohrend wurden. Manchmal war auch von Kühlschränken und Küchengeräten die Rede. Aber warum sollten die einer solchen Sicherheitsbewachung unterliegen? Das machte doch keinen Sinn in einem System, dessen Machterhalt auf Mauern und zigtausend Spitzeln baute. Und nicht auf Kühlschränke. Irgendwann schwand das Interesse der Bürger an dem versteckten Werk dann doch. Es war wie so oft in ihrem Land: Aus den Augen, aus dem Sinn. Jeder hatte mit sich selbst genug zu tun, um unter den herrschenden Umständen mit dem Hintern an die Wand zu kommen.

Das änderte sich mit der Maueröffnung schlagartig. Es war, als hätten viele nur auf diesen Tag gewartet. Es war die Zeit der Abrechnung. Und der öffentliche Druck auf die Werksleitung wuchs beinahe von Tag zu Tag. Nun sollte es endlich soweit sein. Und sie wollte sich selbst überzeugen. Der Ort war sozusagen Teil ihres Lebens. Auch wenn sie von der Dimension nichts geahnt hatte, als sie noch ganz in der Nähe lebte.

Die Sicherheitskräfte hinter dem Zaun verhielten sich abwartend. Als ahnten sie, dass es vielleicht noch etwas zu bewachen, aber nichts mehr zu retten gab. Ein mittelalter Mann in grauem Kittel über weißem Hemd und Krawatte kam zum Tor. „Der Genosse Betriebsleiter ist bereit, die eingeladenen Vertreter des Volkes zu empfangen", sagte er. Meinte er sich? Sprach der tatsächlich von sich in der dritten Person? Die Antwort war höhnisches Gelächter. „Wir kommen mit", rief ein junger Mann. Chantal glaubte ihn von der Uni zu kennen. Oder ihn dort zumindest häufiger gesehen zu haben. Die Menge klatschte begeistert. Von hinten wurde stärker gedrängt und geschoben. Sie war nicht gut im Schätzen. Aber 500 Menschen waren es wohl, die inzwischen vor dem Zaun und dem Werkstor Einlass begehrten.

„Genossen und Genossinnen, der Volkseigene Betrieb.....". Wütendes Lachen und lautes Geschrei unterbrachen den Betriebsleiter. Seine Zeit war längst abgelaufen.

Nur er wusste das noch nicht. Er nahm einen neuen Anlauf: „Das Werk unterliegt höchster Geheimhaltung. Wir können nur die namentlich avisierten Personen einlassen." Wieder Lachen. „Eure Zeit ist vorbei, ihr habt gar nichts mehr zu bestimmen!" Wieder der Kommilitone von ihrer Uni. Er stand ganz vorn.

Die Zaungitter ächzten unter dem Druck der Menge. „Alle oder keiner", rief eine Frau neben ihm. Sie sah aus wie eine Pastorin in ihrem schwarzen Gewand. „Friedlich oder mit Gewalt", rief jemand aus den hinteren Reihen. Andere stimmten ein. Der Druck auf den Zaun nahm zu. Die Gitter knarzten und stöhnten. Chantal bekam kaum noch Luft, die Arme waren ihr an den Körper gepresst. Im Hintergrund konnte sie Volkspolizei erkennen. Aber die sah nur interessiert zu. Unternehmen wollten die offensichtlich nichts. Wie sich die Zeiten geändert hatten.

„In Ordnung, bis auf den Hof. Aber verhalten Sie sich friedlich. Dort können Sie warten, bis Ihre Sprecher wieder nach draußen kommen." Der Kittelmann hatte resigniert. Er gab den Wachleuten ein Zeichen, die schweren Ketten um die Torpfosten zu öffnen und flüsterte mit einem, der offenbar etwas mehr zu sagen hatte. Einige Uniformierte öffneten das Tor einen halben Meter, um die Menschen einzeln durchzulassen. Aber der Druck von außen explodierte förmlich, so dass die Gitter aufflogen und sich die Menschen wie ein Schwall aufs Werksgelände ergossen. Die Wachen schauten ratlos zum Kittelmann, aber der machte nur eine abwehrende Handbewegung und rettete sich in ein flaches Bürogebäude. Die Kirchenfrau und drei Männer eilten ihm hinterher.

Die Menge rannte zu den Werkshallen, brach die Tore auf und drängte hinein. Was sie dort zu sehen bekamen, war nicht spektakulär. Zumindest auf den ersten Blick. Sie sahen unzählige Paletten und hunderte Meter Regale. Holzkisten in unterschiedlichen Größen waren in ihnen bis unters Dach gestapelt. Fg 33/S61 stand auf einigen. Auf anderen waren unverständliche Codes zu lesen. Auf den Kisten an einer Wand las sie MG 3, auf anderen H&K und langsam dämmerte es ihr. Sie stand mitten in einem geheimen Waffenlager. Ein Supermarkt für modernste Kriegstechnolgie, die für wen auch immer bestimmt war. Deshalb die Geheimniskrämerei.

Der Sozialismus, der den Weltfrieden fördern wollte, war vor langer Zeit schon in der Realität angekommen. Und dealte mit Waffen. Was für ein Anachronismus, dachte sie. Aber so machte die Geheimnistuerei Sinn, und auch die Sicherheitsvorkehrungen waren nur allzu verständlich. Ein Trupp von Wachleuten schob sich jetzt zwischen Paletten und wütende Demonstranten. Die Sicherheitskräfte standen nur da, schritten nicht ein. Aber die Botschaft war unmissverständlich: nur gucken, nicht anfassen. Und kein Schritt weiter. Am Hallentor formierte sich vorsichtshalber schwer bewaffnete Volkspolizei.

Chantal drängte sich raus und folgte der Gruppe, die in Richtung eines kleinen Hauses am Rand des Geländes unterwegs war. Das war offenkundig der Sitz der Geschäftsführung. Kein Mensch kümmerte sich um sie, Niemand hielt sie auf, als sie die Büros betraten. Dort sah es aus, als wäre grade noch gearbeitet worden. Akten und Papiere lagen auf dem Tisch. Die Schreibtischlampen brannten. Eine Zigarette qualmte sogar noch im Aschenbecher vor sich hin. In einer Ecke summte eine unförmige rechteckige Maschine in unangenehmem Ton. Unter einer Öffnung stand ein riesen Plastesack mit Papierschnipseln. Chantal raffte den Grund sofort: Hier waren Akten geschreddert worden. Und zwar im Akkord. Die Arbeit war nur unterbrochen, aber noch nicht beendet. Vom Betriebsleiter oder anderen Offiziellen war allerdings nichts mehr zu sehen.

Im Nachbarraum krachte es. Andere ungebetene Besucher stürzten Regale und einen Wandschrank um. Ihre Wut hatte Opfer gefunden. Auch wenn das niemandem mehr half. Keine Spur von der Verhandlungsgruppe. Chantal blickte hektisch um sich. Sie raffte wahllos Akten und Papiere zusammen, die auf dem Schreibtisch verstreut lagen. Ganz offenkundig zur Vernichtung bestimmt. Warum sollten sie hier sonst rumliegen. Also mussten die wichtig sein. Und sollten ganz sicher nicht Teil der Geschichte werden. Sie griff wahllos zu. Stopfte so viel unter ihre Jacke, wie sie dort verbergen konnte, ohne großartig aufzufallen. Dann verließ sie das Haus. Draußen sah sie, wie die Volkspolizisten immer mehr Mühe hatten, die aufgebrachten Bürger von den Waffenkisten fernzuhalten. Was würde wohl passieren, wenn die einige der Waffen in die Finger bekämen? Sie wollte das lieber nicht wissen und machte sich auf den Weg raus. Nur weg!

Sie hatte keine Ahnung, was das alles zu bedeuten hatte. Nur eines war ihr klar: Dieses Kaff an der Ostseeküste dürfte mit einem Schlag seinen Platz in der Geschichte gefunden haben. Und sie war ein Teil davon. Ungewollt. Wegen ihm. Sie musste nachdenken. Ihr MP war in dem Objekt gewesen. Etliche Male. Das wusste sie sicher. Das Lager oder genauer die Waren des Lagers waren Dreh- und Angelpunkt seiner Aktivitäten. Vieles, über das er nie reden wollte, sie sich aber nun Stück für Stück zusammenreimen konnte, machte auf einmal noch viel mehr Sinn. Die geheimnisvollen Gespräche in Warnemünde. Die Treffen an abgelegenen Orten. Der Besuch in der Tschechoslowakei. Um was als um Waffen sollte es sonst dabei gegangen sein? Warum sonst hatte er immer wieder seinen Fahrer allein nach Hause geschickt.

Einmal hatte sie in Warnemünde mitbekommen, wie sein Fahrer sich fast geweigert hatte. „Was soll ich ins Fahrtenbuch schreiben und im Büro sagen", hatte er den MP gefragt. „Ich bin drei Tage nicht erreichbar, Sie sollen alle Termine absagen", hatte der geantwortet. Aber der Fahrer hatte nicht aufgegeben. „Wie kommen Sie nach Hause Chef?" Da war der ungehalten geworden. „Das lassen Sie mal meine Sache sein." Er wollte keine Zeugen. Der Fahrer hatte dann seine Aktentasche genommen und war wie ein begossener Pudel abgezogen.

Der MP brauchte keine Mitwisser. Nicht einmal durch sie. Chantal begann etwas klarer zu sehen. Der Typ aus der „Aktuellen Kamera" fiel ihr ein. Der Devisenbeschaffer. Passte doch. Waffen! Für wen auch immer! Gegen harte Valuta. Statt Schwerter und Pflugscharen. Sie sah immer klarer. Das Puzzle fügte sich zu einem Gesamtbild. Das ihr ganz und gar nicht gefiel. Es würde ihren Liebsten nicht wieder lebendig machen. Die Tatsachen kratzten stattdessen kräftig an seinem Sockel. Immerhin hatte sie jetzt vielleicht endlich was in der Hand. Um ihren Liebsten zu rächen. Oder vielleicht sogar von ihrem neuen Wissen zu profitieren. Die Frage war nur, wie sie vorgehen sollte. Sie brauchte einen Plan.

II

DORN
Schwerin, 14. Juni 1991

Sie verstaute ihre Lebensmittel im Korb auf dem Rücksitz des Fahrrads. Viel war es nicht, was sie für den Abend noch gebraucht hatte. Ein bisschen Grünzeug für Salat, dazu Kapern, Parmesan, Speck und eingelegte Sardellen. Sie wollte mit Spaghetti Putanesca und einer guten Flasche Rotwein das Wochenende einläuten. Sie erhoffte sich einiges davon. Genug mit ihrem öden Single-Leben. Das sollte sich am kommenden Tag grundlegend ändern. Beim Sport. Oder abends in der Disco. Wo, das war ihr egal. Hauptsache es gab dort Männer. Denn sie brauchte endlich mal wieder einen. Eine Frau hat schließlich auch ihre Bedürfnisse. Der Wein sollte ihrer Fanatasie auf die Sprünge helfen.

Daliah Dorn ging es gut in ihrer neuen Heimat. Nur richtig geborgen fühlte sie sich noch nicht. Emotional zumindest. Da ging noch was. Neun Monate wohnte sie inzwischen in Schwerin und hatte ihre Entscheidung nie bereut. Außer beziehungstechnisch. Sie hatte schnell eine hübsche Wohnung in der Schelfstadt gefunden, in einem restaurierten historischen Häuserblock mit vielen Fachwerkelementen. Nur wenige Schritte waren es bis zum Pfaffenteich, wo man abends ein bisschen vom Alltagsstress entspannen konnte. Und ihr Arbeitsplatz in einem Ingenieurbüro neben dem alten Stadtbad, in dem Schweriner ohne eigenes Badezimmer in DDR-Tagen Wannenbäder nehmen konnten, war mit dem Fahrrad ratzfatz erreichbar.

So gesehen passte fast alles. Dass sie nicht in den Westen rüber gemacht hatte wie viele andere nach der Wende, bereute sie keine Minute. Trotzdem war es wichtig gewesen aus Rostock abzuhauen. Dieses Kapitel ein für allemal abzuhaken. Die Erinnerungen an ihn, der Mief der alten

Freundeskreise, die Tristesse der beruflichen Situation, das Schicksal ihrer Tochter – alles hatte für einen Ortswechsel gesprochen. Und ein neues Leben anzufangen. Unter neuem Namen. Ihren Mädchennamen hatte sie an der Garderobe zurückgelassen. Zusammen mit ihrer Vergangenheit. Schwerin war die richtige Entscheidung gewesen. In der neuen Landeshauptstadt war ein Klima des Aufbruchs zu spüren, viele Wessis waren in die Stadt gekommen, um dabei zu helfen. Sie spürte die Herausforderungen, auch für sich ganz persönlich. Wenn sie nun noch neuen Schwung in ihr Privatleben bekäme, hätte sie alles richtig gemacht.

Dorn wollte gerade los, als sie fast vom Rad fiel. So erschrocken war sie, als sie einen Mann erblickte, den sie am liebsten für immer aus ihrem Gedächtnis gelöscht hätte. Der Major! So nannte sie ihn seit damals. Seit ihren schwärzesten Stunden. Er war wieder da. Plötzlich und unerwartet. Nach all der Zeit. Wie damals. Mit allem hatte sie gerechnet, nur damit nicht. Der Major machte gerade ein teuer aussehendes Rennrad los. Eins von der Sorte, das man besser mit zwei Schlössern sicherte. Oder mit in die Wohnung nahm. Selbst in die oberen Stockwerke. Er schwang einen prall gefüllten Rucksack auf seinen Rücken und sich selbst aufs Rad. „Was treibt der Scheißkerl hier?“ Sie ertappte sich dabei, wie sie leise vor sich hin fluchte und blickte sich schnell um, ob das jemandem aufgefallen war. Keine Reaktion der Menschen neben ihr. Alle hatten zum Feierabend genug mit sich zu tun. Sie blickte wieder zu Hilgers, der noch an der Radnabe rumfummelte, weil er dort offenbar irgendein Problem hatte.

Wie sie ihn hasste. Oder zumindest verfluchte. Stasi-Major Stefan Hilgers, von der Hauptabteilung Aufklärung in der Bezirksverwaltung Rostock. Zuständig für die Überwachung von Westkontakten. Bekannt und verdammt für massenhafte Pressionen, Erpressungen und sogar Verhaftungen. Nicht nur sie, auch einige ihrer Freunde zählten zu seinen Opfern. Und vor allem ihr MP. Der Major hatte die kirchlichen Friedensgruppen bespitzeln lassen und einige von ihnen in den Knast gebracht. Er hatte Eltern die Kinder weggenommen, um sie gefügig zu machen. Wie in ihrem Fall. Und seine Finger in allerlei dubiosen Machenschaften. Waffenhandel zum Beispiel. Oder illegale Adoptionen für Bonzen.

Vieles war bald nach der Wende von Bürgerrechtlern ans Licht gebracht worden. Nachdem die sich Zutritt zu den Stasi-Archiven verschafft hatten. Auch ihr war er zum Verhängnis geworden. Ohne sein Dazutun wäre sie heute alleinerziehende Mutter. Stattdessen war ihr die Tochter weggenommen worden. Ohne dass man ihn zur Rechenschaft hatte ziehen können. Denn nachdem sich die Zeiten geändert hatten, war er urplötzlich abgetaucht. Keine Spur mehr von ihm. Nur die Folgen seines Tuns waren allgegenwärtig. Sie und andere litten darunter noch immer.

„Die Republik setzt auf Sie." Immer wieder hatte er sie zu Hause aufgesucht und bedrängt. „Pflegen Sie Ihren Kontakt, er ist wichtig für uns!" Sie hatte den Vater ihres Kindes geliebt. Er war Wessi, na und? Und sie hatte am Ende einen hohen Preis dafür bezahlt. Erst die Verpflichtungserklärung und ein paar Informationen, aber das reichte denen ja nicht. Sie hatte ihr einziges Kind verloren. Und zuvor schon ihre große Liebe. Sie hatte versucht, mit dem Schicksal umzugehen. Aber manchen Abend in die Kissen geweint. Der Phantom-Schmerz brüllte oft in ihr. Und nun stand dieser Kerl auf einmal wieder vor ihr. Allerdings waren die Rollen neu vergeben.

Sie wusste selbst nicht genau warum. Aber ein spontaner Impuls sagte ihr: „Hinterher, folge ihm." Sie hatte keine Ahnung, wozu das gut sein sollte. Sie hatte keinen Plan. Aber drauf geschissen. Er war ein Schwein. Und sie hatte lange auf einen Moment der Rache gewartet. Davon geträumt. Und am Ende nicht mehr recht daran geglaubt. Alle Erinnerungen kamen auf einmal wieder hoch. Sie wartete, bis er ein Stück vor ihr war, und machte sich an die Verfolgung. Das war keine große Herausforderung. Hilgers hatte keine Eile. Er fuhr nicht schnell. Er schien total arglos. Oder er fühlte sich total sicher. Oder beides. Das würde zu ihm passen. Diese Attitüde hatte er bei all seinem schrecklichen Tun immer vor sich her getragen: „Mir kann keiner."

Er fuhr am Pfaffenteich entlang, überquerte eine breite Straße und radelte weiter zur Westseite des Ziegelsees. Dann am Ufer entlang nach Norden zu einem Neubaugebiet. Als er vor einem ziemlich teuer aussehenden Einzelhaus vom Rad stieg und das Gartentor öffnete, beeilte sie sich. Sie sprang kurz hinter ihm vom Rad. „Ey, Arschloch", schleuderte sie ihm hinterher. Hilgers drehte sich erschrocken um und war völlig perplex. Er kapierte gar nichts. „Wer sind Sie? Lassen Sie mich gefälligst in Ruhe."

Sie wusste nicht, was sie erwartet hatte. Es war einfach aus ihr herausgeplatzt. Dass er sie nicht erkannte, wunderte sie nicht. Mit neuer Frisur und anderer Haarfarbe. Ein paar Jahre waren ja auch ins Land gegangen. Trotzdem kränkte es sie im ersten Moment beinahe noch mehr als die Geschichte, die sie verband. Waren sie und seine anderen Opfer tatsächlich nur namenlose „Fälle" für ihn gewesen? Tote Akten mit Fallnummern? Ohne Gesichter. Warum sah der so zufrieden und glücklich aus. Hatte er seine Vergangenheit trotz Enttarnung tatsächlich so komplett ablegen und entsorgen können?

„So, wie du mich in Ruhe gelassen hast?" Ihre Stimme wurde laut. „Damals, als du geglaubt hast, was Besonderes zu sein? Und dich als Schild und Schwert dieses kaputten Systems aufgespielt hast. Auf unserem Rücken! Auf unsere Kosten! Ohne jede menschliche Rücksicht!" Dorn wurde immer wütender und verzichtete auf jegliche Höflichkeitsfloskeln. Sie schleuderte ihm ihre Wut einfach vor die Füße. „Dabei warst du nur ein opportunistischer Handlanger. Ein Fettauge auf der Suppe des Systems. Das oben schwamm, solange wir die Suppe auslöffelten. Aber ohne die Bonzen warst du nichts. Gar nichts. Ein Niemand." Im Nachbarhaus trat eine Frau vor die Tür und trocknete ihre Hände an der Schürze ab. Sie schaute neugierig herüber. Gegenüber hörte ein Mann auf sein Auto zu waschen und guckte zu. Endlich mal was los.

„Kennen wir uns?" Hilgers verstand nicht. Das war ihm anzusehen. Aber er fühlte sich nicht wohl, die Situation drohte zu eskalieren. Sein schlechtes Gewissen schwitzte aus jeder Pore. Was wollte die Frau bloß von ihm, sagten seine Augen. Er schaute hektisch nach rechts und links. Wie die Nachbarn wohl reagierten. Bloß nicht auffallen. Sie registrierte das. „Na, Angst um die neue Legende?" Sie entdeckte ein Namensschild aus Messing neben Gartentor mit kunstvoll geschwungenen Buchstaben. „Stefan und Daniele Moldau, Im- und Export", konnte sie entziffern. Der Kerl hatte sich einen neuen Namen und eine neue Frau zugelegt. Lebte offenbar ein neues Leben. Vorwärts und alles vergessen? „Oh, der Herr Stasi-Oberst hat sich eine neue Identität zugelegt. Schön sauber natürlich."

Dorn hob unwillkürlich ihre Stimme. „Wissen denn die lieben Nachbarn von der politischen Vergangenheit ihres ehrenwerten Mitbewohners? Oder waren die auch alle bei der Stasi?" Sie schrie fast. Und schaute in den Nachbargarten, wo die grünweiße Flagge eines Bremer Fußballvereins schlaff am Fahnenmast hingt. Vor ihr an seiner Haustür prangte ein Aufkleber der Münchner Bayern. Sie musste lachen. „Früher Dynamo Berlin, der Stasi-Klub deines feinen Chefs. Heute die Bayern, alle Achtung. Immer mit den Siegern heulen." Er verstand gar nichts mehr.

Sie ließ nicht locker. Registrierte, dass auch andere Bewohner der Neubausiedlung aufmerksam auf ihren Auftritt wurden. „Gestatten: Chantal Krieger! Dämmert's jetzt?" In Hilgers oder besser: Moldaus Gesicht begann sich so etwas wie aufkeimende Erinnerung breit zu machen. Noch ganz schwach, aber sie war auf dem Weg. Tief aus dem verschütteten Archiv der verdrängten Erinnerungen bis zwischen die Augen, die sich vor Schrecken weiteten. Und vor Angst. Angst vor den möglichen Folgen. Er hob beschwörend die Hände und senkte sie, immer wieder. Piano, piano bitte schön, sollte das wohl heißen. „Nicht so laut, was wollen Sie? Sie machen alles kaputt."

Sie lachte erneut. „So wie du, wenn ihr Unschuldige aus ihren Betrieben entfernt oder in den Knast gebracht habt? Wenn ihr Karrieren und Familien zerstört habt? Ihnen die Kinder geraubt und den Sinn ihres Lebens? So wie ihr mich gezwungen habt, meine große Liebe zu bespitzeln, um ihn erpressen zu können? Der jetzt tot ist. Ihr habt Leben zerstört und kaputtgemacht. Und alles nur, damit das System überlebt und eure Machenschaften ungestört bleiben. Und du immer vorneweg." Ihr kamen jetzt Tränen. Die Wut suchte sich ein anderes Ventil.

„Ihr habt mir mein Kind genommen. Meine Tochter. Die ganze Familie." Sie schwankte. „Im Namen des Sozialismus. Eures Sozialismus. Der nie meiner war." Ihre Knie wurden weich. Sie konnte sich nur mit Mühe einigermaßen aufrecht halten, damit sie nicht lang hinschlug. „Und jetzt willst du, ausgerechnet du, in Ruhe gelassen werden? Um dein Leben zu leben. Dein neues Leben? Eines von dem wir nur träumen können?" Er schaute sie bestürzt an. Bis die Betroffenheit endgültig großem Erschrecken und aufkommender Panik wich. Auf einmal war sie da. Die Erinnerung. Es war ihm anzusehen. Als hätte jemand die Jalousie hochgefahren. Er schien wie vom Donner gerührt. „Man hat mich gezwungen. Ich konnte nicht anders", stammelte er. Seine Arme ruderten durch die Luft, als suchte er händeringend einen Halt. Irgendwas, damit er nicht mitgerissen würde. „Aber das ist doch lange her. Wir leben in einer neuen Zeit und es tut mir auch leid. Wollen Sie Geld? Oder was wollen Sie?"

Wechselbad der Gefühle. Dorn keuchte schwer. „Vielleicht mein Leben zurück?" Plötzlich musste sie laut lachen, es klang fast hysterisch. Hilgers als Opfer. Was für eine Vorstellung. Dorn taumelte, die Wut zwang ihren Kreislauf in die Knie. Sie suchte Halt am Torpfosten und nahm ihn wieder ins Visier. „Macht kaputt was euch kaputt macht. Schon mal gehört? Du wirst von mir hören, verlass dich drauf. Jetzt bin ich dran. Und denk dir schon mal eine Geschichte für deine Nachbarn aus." Sie warf noch einmal einen verächtlichen Blick über den Gartenzaun, schwang sich vorsichtig auf ihr Rad und fuhr davon. Sie würde wieder kommen. Er würde büßen müssen. Da war sie sich sicher. Aber so was von.

Hilgers ging durch den Vorgarten zu seinem Haus, wo seine Frau besorgt aus dem Küchenfenster schaute. Er hatte keine Ahnung wie lange schon. Er gab sich Mühe betont locker über den Plattenweg zu gehen, blieb noch kurz vor einer frischen Blumenblüte stehen und riss zwei welke Blätter ab. Seht her, alles paletti, sollte das wohl heißen, nichts passiert. Nur keine Unruhe bei den Nachbarn aufkommen lassen, keine Fragen provozieren. Die konnte er jetzt überhaupt nicht gebrauchen. Er hatte selber genug davon. Wie hieß die Tussi noch mal? Es wollte ihm partout nicht einfallen. Aber das würde es noch. Da war er sich sicher. Dann würde man weitersehen.

Er musste telefonieren. Dringend.

DORN
Schwerin, 29. Juli 1991

Fünf Tage noch, dann würden sie endlich Urlaub haben. Daliah Dorn war bester Laune, als sie sich vor dem Supermarkt auf ihr Fahrrad schwang, wo sie fürs Wochenende eingekauft hatte. Alles fühlte sich auf einmal so leicht und unbeschwert an. Seit drei Wochen hatte ihr neues Leben eine weitere Wendung genommen. Johan Möhring war in ihr Leben getreten. Ohne jede Vorwarnung. Und für sie einigermaßen überraschend. Klar, sie hatte es darauf angelegt. Und trotzdem mochte sie es kaum glauben.

Um in der neuen Stadt unter Leute zu kommen, hatte sie sich mit Beginn der Sommersaison im Kanu-Klub am Schweriner See angemeldet. Früher war Wassersport nur ausgesuchten Kadern vorbehalten gewesen. Nun lebten alle in einer neuen Zeit und sie war Teil davon. Ein bisschen Sport würde ihr gut tun, hatte sie beschlossen. Körperlich sowieso und ein aktives Vereinsleben erst recht. Die Aussicht, ein paar neue Leute kennen zu lernen, konnte schließlich nicht schaden. Dass es dann so schnell gehen würde und so tief, hätte sie allerdings nicht zu träumen gewagt.

Möhring war Abteilungsleiter im Justizministerium. Er hatte sich im Frühjahr von Düsseldorf nach Schwerin abordnen lassen, um im Osten beim Aufbau neuer Verwaltungsstrukturen zu helfen. Das war der offizielle Grund. Wenn er ehrlich zu sich selbst war, hatte er allerdings dringend eine Luftveränderung gebraucht. Und einen Neuanfang. Seine Frau hatte sich kurz vor Weihnachten auf einem Selbstfindungs-Trip verlaufen. Dabei hatte sie die Abbiegung aus dem Yoga-Seminar in das reale Leben verpasst. Yogi Bhakti, der in Wahrheit Kullenbroich hieß, wollte sie Hingabe lehren und ihr den Weg zu ihrer eigentlichen Bestimmung weisen. Er hatte sie mit offenen Armen aufgenommen und nicht nur das. Es hatte Möhrings Frau so aus der Bahn geworfen, dass sie ihr gemeinsames Siedlerhäuschen in schöner Natur nahe eines Stausees Hals über Kopf verlassen hatte. Warum, das war ihm nie so recht klar geworden. Vielleicht war es der Sex. Vielleicht fehlte ihm selbst auch nur die Erleuchtung.

Als Möhring wieder einigermaßen klar denken konnte, hatte er jedenfalls das Haus ausgeräumt und vermietet. In Mecklenburg-Vorpommern wollte er den Neustart wagen. So wie das ganze Land. Die Nähe zur Ostsee und die vielen Seen hatten ihn immer schon gereizt. Er liebte das Wasser und wollte schon lange mal die heimischen Baggerseen mit echten Gewässern tauschen. Außerdem vertraute er darauf, dass es im realen Sozialismus einen Unvereinbarkeitsbeschluss mit Yoga gegeben hatte und er auf diesem Gebiet so kurz nach der Wende nichts zu befürchten brauchte. Da er plötzlich Single war und seine Karriere noch vor sich hatte, schien der Schritt nach Schwerin in jeder Beziehung passend.

In seiner Vita würden sich die drei Jahre dort gut machen, davon war Möhring überzeugt. Der Aufstieg vom Referats- zum Abteilungsleiter war eingepreist. Und wer wusste schon, ob sich sein SPD-Parteibuch nicht vielleicht irgendwann sogar bezahlt machen würde. Und er als Kandidat für höhere Aufgaben in Frage käme. Kurz hinter der Stadtgrenze am Schweriner Außensee hatte er ein kleines Haus gekauft, nur einen Steinwurf weg vom Wasser. Alles hatte sich gefügt. Und dann hatte er im Kanuverein auch noch

Anschluss gefunden. Viel schneller als er zu hoffen gewagt hätte. Manchmal muss man eben Glück haben.

Alles war noch frisch. Trotzdem fühlte sich Dorn sauwohl in der Beziehung und so geborgen, dass sie ihre anfängliche Scheu schnell verloren hatte. Sogar vor einem gemeinsamen Urlaub. Zum ersten Mal Ferien zu zweit. Ein paar Tage an die Müritz, dann nach Usedom und zum Abschluss eine Woche an die polnische Ostsee-Küste. Zweieinhalb Wochen mit einem Mann auf engstem Raum, das war für sie schon eine Herausforderung. Aber je näher der Tag der Abreise rückte, desto normaler kam ihr das ganze vor. Wird schon, dachte sie. Ihre Gefühle machten sie von Tag zu Tag sicherer und erleichterten das Vergessen. Die große Liebe? Das war in einem anderen Leben. Und Warnemünde war jetzt ganz weit weg.

Am Wochenende wollten sie es sich bei ihm gemütlich machen. Erst zusammen kochen und dann mal sehen, was der Abend sonst noch zu bieten hätte. Auf jeden Fall würde sie bei ihm die Nacht verbringen. Das war der Plan. Das Wetter war sommerlich schön, die Sonne puschte das Thermometer auf beachtliche 23 Grad. Ein Wein auf der Terrasse winkte, das Wochenende schien wie gemacht, nicht nur das Bett.

Dorn war in gelöster Vorfreude, als sie nach fünf Kilometern den Radweg am See verließ und in die Straße zum Haus einbog. Das verschwitzte T-Shirt klebte ihr am Leib und betonte ihre Rundungen. Männerblicke folgten ihr ungeniert. Als sie um die Ecke bog, wunderte sie sich über eine kleine Menschenansammlung vor seinem Gartentor. Sie schloss das Fahrrad am Gartenzaun an und nahm den Einkaufskorb vom Gepäckträger. Während sie sich einen Weg durch die aufgeregten Nachbarn bahnte, sah sie die Bescherung. „Stasi-Hure“ stand groß in weißer Farbe auf das graue

Garagentor geschrieben. Die Farbe war noch frisch, kleine Tropfen leckten nach unten und verzerrten den Schriftzug. Möhring stand ratlos hinter dem Gartenzaun und diskutierte mit einigen Nachbarn. „Ein schlechter Scherz. Keine Ahnung was das soll", hörte sie ihn sagen. „Habt ihr jemanden gesehen? Was für eine Schweinerei."

Sie küsste ihn auf die Wange. „Was ist denn hier los?" Aus den Augenwinkeln sah sie, dass sich die Ansammlung vor dem Zaun aufzulösen begann, nachdem sie den Garten betreten hatte. Einige Nachbarn schienen geradezu auf der Flucht. „Wir müssen dann mal", stotterte Jens, ein Polizeibeamter. Er lebte schon seit fast 20 Jahren hier unten am See und kannte Hinz und Kunz. Seine Frau hatte ihnen bereits den Rücken zugekehrt und schien damit beschäftigt, ein Blumenbeet mit besonderer Sorgfalt zu bearbeiten. Es dauerte keine zwei Minuten und sie waren mit der Bescherung allein. „Schöne Sauerei", schimpfte Möhring und begann, in der Garage nach Terpentin und alten Tüchern zu suchen. Die Farbe musste runter. Und zwar schnell.

Dorn war wie gelähmt. Mit Mühe schleppte sie sich ins Haus. Was hatte das zu bedeuten? Galt der Anschlag ihr? Und wenn ja, wer hatte es auf sie abgesehen. Ihre Gedanken rasten. Doch nicht etwa…? Sie dachte zurück an ihr Treffen mit dem Major vor einigen Wochen, das sie ziemlich aus der Bahn geworfen hatte. Eigentlich hatte sie das unter den neuen Bedingungen bereits wieder verdrängt. Aber nun? Sie ließ den Einkaufskorb unbeachtet auf dem Küchentisch stehen. Es gab jetzt Wichtigeres. Sie brauchte einen klaren Kopf. Die Beleidigung war unmissverständlich. Aber warum? Wer konnte von ihrer früheren Beziehung mit dem Wessi überhaupt wissen? Und den besonderen Umständen – Warnemünde und Rostock waren so weit weg. Funktionierten die alten Seilschaften immer noch?

Möhring kam fluchend ins Wohnzimmer. „Die Farbe hält wie die Pest. Alles weiß verschmiert. Ostqualität ist das nicht." Zumindest seinen Humor hatte er offenbar nicht völlig verloren. „Ich ruf' die Polizei und erstatte Anzeige. Wegen der Versicherung. Das Tor muss professionell gesäubert werden. Das wird teuer und dauert."

Sie überlegte, ob sie ihn vom Anruf mit guten Worten abhalten sollte. Nach dem Motto: „Das schaffen wir schon." Denn was würde die Polizei wohl noch alles zu Tage fördern, wenn sie anfing zu wühlen. Möhring war immer noch auf Hundertachtzig. „Was soll so ein Mist? Haben die hier immer noch was gegen Leute aus dem Westen?" Durchs geöffnete Fenster flogen Violinen-Klänge herein. Von der Band „City". Das Intro ihres Hits „Am Fenster". DDR reloaded. Ausgerechnet jetzt. „Einmal wissen, dies bleibt für immer." Wie passend. Er schüttelte den Kopf. Ob über den Vorfall oder das musikalische Intermezzo war für sie nicht klar zu erkennen.

Er schaute aus dem Fenster und versuchte rauszuhören, von wo die Musik rüber wehte. Nicht dass er etwas gegen laute Musik gehabt hätte. Aber musste es ausgerechnet diese alte Hymne aus dem Osten sein? Der immer ein tieferer Sinn angedichtet worden war. Jetzt auch? „Flieg ich durch die Welt...?" Schön und gut. Damals hinter der Mauer mochte das vielleicht ein Gefühl von Sehnsucht gewesen sein. Aber heute? Wer wollte das noch hören? Dann schon lieber Lindenberg. Oder sollte ihnen das Lied etwas sagen? Er wirkte immer noch nachdenklich als das Telefon ihn aus seinen Gedanken riss. „Für dich." Sie zuckte verwundert mit den Schultern, als er ihr den Hörer gab.

„Na, Schätzchen, schon vom Schrecken erholt?" Der Anrufer meldete sich nicht mit Namen und hielt sich nicht lange mit Höflichkeitsfloskeln auf. „Du drohst uns nicht ungestraft. Pass auf, dass es nicht noch schlimmer kommt." Uns? Für wen sprach der Typ? Und was sollte dieser Ton? Dorn verstand nicht. Vor allem: Wer war das? Sie kannte die Männerstimme nicht, da war sie sicher. Es klang nach einem mittelalten Mann mit leichtem Krächzen in der Stimme. Joe Cocker für Arme. „Wer sind Sie?" Ihre Verwunderung war echt. „Was wollen Sie?"

Der Anrufer auf der anderen Seite lachte. „Das möchtest du wohl gerne wissen, Schätzchen. Aber du wirst uns noch kennenlernen. Wenn du dich weiter in Dinge einmischt, die dich nichts angehen. Wir können auch anders." Wir? Schon wieder. Was sollte das denn heißen? So langsam kam ihr ein Verdacht. Sollte das tatsächlich mit ihrem Besuch bei Hilgers zu tun haben? Aber wieso konnte der noch solchen Einfluss haben? Eigentlich hatte sie ihn doch schon wieder zu den Akten gelegt. First comes first. In ihrem Leben war seitdem so viel passiert, was wichtiger war. Und vor allem schöner. Deshalb hatte sie so gut wie keinen Gedanken mehr an ihn verschwendet. Bis jetzt.

Der Anrufer redete weiter. „Lass die alten Geschichten ruhen. Das war gestern. Wen interessiert heute schon das Gestern. Dich doch auch nicht. Warum sonst hast du selbst deinen Namen geändert und dein Leben? Genossin Krieger. Du wolltest doch auch alles hinter dir lassen." Es klang wie ein Vorwurf, so wie er das sagte. „Das Rad, das du drehen willst, ist viel zu groß für dich. Und du möchtest deine neue Liebe doch nicht auch noch verlieren, oder?" Er machte eine Pause. „Schau nach vorn!" Sie schluckte schwer. „Weiß dein Neuer überhaupt von deiner Vergangenheit? Dass du deinen Liebhaber ausspioniert hast? Interessiert ihn bestimmt mächtig. Die Wessis sind ja ganz besonders gut auf ehemalige Stasi-Spitzel zu sprechen." Er ließ seine Worte wirken, damit sie ihre volle Wucht entfalten konnten. „Also halt' in

Zukunft die Füße still. Sonst bist du am Arsch. Wir haben dich im Auge." Dann wurde aufgelegt.

Möhring hatte sie das ganze Gespräch lang erstaunt angeschaut. „Was ist los? Du hast ja gar nichts mehr gesagt. Und dein Gesicht! Du solltest dich mal sehen. Wer war das? Was geht hier ab?" Er versuchte, sie in den Arm zu nehmen.

Sie schüttelte nur den Kopf. Sie musste allein sein. Sie musste nachdenken. „Jetzt nicht", stieß sie hervor, „vertrau' mir. Bitte!" Es klang fast flehentlich. Und er merkte das. Sie sah das in seinen Augen.

Sie verließ das Haus. Fast fluchtartig. Sie würde ihm alles erklären. Irgendwann. Sie musste nachdenken und sich beruhigen. Er würde verstehen. Er liebte sie doch. Alles würde gut werden. Es musste einfach!

Der See blieb glatt hinter ihr zurück.

STASI-ARCHIV
Berlin, 25. Oktober 2016

Kurz vor den Treppenstufen zum Plattenbau bekommt sie plötzlich doch kalte Füße. Jules Schritte werden langsamer. Neben einer bestimmt drei Meter hohen Bronzestatue eines Bauarbeiters bleibt sie zögernd stehen. Sie schaut seiner Hand hinterher, die sich in Richtung Alexanderplatz reckt als wollte er ihr den Weg weisen. Den Weg zurück? In ihr altes Leben? Ohne solche Probleme? Was mache ich hier? Will ich das wirklich, schießt es ihr durch den Kopf. Mit allen Konsequenzen? Seit dem Überfall unten am Hafen hat sich irgendwas in ihrem Leben verändert. Sie weiß nur noch nicht genau was. Angst hatte sie nie gekannt. Das war auf einmal anders. Spätestens seit der Attacke am Hafenrand. Sollte sie sich davon unterkriegen lassen? Das war eine Frage, die sie seitdem beschäftigt. Sie will das nicht. Aber sie merkt

auch, wie die Unsicherheit an ihr nagt. Wie sie ständig hinter sich blickt, wenn sie unterwegs ist. Oder wie sie leere und dunkle Straßen meidet. War es ihrer Mutter irgendwann genauso gegangen? Irgendjemand meinte es offenbar bitterernst. Dafür muss es doch Gründe geben?
Das war die Frage aller Fragen. In was war sie da eigentlich reingeschlittert? Und, sollte sie ihre leibliche Mutter dafür hassen? Post mortem, wie es amtlich so schön hieß. Konnte sie ihre Mutter eigentlich noch mehr hassen als ohnehin schon? Oder sollte sie ihre Mutter womöglich in einem ganz anderen Licht sehen und ihr mehr Verständnis entgegenbringen? Will ich wirklich in die Vergangenheit eintauchen? Komme was da wolle? Das Stasi-Archiv baut sich vor ihr auf, als breite es seine Arme aus, um sie zu verschlingen.

Was werden die Akten preisgeben? Jule geht vier Schritte weiter, stoppt plötzlich. Eleni tritt ihr fast in die Hacken. Jule nimmt nichts mehr um sie herum wahr. Sie schaut auf das Schild neben der Eingangstür. Auf blankem Messing steht: „Der Bundesbeauftragte für die Unterlagen des Staatssicherheitsdienstes der ehemaligen Deutschen Demokratischen Republik". Was für ein sperriges Satzungetüm. Ein bürokratischer Bandwurm, der sie zu erdrücken droht. Daneben Schwarzrotgold. Und der Bundesadler. Ein gutes Omen? Ist sie hier am Ziel? Am liebsten würde sie einfach umdrehen und abhauen.

Eleni legt den Arm um die Schultern der Freundin. „Keine Angst", sagt sie, „du bist nicht allein. Wir gehen den Weg gemeinsam." Sie dürfen der Angst nicht nachgeben, denkt Eleni. Und keiner Drohung. Nicht jetzt, wo wir so weit gegangen sind.

Jule nickt. Aber ihr Gesicht spricht Bände. „Und wenn das nun alles ganz furchtbar wird, was hier auf uns zu kommt?" So zerbrechlich hat Eleni ihre Freundin noch nie erlebt. „Dann wissen wir das", sagt Eleni. „Dann könne wir unsere Konsequenzen draus ziehen. Oder einen Schlussstrich unter die ganze Sache machen. Das tut dann vielleicht ein bisschen weh. Aber nur kurz. Aber du musst dir nie wieder einen Kopf darüber machen."

Leichter gesagt als getan. Jule schluckt schwer. Wer wusste denn schon, was die Akten zutage fördern würden. Aus einer Welt, die sie nicht kannte. Und mit der sie nie etwas zu tun haben wollte. Von der sie auch jetzt noch vielleicht lieber gar nichts wissen will. Es hat gedauert, aber endlich hatte sie alles hinter sich lassen können. Die alten Zeiten. Ihre Kindheit. Das Heim und Internat, die Frauen die sich beide Mutter nannten. Das ganze alte System.

Sie hatte nach der Wende die Geschichten gelesen, in denen Beziehungen, Ehen und Freundschaften nachträglich kaputt gingen. Die Wiedervereinigung nicht überlebten. Weil sich in den Akten die Sünden der Vergangenheit frisch gehalten hatten. Mit ewiger Haltbarkeit. Ohne Verfallsdatum. Wenn das bei ihr nun auch so war?

Oder sich kriminelle Abgründe auftaten. Mit denen sie doch gar nichts zu tun hatte. Und auch gar nichts zu tun haben wollte. Was ging es sie denn an, was damals war. Worin ein Ex ihrer Mutter verstrickt war, auch wenn es deren große Liebe gewesen sein sollte. Sie wollte dafür jedenfalls nicht zahlen müssen. „Ich habe Schiss", sagt Jule. Die Freundin drückt ihre Hand. „Komm, Augen zu und durch", sagt Eleni. „Kneifen gilt nicht."

In der Eingangshalle zeigen beide ihre Personalausweise, sie bekommen Passierscheine und werden in den Lesesaal begleitet. Ein Tisch mit der Nummer sechs ist für sie reserviert. Vorher müssen sie Tasche, Rucksack und Handy in einem Schrank einschließen. Nur den Laptop und einen Block für Aufzeichnungen dürfen sie mitnehmen. Auf ihrem Pult stapeln sich zwei hohe Berge mit Akten. Im Regal an der Wand im Fach mit der gleichen Nummer liegen weitere braungelbe und braunorange Aktendeckel. Sie verbreiten einen eigenartigen Geruch. Den Mief eines faulen Systems. Der Fisch beginnt am Kopf zu stinken, denkt sie. Aber nicht nur da. Die Belege dafür vergilben zwischen den gammeligen Aktendeckeln vor ihnen.

„Das wird dauern", sagt Eleni. „Gut, dass wir zwei Übernachtungen eingeplant haben. Wir müssen uns ein System überlegen." Die Aufseherin rollt missbilligend mit den Augen. Ruhe bitte. Geschichte ruht im Stillen. Selbst so eine.

Es hatte drei Wochen bis zu einer Antwort gedauert, nachdem die offizielle Anfrage auf Akteneinsicht von der Hamburger Staatsanwaltschaft bei der Stasi-Behörde eingegangen war. Das war noch einigermaßen zackig. Eleni hatte auf dem Dienstweg Druck gemacht. Aber die Mitarbeiter der Stasi-Behörde mussten nicht nur die Registratur in der Zentrale durchforsten, sondern auch in den Bezirksverwaltungen Rostock, Schwerin und Jena nachforschen. Das war eine Menge Papier. Sie suchen nach personenbezogenen Akten über Jules Mutter, deren damaligen West-Liebhaber und ehemaliger Freunde in Warnemünde. Jule und Eleni war inzwischen klar, dass es sich bei dem Lover aus dem Westen um den MP handeln musste. Eine andere Erklärung gab es nicht. Sie wussten nur noch nicht, wie das unter den Augen der Spitzel funktioniert haben sollte. Und wie ernsthaft das Ganze gewesen sein konnte. Einige Antworten erhoffen sie sich deshalb aus den Akten. Sicherheitshalber haben sie ihr Recherche-Netz weit ausgeworfen.

Sie suchen unter Schlagworten wie Waffenhandel oder Polittourismus. Schließlich waren beide zu DDR-Zeiten viel im Land unterwegs gewesen. Mal zusammen, mal allein. Vor allem der MP natürlich. Und längst nicht für alle seiner Touren gab es schlüssige Begründungen. Geschweige denn offizielle. Aber unter Beobachtung des Systems dürfte jede gewesen sein.

Aus Erfahrung ist davon auszugehen, dass alles von Stasi-Spitzeln minutiös erfasst und auf Papier festgehalten worden war. Viel Unsinn und Nebensächliches sicherlich, das kennt man von anderen Fällen. Aber vielleicht auch das eine oder andere, was ihnen bei der Aufklärung möglicherweise helfen könnte. Wenn es denn die Akten noch gibt. Viele Vorgänge sind in den Wende-Tagen noch schnell ganz oder teilweise vernichtet worden. Die Aktenstapel auf ihrem Tisch lassen allerdings den Schluss zu, dass jede Menge Papier überlebt hat.

Sie sortieren die Akten und fangen an zu lesen. Jede von ihnen hat einen Stapel vor sich. An Nachbartischen sitzen Studenten, die offenbar für wissenschaftliche Forschungsarbeiten recherchieren. Und einige ältere Männer. Spurensuche. Jeder auf einer eigenen Fährte. Niemand kümmert sich um die beiden jungen Frauen. Die Luft ist stickig. Irgendwann werden sie frische Luft brauchen. So viel ist schon mal klar.

Sie blättern und lesen, graben sich durch Berichte und Maßnahmepläne. Greifen zu neuen Pappdeckeln. Durch wie viele Hände die wohl schon gegangen sein müssen. Was für Schicksale sich wohl dahinter verbergen? Die Akten sehen angegrabbelt und speckig aus. Jule schiebt eine rüber zu Eleni und zeigt auf eine leicht verblichene gelbliche Seite. Die Schrift der Schreibmaschine hat bereits kräftig an Farbe verloren. Nicht mal die wird das System lange überdauern. „Beobachtungsbericht" steht oben drüber, Absender: Bezirksverwaltung Rostock, Hauptabteilung XVIII. Es geht um einen Besuch des westdeutschen Politikers in einem Hotel in Warnemünde, Sommer 1987. „Objekt befindet sich in Begleitung einer weiblichen Person. IM „Sucher" bekommt Auftrag, die Begleitperson zu identifizieren."

Was hat das zu bedeuten? Konnte das ihre Mutter sein? Jule merkt wie sie schweißnasse Hände kriegt. Nähert sie sich langsam dem Ziel? Endlich Klarheit? Gemeinsam mit Eleni scrollt sie mit den Augen im Text weiter nach unten. Zeile für Zeile. Absatz für Absatz. Auf der Suche nach Antworten zwischen all dem Textmüll. Aber sie finden keine. Zumindest nicht in dieser Akte. So wichtig war die Begleiterin dann wohl doch nicht. Jedenfalls nicht für die staatlichen Aufpasser. Oder hatten die einfach nichts finden können?

Nächste Mappe. Sie lesen weiter. Berichte, immer neue Berichte. Observationsberichte, Lageberichte, Treffberichte, Beobachtungsberichte. Im berichten waren sie groß. Kein Schritt, auf dem der Polit-Gast von drüben unbeobachtet blieb. Restaurantbesuch in Greifswald. Mit Verwandten. Eigentlich unverdächtig. „Objekt ‚Förde' versucht zu weiteren ihm offenbar von früher bekannten Personen im Speisesaal Kontakt aufzunehmen." Aha. Ein Major zeichnete für die wichtige Information verantwortlich. Es findet sich aber kein Hinweis, ob das gelungen ist oder nicht. Stattdessen gibt es eine Zwischenüberschrift: „Besondere Vorkommnisse".

Eleni zeigt mit dem Finger auf den Absatz und grinst.

„Objekt spricht Gaststättenleiter an und will wissen, was das Abzeichen an seiner Jacke mit den zwei Händen zu bedeuten hat. Der Genosse antwortet ruhig, dass es sich um das Parteiabzeichen der SED handele. ‚Objekt' bemerkt zynisch, ob das bedeute, dass hier eine Hand die andere wasche. Und lacht provozierend. Der Genosse Betriebsleiter bleibt ruhig."

Ende der Beobachtung.

Jule schaut Eleni an. Wer will denn so was wissen? Ihre Freundin scheint Ähnliches zu denken. Sie zuckt mit den Schultern. „Was soll denn der Scheiß", flüstert Jule ihr zu. „Wen interessiert der Mist?" Sie weiß nicht, ob sie lachen oder verzweifeln soll. Die Aufseherin im Lesesaal macht ein vorwurfsvolles Gesicht. Ruhe bitte, ist schon klar, Jule schiebt die Akte genervt beiseite und greift zur nächsten. Wenn das alles ist, was es hier zu entdecken gibt, dann gute Nacht. Wenn es noch zusätzlicher Erklärungen für den Zusammenbruch des Systems bedurft hätte, hier lagen sie. Sorgsam verpackt zwischen muffigen Aktendeckeln.

DORN
Jena, 12. September 1991

Optisch hatte sich kaum etwas verändert. Von grauen Hauswänden blätterte der Putz in dicken Placken. Viele Fensterrahmen wirkten brüchig und porös, so dass man zum Lüften gar nicht erst Fenster zu öffnen brauchte. Zwischen schiefen Gehwegplatten auf den Fußwegen waren Bodenlöcher und Stolperfallen mit billigem Asphalt-Ersatz ausgegossen worden, dessen Halbwertzeit die Lebensdauer des Systems sogar noch unterbot. Jedenfalls standen da seit Tagen Pfützen vom letzten Schauer. Daliah Dorn lief Slalom zwischen den Wasserlöchern, um ihre Schuhe zu schützen und sich keinen Nassen zu holen. Sie war auf dem Weg zu Professor Enrico Krassnitzer, mit dem sie sich am Telefon verabredet hatte.

Sie hatte einige Wochen gebraucht und war ihr Leben noch einmal durchgegangen. Dann war ihre Entscheidung klar. Sie musste sich der Vergangenheit stellen. Zumindest zum Teil. Soweit sie und der MP davon betroffen waren. Kopf in den Sand würde ihr nicht helfen. Vergangenheitsbewältigung sah anders aus. Deswegen hatte sie sich auf den Weg nach Jena gemacht.

Dorn ließ sich Zeit, um den Sound der Innenstadt im Wendezeitalter aufzunehmen. Sie ging am Rathaus vorbei und am Roten Turm. Erreichte irgendwann das berüchtigte Hörsaalgebäude, das nach einem jungen oppositionellen Studenten benannt worden war. Die Stasi hatte ihn Anfang der Achtziger in den Selbstmord getrieben. Deutsche Geschichte war auf einmal wieder zum Greifen nah. Geschichte, die grau war wie das Stadtbild. Trotz oder wegen der vielen Opfer? Ein makabres Gedankenspiel. Bitter schoss ihr die Erkenntnis durch den Kopf. Wie viele blutige Schicksale diese grauen Mauern erlebt haben mussten. Und noch immer als ihr Geheimnis verbargen. Das Grau überdeckte alles. Nur die Fußballer des Oberligisten Carl-Zeiss brachten etwas Farbe in die Stadt. Blau-Gelb. Ausgerechnet. Die Farben der Freien Deutschen Jugend.

Sie kam zum verabredeten Treffpunkt. Die alte Schankstube war wohl nur Einheimischen bekannt. So heruntergekommen sah die von außen aus. Von allein wäre sie da nie gestrandet. Der Professor hatte den Vorschlag gemacht. Und sie hatte kurzerhand zugestimmt. Froh, dass er überhaupt bereit war sie zu treffen. Da wollte sie keine unnötigen Probleme schaffen. Dorn war auf seinen Namen gestoßen, als sie aufgeräumt und Sachen für den Umzug zusammengepackt hatte. Ein vergilbter Zeitungsartikel berichtete von einem Besuch des MP an der Spitze einer kleinen westdeutschen Delegation an der Uni. Sie hatte dem bislang keine Aufmerksamkeit geschenkt. In einem Nebensatz wurden die ostdeutschen Gesprächspartner aufgezählt. Sonst erfuhr man nichts. So sah sozialistischer Journalismus damals aus.

Der Physiker war lange Jahre einer der wichtigen Forscher in der Sektion für Physik und Technologieentwicklung gewesen. Als Reisekader war er mit Erlaubnis von ganz Oben oft unterwegs im Nichtsozialistischen Westen. Im NSW – so sagte man damals im Osten. Sie hatte geschmunzelt, als sie in dem Vermerk auf das typisch ostdeutsche Kürzel stieß. Sein guter Ruf hatte schon damals über den Eisernen Vorhang hinausgereicht. In die große freie Wissenschaftswelt. Dass er wie die meisten seiner Professorenkollegen allerstrengster Geheimhaltung unterlag und sich deshalb als wichtiger inoffizieller Mitarbeiter der Stasi verpflichtet hatte, als besonders eingestufter „Gesellschaftlicher Mitarbeiter“, konnten die Gesprächspartner im Westen ja nicht ahnen.

Krassnitzer war vor allem an der Erforschung neuer Laser-Technologien beteiligt, die für die Entwicklung neuer strategischer Waffensysteme des Warschauer Paktes im Weltraum besonders wichtig waren. Nach offizieller Lesart natürlich nur zur Abwehr von Bedrohungen des sozialistischen Lagers. Und als Antwort auf das amerikanische SDI-Programm. Zur Sicherung des Friedens. Natürlich. Wie sich die Begründungen doch glichen. Aber auch dabei war der Westen dem Sozialismus offenbar einige Schritte voraus gewesen.

Nach der Wende hatte es nicht lange gedauert, bis er zusammen mit vielen anderen Wissenschaftlern an der Universität wegen seiner Stasi-Verstrickungen den Lehrstuhl räumen musste. Niemand glaubte ihm, als er öffentlich um Nachsicht und Verständnis buhlte. Er habe der Stasi nie wissentlich über Kollegen berichtet und niemanden verraten. Das hatte er in einer ganz persönlichen Erklärung beteuert. Er sei vom MfS zur Mitarbeit gezwungen worden. Andernfalls hätte er seine Forschung nicht weiterführen können. Abnehmen wollte ihm kaum jemand diese Version. Viel zu viele Spitzel hatten während der Wende und kurz danach auf einmal ihr Gewissen entdeckt und sich vom System missbraucht gefühlt. Jeder log sich aus der Realität, so gut er konnte. Auch das war inzwischen schon fast wieder Geschichte. Jetzt versuchte Krassnitzer seine Verbindungen als Wirtschaftsberater beim Aufbau Ost zu nutzen. Ob er dazu auch auf alte Seilschaften baute, konnte sie nur mutmaßen. Aber mit der Frage wollte sie sich nicht aufhalten, solange er ihr wenigstens Antworten auf ihre Fragen geben würde.

In der Gaststätte erwartete sie ein sympathischer Mann um die Fünfzig mit grauem Haar und silbergrauem Kinnbart. Der Physiker hatte sich in einer ruhigen Ecke vor einer holzvertäfelten Wand einen Tisch gesichert. Vor ihm stand ein frisch gezapftes großes Bier. Er schien mit sich und der Welt im Reinen und das bevorstehende Gespräch bereitete ihm erkennbar keinerlei Unbehagen. „So war das damals halt", sagte er, als Dorn auch ein Bier vor sich hatte. „Wenn man als Wissenschaftler halbwegs seine Ruhe haben wollte, musste man auch Auftragsforschung erledigen. Und dem System zu Willen sein. Ohne Wenn und Aber. Freie Wissenschaft und Ethik waren hehre Grundsätze, solange sie den Zielen des Sozialismus dienten. Und die wurden von oben diktiert." Nach höherer Einsicht hörte sich das nicht gerade an. Aber auch nicht nach Verbitterung.

Der Nachmittag war weit fortgeschritten und sie entschieden sich für eine thüringische Brotzeit mit kräftiger Rot- und Leberwurst, Schmalzfleisch und Käse. Dazu ein paar Essiggurken und grobes Graubrot. „Der Wessi war bestimmt drei Mal zu Gesprächen an der Uni", sagte er. „Erst war er nur irgendein hohes Tier für uns. Dann war klar, dass er der MP von drüben war.

Sie horchte auf. Es begann spannend zu werden. „Was war seine Rolle? Hat er konkret über irgendwas verhandelt?" Krassnitzer zuckte mit den Schultern. „Keine Ahnung. Mit uns jedenfalls nicht. Wir waren auf der Suche nach einem völlig neuen Wellenreiter-Laser. Um ihn nachzubauen und damit Laser-Kanonen für den Weltraum zu entwickeln. Um es mal etwas unwissenschaftlich zu formulieren. Darum ging es. Er war vom ZK der Partei avisiert worden, wir waren zum offenen Austausch verdonnert. Dass hat man uns von Oben sogar schriftlich gegeben."

„Mehr nicht?" Achselzucken. „Das muss Ihnen doch merkwürdig vorgekommen sein. Ein Forschungsprojekt unter strengster Geheimhaltung! Dann auf einmal totale Offenheit. Ausgerechnet gegenüber dem Klassenfeind. Das passte doch nicht zusammen." Aus ihren Worten war das Unverständnis deutlich rauszuhören.

Der Wissenschaftler ließ sich davon nicht im mindesten beeindrucken. „Wir hatten uns doch längst abgewöhnt etwas merkwürdig zu finden. Wir waren froh, wenn wir möglichst unbehelligt unserer Forschung nachgehen konnten. Und folgten den Anweisungen. Wenn's irgend ging. Mehr schlecht als recht." Er hielt kurz inne und überlegte. Es schien, als wäre ihm etwas in den Sinn gekommen, worüber er kurz nachdenken musste. „Was?" Sie hatte sein Zögern bemerkt und setzte sofort nach.

„Naja, irgendwann bekamen wir auf einmal den Laser, auf den wir so dringend und schon so lange warteten. Es war wie ein Wunder. Das muss so '87 gewesen sein." Er grübelte und wirkte nachdenklich. Sollte er tatsächlich erst jetzt Gedanken darüber verschwenden, welchen Absender die hochsensible Warenlieferung hatte? Sie mochte das nicht glauben.

„Woher kam das Ding? So etwas fällt doch im Kalten Krieg nicht einfach vom Himmel." Sie legte das Besteck beiseite. Zum Essen war jetzt keine Zeit. „So naiv kann doch niemand gewesen sein." Krassnitzer grinste schief. „Sie haben doch keine Ahnung, wie das damals war. Wer zu viel fragte, bekam ein Problem. Also fragte man nicht. Stellte sich lieber unwissend. Nichts sehen. Nichts hören. Nichts fragen. Wir hatten den Laser und gut war's." Er sagte das ohne Verbitterung oder Groll. Er schien tatsächlich mit der Vergangenheit abgeschlossen zu haben. Auch seiner. Er wollte sie nicht überzeugen. Nichts erklären. Sich nicht herausreden. Er war bereit Fragen zu beantworten. Nach bestem Wissen. Mehr nicht. Wohl deswegen hörte er sich auch nicht sauer an.

„Auf den Papieren standen als Absender ein westdeutscher Konzern, der für optische Instrumente weltbekannt war, und ein Schweizer Ableger. Tochter- oder Schwestergesellschaft. Keine Ahnung wie die genauen Gesellschaftsverhältnisse waren." Er hatte sich vor ihrem Treffen Gedanken gemacht, das war erkennbar. Er wusste, was sie interessieren würde. Und wollte helfen. „Ob es ein Direktimport war oder über irgendwelche Zweit- oder Drittländer? Ich hatte keinen blassen Schimmer. Ehrlich nicht." Er sah sie an. „War uns aber auch egal. Wir hatten das Ding. Das allein zählte."

Sie aßen einen Moment lang schweigend. Bis die Teller leer waren. Sie musste nachdenken. „Und der MP?"

„Gute Frage, nächste Frage. Im Ernst: Auch da, keinen Schimmer. Ich jedenfalls habe ihn später nie wieder getroffen oder etwas von ihm gehört. Zumindest nicht bei uns an der Uni oder in der Sektion. Die Medien im Westen waren dann irgendwann voll von ihm. Das haben sogar wir hier bei uns im Tal der Ahnungslosen mitgekriegt. Aber irgendeine Rolle muss er gespielt haben. Als Vermittler oder so. Warum sonst hatten ihm die Unseren den roten Teppich ausgerollt? Anders ist das alles nicht zu erklären." Er hatte gesagt, was er wusste, das war ihm anzusehen. Er hatte alles auf den Tisch gepackt, was er konnte. Mehr war nicht zu holen. Vielleicht war das seine Art der Wiedergutmachung. Er hatte mit der Vergangenheit abge-schlossen und wollte einen Strich drunter machen.

Sie bedankte sich mit einem Schnaps. Zu mehr wollte er sich nicht einladen lassen. Auf dem Rückweg ging sie die Informationen noch einmal in Gedanken durch. Sie war so abgelenkt, dass sie kurz vorm Saale-Ufer einem Auto direkt vor den Kühler lief. Glücklicherweise war der Fahrer nicht so neben der Spur.

Im Hotel schrieb sie auf, was sie nach dem Gespräch beschäftigte. Der MP hatte an hochsensiblen Gesprächen über die Erforschung neuer Waffensysteme teilgenommen. So viel stand fest. Im Ost-West-Verhältnis war das für sich eigentlich schon ungewöhnlich. Warum hätte es das Jahre lange Wettrüsten zwischen den Blöcken sonst gegeben. Dann kamen die ostdeutschen Nachbarn auf einmal wie von Geisterhand an modernste Laser-Hochtechnologie aus dem Westen, die strikten Exportbeschränkungen unterlag. Das konnte doch kein Zufall sein. Und ebenso wenig das Ergebnis irgendwelcher privater Geschäftemacherei.

„So ein Ding konnte doch nicht irgendjemand besorgen und liefern“, sagte sie zu sich selbst. Sie war sich oft selbst der beste Gesprächspartner. Eine Eigenart, die sie immer häufiger an sich entdeckte. „So habe ich wenigstens einen intelligenten Gesprächspartner“, hatte sie mal einem Freund erklärt, der sie dabei überraschte. Dann aber ernsthaft nachgeschoben: „Das hilft bei der Konzentration.“ Und vielleicht war es wirklich so. Lautes Denken als Gedächtnisstütze oder Analyse-Hilfe. Oder wurde sie einfach nur alt oder schratig? Oder gar beides?

Am nächsten Morgen hatte sie fast fertig gepackt als das Telefon auf ihrem Zimmer klingelte. Am anderen Ende war

Krassnitzer. Sie konnte ihre Überraschung am Telefon kaum unterdrücken. Es war doch alles gesagt. „Sie?“ Mehr brachte sie nicht heraus.

Er druckste verlegen herum. Der Krassnitzer am Telefon war ein anderer als der am Abend zuvor. „Ich hatte ungebetenen Besuch. Jedenfalls telefonisch. Ich wurde dringend gewarnt mit Ihnen zu reden. Über Sachen von früher.“ Sie fühlte sich wie im schlechten Film. „Echt jetzt?“ Wie konnte das sein? „Woher wusste Ihr Gesprächspartner denn von unserem Treffen? Und vor allem: Wer war das?“

„Von mir nicht. Ich weiß es nicht.“ Der Professor räusperte sich. Irgendwas war ihm auf die Stimme geschlagen. „Ich habe mit niemandem über unsere Verabredung gesprochen. Ehrlich, nicht einmal aus Vorsicht. Sondern einfach so. Aber sie wussten davon.“

Sie? Wieso sprach er auf einmal in der Mehrzahl. Dorn konnte sich keinen Reim darauf machen. Er sprach weiter, als hätte er die Frage vorausgeahnt. „Er hat keinen Namen genannt. Die Stimme sagte mir nichts. Aber er sprach nicht für sich persönlich. Sie warnten mich dringend vor weiteren Kontakten mit Ihnen. Immer im Plural. Sonst würden die für nichts garantieren. Ich kapiere gar nichts. Aber man muss so was ernstnehmen. Es gibt so viele Gerüchte über alte Seilschaften.“

Er machte eine Pause. „Ich denke, die wissen, was sie tun. Und was sie erreichen wollen. Passen Sie also auf sich auf. Egal was Sie vorhaben. Vielleicht werden Sie beobachtet. Mich brauchen Sie ja nicht mehr.“

STASI-ARCHIV
Berlin, 26. Oktober 2016

Zweiter Tag. Selber Raum. Gleicher Mief. Und immer neue Berge von Stasi-Akten. Jule ist genervt. Was soll das eigentlich bringen? Sich durch den Bodensatz längst vergangener Tage und Sünden zu wühlen. So viele Banalitäten. So viel unnützes Zeug. Abgeheftet zwischen stummen Pappdeckeln. Kein Wunder, dass sich das System an seinem eigenen Mist verschluckt hat. Zwischen Anspruch und Wirklichkeit irgendwann unheilbar erkrankt. Der Virus hieß Ideologie. Seine Nebenwirkungen waren Kontrolle und Bespitzelung, je nach Sichtweise. Genützt hat beides nicht. Außer denen vielleicht, die so zumindest eine Zeitlang einen sicheren Arbeitsplatz hatten.

So langsam reicht es ihr. Kaum sind die Aktenberge abgearbeitet, bringt irgendein Hiwi neue Ordner rein. Jule schaut zu Eleni rüber, die sich nichts anmerken lässt. Harte Schule. Konzentriert ist ihre Freundin über einen Observationsbericht gebeugt. Wieder mal. Ob sie wohl diesmal etwas entdeckt hat? Jule glaubt nicht mehr so recht daran. Und an einen Durchbruch schon mal gar nicht.

Pünktlich, als das Stasi-Archiv seine Pforten öffnete, waren die Freundinnen wieder da gewesen. Sie warteten praktisch schon vor der Glastür. Zwei Lesetage waren angesetzt. Die wollten genutzt sein. Neue Aktenstapel warteten auf sie. Also wieder von vorn: Einchecken, Perso vorzeigen, Passierschein in Empfang nehmen, Taschen verschließen, im Lesesaal Platz nehmen. Mund halten. Wat mutt, dat mutt.

Das ist schon wieder über zwei Stunden her und der Aktenmief vernebelt ihr langsam die Sinne. Sie weiß nicht, was schlimmer ist: Der Gestank der speckigen Pappdeckel nach altem Schweiß. Oder der Mief, der aus allen Poren der Überwachungsmaschinerie trieft. Sie will raus, zumindest für eine Mittagspause. Wenn sie rauchen würde, bräuchte sie jetzt eine Zigarette. Und zwar dringend. Aber die Zeiten sind lange vorbei. Vielleicht hilft ja auch ein bisschen frische Luft. Sie schaut rüber zu Eleni, die in ihre Akte vertieft ist. „Was iss'?", wispert sie. „Hast du was?" Eleni hält den Zeigefinger vor die Lippen. Sie lässt sich nicht ablenken, schaut nicht mal hoch. Muss ja echt spannend sein. Jule steht auf und verlässt den Saal. Kurz mal zur Toilette. Beine vertreten. Vielleicht lenkt das ja ein bisschen ab. Jede Unterbrechung hilft.

Sie lässt sich Zeit. Als sie das Besucher-WC wieder verlässt und im Flur um die Ecke biegt, rattert der Kopierer im Raum neben dem Lesesaal. Eleni steht dort mit einer Mitarbeiterin des Archivs. Die lichtet Seite um Seite ab. Mindestens zwei Dutzend. Sie sind mit gelben Zetteln markiert. Jule nimmt das unterste Blatt aus dem Fach und liest: „Verpflichtungserklärung". Sie überfliegt den üblichen Text. „...verpflichtet sich dem Wohl der DDR zu dienen...." und so weiter.

Jule nimmt das nächste Blatt aus dem Kopierer und wird blass. Muss sich erst mal setzen. Ein Major Hilgers hat eine auf drei Seiten angelegte Einschätzung über eine Inoffizielle Mitarbeiterin zu Papier gebracht. Die junge Frau war mit einem Klassenfeind aus der BRD ein „Techtelmechtel" eingegangen. So stand es da. Und zwar „aus freien Stücken". Er ein hoher Politiker. Später hatte sie Berichte über ihn liefern müssen. Deckname „Chantal". Jule schaut ihre Freundin an. „Nein", sagt sie, „das kann doch nicht sein. Das darf nicht sein."

Eleni beruhigt sie. „Du bleibst hier sitzen. Wir sind fast durch. Ich schaue schnell noch den Rest an. Danach können wir in Ruhe reden und nachdenken." Sie parkt ihre Freundin im Besucherzimmer, holt ihr einen starken Kaffee aus dem Automaten und einen Schoko-Riegel für den Zuckerspiegel. Als sie fast 45 Minuten später mit Laptop und einem Stapel Kopien unter dem Arm zurück ist, wirkt Jule deutlich gefasster.

„Ich hatte neulich schon so ein komisches Gefühl", fängt Jule an, „aber so muss es sein, es kann gar nicht anders sein." Die beiden Frauen sitzen direkt gegenüber in einem Wirtshaus. Japanische und koreanische Touristen werden an Nachbartischen von sächselnden Männern in Lederhosen bedient. Die Musik ist zu laut, die Stimmung in dem ungemütlichen Schuppen zu feucht und die Haxen auf den Tellern sind zu groß. Mein Gott, denkt Eleni, wenn die das bloß nicht für typisch deutsch halten.

Sie hatten Glück und einen Platz in der Ecke gefunden, etwas abseits von dem Trubel. Das Bier ist groß und süffig. Das können sie jetzt wirklich gebrauchen. „Meine Mutter", sagt Jule nur, „meine Mutter". Sie stiert in ihren Maßkrug. Eleni lässt ihr Zeit. Sie ahnt, was kommt, aber sie will ihre Freundin nicht drängen. Die braucht die Zeit.

„Ich kenne sie ja nur als Daliah Dorn. Oder Krieger. Aus Papieren. Oder Erzählungen." Sie trinkt und überlegt. „Wirklich kennengelernt habe ich sie ja erst, als ich etwa Sechs war. Und dann in echt auch nur für vier, fünf Jahre. Dann kam das Internat. Und für uns die Trennung." Sie schaut aus dem Fenster auf die breite Autostraße Richtung Alexanderplatz. Sie ist ganz weit weg. Eleni fasst ihre Hände. „Lass' dir Zeit", sagt sie. Und streicht ihr durchs Haar.

„Aber es gab ja ein Leben vor mir." Es ist, als hätte Jule die Worte ihrer Freundin gar nicht gehört. „Ich weiß so gut wie nichts davon. Ich erinnere mich einfach nicht. Außer an einen Namen. Chantal. Der ist wie eingebrannt. Keine Ahnung warum." Jule nimmt einen großen Schluck. Der Leberkäse auf dem Teller vor ihr ist längst kalt. „Ich war doch noch so klein." Sie schiebt das Essen beiseite. „Da war ein Mann. Die große Liebe. Sie hat fast nie davon erzählt. Angeblich von drüben. Mein Vater? Keine Ahnung. Der große Unbekannte und Chantal? Ich habe keine Erinnerung an ihn. Geheiratet hat meine Mutter jedenfalls irgendwann einen ganz anderen, auch wenn das nur kurz hielt. Von dem ist nicht viel geblieben. Außer ein neuer Name. Dorn. Nichts davon hat mit mir zu tun."

Sie schlägt sich mit der Hand vor die Stirn als könnte das die Erinnerung befördern. „Bei mir ist da nichts. Einfach nichts. Ich erinnere das nur von Erzählungen meiner Eltern. Also, meiner Pflege-Eltern. Die haben darüber irgendwann mal gesprochen. In einem schwachen Moment. Krieger. Dorn. Was war mein echter Geburtsname? Was nur ein Deckname? Keine Ahnung. Sie waren kurz da. Und schnell wieder weg. Das war's auch schon." Jule redet wie zu sich selbst. „Sie haben nie wieder darüber geredet. Wollten nicht raus mit der Sprache. Ich war Jule Hansen. Basta. Meine leibliche Mutter war kein Thema mehr. Auf Fragen bekam ich keine Antwort. Alte Papiere habe ich nie gesehen. Verschwunden. Angeblich. In den Wirren der Wende. Wer's glaubt. Meine leibliche Mutter war einfach tabu. Vielleicht musste es so sein. Von oben angeordnet, was weiß ich. Irgendwann habe ich aufgehört zu fragen. Und mich selbst an den Namen Hansen gewöhnt."

Eleni drängt sie zu nichts. „Die Zeit später war für mich wie eine Parallelwelt. Auf einmal kam dann diese andere Frau, die sich meine Mutter nannte. Die echte. Andere Wohnung. Andere Gegend. Anderer Name. Dorn. Aber nicht für mich. Jule schüttelt den Kopf, als wundert sie sich noch immer. „Ich kannte die doch gar nicht. Was wollte die auf einmal von mir? Wir hatten uns nichts zu sagen. Das Internat war dann für mich wie eine Befreiung."

Jule ist mit ihrer Geschichte am Ende. Mehr kommt da nicht. Eleni spürt das. Es hat ihre Freundin alle Kraft gekostet. Sie trinken ihr Bier und hängen ihren Gedanken nach. Macht Sinn, denkt die Staatsanwältin. Die junge DDR-Braut und der West-Politiker. Da kam zusammen, was nicht zusammen gehörte. Zumindest nach offizieller Lesart des Ostens. Aber das System hatte sich das zunutze gemacht. So lange es ging. Als der Wessi von der Bildfläche verschwand, hatte die junge Mutter ihr Glück woanders gesucht. Immer wieder. Vergeblich. Auch in der Beziehung zur eigenen Tochter.

Jule schaut sie an, als könnte sie Gedanken lesen. „So muss es gewesen sein. Es kann gar nicht anders sein. Es passt einfach zu gut." Sie zahlen und verlassen fluchtartig das Brauhaus. Sie hatten die Uhr völlig aus den Augen verloren und müssen zusehen, dass sie ihren Zug am Hauptbahnhof noch schaffen. Auf dem S-Bahnsteig am Alexanderplatz nimmt Eleni ihre Freundin in den Arm. „Alles wird gut, Süße", sagt sie. „Und die Bahn hat sowieso Verspätung." Sie küsst ihre Freundin und nimmt sie liebevoll in den Arm. Die Familie neben ihnen schaut die Freundinnen empört an. Der Vater dreht den Kopf seiner kleinen Tochter zur Seite. „Das ist nichts für dich. Schau mal, dahinten."

DIE HANSENS
Bad Segeberg, 22. August 1994

Wie sich im Leben doch alles wiederholte. Daliah Dorn hatte ein wahres Déjà-vu. Die Bilder liefen ab wie damals. Wieder schrie und heulte ihre Tochter. Die Kleine zappelte wie verrückt und wehrte sich gegen das, was da unaufhaltsam auf sie zu kam. Mit jeder Pore ihres kleinen Körpers. Nur war sie es diesmal, gegen die sich alle Energie der Kleinen richtete. Nicht gegen einen Feind von außen. Und die Kleine war gar nicht mehr so klein. Ein echtes Schulmädchen schon. Sie wusste ziemlich gut, was sie wollte. Und vor allem: was nicht. Und zu der Frau, die sich plötzlich völlig unerklärlicherweise auch noch ihre Mutter nannte, wollte sie auf gar keinen Fall. Da half auch kein gutes Zureden. Von niemandem.

Sie standen im Wohnzimmer von Elke und Joachim Hansen in Bad Segeberg. Das Treffen war lange vorbereitet. Die Sozialarbeiterin des Kreisjugendamtes hatte mehrfach mit allen Beteiligten gesprochen. Erst in Einzelgesprächen. Danach hatte es mehrere Vorbereitungstreffen gegeben. Getrennt und gemeinsam. Nun also standen sie hier, zwischen eleganten Couchmöbeln von namenlosen Designern und einem großzügigen Essplatz in skandinavischer Art. Und alle studierte Pädagogik und Psychologie ging in der Stunde der Bewährung den Bach runter. Wie ein bemanntes Fass in einem tosenden Wasserfall.

An den Hansens lag es nicht. Sie waren redliche Leute. Elke Hansen unterrichtete an einer Grundschule Deutsch, Heimat- und Sachkunde sowie Kunst. Sie war bei ihren Schülern und Schülerinnen überaus beliebt und hatte sich im Kollegium einen hoch respektierten Platz erobert. Seit sie mit ihrem Mann von Wismar in die Jagdgründe von

Winnetou umgesiedelt war, hatte sie binnen kürzester Zeit schon so manche pädagogische Herausforderung gemeistert. Und zwar mit großem Erfolg. Zum Beispiel bei der Inklusion. Bereits im dritten Jahr unterrichtete sie behinderte und nichtbehinderte Kinder gemeinsam. 16 normale Grundschüler, was auch immer „normal" bedeutete. Dazu kamen ein Mädchen mit Down Syndrom, ein Rollstuhlfahrer mit schwerer Spastik sowie ein Schüler, der schwerhörig und fast erblindet war. Eine Klasse in dieser Zusammensetzung war längst nicht selbstverständlich in deutschen Schulen. Und im Osten hatte Elke Hansen davon noch nie was gehört. Aber in ihrer neuen Heimat wollten immer mehr Eltern ihre Kinder gemeinsam lernen und aufwachsen sehen. So waren ihre Kinder das aus den Wohnvierteln und Kitas gewohnt. Warum sollte es in der Schule anders sein?

Ihr Mann Joachim Hansen war Lektor in einem Hamburger Buchverlag, in dem er vor allem jungen deutschen Autoren auf die Füße half. Das Gute an dem Job war, dass er sich nicht jeden Tag durch Megastaus über die Autobahn oder auf Schleichwegen an die Alster quälen musste, sondern ein- bis zweimal die Woche zu Hause arbeiten konnte. Auf seinem Schreibtisch im Dachgeschoss ihres Hauses nicht weit weg vom Kalkberg, wo im Sommer Winnetou und Old Shatterhand gegen das Böse kämpften, stapelten sich die Manuskripte von echten Literaturhoffnungen oder solchen, die es gern sein wollten. Und warteten auf ihre kluge Bearbeitung. Oder auf Ablehnung.

Die Hansens hatten sich bald nach der Wende aus Wismar fortgemacht. In Elkes alter Schule galoppierte der Wechsel in die neue Zeit wie eine Schnecke. Viele der ehemals 150prozentigen Mitläufer im sozialistischen Lehrerkollektiv hatten plötzlich ihre eigene Meinung wiederentdeckt. Sie stellten auf einmal Alles und Jedes infrage und kamen vor lauter Bedenkenträgerei kaum noch zu einem geordneten Unterricht. Was Kinder und gutwillige Pädagogen an der Schule gleichermaßen nervte. Elke hatte die Überprüfung durch die neue Schulaufsicht problemlos überstanden. Mit Partei und System hatte sie nie etwas am Hut gehabt. Mit der neuen Freiheit im Dagegensein allerdings auch nicht.

Joachim war nach der Wende schnell arbeitslos geworden, was nicht an ihm lag. Sein Arbeitgeber, der VEB Kunstdruck in Wismar, wurde ruckzuck abgewickelt, nachdem kein Investor aufzutreiben gewesen war. Mit Huldigungen an linientreue sozialistische Kunst und zeitgenössische Freikörperkultur, dem Lieblingssport vieler Ostdeutscher, war von einen Tag auf den anderen keine Mark mehr zu verdienen. Jedenfalls keine West-Mark. Als ihre Tochter in den Kindergarten kommen sollte, war es für beide genau der richtige Zeitpunkt für eine Luftveränderung.

In Segeberg war Elke Hansen eine Planstelle in Aussicht gestellt worden, zunächst auf Probe und dann fest. Das war ein guter Grundstein für einen radikalen Neuanfang. Die zuständigen Jugendämter mussten zwar ihre Zustimmung geben, weil sie die Pflegetochter der Hansens in guter Obhut wissen wollten. Aber auch das war am Ende nur eine Formalie. Das Kind fühlte sich geborgen und aufgehoben bei seinen Pflegeeltern. Die Erinnerung an die leibliche Mutter war wie ausgelöscht.

Und auch Joachim Hansen hatte Glück. Er brauchte weniger als ein halbes Jahr, bis er einen neuen Arbeitsplatz gefunden hatte. Der Hamburger Verlag gehörte zwar nicht zu den ersten Adressen der Branche, aber das Verlagsprogramm war durchaus ambitioniert und einige seiner Nachwuchsautoren hatten sich dank eines guten Lektorats tatsächlich in die Bestsellerlisten schreiben können. Zwar nur auf hintere Plätze, aber immerhin.

Die Welt der Hansens war eigentlich in Ordnung, bis plötzlich und unerwartet das Kreisjugendamt bei ihnen anklopfte. „Jules Mutter hat sich gemeldet und möchte, dass ihre Tochter zu ihr zurückkommt", sagte die Sozialpädagogin des Amtes am Telefon. „Wir müssen sprechen."

Die Nachricht traf die Hansens wie ein Schock. Natürlich hatte es dieses Risiko all die Jahre gegeben. Schließlich waren sie ja nur Pflegeeltern. Aber das war doch reine Theorie. Richtig damit gerechnet, dass es irgendwann mal so kommen konnte, hatten sie eigentlich nie. Wer konnte schon ahnen, dass tatsächlich so schnell das ganze System kollabieren würde. Nun drohte ihre heile Welt zusammenzubrechen. Die Hansens konnten keine eigenen Kinder bekommen. Warum nicht, darauf konnte ihnen keiner der vielen Ärzte, die sie aufgesucht hatten, eine schlüssige Antwort geben. Am Ende zählte nur das Ergebnis: Es klappte einfach nicht. Elke wurde ums Verrecken nicht schwanger.

Umso glücklicher waren sie gewesen, als sich noch kurz vor der Wende der Jugendhilfeausschuss Rostock bei ihnen gemeldet hatte. Endlich waren sie eine richtige Familie. Was das für Jules leibliche Eltern bedeutete, darüber hatten sie ehrlicherweise nie richtig nachgedacht. Sie hatten sich einfach über ihren Familienzuwachs gefreut. Und die Eingewöhnungszeit der Kleinen war überraschend kurz und unproblematisch gewesen. Seitdem waren sie Mama und Papa. Und glücklich. Über ihre wahre Herkunft hatten sie mit der Kleinen nie geredet. Unmittelbar nach der Wende, vor ihrem gemeinsamen ersten Urlaub in Spanien, hatten sie in Rostock einen Kinderausweis auf den Namen Jule Hansen ausstellen lassen. Niemand hatte in dem Durcheinander großartig Fragen gestellt. Dabei war es geblieben.

Nach dem ersten Anruf des zuständigen und inzwischen wiedervereinigten Jugendamtes, in dem nun ein paar Wessis das Sagen hatten, war für Elke und Joachim Hansen eine Welt zusammengebrochen. Niemand konnte sie trösten. Und viel schlimmer war: Das hatte auch niemand vor. Schon mal gar nicht die Schreibtischtäter der Behörde. Die Sozialpädagogin des Kreises war zu ihnen nach Hause gekommen. Um in Ruhe zu reden. So sagte sie beim ersten Mal. Doch die Hansens wussten, dass das nicht die reine Wahrheit war. Und das es nicht bei diesem Gespräch bleiben würde.

„Man kann sie uns doch nicht einfach wegnehmen", hatte Elke Hansen gesagt. „Das kann man doch nicht machen", meinte ihr Mann, „einfach so."

„Nach all den Jahren. Nie hat sich diese Frau gekümmert", sagte Elke Hansen. „Sie gehört zu uns", ergänzte ihr Mann.

Sie hatten auf der Terrasse gesessen, auf dem Tisch vor ihnen standen Kaffee und ein paar Stücke Kuchen. Doch der Kaffee war kalt geworden. Ein Muffin hatte sich nach einem Bissen schnell wieder auf dem Teller von Joachim Hansen zur Ruhe gelegt. Elke Hansen hatte nichts angerührt. Aus sicherer Entfernung im Garten beobachtete die Kleine das Drama. Es schien als spürte sie, dass mit den Erwachsenen irgendwas nicht stimmte.

„Geht denn das so einfach, nach fast vier Jahren?", fragte Joachim Hansen. „Noch dazu jetzt, wenige Tage nach der Einschulung. Hier hat sie doch ihre Freunde."

„Hätte man nicht vorher mit uns reden müssen", sagte Elke. „Und vielleicht auch mal die Kleine fragen", sagte Joachim. „Die weiß schon sehr genau, was sie will und wo sie hingehört", sagte Elke.

Die Sozialpädagogin hatte geduldig zugehört. Kaum etwas gesagt. Sie konnte sich gut vorstellen, was in den Pflegeeltern vorging. Sie kannte solche schwierigen Situationen.

Erst mal mussten sich Trauer und Schrecken eine Bahn suchen. Dann würden sie immer noch nicht verstehen. Aber es war leichter zu akzeptieren. „Sie haben eine Pflegschaft übernommen. Sie wussten, worauf Sie sich einlassen", sagte die Beamtin schließlich so behutsam wie möglich.

„Einen Scheiß wussten wir!" Plötzlich und unvermittelt war es aus Joachim Hansen herausgebrochen. „Sie ist unsere Tochter. Sie gehört hier hin und nirgendwo anders. Und ihr schaut einfach so zu. Wir werden das nicht hinnehmen!" Hansens Wut drehte eine Pirouette auf der Terrasse, bevor sie der Frau vom Amt vor die Füße klatschte. Roh und ungezügelt. Die Sozialpädagogin ließ sie liegen und kümmerte sich nicht darum. Sie wusste, wie es tief drinnen bei den Hansens aussah. Hier ging es um Gefühle und Emotionen. Da halfen keine guten Worte. Und Paragraphen schon gar nicht. Aber es ließ sich nicht ändern. „So etwas passiert nicht oft, aber es passiert. Es tut mir leid für Sie. Wir können vielleicht noch etwas auf Zeit spielen, aber mehr auch nicht. Wir können nichts machen."

„Und wir, können wir was dagegen unternehmen?". Elke Hansen versuchte, wieder etwas Boden unter die Füße zu bekommen. „Wir können doch nicht einfach so tatenlos zusehen, wie man uns unser Kind wegnimmt." Sie schaute die Frau von der Jugendbehörde mit großen Augen an. Helfen Sie uns, flehten die. Mach was. Steh da nicht einfach so rum. Aber die hatte nur mit den Schultern gezuckt. „Sie können Widerspruch einlegen. Aber der Antrag von Jules Mutter ist ordnungsgemäß gestellt und geprüft worden. Sie ist immerhin die leibliche Mutter. Und die Rechtslage von damals ist sowieso Makulatur. Wir reden schließlich nicht von Maßnahmen in einem Rechtsstaat. Wir als Jugendbehörde haben keine Möglichkeit gesehen, ihn abzulehnen. Und der Jugendrichter am Amtsgericht hat der Entscheidung zugestimmt. Es geht immer und zu allererst um das Wohl des Kindes. Groß sind Ihre Chancen vermutlich nicht. Aber ich verstehe, wenn Sie kämpfen wollen."

Ein halbes Jahr war das Gespräch jetzt her. Ohne Erfolg. Die Hansens hatten wirklich alles versucht. Einen erfahrenen Anwalt eingeschaltet. Bei Gericht vorgesprochen. Überlegt, die Medien einzuschalten. Aber ein Rest Vernunft hatte sie davon abgehalten. Das Kindeswohl sollte an oberster Stelle stehen. Auch wenn es für sie schwer werden würde. Die Kleine hatte es schon schwer genug. Ausgerechnet jetzt, wo die Schule einen völlig neuen Lebensabschnitt für sie markierte.

Nun stand die fremde Frau also vor ihnen. Daliah Dorn. Die Jules Mutter sein wollte. Und zurück verlangte, was man ihr damals widerrechtlich genommen hatte. So sagte sie jedenfalls. Und die Behörden glaubten ihr. Die Hansens fühlten sich hilflos. Eigentlich waren alle Beteiligten hilflos. Überfordert mit der ganzen Situation. Die Wortlosigkeit zwischen ihnen schrie um Hilfe. Aber es gab keine.

Die Kleine reckte die Hände nach den Hansens. Flehentlich. Sie verstand nichts. Wie denn auch? Sie kannte es doch nicht anders. Doch die Hansens durften sie nicht greifen. Diese kleinen Hände. Immer noch so zerbrechlich. Und erst recht ihre Seele. Sie hörten das Jammern und Flehen, bis sie im Auto des Sozialen Dienstes verschwunden war.

Die Sozialpädagogin sagte nicht mal tschüs.

Elke Hansen taumelte. Sie hatte noch den Schulrucksack der Kleinen in der Hand, den sie ihr mitgeben wollte. Aber dann ging alles so schnell. Der Boden unter ihr ging kapeister. Ihr Mann konnte sie gerade noch auffangen und stützen, bevor sie der Länge nach vor den Esstisch geknallt wäre. Schlimmer, dachte er, schlimmer war es in DDR-Tagen auch nicht.

GIANNIS
Hamburg, 27. Oktober 2016

„Muss ich mir Sorgen machen?“ Seine ersten Worte lassen nichts Gutes erahnen. Kein Kuss, kein: „Guten Morgen“ als Eleni noch ziemlich verschlafen im Flur auftaucht. Giannis war früh aus dem Bett gekrochen. Ohne eine Berührung. Ohne ein Wort. Er schmollt, da gibt es keinen Zweifel. Sein Gesicht spricht Bände. Er lehnt am Türrahmen zur Küche und guckt. Einfach so. Oder nein: Nicht einfach so: beleidigt! Neudeutsch: betroffen! Kein Grinsen um die Mundwinkel, kein flotter Spruch auf den Lippen. Ganz anders als sonst. Irgendwas is'.. Eleni versteht nur Bahnhof.

„Häh, was stimmt denn mit dir heute nicht?“ Sie lässt seine Betroffenheit einfach an der Garderobe hängen. Und ihn im Flur stehen. So was braucht sie am frühen Morgen gar nicht. Nur mit Slip und leichtem Top bekleidet, steuert sie vom Schlafzimmer ohne Umweg ins Bad. Ein Anblick, den er sich normalerweise nicht ohne eine Regung entgehen lassen würde. Im letzten Moment überlegt sie es sich anders und biegt doch erst mal zur Kaffeemaschine ab. Man muss Prioritäten setzen können.

Die letzten Tage waren anstrengend gewesen. Akten, immer neue Akten. Stundenlang hatte sie sich durch Muff und Banalitäten gewühlt, in einem schlecht belüfteten Raum. Sie hatte viel gegrübelt, war spät ins Bett. Wenig Schlaf und schlecht noch dazu. In einem ungemütlichen Hotel. Dann mit der Bahn zurück. Letzter Zug, der Lumpensammler aus Berlin. Ersatzzug, der ICE war ausgefallen. Was auch sonst? Und natürlich zu spät. Technische Störung. Die Bundesbahn ließ grüßen. Die Reservierungen galten nicht. Im allgemeinen Gedrängel hatten sie nur einen Platz in einem vollen Abteil erwischt. Durchgesessene Polster, der Service schlecht, welche Überraschung. Die Luft schlecht, die Klimaanlage war defekt. „Sänk yu for trävelling." Dauernd klingelten irgendwelche Handys. Die Stimmung war mehr als schlecht.

Sie hat für das Adjektiv „schlecht" echt keine Verwendung mehr. Für schlechte Laune schon mal gar nicht. Sie braucht Kaffee. Sonst nichts. Im Moment jedenfalls. Giannis hat für sie keinen gemacht. War ja klar. Bei seiner Laune.

„Gestern stand ein Kerl vor der Tür, der zu dir wollte. Nur zu dir. Warum wollte er nicht sagen. Rückte nicht mit der Sprache raus." Sie schaut ihn an. Es spricht! Dazu dieser Ton. Er mault mit jedem Wort. Giannis ist ihr in die Küche gefolgt, wo sie mit dem Po am Kühlschrank lehnt und die Augen verdreht. Guten Morgen mein Schatz, denkt sie, hast du auch schlecht geschlafen? Was für eine Frage.

„Ein bisschen alt für dich. Aber sonst ganz guter Typ. Hab' ich irgendwas verpasst?" Er schaut sie an. Erwartet er tatsächlich eine Antwort. Das ist ihr echt zu blöd. Eleni ist müde und genervt. Ist er tatsächlich eifersüchtig? Schon nach so wenigen Monaten? Haben die Flugzeuge im Bauch bei ihm so früh zur Landung angesetzt? Um sie mit diesem Beziehungsscheiß zu konfrontieren? So früh am Morgen. Und überhaupt. Es ist doch alles noch so frisch zwischen ihnen. Macht er Witze? Sie lacht. Sie zwingt sich dazu. „Du bist doch nicht im ernst eifersüchtig? Du doch nicht."

„Ich mache keine Witze."

„Echt jetzt? Willst du vielleicht mein Handy kontrollieren?" Sie wird langsam ärgerlich. Und knallt es demonstrativ auf die Arbeitsplatte in der Küche. Sie hat gerade ganz andere Sorgen, als sich vor ihrem Liebhaber zu verteidigen, der ohne jeden Grund auf der Palme sitzt. Ganz oben. Sie kapiert gar nichts mehr, merkt aber, wie sie langsam wütend wird. Sie stellt erst mal den Kaffeebecher in die Spüle. Ruhig bleiben, ermahnt sie sich. „Wann war das denn?"

„Vor vier Tagen.“ Eleni stöhnt laut auf. „Und warum kommst du erst jetzt damit. Und sagst vorher nichts?“

„Vielleicht, weil du kaum noch zu Hause bist? Und schon gar nicht zum Reden? Erst Überstunden im Gericht. Dann vom Büro aus direkt nach Berlin. Gleich für zweieinhalb Tage. Gestern spät zurück und ohne ein Wort ins Bett. Aber für Jule hattest du ja Zeit. Und für wen noch? Muss ich was wissen?“

„Du hast Fußball geguckt. Und ich war müde.“ Das fängt ja super an, denkt sie. Ist es etwa doch sein südländisches Blut, was ihm grad die Sinne vernebelt? „Hat der Typ wenigstens einen Namen genannt?“

„Nein, ginge mich nichts an, hat er gesagt. Guter Freund wollte der mit mir nicht werden. Hat wohl seine Gründe. Hat sich wortlos vom Acker gemacht.“

Was soll das? Eleni überlegt. Niemand kennt ihre Adresse. Noch nie hat jemand unangemeldet vor ihrer Tür gestanden. Was hat das zu bedeuten? Auf jeden Fall kein Grund, um Stress zu machen. Sie wischt den Tisch ab und geht danach auf Giannis zu. Sie nimmt sein Gesicht zwischen beide Hände, schaut ihm lange und tief in die Augen. „Echt jetzt?“ Sie küsst ihn, mindestens ebenso lange. Immerhin spürt sie seine Zunge. Alles wird gut. „Sind alle Griechen so?“ fragt sie. „Ich bin kein Grieche.“ Er grinst. „Nur im Bett.“ Er grinst breiter. Endlich. Giannis ist wieder zurück. Der echte. Ihr Giannis. Ihrem Klaps kann er gerade so ausweichen.

„Im Ernst: Ich habe keine Ahnung.“ Eleni denkt nach. Ein Kollege? Aber warum schreibt der ihr nicht einfach eine Mail oder ruft an. Ihre Nummer war kein Geheimnis. Zumindest nicht im Büro. Ein Informant? Aber woher sollte der ihre Privatadresse kennen? Solche Leute liefen üblicherweise im Büro auf oder im Callcenter des Gerichts.

Eine Telefonzentrale gab es dort schon lange nicht mehr.

Die war vor langer Zeit outgesourct worden, wie das neudeutsch hieß. Praktisch bedeutete das nichts anderes, als dass die Servicekräfte für ungebetene Anfragen von einer privaten Personalagentur gestellt wurden. Bei weniger Lohn und schlechteren Sozialleistungen. Überall in der öffentlichen Verwaltung der Stadt war es zu diesen so genannten Umstrukturierungen gekommen, die nichts anderes als Sparmaßnahmen auf dem Rücken der Beschäftigten waren. Aber Hauptsache der Finanzsenator konnte sich über die Schwarze Null in seinem Haushaltsentwurf freuen. Dabei war er die Null, allerdings eine rote. Politisch gesehen.

Giannis unterbricht ihre abschweifenden Gedanken. „Wart' mal. Irgendwas von Journalist hat er vor sich hin gesabbelt. Jetzt fällt's mir wieder ein. Seit wann quatscht du denn mit Presseheinis?" Eleni kommt plötzlich eine Idee. „Relativ groß, nicht ganz schlank, längere Haare nach hinten gekämmt? Fünf-Tage-Bart?" Giannis nickt. „So ungefähr. Für mein Gefühl ein Tick übergewichtig." Eleni grinst ihn an. „Aber selbstbewusst und durchaus attraktiv? Eigentlich genau mein Beuteschema?" Bevor ihr Liebhaber darauf reagieren kann, ergänzt sie lieber: „Passt aber auch auf überhebliche Journalisten. Ich habe da so eine Ahnung."

Sie greift zum Handy und legt es gleich wieder zur Seite. Aber woher sollte Lundberg ihre Nummer haben? Und was wollte er jetzt auf einmal, was er nicht hätte bei ihrem Besuch sagen können? Konnte es etwas Wichtiges sein? Das ihre Nachforschungen voran bringen könnte. Sie muss ihn anrufen. Bevor er sich es anders überlegt. Aber erst mal will sie duschen.

Sie lässt Giannis stehen und geht ins Bad. Sie lässt Slip und Top fallen und die Tür zum Bad halb offen. Vielleicht will ja noch jemand duschen, wer weiß das schon. Sie lächelte bei dem Gedanken daran und stellt die Dusche an.

III

DORN
Bad Doberan, 23. Juni 1998

Daliah Dorn war mächtig gespannt auf ihre neue Aufgabe. Und stolz wie Oskar. Als Quoten-Frau aus dem Osten die Bauleitung für ein so ambitioniertes Ferienprojekt an der Ostsee aufs Auge gedrückt zu bekommen, das schon Schlagzeilen machte, bevor es überhaupt den ersten Spatenstich gab – das war durchaus nicht selbstverständlich. Und mehr als sie sich gleich zu Beginn bei ihrem neuen Arbeitgeber auszumalen gewagt hatte. Im Geiste sah sie sich schon beim Richtfest posieren. Die Augen der Reporter auf sich gerichtet. Man muss auch mal Glück haben, dachte sie.

„Sie machen das schon." Ihr Geschäftsführer hatte das wie selbstverständlich gesagt. Und dann mit süffisantem Grinsen hinterher geschoben: „Sie kennen ja Land und Leute. Und die Macken der Ossis so gut wie kaum jemand sonst." Was für ein Klappskalli. Aber egal, sie hatte den Auftrag. Und er vertraute ihr. Das allein zählte.

Ihr Chef kam aus Hamburg und war sonst eigentlich gar nicht so verkehrt. Er hatte das Ingenieur- und Architekturbüro komplett umgekrempelt und mit vielen guten Ideen zu einer respektablen Größe am Ost-Markt geführt. Das war jetzt schon einige Jahre her, aber die alten Bilder und Vorurteile liefen bei ihm offenbar in einer Endlos-Schleife. Für einen Moment hatte sie überlegt, ihm für diese Bemerkung einen mitzugeben. Aber was hätte das bringen sollen. Die gegenseitigen Vorurteile zwischen West und Ost und zurück hatten die Mauer längst noch nicht überwunden. Das nervte tierisch und war manchmal kaum auszuhalten. Ein bisschen Contra hätte da eigentlich nicht schaden können. Aber sollte ausgerechnet sie jetzt gegenüber dem Chef den Lauten machen? Und damit womöglich alles aufs Spiel setzen?

Jetzt wo sie endlich auf Augenhöhe angekommen war. Ihren ersten Großauftrag vor der Brust? Das war ihre berufliche Chance. Endlich war sie mal dran. Mit womöglich ganz neuen Perspektiven. Immerhin winkten beim Aufbau Ost noch etliche Herausforderungen und Möglichkeiten.

Sie sagte nichts. Fresse halten war jahrzehntelang ihre größte Tugend gewesen. Sie hatte das kapiert und geradezu verinnerlicht: Nur dann aus der Deckung kommen, wenn es sich wirklich lohnt. Ihre Mutter, die aus Magdeburg stammte, hatte es viel drastischer formuliert. „Wenn Scheiße die Elbe runtertreibt, bloß nicht danach greifen, sondern erst mal gucken, ob sie vorbei treibt." In der DDR hatte sie es lange treiben lassen. Und war oft nicht schlecht damit gefahren. Warum sollte das jetzt anders sein. Wo sie endlich mal am Zug war. Jetzt wollte sie die Welle surfen und erst recht nicht gegen den Strom schwimmen. Bloß nicht nass werden.

Sie war auf dem Weg nach Wischhagen am Ostseestrand und ließ Rostock weit rechts liegen. Wie leicht wäre es gewesen, mal wieder auf einen kurzen Abstecher abzubiegen. Zurück zu den Wurzeln. Ihren Wurzeln. Eine Prise Erinnerung nehmen. Lang war's her. Aber wem sollte das helfen? Als sie die Heimat verließ, war das wie kalter Entzug gewesen. Schluss mit dem Trip und kein Blick zurück. Nicht auf ihre Jugend und das Studium, nicht auf die Eltern und ihre ersten tastenden Flirtversuche. Und schon gar nicht auf ihre große Liebe. Auch wenn's weh' tat. Warnemünde und Rostock waren keine Option mehr. Nicht in diesem Leben. Alles war besser. Sie nahm die Ausfahrt Richtung Bad Doberan und versuchte die Erinnerungen beiseite zu schieben.

Ihr Ziel war eine verfallene Bettenburg gleich hinter den Dünen. Früher war das mal ein imposantes Ferienheim der Einheitsgewerkschaft gewesen. Über 600 verdiente Genossen konnten im „Blinkfüer" zur gleichen Zeit Urlaub machen. Blick aufs Meer mit direktem Zugang zum Strand. Allerdings am Wachturm der Volkspolizei vorbei. Von wegen Fluchtgefahr. Das war sozialistischer Alltag. Zum Ausgleich gab es ein kleines Schwimmbecken direkt neben dem Speisesaal. Das ließ das schwache sozialistische Herz höher schlagen. Man gönnte sich ja sonst nix. Darüberhinaus war in Wischhagen nicht viel los gewesen. Der Seeweg runter zu den Dünen war praktisch die einzige größere Straße, zu beiden Seiten ein paar triste Häuschen, die nach Farbe lechzten. Am Strand zwei Kioske. An denen musste man vorbei, wenn man zum Campingplatz am Nacktbadestrand wollte. Sonst gab es ja nicht so viel zu sehen. Aber bei den Grenztruppen war der Posten beliebt. Nicht nur wegen der Natur. Bis auf die Nacktcamper hatte sich nach der Wende kaum was verändert.

Als die Ostgewerkschaft baden ging, ging auch das „Blinkfüer" unter. Ein paar Investoren aus dem Westen zeigten noch Interesse. Die Lage war top. Für die Immobilie hätte es an der Lübecker oder Hohwachter Bucht nie eine Baugenehmigung gegeben: Mitten im Naturschutzgebiet, wo sich Weißstorch und Feldlerche gute Nacht sagten. Aber in Zeiten des Aufbruchs Ost ging fast alles. Nur die Preisvorstellungen der Treuhand und der Gemeinde waren deutlich überzogen, zumal sie addiert werden mussten. Und dann war da noch der immense Sanierungsaufwand für den runtergerockten Plattenbau. Der war mit den Jahren immer größer geworden. Irgendwann interessierte sich niemand mehr für das Objekt. Bis auf einmal die „HBT Halbo Bau Tech" vor der Tür stand. Die Erlöser!

Das Konsortium war von einer alten politischen Blockflöte aus Rostock gegründet worden. Vor der Wende hatte er als Vertreter seiner Partei im Bezirk gesessen, die stolz das Attribut „christlich“ im Namen trug. Ihre Nächstenliebe beschränkte sich allerdings darauf, den SED-Genossen linientreu den Rücken freizuhalten. Im Jugendausschuss saß er als gutes Gewissen. Zumindest nach außen hin. Seine politische Verlässlichkeit hatte ihm den Weg zu allen möglichen Posten und Positionen frei gemacht. Eine hatte ihn in den Vorstand eines Baukombinats geführt und auch in die Leitung der Im- und Exportgesellschaft, die offiziell das Waffenlager Kavelstorf betrieb. Nach der Wende hatte Kristian Halborg schnell für neue Schlagzeilen gesorgt. Zusammen mit einem zwielichtigen Hamburger Geschäftsmann und besten Kontakten von früher schlängelte er seine neugegründete „Halbo Bau Tech“ durch die verschlungenen Wege der neuen Administration direkt in die Vorzimmer der Treuhand. Zumal er auch zu wichtigen ehemaligen Stasi-Größen, inzwischen angeblich schwer geläutert, einen guten Draht hatte. Etliche von denen hatten es geschafft, unter öffentlichen Scheinwerfern einen Platz im Schatten zu finden und sich in die neuen Stadt- oder Kreisverwaltungen rüber zu retten.

Geldgeber im Hintergrund der HBT war eine Fondsgesellschaft auf den Jersey Inseln mit zweifelhaftem Ruf. Das war noch eine wohlwollende Umschreibung. Woher die ihr Geld hatte, war zumindest undurchsichtig. Aber wen interessierte das schon. Offiziell lagen zwei Drittel der Gesellschaftsanteile bei einer Stiftung zur Förderung von Kultur und Sozialem Wandel in ehemaligen DDR-Gebieten. Wer dahinter steckte, war unklar. Gerüchte über großangelegte Geldwäsche alter DDR-Vermögen durch ehemalige Genossen hielten sich hartnäckig. Sie boten Stoff für zahllose skandalumwitterte Magazinbeiträge. Aber konkret beweisen ließ sich nichts. Na denn.

Die „Halbo Bau Tech“ schaffte es jedenfalls, schnell allen Leuten in der Gegend gehörig den Kopf zu verdrehen. Bei den einen verbreitete sie Goldgräberstimmung. Bei anderen Angst vor bleibenden Umweltschäden. Dorn hatte von der HBT vorher noch nie gehört, bis ihr die Bauleitung zugewiesen worden war. Wer wollte da schon lange nachfragen. „Brauchen wir dafür nicht eine Umweltverträglichkeitsprüfung", hatte sie am Telefon gefragt, nachdem sie die Pläne auf dem Tisch hatte. Sie hatte schnell gelernt.

„Eine was?" Der Halbo-Bevollmächtigte schien sprachlos. Mindestens verwundert. „Wir brauchen Arbeit und eine Zukunft. Darum geht's doch."

So konnte man das sehen. Vor allem wenn man im alten System groß geworden war. Dorn hatte da trotz ihrer Abstammung Zweifel. Aber sie dachte an ihre Mutter und an treibendes Elbwasser. Und hielt besser den Mund. Sie wollte sich erst mal einen Überblick verschaffen. Geplant war eine Art Lego-Land für Fischköppe: mit einem künstlichen Binnenhafen für etwa 500 Motorjachten und Segelboote. Dass dafür der Dünengürtel durchstochen werden musste, störte offenbar nicht. Die Planer fanden, das wäre eine Nebensächlichkeit. Zwei Hotels und ein Reha-Zentrum für Sport-Opfer sollten zusätzlich entstehen. Bescheidenheit war nicht die Sache des Baukonsortiums. „Klein und einfach können alle", hatte Kristian Halborg sie wissen lassen. Als sie im Vorbeifahren einen roten tiefergelegten Sportflitzer mit dem springenden Pferd auf der Kühlerhaube vor der Garage seines Hauses in Wischhagen stehen sah, bekam sie einen Eindruck davon, was er wohl meinte.

Das Dorfparlament hatte die Pläne am Ende durchgewinkt. Einen ordentlichen Anteil daran hatte Halborg. Er hatte seine persönliche Wende von der Blockflöte in der CDU-Ost zu den Christdemokraten-West in atemberaubender Geschmeidigkeit hingelegt. Er stammte aus der Gegend und führte in seiner Partei bereits wieder das große Wort. Aus alt mach neu. Wer wollte da widersprechen. Auch seine Frau war in in der Gegend fest verwurzelt. Im wahrsten Sinne des Wortes. Alle möglichen Äcker und Wiesen gehörten ihrer Familie. Sie hatte die wie auch immer vor der Enteignung durch sozialistische LPGs retten können. Dafür waren sie zu DDR-Zeiten praktisch nutzlos gewesen. Das hatte sich von Grund auf geändert? Wer wollte ihr das verdenken. Wenn alles klappte.

Dem Bürgermeister vom Neuen Forum, das eigentlich mit den Grünen hielt, ging es schließlich ähnlich. Und einigen anderen Bauern auch. Ihr nutzloses Land war auf einmal zu wertvollem Baugrund geworden. Der Bürgermeister hatte sich wohl deshalb auch nur kurz der ökologischen Verzweiflung über den Raubbau an der Natur hingegeben. Dann aber schnell und tatkräftig dafür geworben, die Baupläne mit Erschließungsanträgen zügig auf den Weg zu bringen.

„Kann man nichts machen", hatte der Dorfbürgermeister zu Dorn gesagt. Nach einem belastbaren Argument hörte sich das nicht gerade an. „Man darf sich Realitäten nicht verweigern. Den Fortschritt in seinem Lauf halten weder Ochs noch Esel auf." Kam ihr irgendwie bekannt vor. Aber sie verkniff sich einen Kommentar.

Tatsächlich glaubte der wohl, dass die Gegend nicht noch mehr Videoläden und Autohäuser brauchte. Sondern etwas Großes. Was keine ganz schlechte Einsicht war. Die Ich-AGs waren zwar noch nicht erfunden. Aber viele Ostler gebärdeten sich so, als wenn der kapitalistische Fortschritt vor allem aus kleinen Video-Shops für Sex-Filmchen, Händlern mit gebrauchten BMWs und fahrbaren Broiler-Stationen für antibiotische Grillhähnchen bestand.

Dorn fuhr die Seestraße runter bis kurz vor den Strand und bog zum „Blinkfüer" ab. Den Dienstwagen hatte ihr das

Ingenieurbüro zur Verfügung gestellt. Und sie fühlte sich wie die Königin von Deutschland. Ohne Land vielleicht. Aber wen störte das schon. Die Hotelruine sah nicht gerade einladend aus. Der Sicherheitszaun war längst in seine Einzelteile zerlegt, die Terrasse mit Scherben übersäht. Die Fenster gähnten wie leere Augenhöhlen zum Meer rüber. Kein einziges Stück Glas steckte noch in den Fensterfugen.

Der schmutzig graue Beton war mit Graffiti und Scheißhausparolen beschmiert, die Wände mit Farbklecksen übersät. Hier waren die Schwerter nicht zu Pflugscharen, sondern zu Farbbomben geworden. Rot und Gelb lagen klar vorn. Ein paar Teenies machten sich auf alten Bonanza-Rädern aus dem Staub, als sie sich durch Pfützen einen Weg bahnte, dass es nur so spritzte. Sie hielt, wo früher mal ein Schlagbaum den Eingang gesichert haben musste, und passte auf, dass sie sich im Matsch keine nassen Füße holte.

Kurz nach ihr fuhr sich ein großer Benz auf der Wiese neben dem Matschweg fest. Der Fahrer der Protzkarre hatte dem Boden zu viel vertraut wie früher wohl auch dem System. Er war mit Schmackes im Modder gelandet. Das Grün obendrauf war nur matschige Tarnung. Als der Fahrer mit steifen Beinen aus dem Wagen stieg, verschlug es ihr die Sprache. Den Leiter des ehemaligen Kreisjugendausschusses und damals engen Kumpel von Stasi-Major Hilgers hatte sie nun wirklich nicht erwartet. Nicht jetzt und nicht hier. Er war es also, der die Christdemokraten im Osten an die Macht bringen wollte. Oder sollte. Je nach Sichtweise. Fett schwimmt oben, egal in welchem System, dachte sie, sagte aber nichts.

„Schön Sie zu sehen." Halborg hatte sein Politiker-Gesicht angeknipst. „Schauen Sie sich unser Baby genau an." Er machte eine Pause und breitete die Arme aus. Dabei drehte er sich wie auf einer Bühne vor großem Publikum.

Und klopfte liebevoll auf das Autodach, als tätschelte er einen Hund. Wie viele von diesen Karren der Typ wohl hat, fragte sich Dorn. Bis zu einer Antwort kam sie nicht. „Hier entsteht die Zukunft." Sein Gesicht grinste entzückt. „Und Sie sind ein Teil davon."

Er berauscht sich an sich selbst, dachte sie. Und er glaubt an den Mist, den er anderen zum Fressen vorwirft. Gestern Sozialismus, heute Kapitalismus. Ohne Umsteigen. Direkt über Los. Ziehe 4.000 Mark ein. Zum ersten Mal bekam sie einen Eindruck davon, was unter dem Begriff Wendehälse wohl zu verstehen war.

„Dann lassen Sie mal sehen." Dorn tauschte ihre Pumps gegen Gummistiefel und stopfte die Hose hinein, um Kollateralschäden zu vermeiden. Während er ratlos auf seine Schuhe starrte. „Die haben ihre Zukunft eh hinter sich", sagte sie und zeigte auf die Schlammränder. Er heulte fast. Budapester, fast neu. Na ja, neuwertig. Aber handgenäht. Ein Vermögen wert. Man musste manchmal Opfer bringen.

Dorn ging voraus. Er erkannte sie nicht wieder, dachte sie. Wie auch. Sie war für ihn nur eine Aktennotiz gewesen. Ein Kind mehr oder weniger, das er durch seine Entscheidungen Eltern entrissen hatte, was kümmerte ihn das schon. Wie war er nur an seine neue Rolle gekommen? Nur mal kurz die Klamotten gewendet? Sie dachte jedenfalls nicht daran, ihm auf die Sprünge zu helfen. Der Zeitpunkt dafür würde kommen, so oder so. Vorher gab es einiges zu klären. Wie er denn so schnell zu seinem Kapital gekommen war zum Beispiel. Welches Netzwerk ihn trug, wenn er als Gesellschafter des Baukonsortiums den großen Macker spielte. Und wie er seine Vergangenheit so geräuschlos entsorgen konnte. Inklusive der langen Sündenkartei.

Sie musste sich zwingen, sich auf das Bauprojekt zu konzentrieren. Sie stieg im Betongerippe bis ins zweite Stockwerk auf. „Nie wieder Faschismus“ war da an eine Wand gesprüht. „Nie wieder Diktatur“ an eine andere. Gleiche Farbe, selber Autor? Die Ruine würde das Geheimnis wohl mit ins Grab nehmen. Irgendwo weiter unten keuchte der selbsternannte Baulöwe. Wahrscheinlich hatte er in dem Dreck Angst um seine Klamotten.

Sie hatte ihn längst aus dem Auge verloren, als sie im Obergeschoss über Schutt und Geröll stieg und die verwundete Seefront abschritt. Was für ein Ausblick. Freie Sicht fast bis nach Schweden. Davor Naturdünen und feiner Sandstrand. Direkt aus dem Hotelgarten zu erreichen. Wenn alles in neuem Glanz erstrahlte. Irgendwo weit unten hörte sie ihn rumoren. Er hatte genug mit sich selbst zu tun. Und war ihr nicht bis nach oben gefolgt. Ihm war die Sicht egal. Sein Interesse galt anderen Aspekten.

Konnte so einer tatsächlich so ein Leuchtturm-Projekt stemmen? Einer, für den Opportunismus zugleich Lebensmotto und Überzeugung war. Der nicht rechts und links guckte. Dem Menschen egal waren. Der Macht und Einfluss über alles stellte. Solange es genug für ihn abwarf. Das würde Fragen aufwerfen. Nicht nur bei ihr. Und die Antworten würden ganz sicher nicht zu aller Zufriedenheit ausfallen. Nicht bei einem wie ihm.

Da war sie sich auf einmal sicher. So was von.

DORN
Wischhagen, 4. August 1998

Wie oft sollte sie ihr Leben eigentlich noch neu beginnen? Oder besser gesagt: beginnen müssen? Lag es wirklich alles an ihr oder war die Welt so schlecht? Daliah Dorn wusste darauf keine Antwort. Und sie hatte fast keine Kraft mehr, wirklich danach zu suchen. Sie brauchte ihre ganze Power, um die aktuellen Herausforderungen zu meistern. Und davon gab es reichlich. Nicht nur beruflich. Sie musste irgendwie über die Runden kommen. Und zwar allein. Mal wieder. Schicksal war ein schlechter Witz.

Sie saß auf einem Klappstuhl im Gras des Deiches vor ihrem großen Projekt oder genauer: dem was davon übrig geblieben war. Auf dem Papier gab es das noch immer: Zeichnungen und Kartierungen für etwas ganz Großes, das hier für die Region entstehen sollte. Irgendwann mal. Die Zeitungen hatten darüber berichtet, die Landesregierung war interessiert. Die halbe Küste redete von Wischhagen und dem Freizeitpark. Sogar das Fernsehen war schon da gewesen. Hatte sie interviewt und sie bei der Arbeit gefilmt.

Einen großen Wurf nannte man das wohl in der Branche. Zumindest wenn man Anträge und Baupläne zugrunde legte. Aber das war inzwischen fast sechs Wochen her. Und von der Euphorie war nicht mehr viel übrig. Es fehlte an Geld und Genehmigungen für die Machbarkeitsstudie. Junge Bürokraten aus dem Westen waren in die Amtsverwaltung eingerückt und hatten alte Fragen neu poliert. Die neuen Herren kannten keine Eile. Ohne Machbarkeitsstudie gab es keine Bewilligungen für den ersten Bauabschnitt. Ohne den wiederum waren keine neuen Investoren zu begeistern. Und davon brauchten sie noch einige.

Halborg ließ sich inzwischen immer seltener sehen. Einen Versuch hatte sie noch. „Sehen Sie zu, dass wir vom Land endlich ein Okay kriegen, sonst geht hier alles den Bach runter“, hatte er beim letzten Mal gesagt. „Die können per Dekret doch die mittlere Genehmigungsbehörde übergehen. Sie müssen nur wollen.“ So richtig daran geglaubt hatte er schon da wohl nicht mehr. Von seiner Begeisterung war jedenfalls nur noch wenig zu spüren. Wie man hörte, hatte er bereits die Finger längst nach einem neuen Projekt ausgestreckt. Irgendwas mit Abfallentsorgung. In der Nähe der ehemaligen innerdeutschen Grenze. Sollte viel Geld bringen. Die ersten Anträge waren gestellt.

Dorn hielt eine Flasche Bier in der Hand. Sie trank in kleinen Schlucken. Sie würde die Nacht wieder in ihrem Pensionszimmer nur wenige hundert Meter entfernt verbringen müssen, so dass sie sich schon mal am frühen Nachmittag ein Bierchen gönnen konnte. Das hatte sie bitter nötig. Denn ihre Welt drohte gerade Mal wieder völlig aus den Fugen zu geraten. Erst beruflich und nun auch noch privat.

Dafür verantwortlich waren Männer, wer denn auch sonst. Erst hatte der Investor ganz offenkundig den Mund zu voll genommen. Und dann hatte ihr Johan am Telefon auch noch mitgeteilt, dass sie keine gemeinsame Zukunft mehr haben würden. Der längst geplante nächste Urlaub, die Idee vom gemeinsamen Haus am See, vielleicht sogar noch einem gemeinsamen eigenen Kind? Alles Makulatur. Aus und vorbei. Als hätte jemand einfach den Schalter umgelegt. Klick und aus!

Er schaffe das nicht mehr, hatte Möhring gesagt, er hielte das nicht mehr aus. Es hatte wieder angefangen. Zum wer weiß wievielten Mal. Die immer neuen Schmähparolen an seiner Hauswand saßen tief. Man ließ ihn nicht in Ruhe. Seit Jahren inzwischen. Immer wieder gab es neue Schmierereien. Auch auf Autofenstern. Oder der Kellertür. Komischerweise immer dann, wenn sie mal wieder in den alten Sachen wühlte. Er hatte das längst registriert. Dann kamen sie wieder, die anonymen Anrufe mit üblen Beschimpfungen. Und sorgten für Unruhe. Die Nachbarn hatten sich abgewendet. Nach und nach. Der Virus fraß sich tief. Er konnte nicht mehr.

Seit einiger Zeit hatten auch die letzten guten Freunde immer weniger Zeit. Sie sagten Termine überraschend ab.

Ohne echten Grund. „Ich glaube dir ja", hatte Johan am Telefon gesagt. „Ich glaube dir, dass du niemanden an die Stasi verraten hast. Dass du sogar selbst ein Opfer warst. Aber wie sollen wir das den anderen klar machen?" Seine Hilflosigkeit kroch durch die Leitung und setzte sich auf ihr Gemüt. „Niemand will das hören. Nicht mal nach all der Zeit." Was hätte sie sagen können. Außer bitten, betteln und flehen. „Wir schaffen das", heulte sie, „notfalls gehen wir weg. Wir lassen uns doch davon nicht unterkriegen. Wir gehören doch zusammen." Am Ende hatte sie nur noch laut in den Hörer geweint.

„Ich pack's nicht mehr." Er hatte kaum noch Kraft in der Stimme als er den entscheidenden Satz sprach. „Ich muss auch an meine Zukunft denken. Und an meine Karriere." In welcher Reihenfolge wohl, dachte sie verbittert. Dann erzählte er, was ihm seine Chefs im Justizministerium ziemlich unmissverständlich zu verstehen gegeben hatten. Ein Stasi-Verdacht gegen seine Lebensgefährtin könne zu einer politischen Belastung werden. Nicht nur für ihn, sondern auch für die politische Führung des Hauses, ganz besonders dieses Hauses. Das schließlich über das Recht wachte. Und Vertrauen wie Glaubwürdigkeit als politisches Lebenselixier brauchte. Erst recht so kurz vor der nächsten Wahl.

Das war es dann. Wenn er sich allein vielleicht sogar noch getraut hätte, der Druck von oben gab ihrer Beziehung den Rest. Ihre Klamotten stünden in Taschen in der Garage, sagte er. Die könnte sie ja bei Gelegenheit rausholen. Am besten wenn er nicht zu Hause wäre. Während seiner Dienstzeit. Und tschüs.

Das war erst wenige Tage her. Und sie hatte sich Mühe gegeben, sich nichts anmerken zu lassen. Damit vor allem Jule nichts merkte. Ihr Verhältnis war sowieso schon schwierig genug. Dass die neue Konstellation auch für Johan ein

Problem war, das hatte er nie an die große Glocke gehängt. Aber das war eh klar. Er hatte eine Frau kennengelernt, und auf einmal eine Kleinfamilie an der Hacke. Dass sie irgendwo eine Tochter hatte und die irgendwann zu sich nach Hause holen wollte, davon war zwar in der Theorie die Rede gewesen. Aber dann war sie da. Ganz praktisch. Und mit ihr ganz neue Probleme. Und davon reichlich. Er hatte sich Mühe gegeben, das zu akzeptieren. Auch emotional. Ob das echt war oder nicht, war jetzt auch egal. Haken dran.

Dorn hatte schnell eine kleine Wohnung für sie beide gefunden und sich gegen den Trennungsschmerz in die Arbeit gestürzt. Geradezu verbissen. Sie hatte ja sonst nichts. Tagsüber war Jule in der Schule. Abends verschwand ihre Tochter in ihrem Zimmer und dröhnte sich mit lauter Punk-Musik die Ohren zu. Sprechen wollte sie nicht. Nach dem Aufstehen noch nicht. Nach der Schule immer noch nicht. Beim Abendessen, der einzigen gemeinsamen Mahlzeit, schwiegen sie sich an. Die Sprachlosigkeit lastete brüllend über dem Tisch und zwischen ihnen.

„Wollen wir mal was gemeinsam unternehmen?", hatte Dorn ihre Tochter am letzten Abend vor ihrer Abfahrt zum Bauprojekt gefragt.

„Kein Bock." Zwei Worte. Das musste reichen. Demütigend.

„Vielleicht ein Wochenende wegfahren, irgendwohin? Du kannst aussuchen." Keine Reaktion.

„Oder auf ein Konzert gehen. „Take That" oder so. Das wär doch mal was."

„Mit dir?" Es war die schiere Verachtung, die aus Jules Worten sprach. Ob sie Dorn persönlich galt oder der Idee, mit Eltern zu einem Popkonzert zu gehen, war nicht eindeutig auszumachen. „Außerdem gibt's die längst nicht mehr." Auch das noch. „Was dann? Mach einen Vorschlag." Ihre Verzweiflung war mit Händen zu greifen.

„Ich will weg! Weg von all dem Scheiß hier. Am liebsten in ein Internat." Jule schob ihren Teller zur Seite und stand auf. Sie verließ ohne große Hast die Wohnküche. Es lag auch keine Aggressivität in ihrem Verhalten. Nur die Tür knallte zu laut, als sie hinter ihr ins Schloss krachte.

Weg war dann erst mal nur sie selbst. Geflüchtet. Zur Baustelle an die Küste. Immer öfter hatte sie zuletzt den Job als Entschuldigung vorgeschoben und sich aus dem Staub gemacht. Dabei hätte sie gar keine Ausrede gebraucht. Ihrer Tochter war es sowieso lieber, wenn man sie allein und in Ruhe ließ. Und nur die Nachbarin ab und an vorbeischaute.

Dorn trank ihr Bier aus und sah raus aufs Meer. Nach einigen trüberen Tagen lag wieder Sommer in der Luft. Die Saison spülte warme Ostseewellen an den Strand, kleine Strandläufer trippelten in hoher Geschwindigkeit über den Sand auf der Suche nach Beute. In den kleinen Schaumkronen spiegelte sich die langsam untergehende Sonne, auf den weit in die See ragenden steinigen Wellenbrechern standen die Möwen wie Statuen und genossen die Sonnenstrahlen. Nur wenige Menschen waren noch unterwegs. Einige wateten mit nackten Füßen durchs Wasser. Ob man wohl noch baden konnte? Dorns Überlegungen schweiften zurück in alte Zeiten in Warnemünde. In den Sommermonaten war der kilometerlange feine weiße Sandstrand kaum zu toppen. Sie lief nackt mit ihren Freunden ins Wasser. Einmal frei sein. Sie merkte, wie gut es ihr tat, sich von solchen Banalitäten ablenken zu lassen.

Gut vier Jahre war Jule jetzt bei ihr. Was hatte sie sich darauf gefreut. Endlich eine Familie zu sein. Wenigstens fast. Aber sie fanden nicht zueinander. Aus Drei war nicht Eins geworden. Nicht einmal aus Zwei. Die Mauer war gefallen, aber nicht zwischen ihr und ihrer Tochter. Es war, als wenn auf der emotionalen Autobahn zwischen ihnen Vollsperrung war. Und nichts sprach dafür, dass diese Blockade in allernächster Zeit aufgehoben werden könnte. Es war nicht so, dass Jule ihren Pflegeeltern erkennbar hinterher trauerte. Aber wer konnte schon so genau in sie hineinschauen. Zumindest sagte sie nie etwas in diese Richtung. Aber sie sprach ja ohnehin kaum. In der Schule war sie verschlossen, eine Einzelgängerin. So berichteten es die Lehrer. Anfangs noch ohne größere Sorgen. Dann wurde Jule zunehmend auch da zum Problem.

Die Lehrer mussten Dorn zweimal zum Gespräch in die Schule bitten. Nicht wegen Jules schulischer Leistungen. Die waren okay. Vor allem in den Fächern Deutsch und Geisteswissenschaften lag sie deutlich über dem Schnitt. Es war ihre soziale Außenseiterrolle, die den Umgang mit ihr erschwerte. Weil sie die notfalls auch mit Gewalt verteidigte. Wer ihr dumm kam, fing sich schon mal eine Klatsche ein. Und oft genug nicht nur eine rhetorische. Zuletzt hatte sie eine Mitschülerin auf dem Klo geschlagen. Weiß Gott warum.

„Wenn das so weitergeht, müssen wir den Sozialen Dienst einschalten", hatte die Klassenlehrerin beim letzten Gespräch gesagt. Dorn war zusammengezuckt. Wie sich das anhörte: Sozialer Dienst. Warum nicht gleich Fürsorge? Oder Jugendhilfe?

Das hatten wir doch alles schon mal, dachte sie. Der Staat als Freund und Helfer. Laut sagte sie: „Was soll denn das bringen? Ist das nicht mit Kanonen auf Spatzen?"

„Das haben wir auch gedacht. Solange sich Jule nur von den anderen Schülern abschottete." Die Klassenlehrerin machte sich ihre Antwort nicht leicht. Das war ihr anzusehen. Sie überlegte ihre Worte sorgfältig. „Aber sie hat eine

Mitschülerin mit der Faust geschlagen. Nicht einfach nur so. Mitten ins Gesicht. Wegen eines falschen Wortes." Die Pädagogin zögerte einen Moment. „Und das war bereits das dritte Mal."

Bei den beiden ersten Gewalttätigkeiten hätten sie noch ein Auge zugedrückt. Ein derber Schubser und ein Tritt, kann schon mal passieren, hatten sie gedacht. Jetzt brachten sie doch alles zusammen. Zu einem generellen Problem. „Haben Sie eine Idee, was mit Jule los ist?"

Dorn hatte eine. Aber sie wollte nicht darüber reden. Nicht zwischen Tür und Angel. Und erst recht nicht mit einer aus dem Westen. Die sich hier als Schulleiterin wichtig tat. Wie sollte die das schon verstehen? Die Lebensbrüche, die sie hinter sich hatte. Und mit ihr Jule. Wie viele andere Menschen aus dem Osten auch. Früh geheiratet, um von zu Hause wegzukommen. Früh geschieden. Neuer Name. Neues Leben. Einmal, zweimal. Nur der Druck war immer der gleiche gewesen. Keine falschen Worte. Keine falschen Freunde. Sonst stand das System auf der Matte. Zur Klärung eines Sachverhalts. Wie sollte eine aus dem Westen das verstehen? Selbst wenn die noch so viel Pädagogik studiert hatte.

„Ich spreche mit ihr", hatte Daliah Dorn den Lehrern gesagt. Und war gegangen. Verändert hatte sich nichts.

Die Sonne küsste jetzt fast das Meer. Die Möwen auf den Holzpfählen sahen aus wie Scherenschnitte, die sich in der öligen See spiegelten. Dorn sah auf die Flasche, die immer noch leer war. Sie brauchte noch ein Bier. So viel zumindest war klar. Sie klappte ihren kleinen Campinghocker zusammen, den sie immer dabei hatte, und verstaute ihn im Kofferraum ihres Wagens unten am Deich. Dann machte sie sich auf den Weg. Vielleicht war die Idee mit dem Internat gar keine schlechte. Vielleicht lohnte es sich, darüber nachzudenken. Sie musste mit ihrer Tochter reden. Zumindest darüber. Vorher musste sie sich aber über ihre eigene Lage klar werden und ihre Zukunft. Hatten sie noch eine? Und wenn ja, wo?

Zweimal verheiratet, dreimal liiert, viermal wieder aufgestanden. Aller guten Dinge sind fünf? Warum eigentlich nicht. Als Daliah Dorn war sie doch ganz gut gestartet. Neuer Name neues Glück? Vorher musste sie nur ein paar Altlasten loswerden. Nicht jetzt. Nicht hier. Die Zeit würde kommen.

Auf dem Weg zu ihrem Zimmer würde sie an der „Strandbude" vorbeikommen. Sie sah die Stühle im Sonnenuntergang schon von weitem. Die Thüringer dort schmeckte hervorragend und das Bier aus dem Hahn war gut. Es war nicht alles schlecht, was aus dem Osten kam.

Sie legte einen Schritt zu.

DORN
Am Deich, 7. August 1998

Sie war spät dran, das war ihr sofort klar, als sie die Gardinen aufzog. Die Sonne stand schon hoch und schien ihr voll ins Gesicht. Daliah Dorn musste die Augen zusammenkneifen, vor allem allerdings, um ihren Schwindel zu bekämpfen. Sie hatte viel rumtelefoniert die letzten Tage. Mit Kreti und Pleti gesprochen, Gemeindevertretern, Bauleitern, Investoren. Irgendwas musste doch zu machen sein. Davon war sie überzeugt. Und nach zwei Tagen mühevollen Klinkenputzens mehr denn je.

War wohl doch ein bisschen viel geworden gestern Abend, dachte sie. Wahrscheinlich war das letzte Bier nicht mehr gut. Aber ein bisschen Feiern musste ja erlaubt sein. Und die Ablenkung mit den lustigen Typen auf dem benachbarten Campingplatz hatte ihr gut getan. Sie schleppte sich unter die Dusche, eine kalte Brause würde ihren Keislauf wieder auf Trab bringen. Eingewickelt in ihr Handtuch suchte sie nach ihrem Nokia-Handy, das sie schließlich auf dem Stuhl unter ihre Kleidung fand. Um die Lage an der anderen Front zu klären. Was für eine tolle Erfindung. Noch ganz frisch. Es gab keine Anrufe, die sie überhört haben könnte. Keinen von ihrer Tochter. Keinen von Johan. Nichts. Warum auch? Es war alles gesagt. Was hatte sie erwartet? Aber die Hoffnung starb bekanntlich zuletzt.

Zwanzig Minuten später stand Dorn bei der Zimmerwirtin unten und zahlte. Die gepackte Tasche würde sie später abholen. Sie hatte jetzt mit sich selbst genug zu tun und wollte die nicht auch noch schleppen. Das Meeting, das sie vor sich hatte, war wichtig. Vielleicht die letzten Chance. Dann würde sich zeigen, ob ihre Mühen der letzten beiden Tage etwas gebracht hatten.

Der Bauherr hatte versprochen dabei zu sein, Vertreter der Gemeinde und des Kreises, auch zwei der Investoren hatten sich angesagt. Sie hatten Anteile in überschaubarer Höhe gezeichnet, für den ersten Bauabschnitt sollte das reichen. Wenn alles klappte, könnte es doch noch losgehen. Allen Negativparolen zum Trotz. Und wenn das Hotel erst mal stand, würden sich weitere Geldgeber schnell finden lassen. Dann könnten Binnenhafen und die anderen Bauabschnitte realisiert werden. Davon war sogar Halborg wieder überzeugt. Von Abfallentsorgung würde er dann wohl kaum noch reden. Und die Lokalpolitiker glaubten nur zu gern an die Vision. Denn davon hing die Entwicklung ihrer ganzen Küstenregion ab.

Als sie bei der Hotelruine ankam, war ihr Auto von mehreren dunklen Luxuskarossen umstellt. Wegkommen unmöglich. An der Schranke stand ein grünweißer Kleinbus auf dessen Tür „ZOLL“ stand. Sie verstand nur Bahnhof.

„Halt! Wo wollen Sie hin." Ein grünes Männchen stellte sich ihr in den Weg. Er reichte ihr nur bis zur Schulter. Für größere Aufgaben kam er offenbar nicht in Frage. „Sie können da jetzt nicht rein."

„Lassen Sie mich durch. Ich muss da rein." Dorn versuchte an ihm vorbeizukommen. „Spreche ich Suaheli?" Er machte einen Schritt zur Seite. „Jetzt nicht."

„Ich arbeite da."

„Arbeiten?" Er lachte. Irgendwie hörte sich das dreckig an. „Hier arbeitet niemand mehr. Wenn das überhaupt jemals geplant war." Das war alles andere als lustig gemeint. Er stemmte wie zur Bestätigung die Hände in die Seite. „Ich bin die leitende Ingenieurin", sagte sie. „Ich will meinen Chef sprechen." Der Grüne wurde etwas versöhnlicher. „Sie sind zu spät. Der ist vor zwanzig Minuten los. Nach Schwerin. Aber nicht allein." Er grinste. „Mit Handfesseln lässt sich ja auch schwer fahren."

Sie verstand nicht und guckte wie blöd aus der Wäsche. Was sollte das heißen? „Vorläufig festgenommen. Betrogen hat er, in ganz großem Stil. Und das war nicht alles. Näheres erfahren Sie beim Landeskriminalamt oder beim Zoll. Oder beim Finanzministerium. Sind alle hinter ihm her." Er grinste noch etwas breiter. Was war daran bloß so lustig? In einiger Entfernung sah sie mehrere Pressefotografen schubsend um die besten Motive kämpfen.

„Und mein Auto. Das da vorn." Dorn zeigte auf den einzigen farbigen Kleinwagen unter den vielen schwarzen Fahrzeugen. „Kommen Sie in einer halben Stunde wieder, dann sind wir weg." Auf dem Weg zurück zu ihrer Tasche versuchte sie etwas Ordnung in ihre Gedanken zu bringen. Festgenommen. Konnte das ein Irrtum sein? Oder holte die alte Blockflöte etwa doch noch die Geschichte ein? Dorn brauchte dringend nähere Informationen.

„Du musst mir helfen, ein Mal noch“, sagte sie, als Johan Möhring endlich abgenommen hatte. Sie saß im Wohnzimmer ihrer Zimmervermieterin auf einer Couch mit Häkeldecken und versuchte so wenig Unordnung wie möglich zu machen. Sie presste den Telefonhörer ans Ohr, als könnte sie wichtige Informationen verpassen. „Du solltest mich doch nicht mehr anrufen“, sagte Johan zur Begrüßung. Kein nettes Wort, keine persönliche Geste. Als wäre sie eine Fremde. „Außerdem weiß ich nichts Genaues. Und wenn ich was wüsste, dürfte ich es dir sowieso nicht sagen.“

„Ich bitte dich.“ Sie kämpfte mit den Tränen. „Das Projekt an der Ostsee ist meine Zukunft. Du musst doch was wissen. Irgendwas.“ Er dachte kurz nach. „Vergiss das lieber“, sagte er dann. „Euer Auftraggeber hat offenbar Subventionsbetrug in großem Stil begangen, über zwei Millionen Mark von der Treuhand eingesackt. Bis heute ohne jede Gegenleistung. Das stinkt gewaltig. Dazu Steuerhinterziehung, Beschäftigung von Schwarzarbeitern auf seinem Privatgrundstück, Korruption und was weiß ich noch alles. Hat das Bauland von sich selbst gekauft beziehungsweise von seiner Frau. Und seine Akte aus der Zeit vor der Wende ist Zentimeter dick. Ein echtes Dreckschwein. Damals wie heute.“ Er wusste ganz offensichtlich auch über Halborgs politische Vergangenheit bescheid. „Das hast du aber nicht von mir.“

Dorn schniefte in den Hörer. „Ich glaub’ das alles nicht. Was wird aus mir?“

„Tut mir leid“, sagte er. Nach Mitleid hörte sich das nicht an. Ein trockenes Knacken in der Leitung sagte ihr, dass er aufgelegt hatte.

Das war’s dann wohl. Mit dem Ferienpark der Zukunft. Und ihrer eigenen. Wie hatte sie auf so einen Plan nur hereinfallen können? Warum hatte sie sich vorher nicht besser schlau gemacht? Ein West-Unternehmen, das zehn oder mehr ehemalige Baukombinate aus dem Osten übernommen hatte. Einfach so. Ohne großen Namen, ohne jeden Hintergrund. Dazu Halborg. Mit seiner Vergangenheit. Das stank doch zum Himmel. Wieso hatte sie das nie stutzig gemacht? Warum war sie nur so blauäugig gewesen?

ELENI
Hamburg, 31. Oktober 2016

Die Stasi-Dokumente auf ihrem Schreibtisch werfen mehr Fragen auf als sie beantworten. Eleni schwirrt der Kopf. Warum zum Beispiel feierten westdeutsche Politiker den Geburtstag ihres Chefs ausgerechnet beim Klassenfeind an der Ostsee? Wo sie das Meer doch praktisch vor der eigenen Haustür hatten. Mit weit größeren Annehmlichkeiten, besserer Küche zum Beispiel. Und vor allem ohne ständige Beobachtung. Aber nein, es musste ganz offenbar unbedingt eine „Alt-Russische Stube" irgendwo zwischen Rostock und Warnemünde sein. Das versteht doch kein normal denkender Mensch. Eleni kapiert das nicht.

Sie wirft die Kaffeemaschine an, bevor sie weiter in den Stasi-Abgründen versinkt. In einem mit „Beobachtungsbericht" der Rostocker Bezirksverwaltung sind Einzelheiten der Geburtstagsfeier akribisch notiert. Wen wundert's, denkt sie. Tausend Augen! Überall. „Zu den einzelnen Teilnehmern wurde bekannt, dass sie prinzipiell nichts gegen sexuelle Kontakte mit Bürgerinnen der DDR hätten. So lernte zum Beispiel ‚Objekt Förde' die bereits identifizierte Bürgerin der DDR Jutta kennen." Ah ja, daher weht also der Wind, denkt sie. Wenn Kerle nur noch unter dem Gürtel denken.

Eleni hatte durchaus registriert, wie sehr das Aktenstudium schon in Berlin ihre Freundin aufgewühlt und einem Wechselbad der Gefühle ausgesetzt hatte. Deshalb wollte sie die Papiere erst mal allein und in Ruhe studieren. Bevor sie emotional alles noch schlimmer machte. Sie blättert weiter in den Aufzeichnungen über „Objekt Förde". Was für ein Deckname! So plump. Das so genannte Objekt, männlich, wirke „aufgeschlossen, lebendig, vital, sportlich und kontaktfreudig", war von einem Leutnant notiert worden. Ein anderer Spitzel hatte gemeldet: „Er spricht dem Alkohol zu" und „bestellt in Gaststätten vor allem Speisen und Getränke, von denen er annimmt, dass diese nicht vorhanden sind."

Konnte so einer wirklich der Vater ihrer Freundin sein? Den Jule nie kennengelernt hatte? Ein westdeutscher Spitzenpolitiker, der zu Hause den Biedermann gab, jenseits der Grenze aber die Puppen tanzen ließ? Im wahrsten Sinne des Wortes? Einer der dauernd provozierte und nichts anbrennen ließ? Eleni schüttelt es während sie weiter liest „Er tanzte mit ihr in der Sky Bar und versuchte sie zu überreden, mit zu ihm aufs Zimmer zu kommen, was jedoch von dieser abgelehnt wurde." An der Entscheidung der Fremden hatte sich ganz offensichtlich auch nichts geändert, obwohl er „Jutta mehrfach küsste". Eleni wollte die Identität von Jules Vater klären, ihrer Freundin zuliebe. Aber sollte sie ihr so einen Papa wirklich wünschen?

Mein Gott, Eleni hat genug von den Akten und dem Mief der achtziger Jahre, sie lehnt sich erschöpft zurück. Alles war beobachtet worden. Jedes Detail. Nichts war den Spitzeln verborgen geblieben. Das kann für die Wessis doch nicht überraschend gewesen sein. Und trotzdem hatten sie sich auf solche Abenteuer eingelassen und erpressbar gemacht. War das schlichte Dummheit oder fühlten die sich besonders sicher? Und wenn ja, warum? Weil Macht unantastbar macht? Oder weil es um gewichtige Interessen ging, die sie nahezu unantastbar machten? Hatten die deshalb einen Freifahrtschein? Eigentlich konnte das nur die einzige Erklärung gewesen sein.

Ihr Kaffee war inzwischen kalt geworden. Eleni macht sich einen neuen, extra stark, und lehnt mit dem Becher in der Hand grübelnd am Fenster. Draußen toben Kinder durch die Wallanlagen. Ihre Mütter und Väter halten die Gesichter in die Herbstsonne. Ihre Strahlen werden durch mächtige Springbrunnen gebrochen. Jogger umkurven Kinderwagen, Skateborder springen über Stufen und schlittern auf knöchelhohen Eisenstangen, die eigentlich zur Abgrenzung der Beete gedacht waren. Wie unschuldig alles wirkt. Sogar die Knackis im Knast hinter den Gerichten haben sich der späten Sommerfrische ergeben. Ihr Rufen und Schreien über den Hof hat hitzefrei.

Das Handy stört Elenis Träumereien. Der Alltag lässt sie nicht los. „Was macht meine Story?" Lundberg ist auf der anderen Seite. Er hört sich ungeduldig an. Mit dem hätte sie nun am wenigsten gerechnet, nachdem der sich neulich so zickig angestellt hatte. „Sie?", sagt sie. Freundlich hört sich anders an. „Was sollte das neulich bei mir an der Haustür?"

„Schon vergessen?" sagt er, „Sie wollten was von mir und haben mir dafür was versprochen."

„Aber nicht bei mir zu Hause", sagt sie. „Und alles zu seiner Zeit. Auf Hausbesuche kann ich gut verzichten. Was sollte diese Aktion?" Sie ruft sich innerlich zur Ordnung. Ruhig sein. Freundlich. Jetzt nur nicht rumzicken. Sie braucht ihn noch. „Sie müssen etwas Geduld haben. Bitte."

„Na toll", sagt er. „Und wie lange?" Richtig zufrieden hört sich das nicht gerade an. „Nicht so stürmisch", sagt sie, „wir sind erst am Anfang. Das Ende vom Tunnel ist nicht mal in Sicht. Und Fehler dürfen wir uns nicht erlauben. Noch sind das alles ganz private Nachforschungen." Lundbergs Ton wird plötzlich versöhnlicher. „Verstehe, immer neue Indizien, immer mehr lose Fäden, nichts passt richtig zusammen? Kommt mir irgendwie bekannt vor."

Eleni denkt über seine Worte nach. Irgendwie hat er ja recht. Vielleicht lässt sie sich zu sehr von der Vergangenheit faszinieren und zugleich ablenken. Wenn es einen gewaltsamen Tod von Jules Mutter gab, dann ist die Geschichte dahinter vermutlich alt. Aber die Antworten sind neu. Sie sind in der Gegenwart zu finden. Da muss sie suchen. Der Tod der Mutter war jetzt. Deshalb darf sie nicht zu lange und zu weit zurückblicken. Er hat sie einen Moment ihren Gedanken überlassen. „Du musst nach vorne schauen, da liegen die Fragen und nur da findest du Antworten", sagt er. Auf einmal duzt er sie. War das ein Friedensangebot?

„Sehr schlau", sagt sie, „darauf bin ich auch schon allein gekommen." Sie zögert einen Moment. „Und hören Sie auf, an meiner Tür zu kratzen. Mein Freund steht da gar nicht drauf."

Lundberg lässt sich nicht beirren. „Es gab Waffenhandel damals, in dem sich die verfeindeten Systeme wirtschaftlich viel näher waren, als es politisch schien. Das ist weitgehend belegt. Mehr wird dazu 30 Jahre danach kaum rauszufinden sein. Verschwende darauf keine Zeit. Es gab zig Milliarden Ostmark, die nach dem Zusammenbruch 1989 in dunklen Kanälen verschwanden, entweder in bar aus der Parteikasse oder über getarnte Koko-Firmen aus dem angelegten Vermögen. Auch das ist längst aktenkundig. Aber vor allem gab es einflussreiche Genossen, die mit ihrem Wissen und mit der dreckigen Kohle den Systemwechsel prächtig überlebt haben. Und heute mit neuer Identität zu neuem Einfluss und zu neuer Bedeutung gelangt sind. Die sind es, die viel zu verlieren haben. Über die wissen wir viel zu wenig. Da warten Antworten. Wer weiß, was deine Tote alles wusste."

So viel an einem Stück hatte er auf ihre Fragen noch nie gesagt. Warum jetzt? Hatte er auf seine alten Tage noch mal Lunte gerochen? Eine große Geschichte gewittert? Aber der Hinweis hatte was. „Woher kommt denn dieser Sinneswandel?", fragt sie ihr Handy. „neulich kriegten Sie die Zähne nicht auseinander. Heute sprudelt es auf einmal."

Auf der anderen Seite atmete es tief durch. „Ich mag keine losen Enden und ich lasse mich nicht gern verarschen", sagt Lundberg dann. Er wählt jedes Wort sehr genau. „Ich war zwei Mal ganz dicht dran. Ich habe zum Beispiel geholfen, einen der Ehemaligen aus dem Osten in so'm Kaff an der Ostsee auffliegen zu lassen. Ich habe seine politische Karriere zerstört, bevor die richtig angefangen hatte. Und zwar mit sehr guten Gründen. Der sollte sogar Minister werden. Mit der Politik ist für ihn seitdem Edeka – Ende der Karriere. Aber Fett schwimmt bekanntlich oben. Inzwischen bei uns am Rhein."

Wie oft schon hatte sie solche Geschichten in den vergangenen Wochen gehört. Nur der Rhein war neu. „Und das fällt Ihnen alles jetzt ein? Auf einmal." Eleni kann ihre Verwunderung nicht verbergen. „Ich habe mich ein bisschen umgehört. Du hast mich neugierig gemacht. Alles kam wieder hoch. Ich bin doch nicht so endgültig darüber hinweg, wie ich mir vorgemacht habe." Lundberg holt Luft und trinkt offenbar etwas. „Wir dürfen die Fehler der Geschichte nach dem Zweiten Weltkrieg nicht wiederholen. Und einfach zu einer Tagesordnung übergehen, die von damals Verantwortlichen und sogar Tätern nach deren Regeln heute mitgestaltet wird."

Das hört sich prima an, Eleni gefällt der Ansatz. Moral hört sich immer gut an. Nur was für Schlüsse sind daraus zu ziehen? Erst recht für eine Staatsanwältin? In einem Rechtsstaat braucht es dafür Beweise. „Super Standpunkt, hört sich wie eine Neujahrsansprache an. Nur in einem Rechtsstaat braucht es mehr als hehre moralische Grundsätze. Wie Sie wahrscheinlich wissen. Haben Sie also auch etwas konkretere Vorschläge?"

„Vielleicht sprichst du mal mit einem alten Kollegen von mir in Thüringen, ich schicke dir seine Daten. Der ist alt, aber noch nicht verkalkt. Der kommt von drüben und war später an einer Geschichte dran, die bei uns kaum noch Beachtung fand. Warum auch immer. Es ging um ein Weltraum-Projekt, so dicht wie damals waren sich einige aus Ost und West vielleicht nie. Ein Ministerpräsident inklusive. Das Projekt ist längst tot, aber die meisten ihrer Macher und Förderer dürften noch quicklebendig sein. Und großes Interesse daran haben, dass olle Kamellen nicht wieder ausgegraben und zum öffentlichen Thema gemacht werden. Es geht schließlich um Karrieren. Um neue Karrieren."

Lundberg scheint jetzt fast ein bisschen erschöpft. Oder er hat den Glauben an die eigene Idee gleich wieder verloren. Zumindest kamen seine letzten Worte nur noch sehr zögerlich. „Melde dich, wenn's was Neues gibt." Danach ist das Handy tot.

Eleni hatte sich an sein vertrauliches „Du" fast schon gewöhnt. Sie schaut aufs Display, um sich davon zu überzeugen, dass die Leitung gekappt ist. Sie legt den Stift beiseite, mit dem sie Namen und Mobilnummer des Ex-Kollegen notiert hat. Sie war parallel per SMS gekommen. Offenbar saß der in irgendeinem Winkel des Thüringer Waldes. So las sich jedenfalls die Vorwahl. Was soll sie damit anfangen? Sie lehnt sich zurück. Ihr Kaffee ist längst kalt geworden. Schon wieder.

DORN
Basel, 15. September 1998

Die Straßenbahn hielt schräg gegenüber am „Bankenplatz“. Wie passend. Dass die hier sogar eine eigene Tram-Station nach ihrem wichtigsten Wirtschaftszweig benannt hatten, fand sie erstaunlich. Daliah Dorn war noch nicht oft im Ausland gewesen. Anders als viele ihrer Landsleute war sie nach der Wende nicht gleich nach Mallorca und in all die anderen Sehnsuchtsorte für Ossis aufgebrochen. Sie brauchte das nicht. Daran hatte sich auch fast zehn Jahre nach dem Tod ihrer großen Liebe nichts geändert. Seinen Umschlag mit dem Schlüssel hatte sie sorgsam verwahrt, aber bislang nicht angerührt. Für den Notfall, hatte er gesagt. War das jetzt einer?

Auf dem Weg ins Zentrum bestaunte sie die großbürgerlichen Geschäftshäuser der Stadt und die Ordnung in den Straßen. Alles sah wie geleckt aus. Das letzte Stück legte sie mit der Tram zurück. Das zumindest erinnerte sie ein bisschen an zu Hause. Die gab's sogar in Rostock. Sie schlenderte durch eine Hauptstraße zum Kunstmuseum, das sich eigentlich sehr einladend präsentierte. „Schweizer Berge“ wurden da ausgestellt. Die Sammlung hätte sie durchaus gereizt. Irgendwann würde sie wiederkommen und dann auch Zeit für Kunst haben. Heute nicht. Sie ging wieder zurück. Den Schlüssel zum Schließfach hielt sie dabei fest in der zur Faust geballten Hand in der Jackentasche. Dann setzte sie sich mit Blick auf ihr Geldinstitut in die späte Mittagssonne auf eine Bank und ließ den Blick in die Runde schweifen. Sie sah noch andere Privatbanken und einige in Deutschland bekannte Kredithäuser, der Platz hatte seinen Namen verdient. Darüber hinaus bewegte sie diese Erkenntnis nicht besonders. Sie war zu sehr mit sich selbst beschäftigt.

Sie bewegte sich auf ungewohntem Terrain und musste sich erst mal sammeln. Wie würde sie sich in dem protzigen Bankhaus wohl verhalten müssen? An wen sollte sie sich wenden? Beim Vorbeischlendern hatte sie einen Blick in die Halle geworfen und festgestellt, dass die Schweizer Bank so gar nichts mit ihrer Sparkasse in Schwerin gemein hatte. In der riesigen Schalterhalle mit Oberlicht konnte man sich zwischen Marmorsäulen verlaufen und kaum Menschen entdecken. Das mondäne Atrium glich mehr einer gediegenen Hotel-Lobby als der geschäftigen Kundenzentrale eines Geldhauses. Den Eindruck wollte sie erst mal verdauen und sich dann eine Art Schlachtplan für ihren Auftritt zurechtlegen.

Sie hatte lange mit sich gerungen, bevor sie nach Basel aufgebrochen war. Für den Notfall! So hatte es ihr der MP eingeschärft, als er ihr damals den Briefumschlag mit Schlüssel und Adresse überlassen hatte. Was das sein sollte, der Notfall, wann der gekommen sein könnte, das hatte er für sich behalten und mit ins Grab genommen. Lange her. Hatte er wohl insgeheim eine Vorstellung gehabt, wie so ein „Notfall“ aussehen könnte? So viele Jahre lang hatte sie jeden Gedanken daran von sich geschoben. Auch wenn bei ihr einige Male Not an der Frau gewesen war. Den Schlüssel zum Bankschließfach hatte sie in einer Schatulle mit einigen privaten Andenken ganz tief in ihrer Kommode verbunkert. Unter farbigen Dessous, für die sie inzwischen kaum noch Bedarf hatte.

Sie wollte eigentlich mit der Vergangenheit abschließen. Rache hin oder her. Den Vater ihrer Tochter würde die ohnehin nicht wieder lebendig machen. Er war über sich und seine Hybris gefallen. Und längst Geschichte. Ob ermordet oder nicht. Wen interessierte das schon noch? So hatte sie gedacht. Ihre Erlebnisse in Schwerin, das ungebetene Wiedersehen mit Hilgers und die Folgen hatten alles verändert. Nichts war besser geworden. Sie hatte den Schlüssel rausgekramt. Die Umstände machten es nötig. So sagte man wohl, wenn nichts mehr ging. Ob es das Schließfach nach der Zeit überhaupt noch geben würde? Egal! Sie hatte sich entschieden.

Es war an der Zeit. Endlich und unwiderruflich! Viel schlimmer konnte es für sie nicht mehr kommen. Ihr Liebster tot, die Tochter aus dem Haus, die Beziehung am Ende. Auch diese. Der Job weg. Dorn stand vor dem Nichts. Wieder mal. Das musste sie sich eingestehen. Und immer wieder reichten die Spuren zurück in die Vergangenheit. Da lagen die Ursachen.

Sie hatte etwas gebraucht, bis diese Erkenntnis bei ihr durchgesickert war. In ihr Bewusstsein. Es hatte gedauert, bis sie die Pleite des Ferienprojektes an der Ostsee wirklich realisiert und verdaut hatte. Auch als persönliches Schicksal. Sie trug daran keine Schuld. Niemand hatte ihr einen offenen Vorwurf gemacht. Und doch wurde sie den Eindruck nicht los, dass ihr die Chefs irgendeine Art von Mitverantwortung gaben. Insgeheim. Es gab keine Kritik, keine offenen Vorwürfe. Aber seit der Pleite an der Küste war im Schweriner Büro irgendwie alles anders geworden. Nicht nur weil ein höchst lukrativer Auftrag baden gegangen war und ein Riesenloch ins Budget gerissen hatte. Da war noch mehr. Gerüchte zum Beispiel, die nur undeutlich bis zu ihr durchdrangen. Auf einmal war sie wieder die Ostfrau.

Plötzlich bekam sie nur noch Routineaufgaben übertragen, die Federführung für neue Aufträge ging immer an andere. Selbst bei kleineren Projekten. „Nichts Persönliches“, hatte ein Kollege gesagt. Der einzige, zu dem sie eine Art persönliches Verhältnis hatte. Sie hatte ihn überrascht angeschaut. „Sei mir nicht böse“, sagte er, „aber so läuft das. Das war's mit der Karriere. Du kannst das akzeptieren und schlucken. Oder woanders neu anfangen." Die Fratze des Kapitalismus, dachte sie. Jetzt kannte sie die endgültig.

Zurück auf Los! Der Notfall war da. Es gab kein Vertun. Am Tag danach hatte sie sich ein Bahnticket von Hamburg nach Basel gebucht. Sie hatte ihren Entschluss gefasst. Am späten Mittag war sie dort angekommen und vom Bahnhof mit der Tram direkt weiter gefahren. Nichts auf die lange Bank schieben, hatte sie sich geschworen. Und kurz über das Wortspiel geschmunzelt. Notfall kam schließlich von Not. Die war inzwischen einigermaßen groß. Schließlich musste sie sich was überlegen. Wie es mit ihr weitergehen sollte zum Beispiel. Und wo. Ganz sicher kostete das auch was.

Hinter der schweren Drehtür nahm ein Portier Daliah Dorn in Empfang. Er trug zwar keine Uniform, sondern einen modischen dunklen Anzug. Aber sein Auftrag war der gleiche. Er wies ihr einen Platz in einer gemütlichen Sitzecke zu, wo sie nicht gleich jeder sehen konnte. „Sie werden sofort von einem vertrauenswürdigen Kollegen abgeholt. Der begleitet sie zu den Schließfächern und erledigt dort die Formalien. In aller Diskretion." Diskretion war offenbar das Zauberwort. Kunden waren praktisch nicht zu sehen. Keine Warteschlangen. Kein Publikumsverkehr. Wo war sie bloß hingeraten?

Im Keller wunderte sie sich, dass sie nicht einmal einen Ausweis vorzeigen musste. Diskretion und Anonymität waren bei Schweizer Banken offenbar Geschwister. Und ihre DNA. Es reichte, dass ihr Schließfachschlüssel zum Zweitschlüssel der Bank passte. Dann ließ der Mitarbeiter sie mit einer mittelgroßen Blechkiste allein in einem kleinen stickigen Raum ohne Fenster. „Geben Sie mir ein Zeichen, wenn Sie soweit sind." Er zeigte auf einen Klingelknopf. „Dann bin ich sofort bei Ihnen."

Dorn setzte sich an einen Tisch, auf dem eine Karaffe mit frischem Wasser stand. Sie atmete tief durch, bevor sie die Metallschatulle öffnete. Auf zwei dünnen Aktenordnern lag eine Kontokarte mit Bankauszügen, die inzwischen über zehn Jahre alt waren. Seit dem Sommer, als der MP das Fach für sie eingerichtet hatte, war niemand mehr an dem Konto gewesen. Als sie den Betrag las, wurde ihr schwindelig. 150.000 Schweizer Franken. Sie hatte keine Ahnung, wie der Kurs stand und wie hoch die Zinsen wohl waren. Ob in Franken oder Mark – das war für sie schon so eine schwindelerregende Summe. Ein Vermögen! Sie musste sich erst mal setzen.

Auf der Karte und den Auszügen stand kein Name, sondern lediglich eine Nummer. „Das war zum Schutz Ihrer Anonymität", erklärte ihr der hilfreiche Mitarbeiter. Der hatte offenbar vor der Tür gestanden und nur darauf gewartet, ihre Fragen zu beantworten. „Die Zinsen können wir oben nachtragen lassen, damit Sie den aktuellen Kontostand wissen."

Als er sie wieder allein gelassen hatte, setzte sie sich wieder und ließ die Überraschung sacken. Die beiden dünnen Akten holten sie schnell in die Realität zurück. Die eine enthielt mehrere Lieferlisten und Typenaufstellungen. Sie handelten ganz offensichtlich von verschiedenen Waffentransporten. Lieferadresse war immer das Lager vor den Toren von Rostock. Für den Export über den Überseehafen gab es Kopien von Frachtpapieren mit illustren Zielorten. Die hatten vor allem eines gemeinsam: Sie standen auf einer internationalen Roten Liste.

Die Typennummern der unterschiedlichen Schusswaffen oder Waffensysteme sagten ihr so gut wie nichts. Dafür waren ihr zwei Namen sehr geläufig, deren Unterschrift unter mehreren der Dokumente prankte: Major Stefan Hilgers vom Ministerium für Staatssicherheit war als verantwortlicher Offizier für die Abwicklung der Transporte in den Papieren vermerkt. Der Mann war in ihrer Vergangenheit offenbar omnipräsent. In enger Absprache mit ihm schien zudem ein Beamter für das Außenhandelsministerium tätig gewesen zu sein, Abteilung Kommerzielle Koordinierung. Sie kannte auch ihn nur zu gut: Als Aparatschik aus dem Bezirk, der dort unter christlicher Flagge im Namen der Jugendhilfe unterwegs gewesen war. Kristian Halborg, in seinem zweiten Leben zum Baulöwen mutiert und Pate ihres gekenterten Projekts an der Ostsee.

Ihr verschlug es fast den Atem. Wie war ihr MP an die Papiere gekommen? Augenscheinlich waren es Ost-Dokumente, die vor ihr auf dem Tisch lagen. Die meisten in Kopie, aber auch einige Originale. Von damals. War es Zufall oder steckte mehr dahinter? Weil er Teil des Ganzen war?

Die zweite Mappe enthielt ein paar Aktenvermerke ihres Liebsten und Protokolle über verschiedene Gespräche, unter anderem mit Hilgers. Immer wieder ging es um Waffenlieferungen, mal nach Südafrika, mal nach Nahost. Und immer um deren Tarnung. Eine Werft aus Kiel kam darin vor und Zwischenhändler in Hamburg, London und Portugal. Andere Aufzeichnungen dokumentierten Absprachen darüber, wie die Schusswaffen aus Westproduktion über den Umweg Rostock auf den Schwarzen Markt zum Beispiel in Afrika verschoben werden sollten. Ob die Stasi dahinter steckte oder jemand auf eigene Rechnung arbeiten wollte, konnte sie auf Anhieb nicht erkennen.

Sie hatte nicht die Ruhe, die Unterlagen in aller Ausführlichkeit zu studieren. Aber dem MP war deren Brisanz offenbar bewusst gewesen. Alle Dokumente waren in zweifacher Ausfertigung aufbewahrt. Sie nahm einen Satz Duplikate an sich und klingelte nach dem Bankmitarbeiter. „Ich würde gern den aktuellen Kontostand wissen und etwas Geld abheben", sagte sie. „Und alles andere wieder im Schließfach deponieren."

Auf dem Weg zum Bahnhof fiel die Anspannung langsam von ihr ab. Die frische Luft tat gut, niemand kümmerte sich um sie. Sie hatte die Zinsen abgehoben, das waren immerhin rund 35.000 Franken, die sie für ihre aktuellen Pläne gut gebrauchen konnte. Außerdem hatte sie sich erzählen lassen, wie sie Überweisungen aus Deutschland veranlassen konnte. Und sich dabei den klugen Hinweis des Mitarbeiters eingefangen. „Denken Sie an ihre Finanzbehörden. Die Zeiten haben sich geändert. Früher war das Konto anonym." Sie hatte verstanden. Auch wenn sie nicht gerade versiert in Finanzsachen war.

Bis zur Rückfahrt des Nachtzuges, für den sie noch ein Einzelabteil im Schlafwagen buchen konnte, hatte sie noch eine Menge Zeit. Sie beschloss, die mit einem Bummel durch die Baseler Altstadt und einem gemütlichen Abendessen zu verbringen. Dazu vielleicht ein Gläschen Schweizer Wein. Der sollte ja sehr ordentlich sein. Und beflügelte beim Denken.

Eine Kollegin hatte sie vor den Preisen bei den Eidgenossen gewarnt. Sie selbst hatte auch einiges darüber gelesen. Aber das war jetzt egal. Geld spielte ausnahmsweise mal keine Rolle. Zumindest dieses eine Mal. Außerdem wollte sie einen ausführlicheren Blick auf die Unterlagen werfen und darüber nachdenken, was sie mit den Informationen anfangen konnte. Dazu brauchte sie Ruhe und Abstand. Diskretion sozusagen. Sie würde schon ein geeignetes Plätzchen finden. Da war sie sicher.

ELENI
Hamburg, 7. November 2016

Die Verhandlung war gut gelaufen. Eleni ist zufrieden. Das war durchaus nicht selbstverständlich. Denn längst nicht immer folgten die Richter den Anklägern. Selbst dann nicht, wenn die Beweislage eigentlich glasklar war. So wie im letzten Fall. Ein Taxifahrer hatte sich vor einer Ampel an der Alster mit einem Radfahrer gestritten. Das kam in Hamburg hundertfach am Tag vor. Auf den Straßen in der Innenstadt herrschte Krieg. Jeder gegen jeden. Und Autofahrer gegen alle. Zebrastreifen wurden ignoriert, rote Ampeln großzügig übersehen, Fahrradwege zugeparkt. Komme wer da wolle. In ihrem Fall kam eine Taxe. Der Fahrer hatte sich geärgert, weil ein Radler sich als Linksabbieger eingeordnet hatte und ihm so für einen Schnellstart bei Grün in die Quere gekommen wäre. Beide bepöbelten sich lautstark und mit abfälligen Gesten. Etliche Passanten an der Kreuzung beobachteten das Schauspiel und waren erstklassige Zeugen.

Als die Ampel umsprang und der Radfahrer losfuhr, hatte die Taxe ihn von hinten gerammt. Mit Anlauf. Und Vorsatz. Voll auf die Hörner genommen. Der Biker musste mit Verletzungen ins Krankenhaus. Hatte aber wohl noch Glück. Trotzdem war das mindestens schwere Körperverletzung. Wenn nicht mehr. Fand auch das Gericht. Das Urteil sprach Bände. Der würde sich in Zukunft besser unter Kontrolle halten. Wenn er überhaupt noch eine als Taxifahrer hatte.

Eleni steht im leeren Gerichtssaal und packt die Akten in ihren Rucksack. Obendrauf die Robe. Sie hat knapp 45 Minuten bis zur nächsten Sitzung. Zeit für einen Salat und einen Kaffee in der Gerichtskantine. Wenn man sie in Ruhe lässt, was sie stark hofft. Ihr ist nicht nach Smalltalk. Sie möchte für sich bleiben. Sie sucht sich einen Platz am Fenster weit ab von der Essensausgabe. Sie sitzt kaum, ihr Ipad auf dem Tisch schräg vor ihr ist eingeschaltet. Als stummer Fingerzeig: „Jetzt nicht!" Normalerweise hilft das. Und hält aufdringliche Klugschnacker und andere fern. Diesmal nicht. Amadeus Prahl fragt nicht lange. Er setzt sich auf den Stuhl gegenüber.

„Keine Panik, bin gleich wieder weg", sagt er zur Begrüßung. „Alles gut, geht schon." Eleni versucht höflich zu klingen. Ihr Gesichtsausdruck sagt das Gegenteil. „Mach dir keine Umstände." Er schaut sie auffordernd an. Wartet wohl auf eine Frage. Du musst dich zusammenreißen, ermahnt sie sich. Schließlich hatte sie ihn um Hilfe gebeten. Nicht umgekehrt. Sie versucht ein Lächeln in ihr Gesicht zu zaubern. Ein ehrenwerter Versuch. Mehr nicht.

Prahl lächelt zurück. Seine Augen signalisieren Verständnis. „Du willst deine Ruhe, ich weiß. Geht auch schnell", sagt er. „Und nur zur Erinnerung: Du wolltest was von mir." Das hatte sie doch schon mal gehört. Er grinst breit. Eleni wundert sich, wie sein Eifer so plötzlich zu erklären ist. Er hatte ihr einen Tipp gegeben, okay. Aber jetzt schaltet er gleich zwei Gänge hoch. Was ist los? „Sorry", sagt sie, „du hast ja recht. Wollte nicht unhöflich sein, nur kurz abschalten und Luft holen. Deshalb meine Reaktion. Ich gehör' dir."

„Tatsächlich?" Prahl grinst etwas anzüglich, holt sich denn aber schnell zurück in die Realität. „Passt schon. Kenn' ich doch." Er schiebt seine linke Hand über den Tisch, als wollte er nach der von Eleni greifen. „Auf dem Zettel in der Hand steht ein Name mit Handy-Nummer und Mail-Adresse. Vielleicht lohnt es sich, mit dem Typen Mal zu reden." Als er Elenis verständnislosen Blick sieht, lehnt er sich wieder vor. „Ich wollte das nicht schriftlich machen. Datenschutz und so, du weißt schon. Ich habe seine Kontakte aus einer Ermittlungsakte. Als es um die verschwundenen SED-Milliarden ging, hat er uns wichtige Informationen gegeben. Mit den DDR-Geldern hatten Ex-Genossen ehemalige Westfirmen der KoKo nach der Wende quasi privatisiert. Wir hatten Mühe, denen zumindest einigermaßen auf die Schliche zu kommen."

Er zögert kurz. „Ach ja." Er überlegt offensichtlich, wie er es wohl am besten formulieren soll: „Im Kölner Raum macht ein Unternehmer mit Geld aus diesen Quellen auf ganz dicke Hose. Er hat sich einen neuen Namen zugelegt und eine geschönte Vita. Niemand traut sich bislang an ihn ran, weil er mit seiner Kohle überall als sozialer Wohltäter auftritt. Vielleicht lohnt sich mal ein Blick auf seine Konten. Das meint jedenfalls unser Informant."

Er wartet auf eine Reaktion. „Nun guck doch nicht so." Ihre Verwunderung scheint ihr wie ein großes Fragezeichen ins Gesicht getackert. „Ich habe neulich mit Liefers in Köln gesprochen. Wegen 'ner anderen Sache", sagt er: „Da sind wir ein bisschen ins Schnacken gekommen. Natürlich alles unter uns." Er sieht sie lauernd an. Klar, denkt sie. Gleiches Semester. Damals in Hamburg. Gleicher Repetitor. Man kennt sich. Man hilft sich. Stille Post. So viel zur Vertraulichkeit. Immerhin ist sie jetzt im Film. Sie schenkt ihm die volle Aufmerksamkeit. „Seriös?", fragt sie. „Kann man ihm trauen?"

„Er ist Journalist in Thüringen und war das schon früher. Er war keiner von denen und hat trotzdem überlebt. Er hat später ein paar spannende Stasi-Fälle aufgedeckt und sich nie kaufen lassen. Auf keiner Seite. Das spricht für sich." Eleni ist baff. Kann das sein? Lundbergs Kontakt, war der nicht auch in Thüringen? Alles nur Zufall? Prahl holt sie in die Realität zurück, als er auf die Uhr schaut. „Ich muss dann mal wieder. Setz dich mit ihm in Verbindung. Es kann nicht schaden. Mehr kann ich nicht für dich tun."

Er steht auf, nimmt seine Flasche und sein Glas und geht damit zum Geschirrregal. Erst jetzt wird Eleni so richtig bewusst, dass er die ganze Zeit sehr leise gesprochen hatte. Es war ihm offenbar wichtig gewesen, keine besondere Aufmerksamkeit zu erwecken und den Eindruck zu großer Vertrautheit zu vermeiden. So viel Angst und Misstrauen? Eleni wundert sich. Sie überlegt, ob es wohl eine Möglichkeit für sie gibt, an Prahls Akten heran zu kommen, ohne einen Fußabdruck zu hinterlassen. Aber sie verwirft die Idee gleich wieder. Vielleicht sollte sie erst im Internet recherchieren oder einfach Liefers anrufen und den Schreiberling dann kontaktieren. Dann konnte man weitersehen. Und sich vielleicht auch um den Kölner Geldsack und seine angebliche Vergangenheit kümmern.

Sollte sie Jule von der Spur erzählen? Wenn es denn eine Spur war. Bevor sie eine Entscheidung treffen kann, merkt sie, dass sie schon zwei Minuten drüber ist. Der nächste Termin! Sie muss sich sputen. Auf dem Weg aus dem Obergeschoss zum Gerichtssaal versucht sie sich den Fall in Erinnerung zu rufen, um den es jetzt geht. Es will ihr nicht so recht gelingen.

DORN
Köln, 2. November 1998

Als es an der Haustür klingelte, zuckte Dorn erschreckt zusammen. Sie hatte keine Ahnung, wer das so früh am Morgen sein konnte. Zumal nur eine Handvoll alter Freunde oder engster Vertrauter ihre neue Anschrift überhaupt kannte. Wenn es hoch kam. Denn eigentlich war sie hier noch völlig fremd.

Vor knapp fünf Wochen hatte sie ihr altes Leben hinter sich gelassen. Wieder mal. Und war nach Köln gegangen.

Andere Leute. Andere Sitten. Klare Kante. Das war der einzige Ausweg nach den Erfahrungen der letzten Monate und Jahre. Wenn es denn einer war. Die letzten Ereignisse hatten an ihr gezehrt. Sie war mental am Boden. So wie damals. Nach dem Tod des MP. Oder genauer: Nachdem sie überhaupt davon erfahren hatte. Seinerzeit hatte sie immerhin noch ein paar Freunde um sich. Die sie stützten. Für sie da waren.

Diesmal war alles anders. Ihre alten Schweriner Kollegen waren nach der Osteepleite mehr und mehr auf Distanz gegangen. Niemand machte ihr offen einen Vorwurf. Warum auch? Sie war die letzte, die etwas dafür konnte. Aber das Debakel hing ihr in den Kleidern. War nicht abzuschütteln. Jeden verdammten Tag im Büro bekam sie das zu spüren. Alle gingen auf Distanz.

Nachdem sich Johan von ihr getrennt hatte, war auch ihr Freundeskreis zusammengebrochen. So typisch. Wenn Beziehungen kaputt gingen, überlebten am ehesten die Kerle. In ihren Männer-Seilschaften. Unabhängig davon wer in der Beziehung am Ende tatsächlich die Reißleine gezogen hatte. Fußball, Kneipe, Karriere, diese Netzwerke hielten manches aus.

Jules Tochter hatte sich zu dem Zeitpunkt schon längst aus dem Staub gemacht. Nicht ohne ihr vorher noch ein paar Takte mit auf den Weg zu geben. „Immer geht es nur um dein Leben“, hatte ihre Tochter ihr vorgeworfen, als beide endlich doch mal Kraft zum Reden gefunden hatten. Noch so jung, aber fast schon erwachsen hatte sie da geklungen. „Deine Vergangenheit lässt dich nicht los, aber du lässt mich nicht daran teilhaben. Obwohl ich deine Tochter bin. Ich weiß nichts von dir. Und du nichts von mir. Jetzt will ich nichts mehr von dir.“ Sie hatte sich strikt geweigert, noch einmal den Wohnsitz und ihr soziales Umfeld zu wechseln.

Dorn hatte nicht mehr die Kraft, sie zu überreden. Als sie dann auch noch alte Zeitungsartikel und Fotos im Zimmer ihrer Tochter entdeckte und feststellte, dass Jule heimlich mit ihren ehemaligen Pflegeeltern Kontakt hielt, hatte sie sich geschlagen gegeben. Sie legte die Hoffnung auf ein Familienleben zu den Akten. Jule entschied sich lieber für das Internat. Damit hatte Dorn in Schwerin praktisch niemanden mehr.

Eine Zeitlang hatte sie das ausgehalten. Mehr oder weniger. Aber das Leben hatte sie zermürbt. Vor allem das Leben allein. Ohne jemanden an ihrer Seite. Unterbrochen nur von Sehnsüchten. Nach der alten Liebe. Neuen Bekanntschaften. Oder der Tochter. Immer wissend, dass die sich nicht erfüllen würden. Im Job war sie nur noch das fünfte Rad am Wagen. Business as usual? Das traf es viel zu wenig. Life as usual. Das passte schon eher. Aber wer will das schon. Jahr für Jahr. So genügsam sein.

Es brauchte seine Zeit. Dann war ihr klar. Entweder sie würde daran zugrunde gehen. Oder sie musste einen Schlussstrich ziehen. Als sie an diesem Punkt angelangt war, handelte sie kurz entschlossen. Wenn schon ein Neubeginn, dann nicht lange fackeln. Der wievielte war das eigentlich? Auf jeden Fall musste er radikal sein. Basel hatte dafür die Tore geöffnet.

Das Klingeln riss sie aus ihren Überlegungen. Diesmal energischer. Sie ging zur Tür. „Einschreiben, bitte bestätigen Sie den Empfang hier." Ein genervter Briefträger reichte ihr ein Formular und verschwand danach grußlos. Wenn er überall so lange warten müsste, würde er ja nie fertig. Das war die Botschaft. Der zwei Finger dicke DIN-A-4-Umschlag trug tatsächlich ihre neue Anschrift, aber keinen Absender. Was hatte das zu bedeuten?

Daliah Dorn hatte sich in ihrer kleinen Wohnung um die Ecke vom Brüsseler Platz gerade erst fertig eingerichtet. Besucher hatte sie noch nicht empfangen. Sie genoss die Anonymität. Das Wohnhaus aus der frühen Nachkriegszeit war nicht der Hit, aber die Zwei-Zimmer-Wohnung war gut und großzügig geschnitten, frisch renoviert und lag zentral. Vor allem war sie günstig gewesen. Eine Erbengemeinschaft hatte sie kurzfristig verkaufen müssen und ihre Schweizer Notfallkasse hatte fast dafür gereicht. Sie hatte nicht lange gezögert. Notfall hin oder her. Und die Entscheidung nicht bereut. Ihr MP wäre mit ihr zufrieden. Da war sie sich sicher.

Die Gegend im Belgischen Viertel war super. Man konnte sich abends und vor allem an den Wochenenden unerkannt durch die Menschengruppen vor den Kölsch-Kneipen oder den Büdchen an der Ecke trinken und die unkomplizierte rheinische Fröhlichkeit des Moments genießen. Keine Verpflichtungen, null Rücksichtnahmen, sich einfach hingeben. Carpe diem. Es gab wohl kein Völkchen, dass den Moment so überzeugt und schonungslos leben und genießen konnte wie die Kölner. An einem Abend hatte sie das besonders wörtlich genommen und war mit einem ganz manierlich aussehenden Werber mitgegangen. Der war zwar deutlich jünger als sie, aber sehr zuvorkommend und äußerst unterhaltsam. Der Abend war nett, warum sollte es also nicht noch einen Nachschlag geben? Man gönnte sich ja sonst nichts. Und der Sex war ordentlich: Eine Sechs bis Sieben auf ihrer ganz persönlichen Zehnerskala gab sie ihm am nächsten Morgen. In ihrem Alter war frau ja nicht mehr so verwöhnt. Aber mehr als die eine Nacht wollte sie ihm und sich trotzdem nicht gönnen. Zumindest vorerst. Nur keine neuen Verpflichtungen und erst recht keine neuen Hoffnungen. Seitdem machte sie um die Bar einen großen Bogen. Ihre Handy-Nummer hatte sie ihm sicherheitshalber sowieso nicht dagelassen.

Sie schaute unschlüssig auf den braunen Umschlag. Für schlechte Nachrichten war es eigentlich zu früh und sie sowieso noch längst nicht wieder in Stimmung. Andererseits musste der Inhalt ja wichtig sein. Einschreiben! Warum sonst hätte jemand sich so viel Mühe machen sollen. Sie tastete den Umschlag ab und gab sich einen Ruck. Zwei Aktenhefter rutschten aus dem Kuvert. Ein Anschreiben konnte sie auch auf den zweiten Blick nicht entdecken. Auf den Deckeln standen jeweils nur Namen: „Kristian Halborg" auf dem einen, und „Stefan Hilgers alias Moldau" auf dem anderen. Sie musste sich setzen. Dass die Vergangenheit sie schon wieder mit solchem Wumm einholen könnte, hatte sie nicht für möglich gehalten. Und immer schön Häppchenweise.

Hilgers! Der Major. Das Phantom ihrer Lebensoper. Das Schreckgespenst. Das sie immer wieder aus der Bahn warf. Wie zuletzt in Schwerin. Sie konnte sich kaum daran erinnern, wann genau sie das letzte Mal durch ihn mit der Vergangenheit konfrontiert worden war. Ihrer Vergangenheit. Und ihrer Geschichte. Seine Drohungen saßen tief. Bis heute. Die hatten sie echt aus der Spur gekegelt. Wieso kam das jetzt alles zurück? Musste sie da durch? Was wollte ihr der Absender sagen?

Sie überflog die Seiten. Ein Lebenslauf von Halborg zeichnete sorgsam seine Karriere im ehemaligen Osten nach. Nicht nur als Blockflöte, auch im Bezirk und im Ministerium. Kopien von seinen Aktivitäten nach der Wende sollten wohl den Nachweis führen, dass er gemeinsam mit einem Handlager mehrere ehemalige Baukombinate der DDR übernommen und auf direktem Weg in die Insolvenz geführt hatte. Nicht ohne vorher die liquiden Mittel beiseite zu bringen. Kam ihr irgendwie bekannt vor. Ermittlungsverfahren gegen ihn wegen Insolvenzverschleppung und Subventionsbetrug waren offenbar immer noch anhängig. Und immer wieder kreuzten sich seine Wege mit denen von Hilgers. Warum nur wunderte sie das alles nicht?

Ein Anhang zu den Unterlagen zeigte, dass ein bekannter Unternehmer zusammen mit den beiden im Fokus der Ermittler stand. Der leitete in Hamburg seit fast 20 Jahren eine große Spedition. Ehemals DDR-eigen. Er hatte sie nach der Wende schnell zu einem Marktführer gemacht. Irgendwann hatte er auch noch einen Baustoffhandel samt Bauunternehmen in West-Berlin übernommen. Beide Firmen waren früher offenbar sehr lukrative Außenhandelsbetriebe des KoKo-Imperiums. Seine Trucks waren regelmäßig mit geheimer Ware aus dem Westen Richtung Überseehafen Rostock unterwegs gewesen. Gemeinsam standen sie offenbar unter Verdacht des illegalen Waffenhandels sowie der Steuerhinterziehung nach der Wende in Zusammenhang mit der Planung von Ferienprojekten. Und vor allem mit deren Scheitern. Dorn war elektrisiert.

Ferienprojekte? Waffen? Sie war jetzt endgültig zurück in ihrem ersten Leben. Und völlig durch den Wind. Das passte wie die Faust aufs Auge. Nicht nur zu den Aufzeichnungen aus dem Schließfach. Hilgers und sein Kumpel von der KoKo. Der MP hatte beide als seine Kontaktpersonen benannt. Damals, als sie noch Chantal war. Und er sie zur Mutter gemacht hatte. Der MP hatte sogar noch einiges mehr zu Protokoll gebracht. Sie rief sich die Papiere aus der Schweiz in Erinnerung, an denen sie irgendwann Lust und Interesse verloren hatte. Sie überlegte, wo sie die Kopien eigentlich abgelegt hatte. Nur die hatte sie ja mitgenommen, die Originale aber wieder in der Bank deponiert. Man wusste schließlich nie.

Wieso hielt sie nun neue Unterlagen in ihren Händen? Wer war der Absender? Sie musste sich setzen. Tief durchatmen. Nachdenken. Wieder klare Gedanken fassen. Sie brauchte einen starken Kaffee. Eine original italienische Espresso-Maschine war ihr Geschenk zum Einzug gewesen. Das hatte sie sich selbst gemacht. Dafür war jetzt der richtige Moment.

Als sie die Mappe über Hilgers aufschlug, konnte sie kaum noch was erschüttern. Sie war schließlich Teil seiner Vita. Furchtbarer Teil. Auch wenn das in den Dokumenten so nicht ausdrücklich zur Sprache kam. Sie wusste, was für ein Schwein er war. Und trotzdem seiner Vergangenheit entkommen konnte. Nun las sie es schwarz auf weiß.

Die Akte bestand aus zwei Teilen. Der erste zeichnete seinen Aufstieg im MfS in kurzen Stichworten nach. Bis zu seiner Mitverantwortlichkeit für das Waffenlager bei Warnemünde, das als Drehscheibe für staatlichen Waffenhandel beschrieben wurde. Legal? Illegal? Scheiß egal! Hand in Hand mit der KoKo. Hauptsache die Kohle stimmte. Den Klassenfeind im Westen freute es. Dem war ein Problem abgenommen worden. Der Kapitalismus ließ sich das was kosten. Auch wegen privater Waffenschiebereien wurde inzwischen offenbar gegen Hilgers ermittelt. Bei denen war für ihn und einige Helfershelfer einiges extra abgefallen. Wie der Stand des Verfahrens war konnte sie allerdings nicht ersehen. Absender und Quellen waren nicht auszumachen, obwohl das alles nach amtlichen Schriftstücken aussah. Briefkopf und Unterzeichner waren auf den Kopien zum Teil sorgfältig abgedeckt worden. In einer rechtlichen Bewertung wurde die Frage der Verjährung aufgeworfen und des öffentlichen Interesses an den alten Vorgängen. Ohne eindeutiges Ergebnis. Unentschieden sozusagen.

Handschriftlich hatte jemand an den Rand notiert: „2 Tote! 1 x Depot, 1 x Ostsee. Vertuscht. Keine Ermittlungen!" Ein Buchstabenkürzel stand unleserlich darunter, aber auch das war kein echter Hinweis auf den Verfasser. Aber vielleicht das Motiv der Aktion? Mord verjährte ja nicht.

Der zweite Teil betraf seine Zeit nach der Wende. Hilgers hatte neu geheiratet und unter neuer Identität einen Im- und Exportbetrieb gegründet. Er war offenbar schnell erfolgreich und hatte zügig expandiert. Schon bald nach Firmengründung hatte er ein Logistikunternehmen aus dem Bergischen Land geschluckt und war Mehrheitseigner in einem undurchsichtigen Immobilienkonsortium mit Sitz im Rheinland geworden. An dem hatte auch ein Finanzdienstleister mit Sitz auf Jersey Anteile. Trotzdem war beides nicht gerade ein Schnäppchen gewesen. „KAPITAL?" hatte jemand in Großbuchstaben handschriftlich daneben notiert. Gute Frage, dachte Dorn. Ihr fiel der Hinweis von Lundberg ein.

In seinem neuen Heimatort vor den Toren Kölns versuchte sich der gewendete Hilgers dazu nun als ehrenwerter Bürger Moldau einen Namen zu machen. Im wahrsten Sinne des Wortes. Das kannte sie ja schon aus Schwerin. Dabei helfen sollte ihm hier die eine oder andere lukrative Spende. Als Vorsitzender einer Kultur-Stiftung dachte er dabei nicht nur an etablierte Kulturprojekte und soziale Randgruppen. Er unterstützte auch linksalternative Ideen und experimentelle Subkulturen der Gegend freihändig. Das Geld und die Freiheit dazu musste man erst mal haben.

Ihre Überraschung war komplett, als sie einen Aktenvermerk las, den irgendein Staatsanwalt mit Allerweltsnamen gefertigt hatte. Er war an das Blatt angeheftet. Die Stiftung stand seit der Wende im Verdacht, einen ordentlichen Anteil der verschwundenen SED-Gelder gebunkert zu haben. Weder die Treuhand noch die staatlichen Ermittler hatten abschließend klären können, wo die Milliarden lagen. So erklärte sich womöglich auch, dass im Stiftungsrat des obskuren Ladens einige prominente Linke mit SED-Vergangenheit saßen. „Wie parteinah?“ war handschriftlich an den Rand notiert. Darunter: „Stasi-Seilschaft? Seine Frau?“ Offenbar zwei verschiedene Handschriften.

Schon wieder Hilgers, dachte sie. Immer wieder. Nur sein Name hatte sich geändert. Seine Ziele und Absichten offenbar nicht. Immer auf dem Weg nach oben. Egal wie. Zu neuer Karriere. Zu Macht und Einfluss. Erst über links. Der Sozialismus würde schon siegen. Irgendwie. Irgendwann. Deshalb natürlich Parteimitglied. Damals. Nach der Wende dann neue Zeiten, neue politische Freunde, aber alte Seilschaften. Die ehrenwerten Ex-Genossen. Die er nun offenbar nach Kräften mit Spenden unterstützte. Auch eine Form von Vergangenheitsbewältigung. Dass wegen Verdachts der Geldwäsche, Betrug und Unterschlagung gegen ihn ermittelt wurde, schien seinem Ruf und seinem Erfolg nicht sonderlich geschadet zu haben. Bis jetzt jedenfalls.

Dorn verstaute die Akten in einem Korb unter einem Haufen dreckiger Wäsche, sicher war sicher. Sie musste erst mal einen klaren Kopf kriegen, nur nichts überstürzen. Von einem unbelasteten Wochenende, auf das sie sich gefreut hatte, konnte keine Rede mehr sein.

PAULA
Köln, 3. November 1998

Dorn saß auf der Couch, unfähig in den Tag zu starten. Das Einschreiben vom Vortag hatte sie förmlich aus der Kurve geworfen. Wie gut, dass sie noch ein paar Tage hatte, bis sie ihren neuen Job antreten musste. Ihre Gedanken gingen ständig zurück zu dem Einschreiben und den Akten. Klar, sie sehnte sich nach Aufklärung und Gerechtigkeit. Alles in ihr schrie danach. Aber in dieser Art? Was konnte sie tun?

Sie wusste nicht, ob sie darüber lachen oder weinen sollte. Eigentlich wollte sie doch einen Neuanfang. Ohne die Schatten der Vergangenheit. Sollte alles so schnell wieder vorbei sein? Zurück in die Zukunft? Vielleicht war es ja das Beste, den ganzen Kram einfach ins Altpapier wandern zu lassen. Oder ganz weit unten bei den anderen Papieren zu bunkern. Aus den Augen aus dem Sinn. Konnte sie das? Sie brauchte Zeit. Musste alles sacken lassen. Als das Telefon klingelte, war sie genervt. Bis sie das Handy am Ohr hatte. „Long time no hear", sagte eine wohlbekannte Frauenstimme statt einer Begrüßung.

„Paula, du?" Sie konnte es nicht fassen. Dorn erkannte die früher so vertraute Stimme auf Anhieb wieder. Ohne Schrecksekunde. „Woher hast du meine neue Nummer? So schnell. Nach so langer Zeit." Für einen Moment überlagerte Verwunderung die Freude. „Kontakte!" Paula lachte. „Wie geht es dir? Hast dich ja echt rar gemacht. Samt neuem Namen und neuer Identität. Nicht länger Chantal?" Paulas Lachen klang belustigt.

Was für Kontakte, dachte Dorn. Sie kannte hier doch noch so gut wie niemanden. Und niemand kannte sie. Oder hatte sie was verpasst? Aber es tat gut die Stimme der Freundin zu hören. Keine Frage. „Schön, deine Stimme zu hören", sagte sie: „Chantal war gestern. Und mein neuer Name passt besser. Für alles."

Es war lange her, viel zu lange. Dorn überlegte, wann sie wohl das letzte Mal miteinander gesprochen hatten. In Schwerin? Oder sogar davor? Es würde ihr schon wieder einfallen. Irgendwann. „Es ist so lange her. Und so viel passiert."

Paula wurde ernst. „Du warst auf einmal weg", sagte sie. „Die Pleite an der Ostsee und wie das Ding an die Wand gefahren wurde, habe ich noch mitbekommen. Wenn auch aus der Ferne. Schuld war wohl ein guter alter Bekannter." Sie lachte, aber so wie es sich anhörte, kam es nicht von Herzen. „Die Zeitungen waren ja voll davon. Auch von seinen anderen dubiosen Aktivitäten." Sie machte eine Pause und schien nachzudenken. „Aber ich hatte meine eigenen Probleme. Beziehung, Schwangerschaft und so, du weißt schon. Dann Trennung. Der normale Wahnsinn. Als ich alles wieder im Griff hatte, warst du verschwunden. Inzwischen ist mein Sohn bereits auf dem Gymnasium."

Die Freundinnen redeten über die Jahre und ihre Alltagssorgen, bis Paula plötzlich ernst wurde. „Hast du meine Post bekommen? Ich dachte mir, dass dich das interessieren könnte." Auf einmal verstand Dorn. Fast jedenfalls. „Wie kommst du an so brisante Unterlagen? Mit so vielen Details?"

Paula lachte wieder. Diesmal hörte es sich echter an. „Aus der Treuhand. Ich habe da lange eine Abteilung für Privatisierungen geleitet, auch noch später in der Nachfolgeorganisation. Da kam einem so manches auf den Tisch. Einiges davon habe ich beiseite gelegt und aufbewahrt. Man sieht sich ja immer zwei Mal im Leben." Ihre Stimme klang amüsiert und irgendwie zufrieden. „Dann las ich neulich von unserem Freund Hilgers und seinen neuen Aktivitäten im Rheinland. Neuer Name, neues Foto. Aber alte Methoden. Ich habe ihn sofort wiedererkannt. Und alles erinnert. Altes Eisen rostet nicht, hat bei ihm eine ganz neue Bedeutung. Will jetzt sogar wieder in die Politik. Hat die Seiten gewechselt. Nicht zu fassen. Wie ein Stehaufmännchen. Vermutlich hast du noch eine Rechnung offen, dachte ich mir. Und habe die Papiere zur Post gebracht. Jetzt weißt du alles. Und kannst einen Schlussstrich ziehen. Endlich zur Ruhe kommen. Du hast es verdient. Nutze die Chance."

Sie hatte weit ausgeholt, um sich zu erklären. Wie auswendig gelernt. Und alles so zügig runtergespult, dass Dorn kaum eine Chance hatte, sie zu unterbrechen. Selbst wenn sie es gewollt hätte. War das Absicht? Sie stutzte. Irgendwas war anders als früher. Als Paula und Chantal noch unzertrennlich waren. Sie fühlte das. Bekam es aber nicht richtig zu fassen. Trotzdem war das, was ihre alte Freundin zu erzählen hatte, auch spannend. Keine Frage. Sie hatte gebannt zugehört.

Nachdem sie sich in die Hand oder besser: in den Hörer versprochen hatten, sich so bald wie möglich zu verabreden, saß Daliah Dorn auf der Couch und ließ alles erst mal sacken. Die Post. Die Informationen. Den Anruf. Die Freude. Die Zweifel. Konnte sie jetzt ihren Frieden finden? Wie Paula vorgeschlagen hatte. Mit einigem Nachdruck. Warum eigentlich? Oder sollte sie noch einmal in das Leben der alten Chantal zurückkehren? Gab es doch noch eine höhere Gerechtigkeit? Musste der vielleicht nur auf die Sprünge geholfen werden?

Das komische Gefühl blieb. Es saß ganz tief in ihr. Sie konnte es nicht näher bestimmen. Oder erklären. So viele Zufälle? Binnen zwei Tagen? Konnte das wirklich mit rechten Dingen zugehen? Und Paula? Nach all den Jahren. In denen sie sich völlig aus den Augen verloren hatten. Ausgerechnet jetzt. Ihr fiel ein, dass sie Paula gar nicht gefragt hatte, wo sie inzwischen lebte. Aber das war auch nicht so wichtig. Sie versuchte sich zu beruhigen. Das könnte sie beim nächsten Mal nachholen. Wichtig war jetzt nur, dass sie sich wiedergefunden hatten, oder? Kannte das Leben wirklich keine Zufälle?

Das komische Gefühl kam zurück wie ein Schluckauf. Tief in ihrem Inneren fiel es ihr auf einmal schwer daran zu glauben.

ELENI
Weimar, 9. November 2016

Eleni sitzt gedankenverloren am Fenster ihrer Pension. Die Herberge ist klein und nicht besonders komfortabel. Dafür sind die gemütlichen Zimmer sauber und groß. Ihres hat sogar einen Balkon, der Richtung Theaterplatz geht und die späte Sonne auffängt. Vor ihr auf dem Schreibtisch liegen ihre Notizen und verstreut einige Dokumente. Aber ihr Blick schweift ab und segelt raus zum Bronzedenkmal von Goethe und Schiller. Sic kann zwar nur dass Standbild von Schiller sehen, und das nur zur Hälfte. Doch sie weiß, dass die beiden Seite an Seite vor dem Nationaltheater stehen. Goethe legt ihm die Hand auf die Schulter, so wie gute Freunde das tun. Während er ihm mit der anderen einen Lorbeerkranz reicht.

Wie die beiden wohl überleben konnten? Über 150 Jahre schon seit Errichtung des Denkmals. Die Zeit des Nationalsozialismus ebenso wie die des real existierenden Sozialismus. Nicht einmal die Sowjettruppen hatten sich nach ihrem Einmarsch an die Bronzestatuen rangetraut. Dabei hatte die Rote Armee als eine Art von Reparation doch sonst so gut wie alle Kulturgüter mitgehen lassen, die von den Nazis nicht rechtzeitig versteckt oder viel früher als entartete Kunst zerstört worden waren. Goethe und Schiller nicht. Sie überlebten eingemauert in einen Steinsarg zum Schutz vor Bomben. Und durften bleiben. Sowjetsoldaten kloppten sogar Steine, um sie fast liebevoll zu befreien. Und sie symbolisch aufs Neue zu enthüllen. Wegen des Lorbeerkranzes? Dem Symbol des Sieges? Eleni wird noch eine Spur nachdenklicher bei dem Gedanken daran.

Sie versucht, sich wieder auf die Unterlagen zu konzentrieren. Sie sucht Antworten, bevor sie zum Abendessen in ein typisches Restaurant in der Altstadt will. Aber es fällt ihr schwer. Zu viele Gedanken schwirren ihr durch den Kopf und kollidieren mit niedergeschriebenen Erinnerungsfetzen. Wie ein Albtraum bei vollem Bewusstsein. Als verlöre sie den Boden unter den Füßen und sehe sich selbst dabei zu. Immer neue Infos. Immer neue Bösewichte. Die sie und ihre Bemühungen um Aufklärung verhöhnen. Sie muss kühlen Kopf bewahren, ermahnt sie sich. Auch wenn's schwer fällt.

Sie hat einen ereignisreichen Tag hinter sich, für den sie in Hamburg spontan frei genommen hatte. Es passte grad in den Gerichtsfahrplan. Sie konnte einige ihrer vielen Überstunden abbummeln und damit sogar die Personalverwaltung zufriedenstellen. Die sah es gar nicht gern, wenn sich zu viele davon ansammelten. Und irgendwann zu einem verlängerten Urlaub umgerubbelt werden sollten. Mehr Staatsanwälte einstellen wollte sie aber erst recht nicht.

Gleich nach der Ankunft in Weimar hatte sie den Journalisten getroffen, den Kollege Prahl ihr in der Kantine so ans Herz gelegt hatte. Liefers hatte seine Nummer. Anruf genügte. Er schien fast darauf gewartet zu haben. Ein angenehmer Typ, der ihr auf Anhieb sympathisch war und vertrauensvoll wirkte. Seit über 30 Jahren war er bei der großen thüringischen Regionalzeitung und hatte die Geschichte überlebt ohne Geschichte zu schreiben. Anders als die meisten seiner Kollegen, die sich dem alten System verschrieben hatten. Aus welchen Gründen auch immer. Vielleicht auch nur um zu überleben. Bei der Stasi-Überprüfung blieb er sauber. Zu den Mächtigen war er damals auf Distanz geblieben. Und hatte den Druck ausgehalten. Sowohl von der Partei als auch vom System. Und bis heute bewegte er sich mit kritischem Abstand zu den Oberen. Ließ sich von nichts und niemandem vereinnahmen.

Erst wenige Monate zuvor hatte er einige bislang unbekannte Dokumente der Stasi-Bezirksverwaltung ausgegraben. Die konnten vielleicht von Bedeutung für Elenis Recherchen sein. Sie musste nur eins und eins zusammenzählen. Kopien liegen nun vor ihr auf dem Tisch. Aber zum Zählen fehlt ihr die Kraft. Oder die Konzentration. Sie spult ihre Eindrücke von dem Gespräch zurück wie einen Film. Und gießt ein Bier aus der Minibar hinterher.

Der Reporter hatte erzählt, wie er einem ranghohen westdeutschen Politiker und seinen zahllosen Reisen in den Osten auf die Spur gekommen war. Mehrfach hatte er darüber geschrieben, dass der in den letzten Jahren der DDR dort so etwas wie ein Stammgast gewesen war. Nur interessiert hatte das bislang niemanden so recht. Nun fand der Journalist heraus, dass er auch vor seiner eigenen Haustür unterwegs gewesen war. Das war neu. Wie auch das Interesse der Hamburger Staatsanwältin. Eleni war die Erste, die bei ihm nachfragte.

Über 20 Reisen des Wessis waren bis dahin schon aus verschiedenen Stasi-Archiven ausgegraben worden. Aufenthalte in Karl-Marx-Stadt, in Dresden, Greifswald, Ost-Berlin. Und immer wieder in Warnemünde. Sogar zu einer Geburtstagsfeier hatte er sich mit zwei Dutzend Parteifreunden und Mitarbeitern dorthin verirrt. Aus welchen Gründen? Nur weil sie dort Sex-Abenteuer „mit Bürgerinnen in der DDR" gebucht hatten? So hatte es in einer Stasi-Akte gestanden. Verstehen sollte das wer will.

Als der Reporter auf das Ostseebad zu sprechen kam, klingelten bei Eleni sofort alle Glocken sturm. Warnemünde? Nicht so sehr wegen der eindeutig zweideutigen Spitzel-Berichte der Stasi. Es war das Städtchen selbst. Da war doch was. War das die Verbindung, nach der sie suchte? Sie machte sich eine Notiz und hörte dem Zeitungsmann und seinen Geschichten weiter zu. Eigentlich hatte der bei seinem letzten Besuch im Bezirksarchiv gar nicht mehr damit gerechnet noch etwas Neues entdecken zu können. Umso mehr hatte ihn sein Fund total perplex gemacht. Er fand heraus, dass der Westbesucher nicht nur ein, sondern mehrere Male in Jena war. „Seine Besuche waren inoffiziell, zumindest aus Sicht des Westens", erzählte ihr der Journalist. „Privatbesuche, wie fast immer." Das an sich war nicht weiter ungewöhnlich. Doch was für ihn angeblich privat war, hatte für die Machthaber in Ost-Berlin einen ganz anderen Charakter. Und die redeten auch gar nicht lange darum herum. Die Akten sprachen Bände.

In amtlichen Protokollen war notiert, dass der West-Politiker in Jena unter anderem mit Spitzenforschern der Uni zusammengetroffen war, die für den Osten an der Entwicklung eines Waffensystems für den Weltraum tüftelten. Wohl als Antwort auf Amerikas Pläne für ein Raketenschutzschild, das damals unter dem Kürzel SDI für Schlagzeilen sorgte. Der Weg für die Treffen war von ganz oben freigemacht worden. Aus dem Zentralkomitee war die Uni zu dem Treffen angewiesen worden. Und ausgerechnet die Stasi hatte alles sorgsam aufgezeichnet. Also doch. Jetzt hatte sie es schwarz auf weiß.

Konnte das wirklich sein?

Eleni versucht Ordnung in ihre Gedanken zu bringen und die Logik hinter den Infos zu verstehen. Wieso führte ein hoher Westpolitiker vertrauliche Gespräche mit Geheimnisträgern des Warschauer Paktes über militärische Technologieforschung für einen Sternekrieg? Verhandlungen, von denen bei ihm zu Hause offenbar niemand etwas wusste. Oder vielleicht doch? Wie sonst war es möglich, dass der mit Wissenschaftlern des Ostblocks offen wegen der Lieferung von Hochleistungslasern aus dem Westen dealte, die man dort brauchte, um mit Laserkanonen im Weltraum rumzuballern. Was für ein Widersinn steckte dahinter? Sie erinnert sich, dass die Friedensbewegung damals Hunderttausende auf die Straße gegen solchen Rüstungswahn getrieben hatte. Und sie versteht die Beweggründe auf einmal noch viel mehr.

Und dann war da ja noch die Frage, ob der Wahnsinnslaser tatsächlich von einem bundesdeutschen Unternehmen nach Jena geliefert worden war. Angeblich mit Hilfe einer Schweizer Tochtergesellschaft. Adressat: ein Kombinat für die Entwicklung optischer Militärgerätschaften. So stand es jedenfalls in den Stasi-Dokumenten, die der Reporter zu seiner Überraschung ganz frisch in die Finger bekommen hatte. Nur die Antwort, wer den Handelspartnern bei der Umgehung des Embargos für solche Rüstungsexporte zur Hand gegangen war, darauf wusste die Stasi offenbar keine sichere Antwort. Zumindest nicht in den Kopien, die jetzt vor ihr auf dem Tisch liegen.

Fast noch mehr beschäftigt Eleni aber eine andere Frage: Wieso hatte sich für die Rolle des West-Politikers eigentlich nie jemand richtig interessiert? Weder für seine Sex-Abenteuer noch für seine Hinterzimmer-Deals? Nicht einmal nachdem eine thüringische Zeitung gut 20 Jahre später darüber berichtet hatte. Sollte der BND davon wirklich nichts mitbekommen haben? Oder hatte er großzügig darüber hinweggesehen? Wenn ja, warum? Und konnte es sich dabei wirklich um den großen Unbekannten handeln, der erst das Leben von Jules Mutter aus den Angeln gehoben hatte und jetzt auch noch das ihrer Freundin?

Eleni stiert aus dem Fenster, ohne da draußen etwas wahrzunehmen. Das macht doch alles keinen Sinn, denkt sie. Schon mal gar nicht, wenn wir über den Tod von Jules Mutter nachdenken. Wie soll das zusammenpassen? Was soll ihre Rolle in dem Schurkenstück gewesen sein? Und welcher Dramaturgie sollte ihr Tod folgen?

Unruhe erfasst sie. Eleni steht auf und wandert durch ihr Hotelzimmer, als wenn das Ordnung in ihre Gedanken bringen und die losen Enden irgendwie zusammenbinden könnte. Der frühere MP aus dem Westen und das Valuta-Imperium KoKo. Hand in Hand im internationalen Waffengeschäft? Konnte das wirklich sein? Ohne Widerspruch aus den jeweiligen Regierungszentralen? Ohne deren Wissen? Oder unter den Augen des BND? Toleriert und gewollt? Das durfte es doch eigentlich nicht gegeben haben. Zumindest nicht in ihrer Vorstellungswelt. Und wenn doch? Nach dem Motto: Augen zu und durch? Embargos hin oder her? Hauptsache die Kassen klingeln? Aber so etwas funktionierte vor den kritischen Augen der Weltgemeinschaft nicht im Alleingang. So doch nicht.

Fragen über Fragen. Antworten darauf würde sie an diesem Abend nicht mehr finden, das ist Eleni klar. Sie muss auf andere Gedanken kommen. Und zwar dringend. Etwas essen zum Beispiel. Den ganzen Tag hatte sie außer ein paar Chips nichts Festes zu sich genommen. Auf einmal spürt sie den Hunger. Auf was Deftiges. Ganz nach Art der Region. Klöße zum Beispiel mit brauner Soße und Braten. Dazu ein Schwarzbier. Das könnte helfen. Allen Vegetariern zum Trotz. Sie hatte mit deren Überzeugung nie etwas anfangen können. Fleisch war ihr Gemüse.

Der „Thüringer Hof" liegt nur zwei, drei Ecken von der Pension entfernt. Sie hat im Internet viel Gutes über die Schänke gelesen und sich schnell entschieden. Rustikal und traditionell. Passt schon. Sie nimmt ihr Handy und zögert kurz. Dann fasst sie einen Entschluss. Der Anruf bei Jule muss bis morgen früh warten. Und bei Giannis würde sie sich melden, wenn sie zurück war. Er wird das verstehen, denkt sie. Und spürt ein Kribbeln im Unterbauch. Sie freut sich schon auf ihn. Am nächsten Abend. Wenn sie wieder zurück in Hamburg ist. Ein ungewohntes Gefühl. Sie kann sich gar nicht erinnern, wann sie so etwas das letzte Mal verspürte. Fühlt sich aber gut an.

Auf einmal sind die Ermittlungen ganz weit weg. Alles zu seiner Zeit. Sie wirft sich die Jacke über und macht sich auf den Weg.

IV

DORN
Berlin, 3. Juli 2015

Die Frau lief aus dem Bild. Sie hatte Tränen im Gesicht. Wirkte völlig aufgelöst. Als wollte sie sich vor den auf sie gerichteten Kameras in Sicherheit bringen. Aber keine Minute später war sie wieder da. „Wo sind unsere Kinder???" stand auf einem Pappschild, das sie Fotografen und Fernsehleuten entgegen reckte. Die Tafel war auf einen Besenstiel getackert. Ihre Frage mit drei großen Fragezeichen garniert. Jedes in einer anderen Farbe. Es war wohl mehr eine Botschaft als eine Frage. Ein Mann schräg hinter ihr hielt seine Tafel in den Händen. „Wir wollen unser Recht. Wir wollen Auskunft." Ein anderer schrie seine Verzweiflung in die Mikrofone. „25 Jahre! Und niemanden kümmert das Unrecht. Ich will meinen Sohn zurück." Als er weinend die Fassung verlor, schwenkte die Kamera in die Totale. Sie wollte wohl das Elend nicht mit ansehen.

Es waren einige Hundert Menschen, die ihren Schmerz gemeinsam zur Schau stellten. Und manche auch ihre Wut. Sie waren vor dem Brandenburger Tor zusammengekommen. Einen Steinwurf entfernt vom Reichstag. Den Bundestagsabgeordneten, die dort residierten, galt ihre Botschaft. Aber nicht nur ihnen. Es war nicht einfach nur Protest, den die Männer und Frauen an dem geschichtsträchtigen Ort öffentlich zur Schau stellten. Nicht einfach nur eine Klage. Es war eine Anklage. Öffentlich. An alle.

Sie wollten an gravierendes DDR-Unrecht erinnern. Speziell die Zwangsadoptionen, mit denen das sozialistische System Regimegegner bestrafte. Indem sie ihnen die Kinder wegnahm. Und sich endlich in Erinnerung rufen. Die Kamera zoomte zurück auf einen Mann um die Fünfzig. Er erzählte stockend von seinem gescheiterten Fluchtversuch über die Ostsee. Noch im Schlauchboot, wenige Meter vom Strand von Usedom entfernt, hatten ihn die Sicherheitskräfte erwischt. Er suchte nach Worten. Und nach Fassung. Seinen damals vierjährigen Sohn hatte er seitdem nie wiedergesehen. Seine Frau, die er später in den Westen nachholen wollte, ließ sich auf Druck der Stasi von ihm scheiden. Ihr kleiner Junge wurde ihr trotzdem weggenommen. Kam erst in ein Heim. Zwangsweise. Dann zu neuen Eltern. Anschrift unbekannt.

Hunderten Systemgegnern erging das so. Wie viel genau, darüber gab es nur Schätzungen. Und es gab die Selbsthilfegruppen der Opfer. Die nun anklagten. Und reden wollten. Auf das endlich jemand zuhörte. „Warum interessiert sich niemand für das uns angetane Unrecht? Warum tut die Politik nichts zur Aufklärung?“ Die Verzweiflung des Mannes sprach aus jedem Wort. Er bellte es dem Interviewer förmlich ins Mikrofon.

Die Kamera schwenkte weiter zu einem Anzugträger. Er stand am Rand der Menschenansammlung und wartete auf seinen Auftritt. Kamera an. „Wir brauchen eine wissenschaftliche Untersuchung des Leids, das Menschen der ehemaligen DDR erlitten haben“, sagt er. Er gab sich sichtlich Mühe Betroffenheit zu zeigen. „Es ist Zeit. 25 Jahre nach dem Fall des Systems muss endlich Gerechtigkeit her.“ Schnitt.

Der Anzug sprach für eine Sozialorganisation, die sich um DDR-Opfer kümmert. Welche genau, dafür hatte sie keine Augen mehr. Ihre ganze Aufmerksamkeit ruhte auf dem Typen, der sich da so selbstlos als Anwalt der Opfer zu inszenieren versuchte. Sie kannte ihn. Sie würde ihn nie vergessen. Er hatte ihre eigene Tochter auf dem Gewissen. Im Namen des Systems. Er hatte sie geholt. Damals in Warnemünde. Jugendhilfe nannten die das. Dabei war es nur Druck. Jetzt gab er den Biedermann. Für irgendwelche neuen Herren. Im Namen des Systems. Des neuen Systems. Ohne jeden Skrupel.

Daliah Dorn war fassungslos. Sie konnte nicht mehr. Sie schaltete den Fernseher aus.

DORN
Köln, 26. Juli 2015

Der Festsaal des in die Jahre gekommenen Ausflugshotels im Bergischen Land war voll besetzt, trotz der frühen Mittagsstunde. Die Gäste duckten sich förmlich unter dem schweren Jugendstilstuck an der Decke an kleine Bistrotische mit weißen Decken und spärlichem Blumendekor. Die Stehtische waren Programm: Bitte gar nicht erst gemütlich machen. Denn hier ging es nur um eines: die gute Sache. Für wen die eigentlich gedacht war, lag ganz im Auge des Betrachters. Ihr Gastgeber hatte zu einer Benefiz-Veranstaltung eingeladen. Ein Wohltätigkeitsbrunch. Also nix zum satt werden. So viel war allen schnell klar.

Die Eintrittsgelder und auch der Erlös mehrerer Versteigerungen waren für die Kinder-Krebsstation des Kreiskrankenhauses gedacht. Einige traurige Fotos von kleinen Patienten an den Wänden appellierten an große Gefühle der Besucher. Und an ihr großes Herz. An wen sich die vielen großformatigen Fotos des Veranstalters richteten, konnte jeder Betrachter für sich entscheiden. Die Bilder zeigten ihn mal im Krankenhaus bei den Kleinen oder als erfolgreichen Unternehmer der Region. Dann wieder an der Seite wichtiger Regierungsgrößen. Ein Zufall, dass er ausgerechnet jetzt nach Größerem strebte? An die Parteispitze. Oder in die Landesregierung. Mindestens.

Dorn hatte einen Tisch im Mittelfeld ergattert. Sie hatte einen Freund überreden können, sie zu begleiten. Nix Festes, aber ganz nett. Mehr nicht. Aber was nicht war, konnte ja noch werden. Sie mochte ihn jedenfalls. Außerdem waren ihre Ansprüche mit zunehmendem Alter eh nicht mehr hoch. In ihrem Bett war schon lange ziemlich tote Hose. Sie kam damit inzwischen einigermaßen klar. Sie hatte in den Lokalblättern von der Veranstaltung gelesen und sich spontan angemeldet. Das Geld war es ihr Wert. Stefan Moldau, der erfolgreiche Unternehmer und Gönner, der Mann ohne Vergangenheit, der nur nach vorn schauen wollte, am liebsten in der Politik. Ein Mann mit großem Herzen, das so voller Mitgefühl und Mitleid steckte, dass er es sich gern was kosten ließ; der zu Höherem berufen war und Politik einen neuen Namen und ein neues Gesicht geben wollte – das Faltblatt zur Einladung triefte vor Selbstlob.

Als sie ihn im Fernsehen gesehen hatte, war alles wieder da. Alles, was sie für Jahre sorgsam unter Verschluss gehalten hatte. Wie in einem Hochsicherheitstrakt. Aus Selbstschutz. Sie wollte nicht zum Opfer ihrer eigenen Rache werden. Sie wollte die Geschichte auslöschen. Ihre Geschichte. So wie ihre Freundin Paula es ihr geraten hatte. Das war schon ewig her. Lange war das gutgegangen. Bis sie den Fernsehbeitrag sah. Und später auf all die Zeitungsartikel über den selbsternannten Gutmenschen gestoßen war. Und seine politischen Absichten. Wie damals. Als wäre es gestern. Dieser Treppenwitz der Geschichte sollte sich nicht noch mal wiederholen. Nie wieder. Sie war jetzt entschlossen.

Sie beobachtete, wie sich die Objektive auf ihn richteten, als er zur Begrüßung auf die kleine Bühne trat. Und wie er es genoss. Wie er sein Kreuz durchdrückte und seine frisch polierten Zahnkronen blitzen ließ. Fotografen und Kameraleute rangelten um Plätze und Bilder, Kameras klickten. Großer Bahnhof. Er liebte das. Und wartete geduldig, damit auch jeder Fotograf oder Kameramann zu seinem Recht kam. Der Sekt vor ihnen auf dem Tisch passte nicht so recht zu einer Gala. Lauwarm und abgestanden. Nur die Magnum-Flaschen, aus denen ausgeschenkt wurde, waren erstklassig. Und protzig. Dazu ein bisschen trockenes Fingerfood. Mehr Schein als Sein. Passte irgendwie.

Auf der Bühne hatten die Organisatoren an alles gedacht. Auch an eine hübsche blonde Moderatorin, die sich im Mini an die Seite des Wohltäters drängte und sicher vieles konnte. Außer moderieren. Sie lobte ihn mit toten Worthülsen. Nannte ihn einen selbstlosen Gönner und sozialen Freigeist. Der Beifall hielt sich in Grenzen. Die Aufsagerin ließ sich davon nicht aus dem Konzept bringen. Man wolle an diesem Abend gemeinsam Gutes tun und mal nicht über Politik reden. Die Aufmerksamkeit solle denen gelten, die sonst nicht im Rampenlicht stünden. Sie las das alles von einem Blatt ab. Während Moldau einen betroffenen Ausdruck in sein Gesicht getackert hatte.

Bevor es zur Versteigerung kam, ließ er es sich nicht nehmen, an einige Tische zu gehen. Er wollte persönlich an das Mitgefühl der Gäste appellieren. Und sich selbst in Erinnerung rufen. Als er an Dorn vorbei auf einem Nachbartisch zusteuerte, legte sie ihm die Hand auf den Arm. „Glaubst du wirklich, dass du damit durchkommst, Genosse?“, sagte sie halblaut und lächelte ihm dabei vertraut zu. Die Umstehenden sollten das für einen netten Smalltalk halten. Bei der unerwarteten Anrede zuckte er kurz zusammen und sah sie erschreckt an. Sie machte gute Figur in ihrem langen schwarzen Kleid, schlicht und elegant, aber unaufdringlich. Sie hatte sich gut gehalten, das sagten alle. Die Haare etwas kürzer als früher und leicht getönt, modisch schick. Attraktiv. Trotz ihres Alters. Moldau wirkte irritiert. In seinem Hinterkopf arbeitete es. Aber er kam nicht sofort drauf. „Ich glaube, Sie verwechseln mich.“ Es hörte sich etwas hilflos an. Er spielte auf Zeit. „Ich glaube nicht", sagte Dorn. Ihre Hand lag noch immer auf seinem Arm, als hätten sich zwei Vertraute nach langer Zeit endlich wiedergetroffen. Sie ließ ihn zappeln.

„Keine Ahnung, wer Sie sind, aber jetzt ist für solche Spielchen sicher der falsche Moment." Er versuchte Haltung zu bewahren. So tun, als wenn nichts wäre. „Soll ich nachhelfen?" Sie schaute ihn provozierend an. „Nichts lieber als das. Warnemünde, Überseehafen Rostock. Ost-West-Beziehungen und lukrative Geschäfte. Da war doch was." Sie machte eine kurze Pause. „Genosse?" Das Wort stand im Raum wie ein Ballon kurz vorm Platzen. Wirkungstreffer. Es war ihm anzusehen. „Nennen Sie mich doch Chantal. So wie früher." Sie holte zum KO aus.

Seine Augen flogen hektisch hin und her. Erste Blicke von einigen Nachbartischen wanderten zu ihnen rüber. Gäste in dunkler Robe versuchten etwas von den Gesprächsfetzen aufzuschnappen. Alles schien ihnen interessanter als das, was auf der Bühne vor sich ging. Endlich kam Leben in die Bude. Die fröhliche Röte in Moldaus Gesicht war Angstschweiß gewichen. „Was wollen Sie?" Er senkte die Stimme und zog den Kopf zwischen die Schultern als wollte er in Deckung gehen.

„Die Wahrheit!" sagte Dorn.

„Was soll das werden? Nach all den Jahren? Wollen Sie Rache?" Moldau versuchte, Boden unter die Füße zu bekommen. Er schob seinen Körper zwischen sie und den Nachbartisch, an dem ihr Auftritt das Gespräch zum Erliegen gebracht hatte.

„Nein. Gerechtigkeit." Dorn lächelte ihn an. „Und: Waren wir nicht längst beim ‚Du'? Genosse! Ich finde es ist Zeit, endlich reinen Tisch zu machen." Moldau strich seine Smoking-Jacke glatt. „Was wissen Sie schon?" Etwas von seiner gewohnten Überheblichkeit war zurück. „Nichts! Gar nichts!“ Er begann sich sicherer zu fühlen. Oder er bluffte.

„Genug. Über dich. Deine Vergangenheit. Deine Geschäfte. Das Waffendepot in Warnemünde. Die Tourismus-Pläne deines besten Freundes in Wischhagen. Die Leichen auf deinem Weg nach Oben. Erst im Osten, jetzt hier im Westen. Ein neuer Anlauf vielleicht, aber mit den gleichen alten Methoden.“

Auf der Bühne versucht die Blondine die Aufmerksamkeit der Gäste auf die erste Versteigerung zu lenken. Kölns berühmtester Deutsch-Rocker, soweit man das vom kölschen Dialekt behaupten konnte, hatte eine Gitarre seiner Kult-Band zur Verfügung gestellt. 5.000 Euro war das Startgebot. Aber an etlichen Tischen in der Saalmitte war die Aufmerksamkeit abgelenkt.

„Unternehmerrisiko“, sagte Moldau. Er wischte ihre Hand von seinem Arm. „Mag sein“, sagte Dorn. „Komisch nur, dass das immer zu deinen Gunsten ausgeht. Es gab Subventionen, die spurlos versickerten. Pleite gingen immer nur die anderen. Es gab Tote. Nur du hast alles überlebt. Das ist jetzt vorbei. Ich weiß alles.“

„Du?“ Moldau lachte dreckig. Es schien ihm jetzt egal, was an den Nachbartischen zu hören war. „Wissen und beweisen, du kennst den Unterschied? Alles Hörenglauben und üble Nachrede. Durch den politischen Gegner. Dafür gibt es keinerlei Beweise.“ Ein leiser Triumph in seiner Stimme war nicht zu überhören. Er sollte Selbstsicherheit demonstrieren. „Keine Sorge. Habe ich.“ Sie wollte das Gespräch zu Ende bringen. „Dein Ex-Geschäftsfreund aus dem Westen war so frei. Der MP. Du erinnerst dich? Lange her. Aber du weißt schon. Ich sehe das. Er war nicht so naiv, wie du vielleicht geglaubt hast. Er hat vorgesorgt. Lieferpapiere, Kopien, Akten. Alles in meinem Besitz. Diesmal kommst du damit nicht mehr durch. Dafür werde ich sorgen." Sie gab ihrem Begleiter ein Zeichen mit dem Kopf. Zeit zu gehen. Es war genug.

„Hat dein guter Freund dir auch gesagt, dass der BND immer im Bild war?" Moldau folgte ihr einige Schritte in Richtung Ausgang. Er hatte seine Form wiedergefunden. „Überheb' dich nicht", zischte er ihr zu. „Du glaubst, du kennst mich. Aber du kennst mich nicht. Du kennst uns nicht. Noch nicht." Dorn hielt nur kurz inne. Das war es wieder, dieses „wir". Das ihr schon mal begegnet war.

Als er sich mit wütendem Gesicht zum Saal umdrehte, war die Stimmung dort erkaltet. Auf der Bühne zappelte sich die Moderatorin ab. Aber an den Tischen waren die Gespräche zum Erliegen gekommen. Die Blicke richteten sich auf ihn.

Dorn fühlte sich erleichtert, als sie das Hotel verließ. Polizei oder Medien? Oder beides? Das würde sich finden. Sie hatte einen Entschluss gefasst. Sie fühlte sich frei. Glücksgefühle in ihrem Bauch machten Rambazamba. Ihr Begleiter verstand nichts. War aber dankbar für den Abgang. Ihm war der Auftritt ziemlich unangenehm gewesen. Dorn hakte sich bei ihm unter. Sie würde ihn dafür belohnen. Zu Hause.

Vor Euphorie bemerkte sie nicht den dunklen Geländewagen mit getönten Scheiben und Rostocker Kennzeichen, der aus der Parklücke ausscherte und ihnen folgte, als sie in seinem Auto vom Hof fuhren.

ELENI

Hamburg, 10. November 2016

„Wir müssen reden." Eleni hatte Giannis nach ihrer Ankunft zu Hause erst mal abgewimmelt und gleich Jule angerufen. „Es gibt Neues und tausend Fragen. Hast du Lust auf einen Wein vorbeizukommen?"

Während der Rückfahrt in der Bahn hatte sie ausreichend Zeit gehabt nachzudenken. Noch in Erfurt hatte Eleni bei Liefers angerufen und den Kölner Kollegen ins Bild gesetzt. „Ich glaube, es ist für euch an der Zeit ein Ermittlungsverfahren einzuleiten und mich um Amtshilfe zu bitten." Sie hörte sich sehr sicher an. Hanns-Helmuth Liefers in Köln schien nicht sonderlich überrascht. „Weil?", fragte er nur knapp. Mehr zur eigenen Sicherheit. „Fremdeinwirkung bei der Todesursache bei eurem Brückensturz nicht auszuschließen ist. Und neueste Indizien sie sogar plausibel erscheinen lassen." Eleni wartete auf seine Reaktion. „Ich höre." Liefers wirkte immer noch einigermaßen gelassen.

Eleni berichtete von ihren Gesprächen mit den beiden Journalisten in Hamburg und in Weimar, den verschiedenen losen Fäden im Zusammenhang mit Waffenhandel und anderen dubiosen Ost-West-Transaktionen. Und der möglichen Spinne im Netz. Die jetzt vielleicht unter neuer Identität und ausgestattet mit alten SED-Millionen praktisch vor Liefers' Haustür nach Ruhm und Ehre strebte. Und vor allem nach Einfluss. So wie früher in der Stasi.

„Hört sich spannend an." Liefers kam noch nicht aus der Deckung. „Ich gehe davon aus, dass deine Quellen belastbar sind. Falls nicht könnte ich vielleicht bald einiges dazu beitragen. Du hörst von mir." So waren sie telefonisch auseinandergegangen.

Im Zug hatte Eleni das kurze Telefonat noch einmal im Geiste an sich vorbeiziehen lassen. Das war nicht ganz einfach, weil ihr Sitznachbar auf der anderen Seite des Ganges ständig telefonierte. Sie wusste nach einigen Minuten, welche Marke sein neuer Geschirrspüler sein sollte, weil der alte urplötzlich seinen Geist aufgegeben hatte. Welche Erfahrungen er mit einer Kaffeemaschine aus Italien gemacht hatte. Und woran es bei seinem Sohn im mündlichen Abi haperte.

Als er auch noch einen Mitarbeiter im Büro wegen der strategischen Ausrichtung der Öffentlichkeitsarbeit anmachte, reichte es ihr. Sie tippte ihm auf den Arm und deutete auf das große Zeichen an der Scheibe neben ihm: „Psst!". Beleidigt guckte er sie an, stand aber auf und brüllte seinen Mitarbeiter hinter der Schiebetür zwischen den Waggons weiter an. Immerhin konnte Eleni sich besser auf ihren Fall konzentrieren.

Fragen taten sich auf. Immer mehr. Immer neue. Vielleicht war es doch keine so gute Idee gewesen, den Freund und Kollegen so zwischen Tür und Angel anzurufen. Denn natürlich konnte man auf dem Bahnsteig keine großartigen Antworten erwarten oder Probleme diskutieren. Das Gespräch endete also in jeder Beziehung unbefriedigend. Kurz vor Hamburg grübelte sie, wie Jules Mutter eigentlich in das Bild passen sollte. Stasi, SED, Ost-West-Beziehungen. Wo war der Link? Irgendeinen Hinweis musste es doch noch geben. Irgendwo musste was zu finden sein. Vielleicht hatten sie immer noch etwas übersehen.

„Gib mal ein Stichwort", sagt Jule am anderen Ende und reißt Eleni aus ihren Überlegungen. „Ich komme immer gern auf einen Wein, das weißt du. Aber jetzt machst du mich neugierig. Spann' mich nicht auf die Folter." Eleni wiegelt ab. „Geduld, Süße, komm' an' Laden und dann sehen wir weiter. Ich besorge Sushi. Und ach ja, Giannis ist auch da."

Zweieinhalb Stunden später sind die Reisröllchen alle und sie kein Stück weiter. „Was soll meine Mutter mit all dem zu tun haben", sagt Jule. „Das passt doch alles nicht."

„Wir wissen immer noch zu wenig über sie. Über ihr tatsächliches Leben", sagt Eleni. „Irgendwo da muss der Schlüssel liegen. Wir müssen ihn nur finden." Jule schaut sie überrascht an. „Schlüssel? Du bringst mich auf eine Idee." Sie erzählt von einer kleinen Schatulle, die sie in einer der beiden Umzugskisten gefunden hatte. „Da drin lagen eine Art Tagebuch und ein kleiner Schlüssel. Wie von einem Schließfach."

„Und?" Das erste Mal mischt sich Giannis ins Gespräch ein. Bislang hatte er den beiden Frauen nur zugehört. Und Wein nachgeschenkt. Hin und wieder versucht, einen Blick von Eleni zu erhaschen. „Zu welchem Schloss passt der Schlüssel?" Jule zuckt mit den Schultern. „Keine Ahnung. Woher soll ich das wissen?" Eleni legt ihrem Freund die Hand auf den Schenkel und zieht das Gespräch wieder an sich. Sie kennt Giannis. Sie ahnt, dass er vielleicht nicht besonders nachsichtig mit ihrer Freundin sein könnte. Wenn sie ein wichtiges Detail einfach so übersehen hatte. „Viel wichtiger ist doch, was steht drin in dem Tagebuch?" Sie schaut Jule fragend an. Vor Spannung ist sie auf ihrem Sofakissen bis nach vorn auf die Kante gerutscht. Sie lauert. Wie auf dem Sprung.

Jule schlägt die Augen nieder. Das schlechte Gewissen haut sie fast um. Das Schweigen zwischen den Freundinnen dröhnt. Aber selbst Giannis hält sein Temperament in Schach. Wenn auch mit Mühe. Seine Finger, die auf seinem Oberschenkel trommeln, signalisieren seine Ungeduld. „Ich weiß es nicht." Leise und zögernd kommen endlich Jules Worte. „Ich habe mich noch nicht getraut."

„Ich fass' es nicht." Es bricht förmlich aus Giannis heraus. „Jule!" Ein Wort nur. Wie eine Anklage. „Ich weiß", flüstert Jule. „Ich weiß."

„Man!" Giannis kann es nicht fassen. Er tigert durchs Wohnzimmer. „Das kann die Lösung sein. Und du sagst uns nicht mal was davon. Geschweige denn, dass du selbst mal reingeguckt hast. Ich fass' es nicht!"

Eleni steht auf und schiebt ihren Liebsten sachte aber bestimmt aus dem Zimmer. „Ich glaub' du lässt uns jetzt besser einen Moment allein." Giannis sagt nichts und geht. Die Tür fällt hart ins Schloss. Auch eine Ansage.

„Komm' Süße." Eleni nimmt ihre Freundin fest in den Arm. „Ich verstehe, dass du Angst vor dem Inhalt des Tagebuches hast. Aber es kann entscheidend sein. Für alles." Sie streicht Jule übers Haar. Die schluchzt leise ins Taschentuch. „Nicht weinen. So schlimm ist es auch wieder nicht. Wenn du willst, lese ich es zuerst. Dann sehen wir, wie furchtbar es für dich ist. Was meinst du?" Jule nickt. „Hast du es mit?" Sie schüttelt den Kopf. Eleni drückt sie an sich. „Macht nichts. Wir holen es morgen gemeinsam. Und heute schläfst du bei uns."

Giannis steckt vorsichtig den Kopf durch die Tür und verdreht die Augen. Auch das noch. Die Nacht hatte er sich anders vorgestellt. Auf einen Dreier dieser Art konnte er gut verzichten. Aber er kennt Eleni inzwischen gut genug. Er weiß, dass es bei ihr kaum einen Spielraum gibt, wenn sie sich etwas in den Kopf gesetzt hat. Freundschaft ist Freundschaft und Sex ist Sex. Schon einmal hatte er sich das anhören müssen. Noch einmal braucht er das nicht. Vorsichtiger Rückzug war deshalb der klügste Weg.

Er geht in die Küche und holt einen acht Jahre alten Grappa aus dem Weinregal. Den können sie jetzt alle gut gebrauchen. „Alkohol ist keine Lösung", sagt er und grinst dabei. „Aber kein Alkohol ist manchmal auch keine."

Eleni küsst ihn. Für einen Moment ist sie besonders stolz auf ihren rücksichtsvollen Freund. Wie empathisch er sein kann. Sie wartet einen Moment, bis Jule ihre Tränen getrocknet hat, und hebt das Glas. „Yamas", sagt sie. „Auf das Leben. Und morgen entreißen wir dem Tagebuch seine Geschichte."

DORN
Köln, 26. Juli 2015

Es ging ihr gut. Sogar sehr. Selten war Daliah Dorn so beschwingt und leichtfüßig die Treppen zu ihrer Wohnung im dritten Stock hinauf gelaufen. Was für ein Tag! Ihre gute Laune hatte ansteckend gewirkt. Nach ihrem Abgang auf der Wohltätigkeitsveranstaltung hatte sie ihren Begleiter zu einem Ausflug überredet. Bei einem langen Waldspaziergang breitete sie ihm in Bruchstücken ihr Leben aus. Ihre Zeit als Chantal und ihr Leben danach. „Es tut mir leid, dass ich dich bei der Veranstaltung benutzt habe." Sie küsste ihm zur Entschuldigung auf die Wange. Glücklicherweise war er nicht richtig sauer. „Passt schon", sagte er. „Ich hatte mir schon gedacht, dass es irgendeine versteckte Agenda gab. Du und die Bonzen. Das passt nicht einmal auf Benefizveranstaltungen."

Den Abend hatten sie zusammen im Belgischen Viertel verbracht. Erst in einem kleinen indonesischen Restaurant bei scharfem Hähnchen in Ingwer, danach in einer angesagten Cocktail-Bar. Sie lachten viel und Dorn fühlte sich sehr wohl in seiner Nähe. So wohl wie schon lange nicht mehr. Er hatte sie zwischendurch immer wieder an sich gedrückt und den Arm um sie gelegt. Es fühlte sich gut an. Es war spät geworden und sie musste eine Entscheidung treffen. Für einen Moment hatte sie überlegt, ihn mit zu sich nach oben zu nehmen. Wie geplant als Entschädigung. Dann hatte sie sich aber doch dagegen entschieden. Kein Sex aus Mitleid. Vielleicht würde er sich wieder benutzt fühlen. Vielleicht war sie von dem Tag und ihren Glücksgefühlen ein bisschen zu sehr benebelt. Vielleicht hatte sie aber auch einfach nur Angst.

„Es war schön", sagte sie vor ihrer Haustür und gab ihm einen Kuss. Diesmal auf den Mund. „Gib' mir etwas Zeit.

Ich würd' den Abend gern wiederholen." Er guckte etwas enttäuscht, versuchte aber sich das nicht zu deutlich anmerken zu lassen. Er nahm sie in den Arm, küsste sie ebenfalls und dreht ab Richtung Tram-Haltestelle. „Ich will dann mal", sagte er im Weggehen. Aber es hörte sich an wie „Ich muss dann wohl."

Für einen Moment war Dorn traurig. Sie fragte sich, ob sie solche Rücksichtnahme in ihrem Alter noch nötig hatte. Auf wen überhaupt? Eigentlich hätte sie doch gern mal wieder ein kleines Abenteuer gehabt. Ohne große Verpflichtungen. Ohne besondere Erwartungen. Warum war sie nur so feige?

Im zweiten Stock war ihre gute Laune zurück. Was nicht war, konnte ja noch werden. Ein Anfang war gemacht. Sie würde ihn morgen anrufen. Sie hatte nur noch wenige Stufen, als sie stutzte. Ihre Wohnungstür schien offen zu sein. Nur angelehnt. Konnte das sein? In ihrem Kopf raste es. Hatte sie vergessen, die zu schließen? In der Eile am Vormittag. Als er schon unten wartete und die Zeit knapp geworden war?

Zögernd und unschlüssig näherte sie sich ihrer Tür. Gegenüber bei den Nachbarn war es ruhig. Wahrscheinlich waren die längst im Bett. Und auch aus ihrer Wohnung drang kein Ton. Ein matter Lichtschein schien am Ende des Flures zu leuchten. Dann sah sie das gesplitterte Holz neben dem Türschloss. Bei ihr war eingebrochen worden. So viel war ihr schnell klar. Ihr Herz sackte in die Hose. Hätte sie ihn doch bloß mit hoch genommen. Ein Mann im Haus wäre in solcher Situation gut zu gebrauchen. Sie wählte den Notruf und flüsterte in ihr Handy. Als der Polizeibeamte die Adresse aufgenommen und ihr eingebläut hatte „Bleiben Sie, wo Sie sind. Die Kollegen sind gleich da", stand sie schon im Flur. Sie fühlte sich allein mit ihrem Erschrecken und dem

Ekel. Aber auch mutig vom Alkohol. Der Flur war leer und auch die Küche hinter der ersten Tür. Sie schaute ins Wohnzimmer. Nichts. Es schien niemand mehr da zu sein. Ihr Puls beruhigte sich. Sie zog den Mantel aus und ging ins Schlafzimmer. Als sie zum Lichtschalter griff, ging bei ihr das Licht aus. Mit einem Schlag.

Das nächste, woran sie sich erinnern konnte, war dicker Nebel. „Wie geht es Ihnen?" Eine unbekannte Stimme fragte das aus dichtem Schleier. Sie konnte nur unscharfe Umrisse erkennen, hatte aber den Eindruck, dass da mehrere Menschen um sie herum standen. Ihr Kopf fühlte sich merkwürdig groß an. Er drohte zu platzen, als sie ihn heben wollte. „Ganz ruhig, bleiben Sie liegen", sagte die verschwommene Stimme. Irgendwas drückte sie sanft auf den Boden. Sie schluckte, um den pelzigen Geschmack von der Zunge zu bekommen. Jemand gab ihr einen Schluck Wasser und stützte sie dabei. Der Schädel hämmerte. Vor ihren Augen blitzte es. Aber das Wasser tat gut.

„Was ist passiert?" Sie würgte die Frage fast hervor. Es kostete Kraft. „Das wüssten wir gern von Ihnen." Das Bild war noch immer unscharf, aber das Programm wechselte. Der weiße Hauptdarsteller verschwand. Es erschien einer in dunklem Dress. „Können Sie sprechen? Erinnern Sie sich an was?" Sie versuchte den Kopf zu schütteln, ließ es aber schnell bei dem Versuch. „Wie lange liege ich schon hier?" So langsam lichtete sich der Nebel vor ihren Augen. Vor ihr kniete ein Mann in Uniform. So viel glaubte sie zu erkennen. „Was machen Sie hier?".

„Sagen Sie es uns. Sie haben uns doch gerufen". Der junge Uniformierte lächelte sie an. Sollte wohl heißen: Nur keine Aufregung. „Acht Minuten später waren wir da und haben Sie so gefunden. Die Haustür weit offen." Eine junge Frau trat ins Bild. Offenbar seine Schwester. Jedenfalls trug sie die gleiche Uniform. „Das war vor fast einer Stunde“, sagte die. Ein Typ in Weiß beugte sich von der Seite über sie und hielt ihr mehrere Finger vors Gesicht. „Wie viele sehen Sie? Folgen Sie mit den Augen bitte dem Zeigefinger.“ Welchem der beiden denn, dachte sie. Versuchte sich aber zu konzentrieren. „Wie geht es mir?“ „Das wird sich zeigen. Mindestens ’ne schwere Gehirnerschütterung mit Bluterguss. Wir müssen das Röntgenbild oder MRT abwarten.“ Der Weiße drückte ihren Arm, was wohl als beruhigende Geste gedacht war.

Sie kniff die Augen ein paar Mal zusammen um klarer zu sehen und versuchte sich stöhnend aufzurichten. „Polizei!“ So langsam blickte sie wieder durch. Vorsichtig ließ sie die Augen wandern, bis zum Anschlag. Nur nicht den Kopf bewegen. So klar konnte sie inzwischen schon wieder denken. Sie sah Bücher, Akten und Papiere wahllos auf dem Boden zerstreut.

„Sie wurden niedergeschlagen, mit einem heftigen Schlag auf den Kopf“, sagte der Uniformierte. „Können Sie sich an irgendwas erinnern?“ Dorn schüttelte den Kopf und bedauerte das sofort schmerzlich. „Da war niemand. Dachte ich jedenfalls. Ich wollte das Licht anknipsen. Mehr erinnere ich nicht.“ In ihrem Kopf hämmerte und klopfte es zur Bestätigung. „Naja, offenbar haben Sie den Täter überrascht und er hat Sie ausgeknipst. Was kann der gewollt haben? Wertsachen wurden nicht gestohlen. Auf den ersten Blick jedenfalls. Nur die Schränke und Schubladen sind durchwühlt. Alle Dokumente und Unterlagen herausgerissen. Was hat der Täter gesucht?“ Die Polizistin stützte sie und versuchte ihr dabei in die Augen zu schauen. „Lassen Sie sich Zeit. Wir bringen Sie jetzt erst mal ins Krankenhaus. Der Notarzt sagt, Sie sind jetzt soweit transportfähig.“

Sie wurde bei „drei“ auf eine Trage gehoben und vorsichtig die Treppe runter bugsiert. „Vielleicht fällt Ihnen unterwegs ja auch ein, was das hier soll.“ Die Polizistin hielt ihr einen Zettel vor die Nase, als sie unten waren. „Der Täter oder die Täterin hat eine Nachricht für Sie hinterlassen. Nicht gerade eine Liebesbotschaft.“ Warum nur musste sie in diesem Moment an ihren Freund und den gemeinsamen Abend denken? Dorn versuchte zu grinsen. Aber die pelzige Zunge legte sich quer. „Wie meinen Sie das?“ Es hörte sich an als wäre sie betrunken. „Wasser bitte“, nuschelte sie. Als die Polizistin ihr den leeren Becher wieder von den Lippen genommen hatte, schob sie ihr das Papier vor die Augen. „Überschätz’ dich nicht!!! Du kennst mich nicht!! Lass’ es nicht darauf ankommen!!!“ Die Beamtin las es laut vor. „Drei mal drei Ausrufezeichen.“ Sie wartete kurz ab. „Wenn das keine Warnung ist, weiß ich auch nicht....“. Sie ließ das Satzende in der Luft hängen. „Irgendeine Idee?“

Dorn schloss die Augen. Chantal war zurück. Alles war wieder da. Die Erkenntnis war fast noch schlimmer als der Schmerz. So hatte sie sich das nicht vorgestellt. Dorn hatte nur einen Wunsch: Sie wollte in Ruhe gelassen werden. „Bitte...“. Sie kam nicht weiter. Alles drehte sich. „Lassen Sie sich Zeit“, sagte die Frau in Uniform. Sie hörte das schon nicht mehr. Irgendwer hatte wieder das Licht ausgemacht. Der Notarzt guckte die Polizisten vorwurfsvoll an. „Wat es, wat glotz de?“, sagte der männliche Uniformierte. „Vun net kutt nix. M’r maache nor uns Arbeid.“

Die Sanitäter ließen sich auf keine langen Debatten ein, wenn sie es denn überhaupt verstanden hatten. Sie sahen jedenfalls nicht so aus, als wenn sie aus Köln kämen. Vorsichtig hievten sie die Trage auf den Rollwagen und den in den Notarztwagen.

ELENI
Hamburg, 11. November 2016

Eigentlich hatte das Wochenende für sie schon so gut wie angefangen, als das Telefon klingelt. Sie zögert, ob sie rangehen soll. So wichtig konnte es am späten Freitagnachmittag doch eigentlich nicht sein. Fast alle ihre Kollegen hatten die Bürotüren längst hinter sich geschlossen. Und woanders sah es doch genauso aus. Andererseits musste es wirklich wichtig sein. Wer zum Teufel würde sie sonst so kurz vor'm Wochenende noch sprechen wollen? Eleni ist sauer auf sich selbst. Sie hatte sich wieder mal am Fall ihrer Freundin festgebissen. Nur deshalb saß sie bis vor ein paar Minuten noch am Schreibtisch. Sie brauchten Jule Dorns Tagebuch. Und neue Erkenntnisse aus Köln. Sonst kämen sie aus der Sackgasse nie heraus. Eleni hatte sich nach Dienstschluss noch mal über ihre Notizen gebeugt. Eine wirklich neue Idee war ihr dabei nicht gekommen. Jetzt verflucht sie sich. Wenn sie nicht so lange rumgegrübelt hätte, säße sie längst auf ihrem Fahrrad nach Hause. Oder vielleicht sogar schon auf dem Sofa. Im Arm ihres Liebsten. Der Anrufer konnte sie mal.

Nützt ja nix. Sie ist schon fast an der Tür. Aber sie stellt ihren Rucksack erstmal wieder ab und geht zurück zum Schreibtisch. Betont langsam. Spielt auf Zeit. Falls es sich der ungebetene Anrufer doch noch überlegen sollte. Tut er nicht. Sie ist sauer. Warum zum Teufel glauben die Leute eigentlich, wer beim sechsten Klingeln nicht abhebt, geht beim elften oder zwölften ran? Eleni nimmt den Hörer ab. Sie hat nicht mitgezählt. Aber fünfzehn waren es mindestens.

„Das trifft sich", sagt Liefers wie selbstverständlich als Begrüßung. „Es gibt Neuigkeiten." Eleni zieht ihre Jacke aus und setzt sich. „Ausgerechnet zum Start ins Wochenende.

Muss das wirklich sein?“ Sie klappt ihren Laptop auf und stöhnt erkennbar. „Ich höre.“ Liefers tut, als hätte er nichts mitgekriegt. „Unsere Tote ist bedroht und überfallen worden.“ Ihr Kölner Kollege blättert offenbar in irgendwelchen Papieren. Es knistert und knarzt im Telefon. „Also, in umgekehrter Reihenfolge.“

„Wie, umgekehrt?“ Eleni versteht nicht.

„Naja, erst überfallen halt. Und danach bedroht. Bei ihr wurde eingebrochen, noch gar nicht sooo lange her.“ Liefers zieht den Zeitbezug bewusst lang, um ihm die nötige Wirkung zu geben. „Knapp ein Jahr. Sie hat den Täter offenbar überrascht und ist niedergeschlagen worden. Hat aber viel Glück gehabt. Die Polizei fand dann eine Art Drohbrief. Offenbar schnell hin gekritzelt. Aber eindeutig genug.“

„Merkwürdig. Das passt doch nicht.“ Eleni denkt laut. „Warum jetzt auf einmal?“

„Meinst du den Überfall oder die Drohung?“ Liefers hört sich erstaunt an. „Keine Ahnung. Spielt das eine Rolle?“

„Nein, natürlich nicht. Ich meinte, warum erfahren wir so spät davon? Erst jetzt.“

„Der Bericht lag fast ein Jahr lang bei der Schutzpolizei des örtlichen Polizeireviers. Sie hat nie Anzeige erstattet. Da läge der Vorgang wohl heute noch, wenn eine kluge Kollegin nicht mitgedacht und Eins und Eins zusammengezählt hätte....“. Liefers wartet einen Augenblick auf eine Reaktion. Als die nicht kommt, liest er Details der Akte vor. Das ist schnell erledigt. Die gibt nicht allzu viel her.

„Irgendwelche erkennbaren Zusammenhänge mit unserem Fall außer dem Opfer?“ Eleni ist drauf und dran das Interesse zu verlieren. Der Ärger über den verpatzten Start ins Wochenende legt sich wie eine Schlechtwetterwolke auf ihr Gemüt. Ihr Kölner Kollege wirkt völlig unbeeindruckt. Als würde er die ungemütlichen Schwingungen nicht wahrnehmen. „Auf den ersten Blick nicht. Allerdings fanden die diensttuenden Kollegen vor Ort ihren Rucksack. In dem Rucksack war eine Einladung zu einem Benefiz-Empfang am gleichen Tag inklusive zweier Eintrittskarten für eine ganz erkleckliche Summe. Der Veranstalter könnte interessant sein. Womöglich ein guter alter Bekannter von ihr. Du darfst raten." Seine Freude ist nicht zu überhören.

Trotzdem springt Eleni auf den Fingerzeig nicht an. Sie ist im Tunnel. Die Schlechtwetterwolken ziehen sich gerade zu. „Und?"

„Stehst du grad auf der Leitung?" Liefers wird ungeduldig. „Köln? Unternehmer? Benefiz? Klingelt da bei dir gar nichts?" Bei Eleni fällt der Vorhang. „Hilgers? Oder wie auch immer er sich neuerdings nennt. Echt? Ich glaub's nicht! Wissen wir, warum sie keine Anzeige erstattet hat?" Sie ist wieder auf Sendung. „Nicht aus den Akten. Aber von einem der Sanitäter, der zur Erstversorgung am Tatort war, gab's eine interessante Information."

Es hört sich an, als sucht Liefers in seinen Unterlagen nach der passenden Stelle. Papier raschelt. Eleni ist genervt. „Hier!", ruft er endlich triumphierend. „Der wird sich noch wundern, soll sie im Notarztwagen auf dem Weg zum Krankenhaus gesagt haben, bevor sie das Bewusstsein verlor."

„Mehr nicht? Und?" Eleni wird sauer. „Mann! Warum habt ihr sie denn nicht weiter befragt?"

„Erstens: nicht ‚ihr', sondern ‚die'. Die nämlich, die vor einem Jahr an dem Fall dran waren. Zweitens: Doch. Haben die. Aber sie konnte sich später nicht an ihre Worte erinnern. Oder wollte es nicht." Auch Liefers klingt jetzt angesäuert. „Drittens: Das war's. Und danke, dir auch." Die Leitung ist tot.

Bitte das jetzt nicht auch noch, denkt Eleni. Sie schüttelt ihren Ärger über das Telefongespräch ab wie Regen nach einem kurzen, aber kräftigen Guss und überlegt, ob sie ihre

Emotionen nicht mehr im Griff hat. Hat sie den Fall zu dicht an sich herangelassen? Ist sie vielleicht sogar befangen. Sie muss sich mehr zusammenreißen. So viel ist jedenfalls klar. Den Freund respektlos behandeln wollte sie um keinen Preis. Nicht nur weil er ihrem Fall neues Leben eingehaucht hat. Gute Freunde, auf die man sich verlassen kann, sind viel zu selten. Sie haben Respektlosigkeit und schlechte Laune einfach nicht verdient. Sie tippt eine Entschuldigung ins Handy. Extra lang. Und setzt drei Herzchen-Emojis drunter. Das sollte reichen. Hofft sie.

Als sie zu ihrem Rucksack greift und sich wieder auf den Weg machen will, klingelt ihr Handy. „Iss' schon gut", sagt Liefers, „dir kann man ja gar nicht böse sein. Ich zumindest nicht."

„Ich muss mich stärker zusammennehmen", sagt sie, „darf das nicht zu sehr an mich heranlassen. Ich denke nur immer häufiger, dass wir irgendwas übersehen. Weil wir den Fall nicht richtig ernst nehmen oder nicht ernst genommen haben? Oder weil er vielleicht sogar eine Nummer größer ist, als wir wahrhaben wollen?"

Liefers überlegt einen Moment. „Vielleicht hast du recht. Wart' mal." Es raschelt wieder an ihrem Ohr. „Vielleicht müssen wir die Angelegenheit neu denken oder zumindest anders. Hier, ich hab's." Seine Stimme verrät einen leichten Triumph. „Schau dir doch mal an, mit wem Hilgers alias Moldau zusammenlebt. Noch gar nicht so lange. Die Frau an seiner Seite und was die so beruflich macht. Verdammt. Dass ich da nicht schon längst drauf gekommen bin. Vielleicht ist das der Durchbruch."

„Du sprichst in Rätseln. Mach' ich." Aber erst nach dem Wochenende, denkt sie. Eleni legt mit dem Gefühl auf, dass zumindest zwischen ihr und dem Kölner Freund wieder alles klar ist. Immerhin schon mal ein Erfolg.

PAULA
Bergisches Land, 29. Juli 2015

Moldau saß im Wintergarten und schaute aus dem Fenster. Er hatte es geschafft. Wieder einmal. Wer hätte das gedacht, nachdem 1989 alles zusammengebrochen war. Als er den Stefan Hilgers und sein altes Leben im Osten zurücklassen musste. Und die Ermittlungen überlebt hatte. Er musste wieder neu anfangen, wieder ganz unten. Und er hatte es allen gezeigt. Doch plötzlich geriet alles erneut ins Wanken. Sein Blick wanderte raus und verlor sich irgendwo zwischen Wohlgefallen und Trübsinn.

Etwas unterhalb seiner pompösen Villa im Landhausstil mit gepflegtem Rasen, der so groß wie zwei Fußballfelder war, schlängelte sich der Rhein in endlosen Schleifen bis zum Horizont durch die Landschaft. Wenn er seinen Blick über das schmucke Gartenhäuschen mit gepflastertem Grillplatz und Steinkamin hinaus schweifen ließ, konnte er im Dunst Bad Godesberg gut erkennen. Auf dem Rhein tuckerten im Minutentakt tief beladene Flussschiffe und Schuten vorbei. Auf dem Radwanderweg am Ufer waren Hunderte Radler unterwegs. Man musste in dem Gewusel Angst um die Kleinsten auf ihren Laufrädern haben. Und um die Hunde, die nach einem passenden Plätzchen suchten.

Normalerweise genoss er den Ausblick einfach nur, jetzt hatte er keinen Blick dafür. Er nahm das alles kaum wahr. Die hübsch getuschten Bilder erreichten nicht die Regie in seinem Kopf. „Was ist mit dir? Warum antwortest du nicht?" Seine Frau klang leicht verärgert. Er wusste nicht, wie lange sie ihn wohl schon beobachtet hatte. Was die Frage war. Sie stand in der Tür zum Wintergarten und glotzte ihn mit wütendem Gesicht an. „Erst telefonierst du stundenlang und dann sagst du auf einmal keinen Mucks mehr. Iss' was?

Geht's dir nicht gut?" Sie ging ein paar Schritt auf ihn zu „Sag' endlich was!" Er legte das Handy auf den Tisch. Das er die ganze Zeit krampfhaft in seiner Hand im Schoß gehalten hatte. Er schaute kurz seine Frau an. Dann ging sein Blick wieder ziellos raus aus dem Fenster. Sie setzte sich zu ihm und legte ihre Hand auf seinen Arm. Sie ahnte, dass sie nichts weiter zu sagen brauchte. Irgendwas stimmte ganz und gar nicht. Aber er würde schon kommen. Und sagen, was iss'. Sie musste ihm Zeit lassen.

„Sie war schon wieder dran. Lässt nicht locker. Gibt einfach keine Ruhe." Es brach förmlich aus ihm heraus. Ob's nur Wut war oder etwas anderes dahinter steckte, Sorge vielleicht oder Angst, war selbst für seine Frau nicht auszumachen. Von seiner Selbstherrlichkeit war jedenfalls wenig übrig. Als wenn er die auf der Hutablage abgegeben hätte. Seine Frau wartete ab. Sie wusste, das war noch nicht alles.

„Diese Chantal oder Dorn oder wie sie sich neuerdings auch immer nennt. Sie droht, mit Informationen zu den Bullen zu gehen. Und wir haben keinen Schimmer, was das sein kann. Wie aussagekräftig diese angeblichen Infos wohl sind. Absolut keinen. Wir verlieren die Kontrolle." Er atmete schwer, die spürbare Verunsicherung machte ihm zusätzlich zu schaffen. Er war es nicht gewohnt nur zu reagieren. Er war es, der den Ton angab. Normalerweise jedenfalls. Für einen Moment machte sich seine Frau ernste Sorgen um sein Herz.

„Habt ihr denn in ihrer Wohnung gar nichts gefunden?" Sie versuchte ihrer Frage einen eher geschäftsmäßigen Ton zu geben, um ihn etwas runter zu bringen. Er schüttelte den Kopf. „Weil da nichts war oder weil sie euch mit ihrer Rückkehr überrascht hat?" Innerlich ärgerte sie sich. Wie hatte sie damals auf die Idee kommen können, Chantal Akten über ihn zuzustecken? Ewig war das jetzt her. Sie hatte gehofft, damit ihre Neugier und die Geschichte endlich zu begraben. Unter lauter Papier. Was für ein Fehler. Wenn sie ehrlich war, hatte sie vielleicht sogar gehofft, auf dem Umweg über ihre alte Freundin ein bisschen Druck auf ihn ausüben zu können. Zu kurz gedacht. Nicht vom Ende her. So ein Herrschaftswissen gab man einfach nicht aus der Hand. Nicht einmal als Kopie. Man sieht sich doch immer zweimal im Leben. Sie hätte sich ohrfeigen können.

„Beides." Moldau holte sie zurück in die Realität. Er hatte sich wieder etwas beruhigt und versuchte Ordnung in seine Gedanken zu bringen. „Unsere Leute haben sie ja rechtzeitig gehört und ausschalten können. Aber die Bullen waren da schon im Anmarsch. Gottseidank in vollem Ornat mit Orchester. Ihre Fanfaren waren schon von weitem zu hören. Da sind unsere lieber abgehauen."

„Deine alten BND-Freunde sind doch sonst so schnell zuhilfe. Können die nicht was machen? Irgendwas drehen? Die haben dich doch nicht etwa fallen gelassen?" Nach einer Frage von ihr hörte sich das nicht an. Er zuckte resigniert mit den Schultern. „Was sollen die schon machen? Die Bullen waren einfach zu schnell. Sie muss die schon aus dem Treppenhaus alarmiert haben. Die haben alles eingesackt. Da kommt der BND nicht ran. Wie soll das gehen?" Er machte eine kurze Pause. „Vielleicht wird der Dienst auch einfach überschätzt."

Seine Frau schaute wenig überzeugt. „Und was will sie? Was verlangt sie?" Sie konnte sich einfach nicht vorstellen, dass die Dorn es wirklich aufs Äußerste ankommen lassen wollte. Den Machtkampf konnte die doch nicht gewinnen. Das musste ihr doch klar sein. „Geld. Viel Geld. 250 000 Euro in kleinen Scheinen. Im Gegenzug erhalten wir ihre Unterlagen. Sie allein weiß, was für welche."

„Garantien?" Jetzt musste alles auf den Tisch. Sie musste

sich ein vollständiges Bild machen können. „Keine!" Moldau hörte sich an, als hätte er sich bereits ergeben. Obwohl die Summe auch für ihn keine Peanuts waren. „Wie, keine?"

„Na, keine eben. Alles ohne Gewähr. Wir müssen ihr vertrauen, that's it. Die wirkt total fremdgesteuert. Völlig unzugänglich. Jetzt auf einmal, fast 30 Jahre danach!"

Seine Frau verließ den Wintergarten, um etwas zu trinken zu holen. Vielleicht wollte sie auch nur auf Zeit spielen und alle Optionen durchdenken. „Vielleicht sollten wir darauf eingehen. Geld spielt doch keine Rolle. Dafür ist unser Bund doch da." Er sah sie erwartungsvoll an, als sie mit Wasser und Cola zurückkam. Wartete auf ihre Reaktion. „Vielleicht geht's ihr ja wirklich nur um die Kohle?"

„Und dann?" Er schien Hoffnung zu schöpfen. Als wenn eine Lösung in Sicht wäre. „Dann kriegen wir die Unterlagen und sind sie los."

Seine Frau fing an laut zu lachen. In ihrem Blick lag Verachtung. Von Mitleid war jetzt keine Spur mehr. So ein Weichei, dachte sie für sich. „Was stimmt mit dir nicht", sagte sie laut. „Das kannst du doch nicht im Ernst glauben. Ein paar Monate später steht sie wieder auf der Matte. Diesmal mit Kopien. Und will mehr. Nachschlag. Das kennt man doch aus jedem Fernsehkrimi. Wie viel willst du ihr dann geben?" Nicht nur ihre Stimme klang aufgebracht. Wütend tigerte sie durch den Raum. „So naiv kann man doch gar nicht sein! Denk doch mal nach."

Er duckte sich unter ihrer Wut und sagte lieber nichts. Sein Blick sagte alles: Was soll ich tun? Es kam bei ihm nicht oft vor, aber jetzt war sie da: Ratlosigkeit. Dazu kam noch Hilflosigkeit. Je länger das Schweigen zwischen ihnen währte. Wie er diese Situation hasste. Er war doch der Mann in der ersten Reihe. Er war der Macher. Der Mann des großen Wortes. Der Mann mit den Beziehungen. Der in seinem neuen Leben eine große Karriere vor sich hatte. Nur deshalb hatte sie sich schließlich auf ihn eingelassen. Bei dem Gedanken daran grinste er auf einmal. Mehr traurig als belustigt. Aber so plötzlich, dass sie ihn überrascht anstarrte.

Er hatte seine Frau unterschätzt. Das war ihm schon lange klar. Aber er war ihr sofort verfallen. Als er ihr das erste Mal begegnet war und nichts über sie wusste. Sie sah ja auch toll aus. Die Vergangenheit war so weit weg. Und zugedeckt von den Träumen über blühende Landschaften. Alle waren scharf auf sie gewesen, als sie am Rande einer großen Parteifeier aufgetaucht war. In ihrem kurzen Kleid hatte sie total sexy ausgesehen. Sie hatte ihn und seine Kumpel mit ihrer provozierenden Ironie völlig vom Hocker gerissen. Und er hatte sie gekriegt. In seinem Alter. Was war er stolz gewesen, dass sie sich für ihn entschied. Gleich in der ersten Nacht. Alle hatten ihn beneidet. Er hatte sich wie der ganz große Macker gefühlt. Und konnte vor Kraft und Selbstgefälligkeit kaum laufen. Er, der alles erreichte, wenn er nur wollte.

Davon war nicht mehr viel geblieben. Er hatte ihren Ehrgeiz unterschätzt. Sie wollte mehr als nur die Frau an seiner Seite sein. Gattin im Schatten? Und gelegentlich mal familiäre Ratgeberin? Sie arbeitete an ihrer Rolle, gewann mehr und mehr Einfluss. Und seit sie Geschäftsführerin der Stiftung war und über deren Geldzuwendungen entschied, hatte sie die Zügel in der Hand. Und Macht über ein immer noch intaktes Netzwerk. Auch über ihn. Natürlich. Moldau fühlte sich wie nach einer feindlichen Übernahme. Die ließ sich nicht mehr zurückdrehen. Auch weil er immer noch scharf auf sie war. Bei dem Gedanken daran grinste er etwas dümmlich.

„Es darf kein zweites Mal geben." Ihre Worte waren kalt. Sie überlegte, wie sie ihre nächste Frage wohl am besten aussprechen sollte. Sie entschied sich für die direkte Variante.

„Warum habt ihr sie nicht sofort richtig ausgeschaltet? Das muss nachgeholt werden. Je eher je besser." Es war, als erwachte er aus einem bösen Traum. Er blickte sie erschreckt an. „Meinst du das im Ernst?"

„Wozu ist unsere Hilfsgemeinschaft sonst da? Um Spuren zu verwischen wenn es ernst wird. Oder hab' ich da was falsch verstanden?" Sie war noch nicht fertig, holte nur Luft. „Nur um in Erinnerungen zu schwelgen und die alten Zeiten zu feiern, braucht man die Kameradschaft nicht. Wir sind doch keine Trachtentruppe."

„Wie meinst du das? Ausschalten? Bis zur letzten Konsequenz? Endgültig?" Sie nickte. Chantal, oder wie auch immer die Bitch sich nannte, würde keine Ruhe geben. Davon war sie überzeugt. Sie kannte sie schließlich. So war das schon früher. Wenn die sich was in den Kopf gesetzt hatte, dann zog sie das auch durch. Gegen alle Widerstände. Sonst hätte sie sich selbst ja vielleicht sogar auf ein bisschen Spaß und Sex mit diesem Politiker aus dem Westen eingelassen, den sie damals immer nur als „MP" aus ihren Erzählungen gekannt hatte. Obwohl sie doch Freundinnen gewesen waren. Sie überlegte, ob sie eigentlich jemals seinen Namen erfahren hatte, bevor sie nach der Wende über ihn recherchierte. Da war der schon längst tot. Nach einem riesen Polit-Skandal.

Wie auch immer. Ohne ihren Starrsinn hätte sich Chantal unter den damaligen politischen Umständen jedenfalls sicher nie auf so eine Affäre eingelassen. Auf einen One-Night-Stand vielleicht. Aber doch nicht auf die große Liebe. Und all die Hoffnungen, die sie damit verbunden hatte. Das konnte in so einem System doch gar nicht gut gehen. Das hätte sie doch wissen müssen.

Nein, Chantal wusste immer, was sie wollte. Da halfen keine guten Zureden. Wie oft hatte sie es versucht? Aber ihre

Ex-Freundin war stur geblieben. Beharrlichkeit nannten das die einen. Dickköpfigkeit die anderen. Für sie war es Sturheit, die alles und alle gefährdet hatte. Auch ihre persönliche Freundschaft. Paula fühlte, wie der Ärger schon wieder in ihr hochstieg.

Moldau holte sie aus ihren Erinnerungen zurück. „Ist dir eigentlich klar, was du da sagst? Sie war doch deine Freundin." Sie nickte. Sagte nichts. „Das heißt, sie aus dem Weg zu räumen! Du willst das wirklich?" Er schrie jetzt fast.

Sie nickte.

Er sah sie fassungslos an und keuchte schwer. Sie war davon wenig beeindruckt und setzte noch einen drauf. „Sie oder wir. Ein für allemal."

„Das ist Mord! Was ist los mit dir?" Seine Stimme überschlug sich fast. „Paula! Mord!"

Sie nickte. Sonst sagte sie nichts.

ELENI
Hamburg, 13. November 2016

Das Wasser kommt so schnell und mit solcher Wucht, dass sogar die beiden Hunde an der Uferböschung völlig überrascht werden. Der Schwell reißt die Köter über die Steine der Uferbefestigung und zieht sie in die Elbe. Quiekend und japsend kämpfen sie sich gegen die Wellen wieder an Land. Ihre Besitzer müssen in der Stadt fremd sein, denn der Strandabschnitt ist bei Einheimischen berüchtigt. Wenn große Frachter viel zu schnell stromab Richtung Nordsee kacheln, klatschen die Wellen mit solcher Macht auf den Sand vor Övelgönne und Neumühlen, dass der Sog alles mitreißt, was nicht niet- und nagelfest ist. Das weiß man hier.

Der Strand ist gut besucht. Die Herbstsonne hat sich eine Zugabe gegönnt. Indian summer auf hamburgisch. Zum

Glück spielen grad keine kleinen Kinder auf den glitschigen Steinbrocken. Vor einigen Monaten erst konnte ein Geschwisterpaar in letzter Sekunde vor dem Ertrinken gerettet werden. Nur eine Clique junger Männer, die sich biertrinkend und lärmend am Ufer niedergelassen hat, wird kalt erwischt. Die Kerle haben mehr Augen für ihr Bier als für den Schiffsverkehr. Jetzt haben sie einen feuchten Hintern. Ihre gute Stimmung ist im Eimer. Eben noch konnten sie vor Kraft kaum laufen. Jetzt steht ihnen das Wasser sonstwo. Es muss für die sein wie kalt duschen. „Fick dich, Alter", ruft einer dem klobigen gelbweißen Pott hinterher, der stromab dampft. Als wenn das etwas ändern könnte. Aber der Wutausbruch ist wohl eher nach innen gerichtet. An die eigene Gruppenhierarchie. Um zu zeigen, wer der Macker mit den dicksten Eiern ist. Auch wenn die nass sind. Und tatsächlich klopfen ihm zwei seiner Kumpel anerkennend auf die Schulter.

Eleni hat rechtzeitig ihr Ipad samt Rucksack hochreißen können und sich mit einer beherzten Rolle seitwärts vor der Elbbrühe in Sicherheit gebracht. Für Schuhe und Füße hat's nicht mehr ganz gereicht. Die sind nass geworden. Sie kramt ihr Zeug mühsam zusammen, als das Tablet mit ihr spricht. „Was geht bei Ihnen denn ab?", sagt ihr Skype-Gesprächspartner. Seit Minuten starrt der nur noch in den Hamburger Himmel und in die Baumwipfel des nahen Elbparks. Sie hat ihn fast vergessen.

Seit zwei Stunden sitzt die junge Staatsanwältin in der Sonne im Sand und versucht Ordnung in ihren Kopf zu kriegen. „Sekunde", sagt sie und rafft die letzten Klamotten hoch. „Ein unfreundlicher Akt der Schifffahrt, sorry." Sie schnappt sich einen Klappstuhl der Kult-Bar weit oben auf dem Strand, der gerade frei wird, und legt ihren Krempel ab. „Es reicht offenbar nicht, dass sie uns mit ihrem Ruß die

Luft zum Atmen nehmen. Jetzt wollen sie uns auch noch ertränken." Lundberg muss lachen. „Verstehe", sagt er am anderen Ende der Videoschalte, „aber mein Hamburg lieb' ich trotzdem sehr, und den Hafen noch viel mehr. Oder was?" Er wird ernster und sagt vorwurfsvoll: „Wie die Kölner, die sich jedes Jahr wieder wundern, wenn der Rhein im Frühjahr Hochwasser hat und die Altstadt überflutet. Aber trotzdem nicht wegziehen."

„Is' ja schon gut", sagt sie leicht genervt, bloß keine langen Diskussionen jetzt. Das Bild in ihrem Kopf hatte grad etwas an Klarheit gewonnen, als der Frachter auf der Elbe vorbei bretterte und sich Skype zu Wort meldete. „Es gibt noch keine Story", hatte sie sich zur Begrüßung gemeldet. Dann kam das Wasser. „Ich hab' noch nichts Neues für Sie." Eleni nimmt den Faden wieder auf, wenn auch etwas unfreundlicher als gewollt. Aber die nassen Füße nerven.

„Aber ich vielleicht." Lundberg ist unbeeindruckt. „Ich habe ein bisschen tiefer in meinen alten Notizen und Unterlagen gegraben und zwei, drei Telefonate geführt", sagt er. „Und siehe da: Überraschung!"

„Ach ja? Jetzt auf einmal?" Eleni mag solche Zufälle nicht. Die kann es normal nicht geben. „Ich bin von Beruf aus neugierig und Sie wollten doch in größeren Zusammenhängen denken." Eleni wundert sich. Sie waren wieder beim förmlichen „Sie", warum auch immer. „Ihre Schuld", sagt er.

„Und?" Sie wird ungeduldig. Ihre Füße werden kalt, es gibt nichts zu trinken. Dafür müsste sie ihren Stuhl aufgeben, jetzt wo sie hoch und trocken sitzt. Lundberg spannt sie unnötig auf die Folter. „Also, was haben Sie Tolles herausgefunden?" Der Journalist lässt sich nicht aus der Ruhe bringen. „Einiges vielleicht. Nach der Wende haben die DDR-Organe, also SED, Stasi und Ministerien oder Staatsbetriebe ein ziemliches Vermögen auf die Seite gebracht.

Niemand weiß genau wie viel. Aber auf über sechs Milliarden DDR-Mark wurde das geschätzt. Knapp drei Milliarden in bar, der Rest geparkt auf Auslandskonten oder in Eigenbetrieben im Westen. Getarnten natürlich. Oft auch in Immobilien." Er unterbricht und macht eine bedeutungsschwere Pause, damit sich die Information setzen kann.

„Und? Erstens ist das nicht neu. Und zweitens seh ich nicht, was das mit unserem Fall zu tun haben soll." Eleni blickt überrascht hoch zu einem gut aussehenden jungen Mann, der ihr kommentarlos einen Becher Kaffee und einen großen Cognac hinstellt und ihr zuzwinkert. Sie hebt fragend die Augen. „Damit dir nicht kalt wird", flüstert er und grinst.

„Sind sie noch da?" Lundberg klingt irritiert. Eleni schiebt ihr Gesicht vor die Kamera und prostet ihm mit dem Kaffee zu. „Ein großer Teil des Geldes ist an der Treuhand vorbei an einen neugegründeten Sozialverein gegangen, der sich origineller Weise Schutzgemeinschaft für Angehörige ehemaliger Ost-Organe nennt. Abgekürzt, SchufA Ost." Er lacht, aber es hört sich bitter an.

„Noch mal, was hat das mit uns zu tun?" Eleni fängt an unkonzentriert zu werden. Ihre Augen suchen den edlen Spender, der sich ins Gewühl der hippen Gesellschaft am Tresen verdrückt hat. War das eine Anmache? Und falls ja, wie soll sie darauf reagieren? Schließlich ist sie vergeben. Tut aber gut, denkt sie und freut sich: „Ich höre."

„Was ist so lustig? Schauen Sie sich lieber mal an, von wem die ‚SchufA-Ost' geführt wird. Wer da so im Vorstand sitzt und vor allem, wer geschäftsführende Vorsitzende ist. Und welche Stiftung im Hintergrund den Laden finanziert. Vielleicht hilft das der Sache auf die Sprünge. Jetzt sind Sie am Zug. Machen Sie was draus." Der Bildschirm wird dunkel. Ohne weiteren Gruß hat sich Lundberg ausgeloggt.

Eleni kippt den Cognac in einem Zug runter. Nicht lang schnacken, Kopp in' Nacken. Sofort springt die Heizung an. Ihr wird warm.

DORN
Hamburg, 2. August 2015

Sie wusste selbst nicht so genau zu sagen warum. Daliah Dorn hatte die Papiere und Unterlagen aus alten Rostocker Tagen noch einmal hervorgekramt. Die sie damals beim Sturm auf das Waffenlager wahllos an sich gerissen hatte. Und die von den Einbrechern nicht entdeckt worden waren oder sie nicht interessiert hatten. So genau wusste sie das ja nicht. Bei ihr selbst waren die fast in Vergessenheit geraten. Tief verbunkert. Ganz hinten in der Kleiderkommode. Jetzt lagen sie neben den anderen sorgsam zu einem Stapel geschichteten Dokumenten und Mappen.

Sie blätterte in Einfuhrlisten mit Waffentypen und Ausfuhranzeigen. Teilweise mit Stempel. Ordnunsgemäß abgewickelt: „Keine besonderen Vorkommnisse." Darunter ein handschriftlicher Krakel. Fast eine Ewigkeit war das jetzt her. Und doch wie gestern. Warum interessierte sie sich ausgerechnet jetzt für das alte Zeug? Nur wegen des Überfalls, der immer noch in ihr arbeitete? Weil sie wissen wollte, was die Typen eigentlich gesucht haben konnten? Was so interessant für sie war, dass sie einen Einbruch riskierten? Wertsachen hatten die bei ihrer überstürzten Flucht jedenfalls keine mitgehen lassen. Es musste eine andere Verbindung geben.

Oder war es, weil sein Tod noch immer an ihr nagte? Nach all den Jahren. Der MP war nicht mehr. Schon lange nicht. Aber ihre Trauer wollte nicht weichen. Auch nach über 25 Jahren kam sie immer wieder. Wie in Schüben. War praktisch chronisch. Wie Ebbe und Flut. Kam und ging. Ihr MP würde sie nie mehr in die Arme nehmen, sie wusste das sehr wohl. Er würde seine Tocher nicht kennen lernen. Und die würde ihn nie live erleben. Selbst wenn sie es wollte. Es war, als hätte es ihn nie gegeben. Zumindest nicht als diesen liebenden Mann. Der Verantwortung für seine Familie zeigen wollte. Und sie nicht im Stich gelassen hatte. All das hatte sie im Kopf realisiert. Im Herzen nicht. Da lag der Schmerz wund.

Es stimmte wohl, das hatte sie sich längst klar gemacht: Ihr Liebster hatte als Politiker ein zweites Gesicht gehabt. Das nicht gerade dazu beitrug, seinen Ruhm und sein Ansehen zu nähren. Zeitungsreportagen waren voll davon gewesen. Aber er führte eben auch noch ein anderes Leben. Ganz anders, als es die Medien in der breiten Öffentlichkeit von diesem machtbewussten Menschen zeichneten. Das eines sich sorgenden Liebenden. Zumindest aus ihrer Sicht. So wollte sie ihn in Erinnerung behalten. Deshalb hatte sie auch nie an die Todesursache geglaubt. So einer wie er entzog sich nicht einfach seiner Verantwortung. Nicht mit seinem Ehrgeiz. Der suchte nicht den freiwilligen Abgang. Erst recht nicht, wenn er dabei geliebte Menschen im Stich lassen musste.

Außerdem waren da ja auch noch die vielen offenen Fragen. Die Ermittlungsbehörden hatten schwer geschlampt. Und das war noch untertrieben. Zu vielen Indizien und Fragen gab es keine schlüssigen Erklärungen. Und würde es vielleicht auch nie mehr geben. Sie hatte alles gelesen, was sie dazu in die Finger bekommen konnte. Er war in Waffendeals verwickelt, mit welchem Ziel auch immer. So viel war wohl klar. Nur in wessen Auftrag und mit welchem Ziel, und vor allem: auf wessen Rechnung? Da gab es noch reichlich Klärungsbedarf. Er war auf allerlei Art erpressbar gewesen durch feindliche Geheimdienste. Vor allem durch die Stasi. Viel Stoff für die bunten Blätter. Und er war wohl auch politisch am Ende. Aber so von der Bühne abgehen, ein für allemal abzutauchen, das war nicht sein Stil. Der doch nicht.

Dorn zog die Papiere zu sich heran. Sie saß auf ihrem Balkon und hatte ein Glas Wein vor sich. In einiger Entfernung konnte sie das Treiben auf dem Brüsseler Platz verfolgen. Wie oft hatte sie die Dokumente schon sortiert. Wieder und wieder durchgesehen. Ohne damit so recht was anfangen zu können. Sie blätterte in den Unterlagen, bis sie die Seite mit der Führungsstruktur des ehemaligen Waffenlagers und seines Betreibers fand. Hinter dem Im- und Exportunternehmen verbarg sich ein Staatsbetrieb des Außenhandelsministeriums, das hatten Bürgerrechtler längst herausgefunden. Sie zuckte zusammen. In der Unternehmensspitze saß ganz offiziell ein alter Bekannter: Kristian Halborg. Warum war ihr das so lange nicht aufgefallen? Sie fragte sich, wo der wohl noch überall seine Finger drin gehabt oder noch immer drin hatte. Wie ein Spinne im Netz.

Sie markierte einige Stellen mit dickem roten Filzstrich und griff zu einer Klarsichtmappe, die an der Seite der beiden Stapel lag. Auf zwei Bildern war Halborg mit einigen Mitarbeitern zu sehen. Offenbar ein Betriebsfest. Auf dem einen war er von der Seite aufgenommen. Man konnte ihn eigentlich nur erkennen, wenn man wusste, wonach man suchte. Die Männer und zwei Frauen um ihn herum hatten offenbar Gläser in der Hand. Die meisten waren nur von hinten zu sehen oder verschwommen. Die Qualität der Fotos hatte mächtig gelitten. Auf einem Bild, ebenfalls schon ziemlich grobkörnig, stand Halborg neben einem Mann, der ihr bekannt vorkam. Ja, er musste es sein, so viel Ähnlichkeit konnte kein Zufall sein. Wenn sie nicht völlig neben der Spur war, amüsierte sich Halborg auf dem Foto mit niemand anderem als Stefan Hilgers. Auf einem Betriebsfest. Wenn sie noch eine Bestätigung für deren enge Verbindung gebraucht hätte, hier war sie. Auf einmal machten auch die Dokumente neuen Sinn. Zwei davon waren mit einem doppelten Kürzel gezeichnet gewesen, „H" und „H", mit Datum zweier aufeinanderfolgender Tage. Halborg und Hilgers? Wahrscheinlich, wenn auch nicht sicher.

Es war erst wenige Tage her, dass ihr ein ehemaliger Studienkamerad überraschend den Hefter mit einigen Kopien vorbeigebracht hatte. Wo kamen die auf einmal alle her? Und warum jetzt? „Ich habe aufgeräumt. Vielleicht kannst du damit was anfangen", hatte er nur gesagt und sie dabei vielsagend angeschaut. Nach einem schnellen Bier war er gleich wieder verschwunden. Sie hätten sich auch kaum was zu sagen gehabt. An der Uni hatten sie in den letzten Semestern oft die gleichen Seminare besucht und auch das eine oder andere nette Wort miteinander gewechselt. Er hatte sie auch mal abschreiben lassen, als sie wegen ihrer Schwangerschaft mit den Gedanken ganz woanders gewesen war. Eine echte Freundschaft war daraus aber nie entstanden. Vielleicht auch, weil er in den letzten Monaten des Systems in die Opposition abgetaucht war. Sie aber über eine Sympathisantenrolle nie hinausgekommen war.

Nach der Wende hatte sie ihn schnell aus den Augen verloren. Das letzte Mal hatte sie von ihm gehört, als er mit einem Bürgerkomitee die Kontrolle über die Bezirksverwaltung des MfS in Schwerin übernommen hatte. Bis sie ihn auf der Benefizveranstaltung gesehen hatte, so glaubte sie zumindest. Aber sie hatte ihn aus den Augen verloren, weil sie sich ja um den Veranstalter kümmern musste. Dass er sie dort bemerkt haben könnte, war ihr nie in den Sinn gekommen.

Jetzt brachte er ihr überraschend eine lange Computerliste mit über dreitausend Namen, die lange unter Verschluss gehalten worden war. Das große Magazin und einige andere Medien hatten irgendwann angefangen, ihr Geheimnis zu lüften. Es waren „Offiziere im besonderen Einsatz", kurz „OibE". In alphabetischer Reihenfolge. Die waren so geheim, dass selbst im Ministerium nur wenige von ihrer Existenz wussten. Und noch weniger ihre Klarnamen kannten. Die Stasi-Spitzel waren besonders geheimnisvoll unterwegs gewesen. Die gegnerische Aufklärung in den Westen hatte keine Ahnung davon, dass es die überhaupt gab. Sie waren Ende der achtziger Jahre, als das System langsam ins Trudeln kam, in Schlüsselpositionen der DDR-Wirtschaft platziert oder mit falschen Papieren als Perspektivagenten in den Westen eingeschleust worden. Im Ernstfall sollten die ihren ganz besonderen Beitrag „zur allseitigen Stärkung und zum Schutz des Sozialismus" leisten. So pathetisch stand es in einer offiziellen Dienstanweisung des Ministeriums niedergeschrieben. Als die Krise dann da war, gab es für sie keine Verwendung. Denn die Krise fand im Inneren statt.

Zu ihnen gehörte auch Halborg mit seinen Aufgaben in Rostock, der wie Tausende andere als „Schläfer" auf den Tag X gewartet hatte. Auf der Liste stand es schwarz auf weiß. Und mit ihm zusammen standen da auch etliche andere ihr gut bekannte Namen, darunter auch Prominente. Und eine alte Freundin. Wer hätte das gedacht.

Dorn brauchte nicht lange, um zu wissen, was sie zu tun hatte. Sie stopfte ein paar Klamotten in ihre Reisetasche, dazu ein paar Toilettenartikel, für einen spontanen Besuch. Es ging nicht anders. Denn am Telefon war sie nicht zu Halborg durchgedrungen. „Wenn sie keinen Termin haben, stehen die Chancen für die nächsten Tage und Wochen schlecht", hatte ihr eine Frau am Telefon erklärt. „Das „s" betonte sie dabei besonders spitz. Die Antwort mochte glauben, wer wollte. Sie nicht. Dorn war entschlossen, sich nicht so leicht abwimmeln zu lassen. Der Zug würde am Abend in Hamburg ankommen. Am nächsten Morgen wollte sie in seinem Büro auf der Matte stehen. Halborg sollte sich wundern.

Das Büro des Wohnungsbaukonzerns lag in einem Bürohaus in der City Nord unweit des Hamburger Flughafens. Der Komplex mit dem modern klingenden Namen war eine lieblose Ansammlung kahler Betonbauten, zwischen denen der Wind besonders steif durchpfiff. Er wollte sich vor dem tristen Anblick offenbar schnell davon machen. Das Beste an der Bürostadt war der nicht weit entfernte Stadtpark mit seinen Fußballwiesen und einem schicken Naturschwimmbad. Das erfreute sich besonderer Beliebtheit bei Nacktbadern und Schwulen. Wobei die Personengruppen nicht identisch sein mussten.

Sie war für einen Moment überwältigt, als sie vor der Drehtür des Klotzes aus Beton und Glas stand. Wie eine dreizackige Pyramide reckte der sich vor ihr dem Himmel entgegen. Das Gebäude wirkte auf sie beeindruckend. Vielleicht auch bedrückend. Wobei sie nicht sicher war, worauf die Betonung lag. Es dauerte ein paar Minuten, bis sie sich über verschiedene Fahrstühle und durch ein Gewirr von Fluren zu einer schweren Eichentür durchgearbeitet hatte. Was für ein Kontrast.

Sie klingelte und knallte einer mittelalten Frau am Empfang die Stasi-Mappe auf den Tresen, noch bevor die sich zur Abwehr eingraben konnte. „Kommen Sie mir jetzt nicht damit, ich hätte keinen Termin“, sagte Dorn kalt zu ihr. „Diese Dokumente sind besser als jeder Termin. Er wird mich empfangen. Ganz sicher.“

Halborg thronte hinter einem mächtigen Schreibtisch. Er sah sie mehr interessiert als besorgt an, als sie sein großes Büro betrat. Er machte sich nicht die Mühe zur Begrüßung aufzustehen oder sie gar in die Besucherecke zu bitten. Ob er sie überhaupt erkannte, konnte sie nicht ausmachen. Er deutete auf den Stuhl vor seinem Schreibtisch. Das musste reichen. „Wer sind Sie?“ Ein freundliches Hallo hörte sich anders an. „Das muss Sie nicht interessieren. Wenn Sie schon nicht von allein drauf kommen.“ Sie war so weit gegangen und nicht bereit, jetzt zurückzustecken. Keine Handbreit. Außerdem hatte sie keine Lust auf lange Geplänkel. „Ich habe hier eine interessante Liste, Genosse Oberst. Offizier im besonderen Einsatz also. Das macht Sinn. Nicht direkt dabei, aber immer mittendrin. Mit besten Drähten in den Kapitalismus. Wer sonst hätte das illegale Waffenlager besser führen können.“

Halborg erbleichte. Seine Augen zeigten einen kurzen Augenblick der Erinnerung. Wischhagen! Konnte es das sein? Aber was hatte der Flop an der Ostsee mit dem Waffenlager zu tun? Dorn sah ihm an, wie es in ihm arbeitete. Seine Selbstsicherheit war verflogen. Fast in Sekundenschnelle. „Woher haben Sie die Liste?“ Es hielt ihn nicht mehr auf seinem Stuhl. Er sprang auf und tigerte hinter dem Schreibtisch hin und her. Der Liste schenkte er keinen Blick. Er gab sich Mühe lässig zu wirken. Aber es hatte etwas Komisches. Wie sicher muss er sich gefühlt haben, dass es ihn nun so aus der Bahn warf. „Was wollen Sie?“

Dorn zuckte mit den Schultern. Gerechtigkeit? Revanche? Sie wusste es selbst nicht so genau. „Wiedergutmachung vielleicht.“ Sie presste die Worte förmlich hervor. Es tat gut, ihn so leiden zu sehen. Leute wie er waren es gewesen, die ihr und Tausenden anderen das Leben schwer gemacht hatten. So lange sie die Macht dazu hatten. Jetzt hatte sich das Spiel gedreht. Jetzt waren die angreifbar und verletzlich. Ohne Schutz und Schild eines Systems. „Wofür?“ Er kapierte noch immer nicht. Ihr Überrumpelungsangriff war gelungen.

„Du und dein Genosse Hilgers, ihr wart die Drahtzieher bei den illegalen Waffendeals. Dazu habt ihr euch sogar mit dem Klassenfeind eingelassen. Ihn benutzt. Den damaligen MP. Übrigens der Vater meiner Tochter." Halborg erschrak. Das war ihm offenbar neu. Ihre Worte trafen ihn wie Schüsse. Sie verzichtete auf jede Form der Höflichkeit und duzte ihn, auch wenn es arg distanziert klang. So wie er früher die sogenannten Genossen geduzt hatte. Die treuen wie die systemfeindlichen. „Er ist tot. Hat dafür bezahlt. Weil er zu viel wusste." Sie bluffte jetzt. „Während ihr euch einen feinen Lenz macht. Immer noch. Oder schon wieder. Damit ist jetzt Schluss. Ich werde euch auffliegen lassen."

Zur Bestätigung knallte sie ihm zwei Zeitungskopien auf den Tisch. Er tat, als interessierten die ihn nicht, aber die großen Überschriften entgingen seinem Blick nicht. „Chefermittler: Es war Mord" stand auf dem einen Blatt in fetten Lettern. „Ein Mord, der keiner sein durfte", war auf der anderen Kopie zu lesen. Ihr MP sei bereits bewusstlos gewesen, als das tödliche Gift in seinen Körper gelangte. So stand es in dem Text. Das konnte man glauben oder nicht. Sie hatte nie an Selbstmord glauben wollen.

Halborgs Augen weiteten sich. Damit hatte er nicht gerechnet. „Was habe ich damit zu tun?" Er versuchte mühsam Haltung zu bewahren.

Dorn schaute ihn verächtlich an. „Ihr hattet Leute in der Stadt, als er starb. Im Nachbarhotel. Zusammen mit Euren Waffendealern. Das war sicher kein Zufall. Und das kann ich beweisen." Er zuckte kurz, reagierte aber nicht. Als wartete er, was da noch kommen würde. Um zu sehen, wie es um seine Möglichkeiten stand. „Christa Wolf hat mal geschrieben, die Vergangenheit ist nicht tot, sie ist nicht mal vergangen. Denk an ihre Worte!" Sie war erschöpft. „Zu deiner Rolle im Jugendausschuss komme ich später." Sie hatte Kraft gebraucht für ihre Anklage. Und sie brauchte mehr davon. Sie würde das durchziehen, um jeden Preis. Wenn sie vorher noch irgendeinen Zweifel gehabt haben sollte, jetzt stand es für sie fest.

„Wollen Sie Geld?" Seine Selbstsicherheit war wie weggeblasen. Halborg versuchte Zeit zu gewinnen. Er schwitzte und überlegte fieberhaft, welchen Ausweg es geben könnte. „Einfach nur öffentlich Wind zu machen, bringt Ihnen doch gar nichts. Der alte Kram interessiert doch kein' Mensch mehr. Jetzt wo wir ein Volk sind." Ein höhnischer Zug huschte um seine Mundwinkel. Fast beiläufig nahm er den Telefonhörer ab, drückte einen Knopf und legte gleich wieder auf. Sie verstand nicht. Sie war wie auf Droge. „Ach ja? Dann lassen wir es doch einfach mal drauf ankommen, Herr Oberst. Du hast sicher kluge Antworten für deine Rolle als OibE."

In ihrem Rücken öffnete sich die Tür. Mit einer Handbewegung stoppte Halborg die beiden Typen. Sie sahen aus, als würden sie sich am Wochenende als Rausschmeißer auf dem Kiez etwas nebenbei verdienen. Die Jacketts klemmten unter den Achseln, ihre Hemden spannten über der Brust. Breitbeinig standen sie mit pendelnden Armen mitten im Raum.

Es schien, als hätte das bloße Erscheinen der Typen ihm seine Selbstsicherheit zurückgegeben. Wie Führer doch an ihrer Macht wuchsen. „Übernehmen Sie sich nicht." Er hatte seine Stimme zurück. Sie klang wieder kalt. „Ich weiß nicht, was Sie antreibt und was Sie von mir wollen. Ich weiß aber, dass Sie gar keine Vorstellung davon haben, mit wem Sie sich grad anlegen. Und dass Sie besser nicht hier sein sollten." Er stützte sich mit beiden Armen auf den Schreibtisch und beugte sich zu ihr. „Glauben Sie mir, diese Nummer ist ein paar Nummern zu groß für Sie. Mindestens! Daran kann man sich schnell verschlucken." Er blickte die beiden Anaboliker an. „Die Dame ist fertig. Sie möchte gehen."

Die Typen packten sie an den Armen und stellten sie auf die Füße. Der Stuhl kippte nach hinten, aber das interessierte niemanden. Widerstand war zwecklos. Sie hatte gerade noch Zeit die Stasi-Liste wieder an sich zu nehmen. Halborg hatte nur einen kurzen Blick darauf geworfen, bevor er seine Fassung verloren hatte. Er kannte sie offenbar oder wusste zumindest, was sie für ihn bedeuten würde. Sie wurde zur Tür geschoben. Es sah wie ein körperbetonter Zweikampf aus, als sie von den Muskelpaketen zum Ausgang bugsiert wurde. Geschubst und geschoben. Sie versuchte stehenzubleiben und drehte den Kopf, hatte aber keine Chance. Als die Tür aufgemacht wurde, meldete er sich noch einmal zu Wort. „Moment noch", sagte Halborg, es klang fast versöhnlich. „Nehmen Sie mich beim Wort. Und nehmen Sie die Kohle. Wir spielen nicht. Es ist uns ernst. Denken Sie immer an ihren Ex-Lover. Wenn ich Ihnen sonst irgendwie helfen kann, lassen Sie es mich wissen. Aber nur dann. Sie hören von uns."

Bei seinen letzten Worten stand sie bereits in der Tür. „Kommen Sie nie wieder unangemeldet her." Sie war schon im Flur. „Und passen Sie gut auf sich auf."

Hörte sich so eine Drohung an? Und von welcher Kohle sprach er eigentlich?

ELENI
Hamburg, 13. November 2016

Der Kiesweg zur herrschaftlichen Villa an der Hamburger Außenalster ist lang und durch ein schweres Eisengitter versperrt. Eleni drückt auf den Klingelknopf unter dem schweren goldglänzenden Messingschild. Sie merkt, wie die Kamera sie und Jule ins Visier nimmt. „Ja bitte, was wollen Sie?" Die Stimme aus dem kleinen Lautsprecher klingt blechern. Sie wollen die Hausherrin sprechen. Doch es passiert erst mal nichts. Die Frauen frösteln. Eine steife Brise weht zwischen den stolzen Villen in der vielleicht prächtigsten, in jedem Fall aber wohl teuersten Hamburger Wohngegend. Klassizistische Bauten reihen sich wie an einer Perlenschnur am Alster-Ufer entlang. Modeschöpfer und viele andere Promis waren oder sind an der Straße der Millionäre zuhaus, wie sie im Volksmund heißt. Dazu einige Stiftungen. Kultur- und Sozialverein steht in schlichten Buchstaben auf der Platte über der Klingel. Mehr nicht. Wer hierher kommt, weiß wohin er will.

„Haben Sie einen Termin?" Die Blechstimme ist zurück. War wohl mal kurz die Lage checken. „Staatsanwaltschaft! Ich denke wir brauchen keinen." Eleni hat den Ton etwas verschärft. Sie hat den Satz noch nicht zu Ende gesprochen, als das Eisentor leise aufschwingt. In einer großen Lobby werden sie empfangen und kommen sofort zur Sache. „Sie kennen Chantal Krieger? Oder sollten wir besser sagen Daliah Dorn." Ihr Empfangskomitee zeigt sich ungerührt. Paula Moldau sitzt auf der Kante des Besuchersofas wie auf dem Sprung. An ihrer Seite zwei Männer, die sich nicht näher vorgestellt hatten. „Sollte ich das?" Wenn sie überrascht ist oder ein schlechtes Gewissen hat lässt sie sich das zumindest nicht anmerken. Eleni ist beeindruckt. Noch hält die Fassade. Sie ist am Zug.

Es hatte nicht lange gedauert, bis die Staatsanwältin den exklusiven Klub ausfindig gemacht hatte. Er wurde als eingetragener Verein geführt und hatte vor nicht allzu langer Zeit eine Stiftung gegründet: Zur Förderung der Erinnerungskultur an gesellschaftliche Errungenschaften der ehemaligen DDR. Muss man auch erst mal drauf kommen, hatte Eleni gedacht. Errungenschaften der DDR! Beide Institutionen waren mit ihrem Sitz im selben Haus an der Alster gemeldet. Beide wurden von der Geschäftsführerin und Stiftungsratsvorsitzenden Paula Moldau geführt. So hatte sie sich auch bei der Begrüßung vorgestellt.

„Was machen Ihr Verein und Ihre Stiftung eigentlich so?" Eleni wechselt das Thema. Überraschungsangriff. „Ihr Interesse ehrt uns. Aber deshalb kommen Sie doch nicht her und stehlen unsere Zeit?" Die Moldau sitzt auf einem hohen Ross. Ganz weit oben. Und das lässt sie die ungebetenen Gäste merken. Sie macht jedenfalls keine Anstalten zu antworten. Aber Eleni zeigt keine Wirkung. Sie weiß, dass die Wirtschaftsstaatsanwaltschaft die Stiftung schon länger auf dem Kieker hat. Aber weiß Paula Moldau das auch? Oder ist ihr Misstrauen Teil ihrer Arbeitsplatzbeschreibung? Die Ermittlungen laufen wegen Steuerhinterziehung und Geldwäsche. Weil die Geldströme zur Finanzierung der Vereins- und Stiftungsaufgaben bis zur Undurchsichtigkeit vernebelt sind. Bei allen Nachfragen landeten die Fahnder bislang irgendwann immer auf den Cayman Islands oder auf Jersey. Was im Ergebnis aufs gleiche hinauslief. Und auch der Verfassungsschutz hatte den DDR-Laden schon länger im Visier. Inoffiziell versteht sich.

„Kennen Sie nun Chantal Krieger oder nicht?" Wieder ein Strategiewechsel. „Fragen Sie mich das als mögliche Zeugin oder Verdächtige? Dann müsste ich Sie an meine Anwältin verweisen." Paula erweist sich als harte Nuss. „Sagen Sie's mir." Eleni ist nicht bereit einzuknicken. Sie geht volles Risiko. Die Geschäftsführerin zögert einen winzigen Moment. Es ist kaum zu merken. Eleni hat es registriert. Treffer, denkt sie, wir sind auf der richtigen Fährte.

„Ich kannte vor vielen Jahren eine Chantal. Das war noch zu Warnemünder und Rostocker Zeiten. Eine lose Freundin.

Nix Enges. Keine Ahnung, ob wir von der gleichen Person reden." Das muss wohl reichen, findet sie. „Sagen Sie's mir." Eleni blättert in einer Akte, die ihr Jule gibt. Jule sagt kein Wort. Eleni hat sie nicht vorgestellt. Die Vereinschefin blickt sie immer wieder skeptisch an. Sie kann Elenis Begleiterin und deren Rolle nicht einordnen. Das verunsichert sie. Und ist so gewollt.

„Chantal Krieger. Gute Freundinnen vergisst man doch nicht. So lange ist Ihr Kontakt doch gar nicht her, oder?" Eleni stellt die Frage eher beiläufig, die Augen immer noch auf die Papiere gerichtet, als suche sie etwas. „Was meinen Sie?" Ihre Selbstsicherheit bröckelt etwas. Paula Moldau sitzt in Lauerstellung. Auch die beiden Typen an ihrer Seite drücken auf einmal das Kreuz durch. Als wollten sie schon bald als Rausschmeißer tätig werden.

Eleni macht ein zufriedenes Gesicht. Sie zieht ein Blatt Papier aus den Unterlagen hervor. „Ich meine, dass Sie noch kurz vor Chantal Kriegers Tod mit ihr telefoniert haben. Allerdings lief der Anschluss da schon auf ihren neuen Namen." Wirkungstreffer. Es ist der Vereinschefin anzusehen. „Und dafür gab es viele Gründe. Nicht nur alte Beziehungen von früher." Die Vereinschefin ächzt fast unmerklich. Als wollte sie eine echte Reaktion nicht zulassen. „Sie sind verheiratet mit Stefan Moldau?" Nicken. „Der früher mal Stefan Hilgers hieß?" Wieder Nicken. Eleni schaut sie forschend an, ob ihr Widerstand bricht. „Sie kennen seine Vergangenheit?" Die Vereinschefin guckt zurück.

„Und wenn schon. Was soll das ganze Theater?" Paula Moldau ist hart. Sie kann einstecken. So leicht ist sie nicht in die Knie zu zwingen. Es hätte Eleni auch gewundert. „Ich lasse mir von Ihnen nichts anhängen. Sie haben nichts in der Hand." Eleni schmunzelt. „Sie unterschätzen uns. Wir haben das Handy von Chantal, aus dem hervorgeht, dass Sie und Ihr Mann häufiger mit ihr telefoniert haben. Erstaunlich häufig."

„Und wenn schon." Paula Moldau kämpft.

„Wir wissen, dass Ihr Mann von Chantal alias Daliah Dorn erpresst wurde. Dass es dazu nicht mehr kam, ist nur dem bedauerlichen Umstand zu verdanken, dass Chantal zuvor unglücklicherweise verstarb." Sie holt kurz Luft. „Und zwar gewaltsam." Paula schluckt. „Was zu beweisen wäre, sofern Sie mich dafür verantwortlich machen wollen. Ich war nie auf der Rheinbrücke."

Die Pause nach Paulas Zwischenruf ächzt zwischen den Frauen. Paula weiß sofort, dass ihre vorlaute Verteidigung ein Fehler war. Eleni notiert die Aussage zufrieden.

„Interessant, wo wir doch noch gar nicht von einer Brücke gesprochen haben. Ich werde noch heute ein Ermittlungsverfahren eröffnen und eine Hausdurchsuchung beantragen. Oder geben Sie mir Ihr Handy freiwillig mit?" Die Vereinschefin erhebt sich von dem Sofa. „Selbst wenn ich in der Nähe der Brücke gewesen wäre, beweist das noch gar nichts. Weitere Fragen ab jetzt nur noch über meinen Anwalt." Sie streckt den Arm Richtung Tür aus und die beiden Kerle machen einen Schritt nach vorn. „Bitte verlassen Sie jetzt unser Büro."

Eleni schiebt den Arm einer der Aufpasser beiseite, als der Anstalten macht, sie zum Ausgang zu bugsieren. „Nur gucken, nicht anfassen", sagt die Staatsanwältin und das hört sich auf einmal überhaupt nicht mehr verbindlich an. „Danke für Ihre Gastfreundschaft. Sie hören von uns. Versprochen." Sie nickt Jule zu, die alle Unterlagen eingepackt hat. Während die beiden zur Tür gehen, ballt Eleni die Faust. Gut gelaufen, denkt sie. Die Überrumpelung hat funktioniert. Besser als gedacht. Sie waren fast am Ziel. Und würden wiederkommen. Dann aber nicht mehr allein.

PAULA
Köln, 5. August 2015

Ein bisschen viele Zufälle, fand Dorn. Für einen kurzen Moment hatte ihr Misstrauen die Freude über den Anruf in die Ecke gestellt. „Was ist, freust du dich nicht?" Paula hörte sich erstaunt an. Es war, als hätte sie den Stimmungswechsel durchs Telefon gespürt. So gut kannte sie ihre früher mal beste Freundin offenbar immer noch, dass sie ihren Ton lesen konnte. „Doch, doch." Daliah Dorn beeilte sich, ihre Zweifel mit netten Worten zu übertünchen. „Aber irgendwie fühlt es sich auch komisch an. Erst hören wir jahrelang gar nichts voneinander. Und dann tauchst du in größeren Abständen immer wieder auf. Als wenn du Teil meines Lebens wärest. Einfach so."

Von ihren Recherchen, den vielen Namen und wie Paula zu dem einen oder anderen wohl gestanden haben mag, sagte sie erst mal nichts. Denn sie wusste ja nicht, welche Rolle jeder einzelne tatsächlich gespielt hatte. Vielleicht war Paula ja auch einfach erpresst worden, so wie viele der ehemaligen Spitzel und sie selbst auch. Und hatte, wenn überhaupt, nur zum Schein mitgespielt. Vielleicht hatte von ihrer alten Freundschaft einfach doch was überlebt. Vielleicht hatte sie sich deshalb spontan gefreut, als Paula überraschend mal wieder in der Leitung war.

Die gute Laune wich wie von Geisterhand beiseite gerückt. Stück für Stück. Als hätte ein Bühnenbildner die Kulisse verschoben. Es waren einfach zu viele Zufälle. Vor Jahren das Einschreiben mit den Papieren und Dokumenten. Woher hatte ihre alte Freundin damals eigentlich ihre neue Adresse gehabt? Unter ihrem neuen Namen. Danach zwei Telefonate und wieder eine lange Pause. Und jetzt auf einmal dieser Anruf. Nach all der Zeit. Kaum dass sie aus Hamburg zurück war. Der Schock nach ihrem Abstecher an die Elbe saß tief. Und nährte ihr Misstrauen gegen alles und jeden. Schließlich hatte sie ihre Nummer in den öffentlichen Dateien sperren lassen. Und doch war Paula dran. „Wie bist du eigentlich an meine Nummer gekommen?“ Der Virus hatte sich festgebissen.

Paula überhörte das Misstrauen, das eigentlich nicht zu überhören war. „Ist doch egal. Hauptsache ich hab’ dich wiedergefunden.“ Sie gab ihrer Stimme einen unbeschwerten Klang. Aber egal war für Dorn gar nichts. Nach all den bösen Erfahrungen, die sie hinter sich hatte, als Chantal oder Daliah Dorn. Sie ging in die Offensive. „Sag’ doch mal, wo steckst du überhaupt und was machst du so? Ich hab’ so viele Fragen. Wollen wir uns nicht mal treffen?“ Ihre Freundin schien von der der Idee nicht sonderlich überrumpelt. „Unheimlich gern“, antwortete Paula. Sie sei für einen Sozialverein in Hamburg tätig, der habe aber auch ein Büro in Köln. Er mache sich für die Interessen von Ostdeutschen stark, die sich als gewendete Bürger in den neuen Bundesländern immer noch schwer zurechtfänden. Ihre Stimme hatte einen scheinbar unbefangenen Klang. Welche Interessen genau und wie schwer das manchmal für die Ossis sei, darüber könne man tatsächlich bei Gelegenheit in Ruhe reden. Sie müsse demnächst ohnehin nach Köln. „Bist du denn in den nächsten Wochen im Land?“

Dorn stimmte zu. Sie plauderten noch ein bisschen über Privates. Was aus ihrer Tochter geworden sei. Und dass Paula mit einem älteren Unternehmer von früher verheiratet sei. Kinder? Nein danke! Alles ziemlich unverbindlich. Bis die Ex-Freundin plötzlich doch noch mal ernst wurde. „Pass auf dich auf, falls du die Unterlagen von damals verwenden willst. Du hast keine Ahnung, mit wem du dich da einlässt“, sagte Paula. Es klang nicht gerade beiläufig. Chantal kam das irgendwie bekannt vor. Sie wurde das Gefühl nicht los, dass dieser Ratschlag sie auf Schritt und Tritt begleitete. „Wie meinst du das? Du selbst hast mir doch die Dokumente zugeschickt." Sie versuchte nun, auch ihrer Stimme einen beiläufigen Ton zu geben. Verstand jetzt aber gar nichts mehr.

Ihre Freundin suchte offenbar nach den passenden Worten oder einer treffenden Antwort. Oder nach beidem. „Ich wollte dir helfen die Vergangenheit zu verstehen. Und zu verarbeiten. Du hattest ein Recht darauf. Ich wollte, dass du deinen Frieden machen konntest." Dorn wartete, ob da noch mehr kam. „Aber ich wollte nicht, dass du dir deine Zukunft endgültig versaust. Das kann schneller passieren, als du denkst", ergänzte Paula. Was sollte sie mit diesem Ratschlag anfangen. Dorn verstand nicht. „Was willst du mir sagen? Was soll ich deiner Meinung nach tun? Oder sollte ich lieber sagen: lassen?"

„Ich weiß, dass es sich vielleicht komisch anhört." Paula druckste herum. Oder das Handynetz war nicht das Beste. Auf jeden Fall schwankte der Ton und die letzten Worte hörten sich abgehackt an. War sie irgendwo unterwegs? „Am besten ist vielleicht du vergisst das ganze und....". Paulas Stimme war kurz weg. „....verbrennst die Dokumente und dir nicht die Finger."

„Und wenn nicht?"

„Dann kannst du große Probleme kriegen." Paulas Stimme war jetzt sehr leise. „Am besten du nimmst das Geld und rührst nicht mehr daran...." Die Leitung war weg. Tot. Sie rief sofort zurück. „Der Teilnehmer ist nicht erreichbar." Keine Verbindung. Akku leer? Kein Netz? Was auch immer.

Was für Geld? Nicht schon wieder. In Dorns Kopf fuhren die Gedanken Karussell. In Hamburg war zuletzt die Rede davon gewesen. Konnte Paula von ihren Forderungen wissen? Falls ja, woher? Und dann schon wieder diese Warnungen. Wenn auch ein bisschen netter verpackt. War das reiner

Zufall? Ein bisschen zu viele Zufälle nach ihrem Geschmack. Aber wie zum Teufel hätte ihre alte Freundin davon erfahren sollen? Wo sie doch so lange gar keinen Kontakt mehr gehabt hatten. Sie wurde dieses eigenartige Gefühl nicht los. Dorn griff zu ihrem Laptop und versuchte es bei Google mit den Schlagworten „Sozialverein DDR".

Als sie nach über einer Stunde den Computer beiseite schob, wusste sie überhaupt nicht mehr, was sie denken sollte. Geschweige denn fühlen. Dass der ominöse Verein in manchen Beiträgen mit der berüchtigten Hilfsgemeinschaft „Hiag" verglichen wurde, war schon schlimm genug. Die Hiag hatte Mitgliedern der Waffen-SS nach dem Krieg geholfen, unerkannt zu bleiben und unterzutauchen. Es strickten sich zahllose Legenden um dessen Macht und Einfluss. Schön war keine davon. Und so etwas sollte der Sozialverein sein? Nur rotgetüncht? Für ehemalige Stasi-Bonzen? Für Täter statt für Opfer?

Der Verein wurde angeblich mit ehemaligen SED-Millionen finanziert, die nach der Wende spurlos verschwunden waren. Dass seine Geschäfte von einer Paula Moldau geführt wurden, setzte dem Fass die Krone auf. Paula Moldau? Ihre Paula? Doch nicht etwa Moldau wie Hilgers? Damals in Schwerin hatte doch ein ganz anderer Frauenname am Klingelschild gestanden. Das musste doch ein schlechter Scherz sein.

Oder ein dummer Zufall.

DER MAJOR
Köln, 7. August 2015

„Sie machen einen Fehler! Das werden Sie bereuen!" Gleich zwei Drohungen auf einmal. Dabei wollte er doch ruhig bleiben. Sich nicht ins Bockshorn jagen lassen. Stefan Moldau war genervt. Wo war seine Souveränität hin? Die ihn damals als Major so ausgezeichnet hatte. Und so unangreifbar. Am Telefon hatte er jedenfalls heftiger reagiert, als es für ihn typisch war. Er hatte sich das anders vorgenommen. Aber Zeiten ändern sich. Nun war das so. Er war dünnhäutiger geworden. Natürlich wäre es klüger gewesen, gelassen und selbstsicher auf ihre Forderungen zu reagieren. Dann wäre sein Spielraum für eine gütliche Einigung vielleicht größer gewesen. Wer wusste das schon.

Doch dann hatte Dorn ihn am Telefon regelrecht überrumpelt mit ihrer Dreistigkeit. Es hatte ihn regelrecht aus der Fassung gebracht. Wie einen Amateur. Vielleicht weil er die Realität nicht wahrhaben wollte? Er hatte bis zuletzt gehofft, dass sich sein Problem erledigen ließe, wenn seine Frau eindringlich mit ihr sprechen würde. Unter Freundinnen sozusagen. Ex-Freundinnen. Wenn sie ihr den Ernst der Lage klarmachte. Aber er hatte sich getäuscht. Der Versuch war gescheitert. Er hatte die alte Chantal unterschätzt. Das wurde ihm nun mit einem Schlag klar. Und das nervte total. Das Geld war nicht sein Problem. Die Stiftung würde das besorgen. Wozu sonst nannte sie sich Schutzgemeinschaft. Und die Kriegskasse für Fälle wie seinen war voll. Nur der Zeitpunkt kam ihm ganz und gar ungelegen. Schlimmer noch: Er war geradezu beschissen. Das war es auch, was ihn so in Rage gebracht hatte. Wenn er schlechte Nachrichten ganz und gar nicht gebrauchen konnte, dann war das jetzt. In wenigen Tagen sollte er auf dem Landesparteitag in den Vorstand der Christdemokraten gewählt werden. Als Ausgangspunkt für einen späteren Wechsel in die Landesregierung.

Er hatte hart dafür gekämpft. Und so viele Kreisverbände hinter sich gebracht, dass seine Chancen äußerst günstig schienen. Dafür hatte er auch ordentlich investiert. Nicht nur Zeit und Überzeugungskraft. Sondern auch bares Geld. Sein Geld. Als selbstloser Gönner versteht sich. Für soziale und kulturelle Projekte an der Basis. Aber man sieht sich ja immer zwei Mal im Leben. Darauf hatte er gesetzt. Und ausreichend viele Parteifreunde nachdrücklich daran erinnert. Doch abgerechnet wurde bekanntlich am Schluss. Und sein Gegner bei der Wahl war nicht irgendwer. Es war der Amtsinhaber und Justizminister des Landes. Da konnte er sich keine schlechten Überschriften leisten.

Was, wenn sie sich nicht mit Geld abspeisen ließe? Obwohl sie in Hamburg ja Kohle verlangt hatte. Und zwar reichlich. Was, wenn das alles nur ein Test war? Und sie eigentlich nur eines wollte: Rache. Er brauchte eine Lösung. Und zwar schnell. Und geräuschlos. Er vertröstete sie um einen Tag.

„Was gibt's da lange zu überlegen", sagte Paula, nachdem er aufgelegt hatte. „Sie geht aufs Ganze. Und wir tun das auch. Überlass' das mir. Ich mach das schon." Moldau gefiel das nicht. Was sollte das heißen? Tief in seinem Herzen war er kein Zocker, sondern eher ein Feigling. Er verabscheute Gewalt. Aber vor allem wollte er nicht ein zweites Mal vor dem Nichts stehen. Bei dem alles zusammenfiel, auf das er gebaut hatte. So wie damals. Innerlich wusste er, dass seine Frau recht hatte. Und eigentlich vertraute er ihr. Sie würde das schaffen. Dafür hatte sie ihre Leute. Sie schaffte alles! Sie setzte sich immer durch. Um jeden Preis. Auch wenn er diesmal besonders hoch sein könnte.

Er saß wieder allein im Arbeitszimmer und grübelte nach Alternativen. Das Schlimmste war, dass er niemanden zu Rate ziehen konnte. Er musste das mit sich allein ausmachen. Sie mussten das mit sich allein ausmachen. Und so sehr er sich auch quälte, ihm fiel kein Ausweg ein. Sein 18 Jahre alter Talisker, der lange in Sherry-Fässern gereift war, leerte sich zusehends. Er hatte den Whisky schon seit einiger Zeit für besondere Anlässe gebunkert. Jetzt war so einer. Wenn auch kein positiver. Die Auszeichnung mit Gold hielt, was sie versprach. Aber Alkohol war diesmal auch keine Lösung. Nicht mal dieser. Es gab keinen Ausweg.

Seine Frau ließ ihn den Abend über in Ruhe und bereitete stattdessen mit ein paar Telefonaten irgendwas vor. Sie verachtete ihren Mann dafür, dass er nicht hart genug war. Nicht einmal wenn es um alles ging. Was für ein Warmduscher, dachte Paula. Aber sie behielt es für sich. Sie brauchte ihn. Noch jedenfalls. Auf absehbare Zeit. Sie würde nicht zulassen, dass er schlapp machte. Und alles aufs Spiel setzte. Ihre wohl durchdachten Pläne. Jetzt war sie mal dran. Die Politik wartete doch auf Frauen wie sie. Paula war entschlossen. Freundschaft hin oder her. Die war eh längst Geschichte.

Als Dorn sich am nächsten Vormittag wie verabredet wieder am Telefon meldete, fühlte sich Moldau wie gerädert, aber hellwach. Fast wieder wie der alte. Seine Frau hatte ihn rechtzeitig ins Bild gesetzt. „Wir machen das. Du kriegst dein Geld. Und wir die Unterlagen. Alle Originale. Und keine Kopien. Hab' ich dein Ehrenwort?"

Dorn lachte. „Wie unter Ehrenmännern? Stefan Hilgers spricht von Ehre?" Sie lachte ihn aus. „Hast du eigentlich den Schuss nicht gehört?" Moldau wusste nicht, wie er mit der Häme umgehen sollte und hielt lieber die Klappe. Nur jetzt keinen Fehler machen. Wie oft hatte seine Frau ihm das eingebläut. Wer sich zuerst bewegt, verliert. Nicht wieder aus der Reserve locken lassen. „Okay!" Dorn hatte sich offenbar entschlossen. Sie hörte sich wieder sachlich an. „Übermorgen. Mittags. An einem belebten Platz. Und keine Tricks!"

Darauf hatte er gewartet. Er tat als zögere er und müsse überlegen, bis er endlich die Rheinbrücke vorschlug. „Da ist immer Betrieb. Touristen, Berufstätige, viele Autos. Da fallen wir nicht auf." Er winkte seiner Frau verärgert mit der Hand zu, als die ihm halblaut etwas zuflüsterte. Sie sollte die Klappe halten. Und zwar subito. „Bist du nicht allein? Ich hör' da doch eine Frauenstimme." Dorn klang plötzlich wieder misstrauisch. Er knallte sich die Hand vor die Stirn und gestikulierte wütend zu Paula. Auf einen Zettel hatte sie „allein" gekritzelt, mit drei Ausrufezeichen. Darunter: „Wir schicken unauffällige Boten."

„Fernseher", sagte er ins Handy. „Bei mir läuft der Fernseher, habe ihn grad leise gemacht." Er horchte auf eine Reaktion, aber sie schien es geschluckt zu haben. „Du kommst allein. Keine Tricks. Wir schicken einen Mittelsmann. Und jemand zu seiner Sicherheit wegen der vielen Kohle." Er hörte keinen Widerspruch von der anderen Seite. „Wir haben alles unter Kontrolle. Wenn wir auch nur den geringsten Anlass für einen Verdacht haben. Ist der Deal tot. Und zwar für immer."

Die Verbindung schwieg. Er zählte die Sekunden und wartete. Er hielt die Luft an, um seine Spannung nicht zu verraten. „Zwölf Uhr", sagte sie plötzlich, „und keine Spielchen." Dann war die Leitung tot. Als wär's ein Fingerzeig.

ELENI
Hamburg, 23. November 2016

Schon beim dritten Klingeln ist Paula Moldau dran. Sie hört sich am Handy nicht wirklich überrascht an, als sich Eleni meldet. Die Frau weiß ganz genau, was sie tut, denkt die Staatsanwältin, während sie das Gespräch eröffnet. „Sind Sie in Hamburg?" Die Frage ist als Vorspiel gedacht. Und gut gemeint. Um alle ein wenig zu entspannen. Aber der Versuch geht ins Leere. „Wer will das wissen?“ Paula hat sich eingemauert. Und macht kein Hehl daraus. „Spielt das irgendeine Rolle? Dann fragen Sie meinen Anwalt.“ Sie unterbricht kurz und hält das Handy zu, als stimme sie sich mit jemandem ab. „Und laden Sie mich vor. Ordnungsgemäß, mit Termin und allem Pipapo.“

Also auf die harte Tour. Eleni nimmt den Ball auf. Wenn's denn auf die ungemütliche Art gehen soll, kann sie das haben, denkt sie. „Gute Idee“, sagt die Staatsanwältin sehr förmlich, „einen Anwalt haben Sie jetzt wohl auch nötig. Wir ermitteln wegen des Todesfalls und Sie sind nicht mehr nur Zeugin. Die Anklage ist in Arbeit. Wir haben die Funkzellenauswertung Ihres Handys abgeglichen und Erstaunliches festgestellt.“ Ihr Ton ist sarkastisch. Paula Moldau soll das durchaus so verstehen. Eleni ist gespannt, wie die taffe Geschäftsführerin, die im Job so manche Krise umschifft hat, wohl mit dieser Neuigkeit umgeht. Ihre Gegenspielerin hat offenbar die technischen Möglichkeiten der Ermittlungsbehörden unterschätzt. „Ihr Bewegungsprofil zeigt, dass sie am Tattag am Tatort waren. Und zwar eine ganze Zeitlang. Sie werden verstehen, dass uns interessiert, warum. Und zwar brennend. Dafür braucht es schon eine verdammt gute Erklärung.“

Wenn Eleni geglaubt hatte, mit ihrer Eröffnung echte Wirkung erzielen zu können, sieht sie sich getäuscht. Die andere Seite wirkt unbeeindruckt. „Na und? Ich parke da häufiger an der Brücke und steige um in die Tram. Manchmal wechsel' ich dort die Schuhe und ein paar Klamotten. Zum Joggen oder fürs Büro, je nachdem. Manchmal gehört auch ein Zigarettenpäuschen einfach dazu. Macht mich das verdächtig?“

Eleni fragt sich, ob ihre Gesprächspartnerin wohl gelassen im Büro sitzt, die Beine gemütlich übergeschlagen und amüsiert den Wortwechsel genießt. Oder ob sie unruhig durchs Zimmer oder sonstwo umherwandert. Und ihre Möglichkeiten abcheckt. Wie auch immer. Sie hatte befürchtet, dass sie mit dem neuen Indiz allein nicht durchkommt. Die Frau ist clever. Sie antwortet kurz und knapp. Gibt sich keine Blöße. Wird interessant sein, wie lange sie das wohl durchhält. „Sie sind gesehen worden, an der Brücke", sagt die Ermittlerin. Ein Versuch. Mehr nicht. Aber irgendwie muss sie die Verdächtige aus der Reserve locken. Wenn ihr Verdacht stimmt. „Ja und? Halb Köln ist jeden Tag an der Brücke. Von denen, die arbeiten, jedenfalls. Viele müssen von der Schäl Sick auf die richtige Seite rüber. Wie auch ich. Also stehlen sie nicht weiter meine Zeit. Mehr dazu nur über meinen Anwalt." Grußlos beendet sie das Gespräch.

Eleni ist beeindruckt. Sie muss andere Register ziehen. So viel ist klar. Wenn sie denn welche hat. Sie greift noch einmal zum Bewegungsprofil. Die Zeiten passen genau. Die Zigarettenpause muss relativ lang gewesen sein. Jedenfalls deutlich mehr als eine Zigarettenlänge. 15 Minuten etwa. Aber was heißt das schon. Vielleicht ist die Lady ja auch Kettenraucherin. Auf einmal.

Vielleicht sollten sie bei deren Mann ansetzen. Stefan Moldau hat mehr zu verlieren. Zumindest an öffentlichem Ansehen. Ob seine Parteifreunde, die ihn nur als Moldau kennen und unterstützen, wohl von seiner Stasi-Vergangenheit wissen? Eleni geht in Gedanken ihre Unterlagen durch, die im Büro auf dem Schreibtisch liegen. Es war ein Fehler von zu Hause aus zu telefonieren. Wo sie nicht alle Unterlagen in Reichweite hat. Aber ihr fällt kein Aktenvermerk zu seiner dubiosen Rolle in Ostdeutschland ein, der heute noch gerichtsfest war.

Liefers anrufen und nachhaken, notiert sie sich im Geist. Und die Kamerabilder noch mal anschauen, auf denen die

Typen drauf sind, die Dorn von der Brücke gestoßen haben. Gute Arbeit ihres Kollegen! Man erkennt zwar nicht viel auf den Fotos. So hat er gleich eingeschränkt. Aber sie muss an die beiden Kerle denken, die im Hamburger Büro wie Zwillinge an der Seite der Vereinschefin klebten. Wie Buchhalter oder Sachbearbeiter sahen die nun wirklich nicht aus. Den Versuch ist es wert, denkt Eleni.

Sie ist bereits auf dem Weg ins Gericht, als sich Liefers auf dem Handy meldet. Sie hat ihr Fahrrad stehen lassen und sich für einen Spaziergang entschieden. Von St. Pauli aus am Bismarck-Denkmal vorbei durch die Wallanlagen ist es ein kurzer, aber schöner Fußmarsch. Die Wall-Anlagen sind eine dieser vielen kleinen Oasen, die Hamburg im Sommer so grün und den Herbst bunt machen. Von den Hauptstraßen zu beiden Seiten ist fast nichts zu merken, wenn man zwischen Beeten, Springbrunnen und Spielplätzen Richtung Innenstadt geht. Junge Familien bevölkern die Gartenanlage. Sie leben in erstaunlich friedlicher Koexistenz mit Joggern und Skatern. Was man vom normalen Stadtverkehr nicht gerade behaupten kann. Hamburgs Straßenverkehr ist Stress und Aggression. Ohne Ausnahmen. Davon ist in der Grünanlage wenig zu merken. Sogar jetzt im Spätherbst nicht. Geht doch, denkt Eleni.

„Was sind das für Geräusche?“, fragt Liefers ohne lange Vorrede. „Kinderstimmen. Vogelgezwitscher? Du bist doch nicht etwa auf einem Spielplatz? Sitzt du schon mal Probe? Wie sich das anfühlt.“ Er lacht über seinen lahmen Scherz. Von Eleni kommt nichts. Das Thema hat ihr gerade noch gefehlt. Kinder. Immer häufiger kommt das Thema auf sie zu. Tickt die Uhr wirklich schon so laut? Aber dafür ist momentan nun gar keine Zeit. Nicht mal in der Theorie. „Schön, dich und deine alten Witze zu hören“, sagt sie. Besonders amüsiert klingt das nicht. Sie wartet auch gar nicht erst eine Reaktion ab. Bloß nicht noch mehr dumme Sprüche. „Im Ernst: Es tut gut, dich dabei zu wissen. Wir sind dicht dran. Ich müsste schnell die Aufzeichnungen der Sicherheitskameras sehen. Hast du die schon gemailt?“

Sie bringt ihren Kölner Kollegen kurz auf den aktuellen Stand. Und berichtet von ihrem Verdacht bezüglich der beiden Typen. „Türsteher für Arme“, sagt sie, „die mit den abstehenden Armen.“ Jetzt muss Liefers herzlich lachen. „Also nicht einfach nur arbeitslose Koberer, die sonst vor den letzten Nutten-Läden auf dem Kiez stehen und Leute anbaggern? Sondern durchtrainierte Kick-Boxer mit ....Migrationshintergrund?“ Es hatte ihm was anderes auf der Zunge gelegen. Aber er hat gerade noch die Kurve gekriegt und sich im letzten Moment für die politisch korrekte Formulierung entschieden. Keiner von ihnen lacht.

Sie verständigen sich darauf, es bei Moldau auf die harte Tour zu versuchen. Der hat mehr zu verlieren als seine neue Identität. Da muss doch was gehen.

DIE BRÜCKE
Köln, 9. August 2015

Immer wieder beschlich sie dieses mulmige Gefühl. Hatte sie sich zu weit vorgewagt? Sich zu viel zugetraut? Hatte sie die Angelegenheit noch unter Kontrolle? Es war ein Wechselbad der Gefühle, dem sich Daliah Dorn seit dem Telefonat ausgesetzt sah. Endlich hatte sie ihr altes Leben als Chantal zu Grabe getragen. So hatte sie geglaubt. Und nun das. Aber jetzt gab es kein Zurück mehr. Sie musste noch einmal zurückkehren. Zurück in ihre Vergangenheit. Zurück in die Zukunft.

Sie kettete ihr Fahrrad an das Brückengeländer. Sie hatte gerade noch einen freien Platz gefunden. Die Stelle war beliebt bei Radlern. Hier am Rande der Altstadt parkten viele ihre Zweiräder auf dem Weg ins Büro oder zum nächsten Kölsch. Oder zu beidem. Und zwar in dieser Reihenfolge. Bei manchen Bikes waren die Vorderräder geklaut oder die Sättel abgeschraubt worden. Das Risiko musste man eingehen. Ein bisschen Schwund war immer.

Auf der Brücke herrschte ordentlich Betrieb. Kleine und größere Menschengruppen waren unterwegs. Auf der Suche nach dem besten Punkt für Selfies vor der malerischen Stadtkulisse zum Beispiel. Die späte Abendsonne tauchte den Dom und die mittelalterlichen Türme in ein sattes Rotgold. Auf dem Rhein schoben sich tiefergelegte Schubverbände vollbeladen gegen den Strom in den Sonnenuntergang. In ihrem Rückenwind taumelten Scharen von Möwen wie Flatterbänder in der Luft. Sie mochte die Meeresvögel, am liebsten aber am Strand. Wenn sie hoch über ihr unter der Sonne wie dunkle Schatten durch die Halbwelt segelten. Ausgerechnet hier fiel ihr Morgensterns „Möwenlied“ ein: „O Mensch, du wirst nie nebenbei der Möwen Flug erreichen.“ Aber warum hatten die sich soweit ins Landesinnere verirrt? Daliah sah ihnen aufmerksam zu. Und warum flogen die Möwen hier so tief? Ganz ohne die gewohnte Leichtigkeit.

Die meisten Jogger hatten dafür wohl kaum einen Blick. Sie liefen praktisch Slalom. Sie mussten Fußgängern ausweichen oder jungen Eltern mit Kinderwagen. Angestellte mit Aktenkoffer hasteten zum nächsten Termin oder zur Tram. Jugendliche Skater versuchten in dem Getümmel Fahrt aufzunehmen. Der Treffpunkt schien ideal. Für beide Seiten. Niemand würde besonders auffallen oder gar Misstrauen erwecken. Das immerhin beruhigte sie.

Dorn war gut in der Zeit. Hatte noch bestimmt zehn Minuten bis zum verabredeten Treffen. Sie schlenderte neben dem Autoverkehr, der sich so langsam zur Rushhour aufbaute. Ein Mix aus schwüler Luft und Abgasen hing über dem Rheinkessel. Die Sonne blinzelte jetzt verschlagen durch den Dunst und ließ den Himmel leuchten. War das noch Wetter oder schon Smog, der da so impressionistisch über dem Strom schwebte? Ihre Gedanken schweiften ab. Sie nahm das als gutes Zeichen. Ihre Nervosität hatte sich gelegt. Wird schon.

Fast auf dem Scheitelpunkt der Brücke stoppte sie und schaute in die trüben Fluten. Auch auf dem Fluss herrschte Hochbetrieb. Rheinschiffe passierten in dichter Folge. In beide Richtungen. Sie konnte solchen Lastkähnen stundenlang zusehen. Sie beruhigten irgendwie und gaben ihr ein Gefühl von Weite und Unabhängigkeit. Schiffe gucken hatte für sie fast schon was Meditatives. Sie luden zum Träumen ein.

An diesem Tag war fast alles anders. Eine Gruppe Asiaten nebenan erinnerte lautstark daran. Vor allem die jungen Frauen machten alle aufgeregt mit ihren Handys rum. Viele mit Mundschutz. Sie konnte sich keinen Reim darauf machen. Warum? Als Fotomotiv jedenfalls sah das nicht besonders apart aus. Ob das wohl Chinesen waren? Oder Koreaner? Die fotografierten doch alles und jedes. Egal, sie hatten Spaß. Und das war ja auch gut so. Sie schwirrten umeinander, um sich selbst und möglichst viel Kulisse mit auf das Bild zu bekommen. Dabei wurde viel gelacht und gestikuliert.

Hinter einem Brückenpfeiler in etlichen Metern Entfernung lehnte verdeckt eine Frau. Sie war nur von der Seite zu sehen. Das Profil kam ihr irgendwie bekannt vor. Dorns Blick war eher zufällig in die Richtung gegangen. Paula? Eine optische Täuschung? Ihrer Aufregung geschuldet? Sie war sich nicht sicher. Konnte das überhaupt sein? Aber warum sollte die hier auf der Brücke rumhängen? Ausgerechnet heute. Ein paar Passanten schoben sich ins Bild und versperrten den Blick. Die Unsicherheit war zurück. War es wirklich so klug gewesen, allein zu der verabredeten Geldübergabe zu erscheinen? Aber wen hätte sie schon einweihen und als Begleiter mitnehmen sollen? Was wohl ihr MP geraten hätte? Wäre er auch auf Rache aus gewesen? Immerhin ein paar der wichtigsten Dokumente hatte sie kopiert und vorsichtshalber zusammen mit privaten Unterlagen in die Umzugskisten an ihre Tochter gepackt. Zusammen mit dem Schlüssel für das Schließfach. Man wusste ja nie. Auch wenn die sich wundern würde. Nach so langer Zeit. Zurückverlangen konnte sie das ja jederzeit.

Als sich für einen Moment wieder eine schmale Sichtgasse bildete, bemerkte sie, dass die Frau mit der Hand irgendwelche Zeichen gab. Sie hatte sich noch weiter zur Seite gedreht und war so erst recht nicht mehr zu erkennen. Warum nur hatte sie sofort an Paula gedacht? Wem die Signale galten, war auch nicht auszumachen. Wenn es denn überhaupt welche waren. Dorn sah wieder zum Brückengeländer. Die Möwen waren weg, die jungen Koreaner nicht. Sie drängelten immer noch um die besten Fotomotive. Abwechselnd trat einer oder eine aus der Gruppe raus und versuchte die anderen mit dem Handy einzufangen. Es wurde viel gelacht und gejuchzt.

Ihr Blick schweifte zum Ufer gegenüber, wo in einem Biergarten schon reichlich Kölsch floss. Man konnte das nur ahnen, aber Kaffee würden dort sicher nur die wenigsten Touristen trinken. Sie erblickte mehrere Männer, die sich in lässigem Tempo näherten. Vorne weg zwei etwas jüngere in weißen Turnschuhen und schwarzen Kapuzenjacken, dahinter zwei bullige Bürotypen. Sie wusste nicht genau warum, aber irgendwie gehörten die in ihren Augen zusammen. Vielleicht weil der eine der beiden Anzugträger einen Aktenkoffer mit sich trug? Konnte das der Geldkoffer sein?

Wie auf Knopfdruck verspannte sie sich. Alles zog sich zu. Warum um alles in der Welt hatte sie niemanden zur Unterstützung mitgenommen, schoss es ihr wieder durch den Kopf. Sollte sie einfach umdrehen und gehen? Noch hatte sie die Chance. Sie blickte sich um und checkte die Lage. Die jungen Asiaten wenige Meter neben ihr hatten immer noch ihren Spaß. Passanten und Jogger kamen und gingen. Sie war nicht allein, was sollte schon passieren? Kurz bevor die Männer auf gleicher Höhe waren, blickte einer der beiden Hinteren sich um, als suchte er jemanden. Die Frau rund 30 Meter entfernt stand immer noch fast verdeckt hinter einem der stählernen Brückenpfeiler. Schaute die in ihre Richtung? Bewegte sie erneut den Arm? Dorn musste sich auf die Männer konzentrieren, die jetzt auf ihrer Höhe waren.

Die zwei in Turnschuhen lehnten sich lässig zwischen ihr und den Koreanern an das Geländer, Sie schauten betont gelangweilt auf den Fluss und auf die jungen Leute. Die ließen sich nicht stören. Niemand nahm von ihnen Notiz. „Chantal?“ Der Mann mit dem Koffer verlangte ihre volle Aufmerksamkeit. Sein Anzug sah teuer aus. Aber gab’s den auch in seiner Größe? Er kniff unter den Achseln. Und spannte über dem Bauch. Sah so ein Büromensch aus? „Wir haben uns an unsere Absprache gehalten. Wir haben, was du willst.“ Er hielt den Koffer hoch vor ihre Augen, als ob sie Röntgenblicke hätte. „Du auch?“ Chantal war gestern. Aber das war jetzt egal. Sie nickte und zeigte auf ihren Rucksack. Dorn hatte sich extra für eine Billigvariante entschieden, die sie mal als Gastgeschenk auf einer Messe bekommen hatte. Falls sie den zurücklassen musste. Man wusste ja nie. Sie nahm den Beutel von der Schulter und öffnete ihn, damit man die Akten im Inneren sehen konnte. „Kann ich das Geld sehen?"

Der Anzugträger ließ die Schnappschlösser des Aktenkoffers mit lautem Klacken auffedern und öffnete den Deckel soweit, dass sie einige Geldbündel sehen konnte. Während sie nach dem Koffer griff und sein Partner den Rucksack an sich nahm, nahmen die Turnschuhjungs und der andere sie so eng in ihre Mitte, als interessierten sich plötzlich alle für den Inhalt des Koffers. „Vorsicht, nicht drängeln", sagte der Mann mit dem Koffer und lächelte. Es wurde noch enger. Schemenhaft sah Dorn die Frau näherkommen. Paula? Die Ähnlichkeit war wirklich frappierend. Weiter kam sie nicht. Die Männer um sie herum waren bedeutend größer. Sie verschwand förmlich in der kleinen Menschentraube. Sie wurde gegen das Geländer gepresst. Als sie einen Stoß bekam und über das Geländer kippte, wunderte sie sich noch, dass alles so schnell und geräuschlos ging. Und warum scheinbar niemand was bemerkte.

Als die jungen Asiaten nebenan seelenruhig ihre Handys in ihren Jacken verstauten und sich auf den Weg machten, waren die beiden Typen in Turnschuhen und Jogginghosen bereits locker an ihnen vorbeigetrabt. War irgendwas? Unten vom Wasser waren irgendwelche aufgeregten Laute zu hören. Aber niemanden kümmerte das. Das Klatschen beim Aufprall war im Motoren- und Straßenlärm untergegangen.

Paula nahm einem der Anzugträger den Koffer und dem anderen den Rucksack ab und marschierte die Brücke runter zurück zum Ufer. Der Altstadt hinter ihr schenkte sie keinen Blick. Die beiden Typen zündeten sich lässig Zigaretten an, gingen getrennten Weges. Zwei Raucher, die sich kurz mal Feuer gegeben hatten. Noch Fragen?

Nur einige Kölsch-Trinker unten am Ufer fragten sich, ob sie gerade richtig gesehen hatten. War da wirklich jemand von der Brücke gestürzt? Oder war das letzte Kölsch schlecht? Sie suchten mit ihren Blicken die Wasseroberfläche nach irgendwelchen Zeichen ab. Ohne Ergebnis. Als sie hoch zur Brücke schauten, war da alles wie immer. Touristen drängelten am Geländer, Trams fuhren durchs Bild. Was sollte sein. Eine neue Runde Kölsch bitte.

EPILOG
Hamburg im November 2016

Eleni schwankt zwischen Respekt und Ärger. Respekt vor der Kaltschnäuzigkeit der Frau, die ihr zum Verhör gegenüber hockt und keine Regung zeigt. Ärger über deren Abgebrühtheit und die Beweislage. Es wird nicht reichen, Eleni spürt das. Sie sitzen im Verhörraum an einem kahlen Tisch, auf dem ein altmodischer Tape-Recorder mitläuft. Zur Sicherheit hat sie ihr Handy auf Aufnahme geschaltet und daneben gelegt. Auf der anderen Seite sitzt Paula Moldau und gibt sich völlig ungerührt. Sie ist ohne Anwalt gekommen. Sie scheint nicht ernsthaft in Sorge zu sein. Sie muss sich nichts beweisen. Ihre Fassade steht. Anders als bei Eleni.

Vor den Fenstern schüttelt ein böiger Wind die letzten Blätter aus den Bäumen. Für einen Moment haben sich die Regenwolken verzogen. Nur wenige Menschen haben sich rausgewagt, als wollten sie das kurze Zeitfenster zwischen zwei Schauern für unaufschiebbare Erledigungen nutzen. Die Fußgänger stemmen sich gegen das Wetter und weichen in großen Bögen den Spritzern aus, wenn Autos durch große Pfützen brettern. Auf dem Schild einer Haltestelle sitzt eine Möwe, als warte sie auf den nächsten Bus.

Eleni konzentriert sich wieder auf die Frau ihr gegenüber. „ Wir haben Sie an den Eiern", sagt sie. Grober als geplant. Das Klima zwischen ihnen ist rau, schon vor dem ersten Satz. Die Körpersprache von beiden Frauen schreit es geradezu heraus. Elenis Ton ist entsprechend. Völlig unpädagogisch und fast grenzwertig. Aber die Verdächtige geht ihr inzwischen mächtig auf den Wecker.

„Iss' das so?" Paula hat sich besser unter Kontrolle. Sie tut nicht besonders interessiert, bleibt kühl und sachlich. Woher nimmt die bloß ihre Sicherheit und Beherrschung?

„Sie haben den Mord an Chantal Krieger alias Daliah Dorn in Auftrag gegeben. Ihre Handlager haben den ausgeführt, um ihren Mann zu schützen. Sie haben Schutzgemeinschaft ein bisschen zu wörtlich genommen. Sie werden sich dafür verantworten müssen," Eleni wartet auf die Reaktion. Es dauert. Paula spielt auf Zeit.

„Ich nehme an, sie können diese schweren Vorwürfe auch beweisen, mit Zeugen und so?" Paula wirkt ungerührt. Sie blickt gelangweilt auf die Uhr.

„Das werden wir, keine Sorge." Eleni blättert in der Ermittlungsakte. „Ihr Mann ist so oder so fertig, der kann einpacken."

„Iss' das so?" Paulas Mitleid hält sich erkennbar in Grenzen. Kein Wort zu viel. Nichts lockt sie aus der Deckung. Sie weiß, dass viele Politiker erst über ihre Lügen bei der Verteidigung gestolpert sind, denkt Eleni. Nicht über die eigentliche Affäre. Sie hat ihre Lektion gelernt.

„Es ist eine Frage von Stunden, vielleicht Tagen, dann wird seine Vergangenheit durchgesickert sein. Wie er Menschen fertig gemacht und Familien zerstört hat. Die Medien mögen solche Geschichten. Sie werden sich wie Aasgeier auf ihn stürzen. Stasi-Täter erfreuen sich hier immer noch großer Aufmerksamkeit. Seine Politik-Karriere kann er in der Pfeife rauchen. Er ist politisch und gesellschaftlich tot. Er weiß es nur noch nicht."

Eleni hat sich zum Frontalangriff entschieden. Sie schließt die Ermittlungsakte mit lautem Knall und zieht einen angegrabbelten Hefter zu sich, der früher wohl mal ockerfarben oder orange war. „Tja, die Stasi und der Genosse Major..." Sie lässt den Satz mit leichtem Triumph im Raum hängen. „Und Sie verlassen bitte die Stadt nicht."

„Jeder ist für sein Leben und seine Vergangenheit selbst verantwortlich." Nach echtem Mitgefühl hört sich das nun wirklich nicht an. Und nach Liebe erst recht nicht. „Ich muss jetzt los.“ Paula greift zu ihrer Tasche und macht Anstalten aufzustehen. „Es sei denn, Sie wollen mich festnehmen?“ Ihr Spott ist nicht zu überhören. „Ich gehe davon aus, dass wir fertig sind. Wenn Sie etwas Konkretes gegen mich in der Hand haben, lassen Sie es mich einfach wissen. Oder rufen meine Anwälte an. Wie gesagt....“ An der Tür bleibt sie noch einmal kurz stehen. „Ich erspar mir ein ‚auf Wiedersehen‘. Ich gehe davon aus, das wird es nicht geben. Machen Sie es gut.“

Paula lächelt und schließt die Tür hinter sich.

Eleni schlägt klatschend mit der flachen Hand auf den Tisch. Dampf ablassen. Sie spricht zu ihrem Spiegelbild, das auf der verspiegelten Seite des Zimmers einsam am Tisch sitzt. „Was, wenn sie recht hat?“ Sie schreit es fast. Ihr Kollege Liefers und Giannis zucken zusammen. Sie haben im Nebenraum alles mit angesehen und angehört. Wie im schlechten Krimi. So haben sie Eleni noch nicht erlebt.

„Was, wenn Eleni recht hat? Die Beweise für eine Anklage nicht reichen?“ Liefers nimmt den Faden auf. Schaut Giannis an. „Und die sogenannte Schutzgemeinschaft einfach weiter macht? Ehemalige Täter, die Schutz suchen, gibt es genug. Und Geld auch.“ Er macht eine Pause. Sein Blick wandert zu Eleni. „Du hast es versucht. Mehr kannst du nicht tun. Jule wird’s dir danken.“

Giannis geht Bier holen. Das brauchen sie jetzt. Alle.

AUF EIN WORT

Der Polit-Krimi von der Küste ist fiktiv. Die Personen und die Handlung sind frei erfunden. Natürlich. Ähnlichkeiten zu tatsächlichen Gegebenheiten liegen dennoch auf der Hand, Erinnerungen sind zulässig. Den illegalen U-Boot-Deal zum Beispiel hat es gegeben. Zwei Untersuchungsausschüsse des Deutschen Bundestages haben große Teile davon nach langen Recherchen bestätigt. Auch die Rolle der DDR im illegalen Waffenhandel ist belegt. Vielfache Indizien und Beweise lassen darauf schließen, dass auch bundesdeutsche Institutionen sich dieses Umweges bewusst bedient haben und Bonner Regierungsmitglieder eingeschaltet waren. Stasi-Spitzel haben dies ebenso sorgfältig protokolliert wie auch die Besuche westlicher Politiker und ihre Sex-Abenteuer im „anderen" Deutschland. Die schleswig-holsteinische CDU-Fraktion hat zum Beispiel den 37. Geburtstag ihres Ministerpräsidenten ausgerechnet in Warnemünde gefeiert. Wissend, dass sich viele Mitglieder damit auch erpressbar machen könnten. Und die verschwundenen SED-Milliarden samt alter Seilschaften sind inzwischen legendär. Viele dieser Affären habe ich persönlich recherchiert und im SPIEGEL beschrieben. Ich bin meiner Redaktion dankbar, fast 40 Jahre lang als politischer und investigativer Autor dafür die Möglichkeiten und den journalistischen Rahmen geboten bekommen zu haben. Ohne diese Erfahrungen, ohne meine Recherchen in der DDR und in aufgelösten Stasi-Bezirksverwaltungen und ohne die daraus gewonnenen Erkenntnisse hätte ich den Roman nicht schreiben können. Ich danke den Mitarbeitern im Berliner Stasi-Archiv für ihre nimmermüde Bereitschaft meinen unzähligen Fragen nach Akten und Unterlagen möglichst umfassend zu entsprechen, bei allen

Lücken, die geblieben sind und wohl immer bleiben werden.

Ich danke meiner Familie, meiner lieben Frau und meinen Söhnen, für ihre stets kritische und wohlwollende Begleitung. Für die Zeit, die sie mir gelassen haben, und ihre Geduld.

Und auch das sei gesagt: Ich verachte diejenigen meiner früheren politischen und journalistischen Wegbegleiter, die auch mich im Auftrag des Ministeriums für Staatssicherheit ausspioniert haben.

Hamburg, im Herbst 2021

Ein eiskalter Thriller um tödliche Leidenschaften

Robert Brack
Blizzard
Ein Thriller
288 Seiten
978-3-8319-0802-8

Dezember 1978: Bankräuberin Gisela freut sich auf die bevorstehende Entlassung ihres Komplizen Frieder aus dem Gefängnis. Als Überraschung für ihn hat sie mit ein paar Komplizen den Überfall auf ein Juweliergeschäft in der Hamburger Innenstadt geplant. Der Überfall findet kurz nach Weihnachten statt, doch nicht alles verläuft nach Plan. Es kommt zu einer Schießerei, und Simona, eine undurchsichtige Bekannte von Gisela, schließt sich den fliehenden Gangstern an. Die Flucht führt geradewegs in die zerstörerische Schneekatastrophe, die Norddeutschland um den Jahreswechsel überfällt. In einem Bauernhaus in Ostholstein wird die Bande eingeschlossen. Rivalitäten und Intrigen brechen sich Bahn. Wer kann wem vertrauen? Im Kampf gegeneinander entgeht den Verbrechern, dass im Nachbarhof eine tödliche Gefahr lauert.

Entfesselte Elemente

Robert Brack
Dammbruch
Ein Sturmflut-Thriller
240 Seiten
978-3-8319-0775-5

Einbrecher Lucius „Lou“ Rinke, frisch aus der Haft entlassen, plant seinen letzten großen Coup. Nur leider hat er seine Rechnung ohne das Sturmtief „Vincinette“ gemacht, das am 16. Februar 1962 mit zerstörerischer Gewalt über die Hansestadt hereinbricht. Auch ahnt er nicht, dass er ausgerechnet in dieser Nacht einer Frau begegnen wird, die ihre ganz eigene Auffassung von der Durchsetzung von Gerechtigkeit hat.
Die Straftat verläuft anders als geplant. Der Tresor, der im Freihafen geknackt werden soll, enthält eine fiese Überraschung. Dann schlägt das Sturmtief zu. Der Überlebenskampf gegen die entfesselten Elemente beginnt und wird auch nicht einfacher, als die beiden Männer auf Betty treffen …

Wissen, was wirklich wa(h)r!

Klaus Püschel/Bettina Mittelacher
Tote schweigen nicht
Faszinierende Fälle aus der Rechtsmedizin
Ein Krimi-Sachbuch
256 Seiten
978-3-8319-0660-4

Die Toten ein letztes Mal zum Sprechen bringen, das kann nur die Rechtsmedizin. Prof. Dr. Klaus Püschel: „Ich glaube an Fakten, an wissenschaftliche Befunde, an Sachbeweise." Püschel ist Überzeugungstäter. Mit leidenschaftlicher Präzision befragt er die Toten. Unter seinem Blick werden Körperspuren zu Beweismitteln, die einem Mordfall oder einem Tatgeschehen plötzlich eine andere Wendung geben.

In diesem Krimi-Sachbuch sind einige der spektakulärsten versammelt.
Wurde Jörg Kachelmann zu Unrecht angeklagt?
War der Tod von Uwe Barschel wirklich Selbstmord?
Was erzählt uns der Fund von Störtebekers Schädel?

„Tote schweigen nicht" – ein Muss für jeden Krimi-Fan.

DER AUTOR

Manfred Ertel,
geboren 1950 in Hamburg, war fast 40 Jahre lang politischer Korrespondent und investigativer Reporter beim Nachrichtenmagazin DER SPIEGEL. Er deckte zahlreiche Affären auf, unter anderem die „Waterkantgate-Affäre" um den ehemaligen Kieler Ministerpräsidenten Uwe Barschel. Seit seinem Ruhestand schreibt er Bücher, zum Beispiel den Krimi „FoulSpieler" über Wettmanipulationen im Fußball oder den Reportagenband „Lost & Dark Places Hamburg".

IMPRESSUM

Bibliografische Information der Deutschen Nationalbibliothek
Die Deutsche Nationalbibliothek verzeichnet diese Publikation in der Deutschen National bibliografie; detaillierte bibliografische Daten sind im Internet über http://dnb.d-nb.de abrufbar.

ISBN 978-3-8319-0817-2

Text: Manfred Ertel, Hamburg
Coverfoto: ©Vershinin – stock.adobe.com
Gestaltung: BrücknerAping, Büro für Gestaltung, Bremen
Gesamtherstellung: CPI books GmbH, Leck
www.ellert-richter.de
www.facebook.com/EllertRichterVerlag